DE GELIEFDE VAN MIJN MINNAAR

Bij Uitgeverij Prometheus is van Maggie O'Farrell
ook verschenen:

Voorbij de liefde

Vertaald door Lilian Schreuder

Maggie O'Farrell

DE GELIEFDE

VAN

MIJN MINNAAR

2002 Prometheus Amsterdam

Voor Catherine en Bridget

Oorspronkelijke titel *My Lover's Lover*
© 2002 Maggie O'Farrell
© 2002 Nederlandse vertaling Uitgeverij Prometheus en Lilian Schreuder
Omslagontwerp Mariska Cock
Omslagillustratie Image Store/Photonica
Foto auteur Double Vision
www.pbo.nl
ISBN 90 446 0137 7

Nu ik er niet meer ben, ben ik hier meer dan ooit aanwezig.

ALI SMITH

Goede geliefden maken grote vijanden.

BEN HARPER

I

Toen ik de trap naar boven nam
zag ik een man die daar niet was.
En ook vandaag was hij er niet.
Ik wil die man daar niet meer zien.

ANONIEM

ZE STAPT UIT DE TAXI, TERWIJL ZE TEGEN HET METALEN GEWICHT VAN het portier duwt. Met één hand omklemt ze sigaretten, wisselgeld en de doornige stelen van rozen. Sarah zegt iets tegen haar over het dak van de taxi heen, en ze draait zich half om. Te laat is ze zich ervan bewust dat haar voet achter de granieten rand van de stoep blijft steken, en het volgende moment schiet ze door de lucht.

Lily ziet de wereld om zijn as draaien, terwijl haar haar, lichter dan zijzelf, langs haar gezicht golft, en haar vingers rozen rondstrooien en muntstukken wegslingeren. Tijdens haar duikvlucht door de ruimte ziet ze een man die over het trottoir in haar richting komt gelopen. Op de een of andere manier lijkt het vreemd dat hij alleen is, omdat hij in een fractie van die voorbijvliegende seconde bij haar overkomt als iemand die zelden zonder anderen is. Hij loopt met een eigenaardige kracht, alsof hij probeert om een afdruk van zichzelf in de lucht achter te laten. Dan slaan beton en steentjes tegen haar lichaam en wordt het vel van haar handen gerukt.

Bij de aanraking van haar mouw door vingers, stevig als klimop, kijkt ze op. Zijn ogen zijn verrassend, ondubbelzinnig blauw. De bloemen liggen verpletterd onder haar, en geel pigment sijpelt in haar kleren. Hij helpt haar overeind, praat tegen haar, vraagt of alles goed met haar is, of ze gewond is. Haar handen gloeien en branden, en als ze ernaar kijkt ziet ze hoe druppels bloed in keurige rijtjes omhoogkomen vanuit haar huid. Dan komt Sarah aangerend vanaf de andere kant van de taxi. Ze houdt haar arm vast, drukt papieren zakdoekjes tegen haar schaafwonden en bedankt de man.

Als Lily om zich heen kijkt, is hij verdwenen.

'Mijn god,' zegt Sarah, terwijl ze haar aanstaart. 'Is alles goed met je?'

'Ja,' zegt ze, lachend nu, gegeneerd. 'Niks aan de hand. Ik weet niet wat er nu precies is gebeurd.' En ze lopen door de avondlucht, in de richting van het feest. Een zich herhalend ritme van dreunende muziek reikt tot voorbij de muren van het gebouw.

Binnen in de ruimtes en gangen staan de mensen tegen elkaar gedrukt en er hangen zware wolken rook. Het is de opening van de tentoonstelling van een vriendin van Sarah, maar niemand kijkt naar de kunst – fotorealistische schilderijen van mensen en dieren die worden verteerd door vuur. Lily zou zich graag willen uitrekken tot aan het plafond, waar misschien meer zuurstof is. Haar geschaafde handen zijn overgevoelig, afgepeld als eieren.

Ze laat Sarah achter in de grote zaal, waar ze staat te praten met een meisje in een turquoise jurk. De jurk is afgezet met zijdeachtig, fragiel bont, waarvan stukjes als zeewier tegen de vochtige huid van het meisje zitten geplakt. De mensen lijken allemaal een bepaald type te zijn, of een soort uniform te dragen. De meisjes zijn klein en jongensachtig, met gemillimeterd haar en ogen met donkere kohllijntjes. De mannen zijn vrijpostig, vullen hun kleding zelfvoldaan en klemmen sigaretten tussen vlezige vingers. Misschien komt het door de herfst, of de pijn in haar handen, maar ze begrijpt maar niet hoe het kan dat iedereen zo ver weg lijkt te zijn, alsof ze naar hen kijkt vanaf de verkeerde kant van een telescoop.

Bij de dranktafel pakt ze een slap aanvoelend plastic bekertje gevuld met een zurige bleke wijn. Naast haar waait een vrouw zichzelf heftig koelte toe met de tentoonstellingscatalogus, de rand van haar bekertje bevlekt met een afdruk van haar vuurrode lippen. Met haar bekertje boven haar hoofd begint Lily zich een weg te banen tussen groepen mensen en flarden van gesprekken door, in de richting van de rug en schouders van een man die ze kent. Ze hoort het wrijvende geluid van haar zwarte corduroy broek terwijl haar benen onder haar bewegen – een geluid van heimelijke, fluwelen frictie. Ze had ooit een vriend die geobsedeerd was door die broek. '*Cor-du-roy*,' zei hij altijd als hij de broek bij haar uittrok, waarbij hij iedere lettergreep scheidde met een namaak Frans accent, '*corde du roi*.'

Een hand schiet door de menigte en grijpt haar arm. De huid ervan is bruin, de vingers gebogen, zilveren nagels. Ze staart er verbaasd naar, en buigt zich dan om de rug van een gezette vrouw met stekelhaar heen om Phoebe, die in de galerie werkt, te kunnen zien. 'Hoi,' zegt ze. 'Hoe gaat het met je?'

'Kom even bij ons praten.' Phoebe trekt aan haar. De geschaafde plekken op haar handpalmen en polsen doen pijn en dreigen open te gaan. 'Dit is mijn neef, Marky Mark.' Phoebe gaat wat opzij en Lily ziet de man die haar van het trottoir heeft opgeraapt. Phoebe steekt haar hand uit, vlak, palm omhoog. 'Dit is Lily.'

Lily stapt naar voren. Hij ziet er anders uit in het licht. De mouwen van zijn overhemd, dat een druk patroon heeft, zijn opgerold, de een hoger dan de ander, zodat ze de rand van zijn bruine huid kan zien. Bij de welving van zijn biceps is die bleek, melkachtig wit, terwijl zijn onderarmen diepbruin zijn. Zijn vingers zijn gevlekt door groene inkt en met de hiel van zijn rechterschoen balanceert hij op de teen van zijn linkerschoen.

'Marky Mark?' herhaalt ze, als ze dicht genoeg bij hem is om verstaanbaar te zijn. 'Dat is een leuke naam.'

'Eigenlijk is het Marcus,' mompelt hij, terwijl hij zijn glinsterende blauwe ogen opslaat en haar aankijkt. Hij laat zijn blik een paar seconden over haar gezicht glijden en glimlacht dan. 'Hoe gaat het met je handen?'

Lily houdt zijn blik vast. Ze weigert zich te laten intimideren door flirtende mannen. 'Goed, dank je.'

'Wat is er met je handen?' zegt Phoebe, maar geen van beiden geeft antwoord.

'Mag ik eens kijken?' vraagt hij.

Ze steekt haar pols uit. Hij verplaatst zijn bierblikje naar zijn andere hand, strekt zich uit naar haar arm en kromt zijn vingers eromheen. Zijn aanraking is verrassend warm. Rond de drukpunten van zijn vingertoppen wordt haar huid bloedeloos.

'Hm,' zegt hij, terwijl hij dicht naar haar toe buigt, 'dat ziet er lelijk uit. Je moet het goed laten schoonmaken.'

Lily trekt haar arm terug. 'Ik overleef het vast wel.'

Opnieuw glimlacht hij. 'Dat geloof ik zeker.'

'Wat is er gebeurd? Wat is er gebeurd?' kwettert Phoebe.

'Lily is gevallen,' antwoordt Marcus, terwijl hij nog steeds naar Lily kijkt. 'Buiten. Vertel me eens, maak je er een gewoonte van om te vallen...?'

'Niet echt,' onderbreekt ze hem.

'...aan de voeten van mensen?'

Het blijft even stil.

'Nee,' zegt ze opnieuw. 'Nee, dat doe ik niet.'

'Marcus,' begint Phoebe, op een schelle, bazige toon, duidelijk uit haar humeur, 'ik wil weten hoe het met je gaat.'

Lily trekt haar wenkbrauwen op naar Marcus, maar wordt zich dan bewust van een verandering tussen hen drieën. Marcus kijkt snel naar Phoebe, en beweegt zijn mond alsof hij op het punt staat iets te zeggen. Phoebe kijkt hem doordringend aan en hij staart terug naar zijn nicht met een vreemde, wrokkige, bijna gepijnigde uitdrukking, één hand, vreemd genoeg, tegen het midden van zijn borst gedrukt.

'Hoe is het nu met je?' Phoebes stem is bijna een fluistering. Er wordt gezinspeeld op iets persoonlijks, iets verborgens. Lily kijkt van de een naar de ander, en wil plotseling bij die twee weg. Wat dit ook is, het heeft niets te maken met haar.

'Nou, ik...' Hij stopt. Langzaam wrijft hij met een knokkel over zijn neus, waarbij hij erin slaagt om zijn bierblikje rechtop te houden. Iemand loopt door de gang achter de keukendeur en zegt: 'En ze heeft het nooit geweten, is er nooit achtergekomen.' Marcus haalt diep adem en lijkt het linoleum op de grond te bestuderen. Lily ziet tot haar ontzetting dat hij op het punt staat te gaan huilen. Maar dan grinnikt hij en zegt: 'Ik denk dat ik een nieuwe huisgenoot zal moeten zoeken.'

Hij en Phoebe krijgen plotseling een hysterische aanval. Phoebe gilt van het lachen, leunt tegen Marcus aan terwijl ze met zijn tweeën giechelen, het uitproesten en hikken en hun ogen afvegen. Lily glimlacht naar hen beiden en draait zich naar de muur van mensen en geluid. Terwijl ze wegloopt hoort ze Phoebe achter zich vragen: 'Wat is er in vredesnaam gebeurd?'

Gisteravond begon de radio waarvan hij dacht dat die al tijden kapot was, sputterend weer tot leven te komen. Plotseling gleed een vrouwenstem, in de scherpe klinkers van een taal die hij niet kon thuisbrengen, naar beneden over de spiraaltrap van zijn gehoor.

Aidan slaat een bladzijde van het tijdschrift om en neemt een voorzichtige slok van zijn gloeiend hete koffie. Hij was een poosje blijven liggen, terwijl hij luisterde naar het geluid van een ver radiostation dat ergens vandaan een programma uitzond dat in zijn kamer opklonk. Hij had niet meer in slaap kunnen komen en een halfuur later zat hij op de rand van zijn bed, schroevendraaier in de hand, de radio in onderdelen om hem heen, in een poging de losse verbinding te ontdekken.

Het tijdschrift heeft hij in het café gevonden. Het gaat over 'keuzes in levensstijl', zo leest hij, en het staat vol met voor hem volslagen onbekende soapsterren in hun ondergoed. Hij besteedt een paar minuten aan een belachelijke vragenlijst met als titel 'Dus jij denkt dat je immuun bent voor de liefde?' en scoort droevig laag, waaruit blijkt dat hij er bijzonder vatbaar voor is. Hij doet het opnieuw, rommelt met zijn antwoorden, totdat hij boos wordt op zichzelf en zich dan maar concentreert op een artikel over een testikelfestival in Montana.

Hij is naar de film geweest en, omdat hij weet dat hij voorlopig toch niet kan slapen, daarna naar een koffiebar die nog laat open was. Hij moest eruit, moest weg uit de flat, moest doen alsof hij nog andere plannen had. Hij werd geacht bij de opening van Phoebes tentoonstelling te zijn, maar kon dat gewoon niet aan.

Hij zit op een barkruk met een ijzeren sport voor zijn voeten, met vóór hem een spiegel. Hij vermijdt zijn eigen blik en kijkt in plaats daarvan naar de ruimte achter hem. De mensen onder de witte tl-verlichting zien er bleek en ongezond uit. Sigaretten balanceren tussen vingers of in asbakken, benen zijn over elkaar geslagen, voeten bungelen in de lucht, in harmonicavorm gevouwen servetten staan op tafeltjes. Niemand zegt veel. De Italiaanse mannen bij de bar mompelen korte zinnetjes tegen elkaar en staren naar het grote televisiescherm, waar twee teams over een felgroen veld heen en weer zigzaggen. Buiten zwalken groepjes mensen die nog laat uit zijn langs de glazen deur.

Zonder waarschuwing wordt hij overvallen door een enorme geeuw, en zijn kaakgewricht kraakt – een angstaanjagend, onbehoorlijk geluid dat binnen in zijn hoofd klinkt als een geweerschot. Hij onderdrukt de neiging om te lachen, en kijkt om zich heen om te zien of iemand anders het ook heeft gehoord. Wat zou hij moeten zeggen? Sorry dat ik u heb gestoord, het was alleen maar mijn slecht functionerende onderkaak. Een man loopt vlak langs hem heen, en trekt intussen zijn jas aan. De ober slaat een tafelkleedje uit bij de deur. Iemand die in de hoek staat laat een kop koffie uit zijn handen vallen en die slaat kapot, waarna een hete, donkere plas koffie zich over de keurige zwartwittegels van het linoleum verspreidt.

Lily glipt de achtertrap van de galerie op, op zoek naar een andere wc. Er is er ook een op de benedenverdieping, maar voor de deur ervan staat al een lange rij mensen in een slingerende rij te wachten. Het zweet dat haar uitbrak doordat ze klem zat in een ruimte met te veel mensen, koelt af op haar huid. Terwijl ze de trap oploopt, verbeeldt ze zich dat ze een werveling van watermoleculen achter zich aan heeft.

De galerie bevindt zich in een van die lange aaneengesloten Victoriaanse huizenrijen die zich uitstrekken over de hele stad. Ze hebben allemaal ongeveer dezelfde indeling, maar op de plek waar de badkamer meestal is – aan de achterkant van het huis op de eerste verdieping – treft Lily nu een kantoortje aan waar het licht ruikt naar natte korrelkoffie.

Ze buigt zich over de spiraalvormige trapleuning en kijkt omlaag. Vanaf deze afstand klinkt de verzameling stemmen als het gekwaak van kikkers, hoog en regelmatig. Dan hoort ze nog iets anders – zware voetstappen van iemand die de trap af loopt.

De vloer trilt als Marcus naar beneden komt van de bovenverdieping. Ze gaat rechtop staan en draait zich naar hem toe, zijn huid wit als marmer in de schemering. Maar hij komt dichterbij en, zonder iets te zeggen, legt hij één arm om haar schouders en de andere om haar middel. Zijn lichaam rust tegen dat van haar. Hij buigt zijn hoofd en drukt zijn lippen tegen het kuiltje net onder haar jukbeen.

Lily is zo geschokt dat ze niets doet. Ze staat in de kooi van zijn armen, en ademt de lucht in van zijn haar, zijn huid, de wol van zijn trui, de wijn in zijn adem. Zijn gezicht voelt vochtig aan, alsof hij het net heeft gewassen.

Dan voelt ze iets totaal anders. Een beweging in de lucht, klein, onmerkbaar, een lichte verstoring in de atmosfeer. Er is nog iemand anders. Er is nog iemand vlakbij die hen gadeslaat. Ze maakt zich van hem los en draait haar hoofd om. Niemand. Ze steekt haar hoofd uit langs hem heen. Ook daar is niemand.

Ze kijkt weer naar hem, lichtelijk van haar stuk gebracht. Het ligt op haar tong om hem een vraag te stellen, maar ze kan niet goed formuleren wat precies. Het moment aarzelt tussen hen, en het is er een van een bijzondere, koortsachtige helderheid: ze kan het kloppen van zijn hart horen, de statische verschuiving van haar schoenzolen tegen de vloerbedekking. Er zijn overal structuren: hij krabt over zijn hoofd, en haarschachten knisperen tegen zijn schedel, nagels tegen haarfollikels. Hun kleding, die om hun lichamen beweegt, zijn vreugdevuren van zijde tegen katoen, wol tegen denim.

Hij grabbelt in zijn achterzak. 'Ik moet je iets laten zien.' Hij maakt een uitvoerige rondcirkelende beweging met zijn handen, als een goochelaar die het sloteffect van een truc laat zien. Hij opent zijn handpalm en strekt die naar haar uit. In het midden ervan ligt een strookje papier.

'Dit is een stukje papier,' zegt hij.

Lily gaat met haar hand omhoog en raakt de plaats aan waar zijn lippen zijn geweest. 'Dat zie ik ook wel.'

'Wil je het?'

Ze kijken er samen naar, een smalle strook op zijn uitgestrekte hand. Ze houdt haar gezicht in de plooi. 'Niet echt.'

'En als ik mijn telefoonnummer erop schrijf?'

Lily lacht.

'Nou?' zegt hij.

'Nee,' zegt ze, terwijl een onverklaarbare strijdlust bezit van haar neemt, 'dan nog wil ik het niet.'

'Dat is heel onbeleefd,' zegt hij. Hij strekt het papiertje uit tussen zijn handen en maakt er een knippend geluid mee tegen de lucht. 'Heeft je moeder je geen manieren geleerd?' Hangend tegen de trapleuning krabbelt hij er iets op met de dunne punt van een vulpotlood. 'Hier,' zegt hij, terwijl hij het in haar zak stopt. 'Beloof me dat je zult bellen.' Hij houdt zijn hand in haar zak, en trekt haar zo naar zich toe. 'Beloofd?'

En omdat ze hem niet wil geven wat hij wil, of in ieder geval nog niet, niet wil dat hij zijn zin krijgt, vraagt ze: 'Zoek je echt een nieuwe huisgenoot?'

Hij knippert met zijn ogen. De hand in haar zak beweegt, spant zich, trekt zich dan terug. 'Misschien. Waarom?'

'Ik ken iemand die op zoek is.'

'Wie?'

'Ik. Ik woon sinds twee maanden weer bij mijn moeder en ik word er stapelgek van.'

Hij bestudeert haar gezicht met een dusdanige intensiteit dat ze weet dat hij ergens anders aan zit te denken. 'Jij,' zegt hij, alsof hij het woord op zijn tong weegt. Dan slikt hij. 'Ja,' zegt hij, 'ja, ik zoek inderdaad iemand. Nu zul je me wel moeten bellen,' roept hij, terwijl hij de trap afdendert.

SECONDEN GAAN VOORBIJ. LILY STAART OMHOOG NAAR DE GESLOTEN, ondoorzichtige ramen, en wacht. Niets.

'Marcus!' roept ze opnieuw, terwijl ze haar blik langs de stenen muur laat gaan, alsof ze daar een soort reactie van verwacht. De binnenplaats die een smalle ingang heeft, is aan drie kanten omgeven door pakhuizen met grote ramen. Het effect van haar stem wordt er onderdrukt en ontdaan van decibellen. Ze zucht en kijkt naar het stukje papier om het straatnummer te controleren dat hij haar heeft gegeven, voordat ze weer naar de deur stapt. Er zijn vier afzonderlijke deurbellen en naast de bovenste staat geschreven: SINEAD + MARCUS. De bel deed het niet, had hij gezegd; ze zou naar boven moeten roepen, had hij gezegd. Dan zou hij meteen naar beneden komen.

Ze stapt naar achteren, weg van de deur, en beschermt haar ogen tegen het sombere licht van de hemel. De bovenste ramen zien er leeg en ondoordringbaar uit en weerspiegelen schaduwen van hun tegenhangers aan de overkant. Ze kijkt door de ingang van de binnenplaats naar de straat. Twee oudere mensen in beige regenjassen steken de straat over in een pijnlijk langzaam tempo, gevolgd door een jichtig ogende terriër in een geruit jasje. Ze zou gewoon weg kunnen gaan. Ze zou zo weg kunnen lopen, de metro pakken en naar huis gaan, haar make-up verwijderen en haar broek, die rond haar middel strak zit, uittrekken, om daarna onder het flikkerende blauwe oog van de televisie te gaan zitten. Ze zou alles kunnen vergeten en gewoon weggaan. Ze rammelt met sleutels in haar zak, en overweegt dit idee.

Maar dan haalt ze diep adem, terwijl ze zich verbeeldt hoe haar longblaasjes zich vullen met lucht en donker worden van de zuurstof. 'MARCUS!' buldert ze. Het komt er veel harder uit dan ze had verwacht, en ze giechelt verbaasd en met een soort binnenpretje om het lawaai dat ze kennelijk in staat is voort te brengen. Zijn naam weerkaatst van de natte kinderkopjes, de glanzende ramen, de voorruiten van de auto's die naast de trottoirs staan geparkeerd. Dan zwaait een raam boven haar open en een man verschijnt. Maar dat is niet Marcus. Hij heeft zwart haar. Hij fronst ook. Ze bekijken elkaar even onderzoekend.

'Hij is er niet,' roept hij omlaag, terwijl hij met één hand op de vensterbank leunt en met de andere het haar uit zijn ogen houdt. Hij ziet eruit alsof hij uit een diepe slaap is wakker geschrokken.

'O,' zegt Lily. 'Weet je soms ook wanneer hij terugkomt?'

De man schudt zijn hoofd en haalt zijn schouders op.

'Ik had hier om zeven uur met hem afgesproken.'

De man kijkt op zijn horloge. Lily kijkt niet op het hare. Ze weet al dat het ongeveer tien over is.

'Geen idee.' Hij kijkt op haar neer. Lily wacht. 'Misschien kun je maar beter binnenkomen.'

'Bedankt,' mompelt ze.

Even later wordt de zware grijze voordeur aan de straat geopend. Hij zwaait naar buiten, doordat de man er met zijn voet tegenaan duwt. Lily moet onder zijn arm door duiken. 'Bedankt,' zegt ze.

Hij bekijkt haar nieuwsgierig, zonder te glimlachen; ze kijkt stralend naar hem terug. Chagrijnige mensen maken altijd dat ze dit gaan doen – door ze te plagen en te irriteren moeten ze hun somberheid wel loslaten. Dan laat hij de deur dichtvallen en ze zijn plotseling omringd door totale duisternis. Lily schrikt en steekt haar hand omhoog om een muur, een oppervlak te voelen. Ze zou het nooit aan iemand toegeven, maar ze is een beetje bang in het donker. Ze zit opgesloten in de pikdonkere hal van een groot pakhuis met een man die ze nog nooit heeft ontmoet. Ze herinnert zich vaag dat ze een trap omhoog heeft zien lopen, die daarna een bocht maakte, maar is die nu links of rechts van haar?

'Donker, hè?' hoort ze zichzelf zeggen tegen de chagrijnige kerel, maar haar stem klinkt hoog en zwak.

Er volgt geen antwoord. Lily schuifelt met haar voeten in de richting van waar zij denkt dat de trap moet zijn, terwijl ze haar arm uitgestrekt houdt. Het vloeroppervlak voelt ruw aan. Er knerpt iets onder haar voeten.

'Deze kant op.'

De stem is heel dicht bij haar oor, en aan de andere kant van haar hoofd. Hij is kennelijk om haar heen gelopen zonder dat ze dat heeft gemerkt.

'Is er hier ook licht?' zegt ze, terwijl ze haar gezicht in de richting van zijn stem wendt.

'Er is boven een lamp.'

Zijn stem is nu verder weg, hoger. Hij loopt kennelijk al op de trap. Een onverklaarbare angst dringt in haar door als een chemische stof, haar hoofd warm, haar ademhaling snel. Ze is boos op zichzelf omdat ze zo stom doet, maar er prikt zout water bij haar oogleden wanneer er ineens een explosie van licht is alsof er een flitslampje afgaat. De voordeur gaat open en iemand – Lily is te verblind om te kunnen zien wie – komt binnen. De deur slaat dicht en er wordt een licht aangedaan, en voor haar, met een fietshelm onder zijn arm, staat Marcus. Zijn haar is nat, kort als fluweel, met een waas van motregen.

'Sorry,' zegt hij, en slaat met zijn hand tegen zijn voorhoofd. 'Ik ben te laat, hè?' Hij duwt de manchet van zijn jack terug om op zijn horloge te kijken. 'Ja. Het spijt me echt. Ik werd opgehouden door die idioot met wie ik werk en ik kon niet wegkomen en...' Hij komt dicht naar haar toe, zo dicht dat ze de regen op hem kan ruiken, grijpt haar arm en trekt haar naar de trap toe. 'Laten we naar boven gaan. We moeten geen seconde meer verliezen. Heeft Aidan je binnengelaten? Waar is hij trouwens naartoe? Waarom heeft hij je hier in het donker achtergelaten?'

Ze volgt de hielen van zijn schoenen – niet dezelfde die hij op het feest droeg – de trap op. De trap is gammel, smal en steil; dunne, doorbuigende planken en een gladde houten leuning waar goedkope verf op zit. Ze gaan naar de tweede verdieping, de derde en dan naar de vierde, waar een deur op een kier staat. Marcus duwt ertegenaan en houdt de deur voor haar open.

'Ga je gang, Lily.'

'Dank je,' zegt ze, en onbedoeld kijken ze elkaar in de ogen als ze vlak langs hem heen loopt in de deuropening.

Maar daar staat ze niet bij stil, omdat ze rondkijkt in de kamer waarin ze wordt binnengelaten. Ze had nooit gedacht dat zo'n vervallen, smerig gebouw een dergelijke enorme, weergalmende ruimte zou kunnen bevatten. Geschuurde, gelakte vloerplanken strekken zich uit vanaf de plek waar ze staat tot aan een keuken in een hoek, een grote tafel in een andere hoek, tot aan enorme ramen aan de andere kant. Rode lampenkappen hangen aan het plafond, dat twee keer zo hoog is als normaal. De muur vanaf de deur waar zij staat tot aan de keuken is bleekgroen geschilderd; de rest is wit, met rijen en rijen boekenplanken.

Marcus is naar binnen gelopen, trekt zijn jas uit en slingert zijn tas in een stoel. Lily loopt op hem toe over de planken, haar hakken klikkend op het gelakte hout.

'Lily komt voor de kamer,' zegt Marcus.

Aidan, die aan de lange keukenbar staat, laat iets vallen. 'De kamer?' snauwt hij terwijl zijn hoofd naar voren schiet alsof Marcus iets obsceens heeft gezegd. 'Wat bedoel je?'

Zijn woede maakt dat ze plotseling blijft staan, als een hond die het einde van zijn riem heeft bereikt. Ze kijkt naar Aidan en dan naar Marcus.

Marcus zegt niets en kijkt de andere man strak aan. Dan haalt hij zijn schouders op. 'Nou, we hebben iemand nodig, zodat we de rekeningen en zo kunnen betalen.'

'O.' Aidan pakt een ijsblokjeshouder op en buigt die tussen zijn handen. Er slaat damp vanaf als hij de houder tegen de rand van een groot glas water tikt. Lily hoort hoe het ijsblokje versplintert bij het contact. 'Is dat zo?'

Marcus lijkt zich niets aan te trekken van het venijn in Aidans stem, en wrijft met zijn handpalm over zijn hoofd. Ze kijken toe hoe Aidan het glas grijpt en met grote stappen dwars door de kamer loopt. Hij opent een paar zware dubbele deuren en verdwijnt als de assistente van een goochelaar in een kist.

'Let maar niet op hem,' zegt Marcus, terwijl hij naar iets zoekt in een la.

'Waar is hij heen gegaan?' vraagt ze.

'Heen gegaan?'

'Ja, heen gegaan.' Ze wijst. 'Door die deuren.'

'O,' lacht hij, 'dat is de liftkoker. Dat is zijn kamer.'

'De liftkoker?'

'Ja. Die is behoorlijk groot. Ongeveer drieënhalf bij vier.'

'Juist ja.' Ze heeft geen idee hoe groot dat is.

'Ben je nooit eerder in een pakhuis geweest?'

'Nee. Ik heb er wel foto's van gezien, maar nooit zoiets als dit.'

'Toen we het ontdekten,' hij is inmiddels naar de keuken gelopen, waar hij de ijsblokjeshouder terugzet in de koelkast met de stalen deur, 'was het niet veel meer dan alleen de buitenmuren.'

Lily leunt tegen de andere kant van het aanrecht. 'Alleen de buitenmuren? Echt? Niets van dit alles,' ze zwaait met haar arm, waarbij ze de keuken, de lampen, een kleine ruimte omgeven door glazen wandtegels waarvan ze aanneemt dat het een badkamer is, en, voorbij Aidans liftkoker, tot bij de ramen, waar twee deuren uitkomen op de hoofdruimte, 'was al hier. Je hebt dit allemaal zelf gebouwd?'

'Ja.'

'Jij en Aidan?'

'Nee.' Zijn stem daalt, duikt omlaag totdat die laag klinkt in zijn lijf, wat maakt dat ze opkijkt. Het blijft even stil. Marcus gaat met zijn vingers langs de zijkant van het aanrecht, zijn hoofd gebogen. 'Ik en mijn vriendin.'

De woorden zorgen ervoor dat Lily het gevoel krijgt alsof ze op een vloer staat die van rijstpapier is gemaakt. Hij heeft een vriendin. Hij heeft een vriendin. Dat feit maalt maar door haar hoofd maar, omdat ze er zich van bewust is dat hij naar haar kijkt, glimlacht ze en knikt ze, terwijl ze eigenlijk het gevoel heeft alsof ze daar te kijk staat. 'Sinead?' vraagt ze, en het woord voelt vreemd aan in haar mond. Ze heeft die naam nooit eerder gezegd, realiseert ze zich, haar lippen en tong hebben nooit samengewerkt om deze serie klanken naar buiten te brengen.

Marcus kijkt naar haar en het blauw van zijn ogen heeft iets van een dik, koud blok ijs. 'Ja. Hoe wist je...'

'Het staat bij de deurbel.'

'O. O, ja. Dat klopt,' zegt Marcus, zijn stem nog onvast. Lily voelt hoe verwarring achter in haar hoofd rondzwermt. Hij gaat wat rechter staan, lijkt een last van zijn schouders te duwen. 'Zal ik je die kamer even laten zien?'

Ze loopt achter hem aan, verder het huis in, en terwijl ze dat doet vormt ze zich een beeld in haar hoofd. Ze zal wel Iers zijn, met zo'n naam, dus Lily geeft haar lang, golvend glanzend rood haar en scherpe, groene ogen. Ze is klein en sierlijk, en haar huid heeft de kleur van karnemelk, met een sneeuwstorm aan sproeten. Ze heeft een zacht, vol, weelderig lichaam. Ze zegt zijn naam met een zachte, langgerekte R. Lily probeert deze elementen in haar hoofd bijeen te voegen, maar op de een of andere manier wil het beeld niet samensmelten, wil het geen geheel vormen.

Als hij bij een deur stopt aan de andere kant van het pakhuis, ziet Lily dat er een tussenmuur is gebouwd, van vloer tot plafond, boven wat een nis geweest moet zijn. Ze draait haar hoofd om en ziet dat er nog een kamer is, gebouwd op precies dezelfde manier, recht tegenover de kamer die ze nu binnengaan.

'Jullie hebben er veel werk aan gehad, hè?' zegt ze.

'Ja, dat hebben we zeker. Maar dat is niet zo moeilijk voor mij,' zegt Marcus. 'Ik zit min of meer... in die bedrijfstak.'

'Ben je aannemer?'

Hij schudt zijn hoofd. 'Architect.'

Ze verzamelt moed om te vragen wat Sinead voor werk doet, maar als ze de kamer binnenstapt, kan ze even niets zeggen. De vorm is rechthoekig en het plafond lijkt in deze omsloten ruimte zelfs nog hoger. De buitenmuur wordt gedomineerd door een glazen vlak. De gordijnen zijn opengetrokken en aan de overkant van de binnenplaats kan Lily in een kamer kijken waar een vrouw in een lila jurk tegen een computer leunt, terwijl ze praat tegen een man die met zijn rug naar hen toe gekeerd staat.

Ze is perplex; niet over de ruimte of de afmetingen of het aspect van het diepe indigoblauw van de muren, maar dat de kamer duidelijk nog wordt bewoond; vanuit een halfopen hangkast is een wirwar aan kleren – van een vrouw, te oordelen naar de stof en vorm – over de grond verspreid. Het bureau is bedekt met een berg losse vellen papier en stapels boeken; flesjes nagellak staan in een rijtje op de vensterbank, hun regenboogkleuren van blauw, oranje, paars, groen en dieprood glinsterend als kattenogen. Het bed ziet eruit alsof wie het ook mag zijn net is opgestaan, met het laken in punten omhoog, het dekbed teruggeslagen, de kussens met ronde deuken erin, verkreukelde tissues verspreid over de matras. Tegen de muren hangen zwartwitfoto's van Marcus die met zijn armen uitgestrekt over een strand loopt, van een oudere vrouw met een blazende cyperse kat onder haar arm, en nog een van Marcus, deze keer op één voet balancerend op het dak van wat dit gebouw zou kunnen zijn. Een glas water staat naast het bed, en een boek met daarin een pen gestoken om aan te geven waar de lezer is gebleven. Het lijkt alsof iemand gewoon even weg is, om iets uit de keuken te halen of om de telefoon te beantwoorden. Lily voelt zich niet op haar gemak, alsof die persoon ieder moment terug kan komen, hen daar zal zien staan en zal vragen: 'Wat doen jullie in mijn kamer?'

Marcus beweegt zich en Lily ziet hoe hij twee stappen de kamer in doet. Hij stopt bij het bureau en neemt een blad van de vetplant tussen zijn wijsvinger en duim. De spieren in zijn nek zwellen op onder zijn huid.

'Ik begrijp het niet,' barst Lily los. 'Is dit de kamer? Ik bedoel, de kamer die je wilt verhuren?'

Hij knikt.

'Maar waarom… van wie zijn al die spullen? Van wie is deze kamer?'

Marcus maakt aanstalten om zijn armen over elkaar heen te slaan, maar in plaats daarvan slaat hij ze om zichzelf heen, zijn handen weggestopt onder zijn armen, zijn vingers grijpend in zijn eigen ribbenkast. 'Dit is… dit was…' zijn stem is nauwelijks hoorbaar '…dit was de kamer van Sinead.'

'Van Sinead?' herhaalt Lily, voordat ze zich ervan kan weerhouden, voordat ze zich de betekenis van zijn woorden realiseert. 'O,' zegt ze geschrokken, 'ik…'

'Het spijt me dat dit allemaal…' hij gebaart om zich heen, 'nog steeds hier is. Ik was van plan… ik dacht dat het… inmiddels wel opgeruimd zou zijn. Maar…' Hij loopt weg, raakt de plant opnieuw aan.

'Ze… ze…' Lily probeert grip op de situatie te krijgen, het gesprek een andere kant op te sturen, maar haar keel zit dicht. Een deel van haar wil hem aanraken, en een ander deel wil hier als de donder wegwezen en nooit meer terugkomen. Wat ook de reden mag zijn geweest dat dit meisje zo overhaast is vertrokken, het kan nooit goed zijn geweest.

'Wat?' zegt hij, en zijn gezicht lijkt vreemd veranderd in het heldere licht van de lamp.

'Ze… uh… ze heeft de kamer in een mooie kleur geschilderd.'

'Ja.' Marcus drukt zijn hand tegen de verticale, helderblauwe lamellen van de zonwering. 'Dat heeft ze inderdaad.'

Ze sluiten de deur achter zich door er allebei tegenaan te leunen, en terwijl die dichtvalt, bewegen ze zich dichter naar elkaar toe.

'Dus, je vindt het een leuke kamer?' Hij raakt haar schouder aan, maar trekt haar niet tegen zich aan. De ruimte tussen hen heeft de breedte en lengte van een derde lichaam.

'De kamer?' Ze perst haar lippen op elkaar. Het verontrust haar, verwart haar. Ze wil vragen wat er is gebeurd, waarom ze is weggegaan, wanneer ze is weggegaan. Wat kon in vredesnaam de reden zijn geweest dat iemand in zo'n vliegende haast is vertrokken? Wat zou zo snel een einde kunnen maken aan een relatie dat je niet eens je kleren meeneemt? De kamer geeft haar het gevoel als de plaats van een ongeluk – pervers dwingend om naar te kijken, maar niet iets waar je ooit mee te maken zou willen hebben. Zijn gezicht, dicht bij het hare, is gespannen en wacht op een antwoord, en zijn handen, die warm op haar armen drukken, verwarren haar. Iets zegt haar dat ze weg moet gaan, nu weg moet gaan, de trap af moet lopen, door de ingang van de binnenplaats en nooit meer terug moet komen. 'Ik vind hem prachtig,' hoort ze zichzelf zeggen.

'Dus je neemt de kamer?' zegt hij met een lach die zich over zijn gezicht verspreidt. 'Je komt hier wonen?'

'Ja,' zegt ze, meer voor zichzelf knikkend dan voor hem. 'Ja, ik kom hier wonen.'

Hij legt zijn voorhoofd tegen het hare aan. Ze kussen elkaar niet, maar hun handen bewegen zich over elkaar heen, langzaam en aarzelend, als schaatsers die niet zeker weten of het ijs wel zal houden.

TOEN AIDAN EEN KIND WAS, SPRAK HIJ EEN JAAR LANG NIET. NIET om een bepaalde reden – hij wilde gewoon kijken of hij dat kon. Op een morgen werd hij wakker en besloot toen dat het zo zou worden, zijn lippen op elkaar over zijn tanden, zijn tong vlak en bewegingloos, een witte, volkomen stilte om hem heen, en het tumult in zijn hoofd alleen van hem, privé, afgesloten.

De gemoedsgesteldheid van zijn ouders veranderde als lakmoespapier, van wanhoop in boosheid en daarna in bezorgdheid. Hij schreef briefjes aan hen met een blauw potlood op een blocnote die bijeen werd gehouden door een metalen spiraal. Hij werd naar een psychiater gestuurd, van wie hij op moest schrijven wat voor een karakter kleuren volgens hem hadden. De kinderen uit zijn klas op school noemden hem 'debiel' en 'mongool', totdat zijn zus Jodie handenvol haar van hen beetpakte en hun hoofden heen en weer schudde als sambaballen. En toen het jaar voorbij was – hij herinnerde zich de datum, maar niemand anders deed dat – zat hij aan tafel en voelde hij hoe de woorden in hem naar boven kwamen als de dunne draad van kwikzilver in een thermometer.

Aidan zit in een stoel, het ene been rustend op het andere, één hand die zijn slaap ondersteunt. Hij betreurt het dat hij zijn jasje niet heeft uitgetrokken zoals de man had voorgesteld; hij vergeet altijd dat de airconditioning in dit land niet zo hoog staat als in de States. De stoel is zacht, met harde plastic leuningen, en dringt zich in de ruimte tussen zijn schouderbladen. Hij kan maar geen manier vinden om er lekker in te zitten. Wat belachelijk is, overpeinst hij, omdat een orthopedisch specialist waarschijnlijk maanden heeft gewerkt aan het optimale ergonomische ontwerp voor zijn ronddraaiende, in de hoogte verstelbare, rugsteunende geval.

Wardour Street bromt, zes verdiepingen lager. Hij zit in het kantoor van Personeelszaken van de firma waarvoor hij zal gaan werken. Voor hem zit een man aan de andere kant van een bureau te praten. Het menselijk brein is in staat om maximaal vijfenveertig verschillende spraakklanken per seconde te onderscheiden. Misschien, denkt Aidan, praat deze man twee keer zo snel als normaal, omdat hij niets verstaat van wat hij zegt; zijn stem bereikt Aidan als een laag, onbegrijpelijk gebrom. De man probeert hem te overreden om het contract tussen hen op het bureau te ondertekenen. Hij heeft Aidan gevraagd langs te komen om het te bespreken. Maar Aidan is niet van plan het contract te tekenen. Heb je niets beters te doen? wil hij hem vragen; doe je pak uit, ga naar buiten, ontmoet mensen, heb wat plezier.

In plaats daarvan werpt hij een overdreven blik op zijn horloge en kijkt verbaasd. Hij heeft over een kwartier afgesproken met zijn zuster om te gaan lunchen. De beweging heeft een gerinkel van metaal tegen metaal in zijn zak veroorzaakt. De sleutels. Hij is ze bijna vergeten.

'Ik moet echt gaan,' zegt Aidan vriendelijk, terwijl hij naar voren schuift in de ongemakkelijke stoel.

De man kijkt geschrokken. 'Nou,' zegt hij. 'Bedankt dat u... op zo'n korte termijn hebt willen komen.' Hij pakt een pen op en reikt die hoopvol aan.

Aidan glimlacht en schudt zijn hoofd. 'Als u de wijzigingen hebt aangebracht,' gebaart hij naar de bladzijden vol kleine letters, 'ik heb ze aangegeven met potlood. Daarna praten we opnieuw.'

'O.' De man ziet er verslagen uit en friemelt aan de zijden stof van zijn das. 'O. Oké. Ik zal het ze laten weten.'

Aidan knikt. 'Dank u.' En hij loopt weg, naar buiten door de metalen deur waar een dranger op zit, en neemt de trap naar beneden.

Lily is bezig met betalingen aan fotografen bij het agentschap waar ze werkt. Een stapel opengevouwen papieren ligt naast haar linkerpols. Ze pakt ze op, één voor één, typt een cijfer in een kolom, drukt op ENTER en wacht tot de trage computer weer reageert. Met één hand rommelt ze met een paperclip en buigt die los uit zijn strakke

vorm. Tegenover haar kamer geeft een vrouw een klap op de afdek-
plaat van het fotokopieerapparaat.

Lily gelooft niet in een carrière. Ze had een paar jaar geleden een
'goede baan' zoals haar moeder het noemde, of het begin ervan, toen
ze als tolk werkte en de vreemde verlangens, overtuigingen en be-
zwaren van diplomaten en politici vertaalde. Maar – en dat heeft ze
nog nooit aan iemand bekend – ze heeft ontdekt dat ze na een paar
weken niet meer in staat was om de vertaalsynaps in haar hersenen
uit te schakelen. Als een kraan die ergens staat te druppelen werd dit
het constante achtergrondgeluid in haar leven. Als ze aan het praten
was met haar vriendinnen, tv keek, naar de radio luisterde, dan wilde een klein onbereikbaar, onbeheersbaar deel van haar geest per se
alles wat ze hoorde vertalen in het Frans. En toen het vertaalduivel-
tje in haar meteen commentaar begon te leveren op het kleinste ding
wat ze deed in haar leven ('*Ouvre ton porte-monnaie, prends les
pièces – tu as la monnaie? oui – et mets les l'un après l'autre dans la
machine, appuies sur le bouton, et maintenant ou vas-tu encore?*'
krijste het tegen haar, als ze voor de kaartjesautomaat in het metrostation stond) besloot ze dat ze drastische maatregelen moest nemen. Tegenwoordig heeft ze het grotendeels onder controle; nog
maar af en toe begint haar boosaardige inwendige vertaler tegen haar
iets over haarzelf in het Frans te fluisteren.

Dus eigenlijk heeft ze nu drie baantjes – waarvan er niet één haar
echt interesseert, en waarvan er niet één haar geest infiltreert buiten
haar werktijden om – van negen tot zes, zes dagen per week. Van
maandag tot donderdag verricht ze allerlei administratieve en orga-
nisatorische taken voor een groep agenten van acteurs; op vrijdag
past ze in Stoke Newington op een nogal stille peuter, Laurence, zodat zijn moeder yoga- en pottenbaklessen kan volgen. Lily wordt geacht hem Frans te leren, maar er is maar beperkte conversatie mogelijk met een anderhalfjarige, in het Frans of op welke manier dan
ook. Op zaterdag werkt ze als bh-coupeuse op de lingerieafdeling van
een groot warenhuis, samen met Sarah, die daarmee haar doorde-
weekse belichaming van studente aan de kunstacademie in stand
weet te houden.

Lily vertelt haar moeder dat ze aan het sparen is om verder te kunnen studeren. Soms zegt ze tegen zichzelf dat ze spaart om te gaan
reizen. Of om een eigen huis te kopen. Of voor een computer. Of
voor een opleiding waarmee ze iets kan gaan doen wat briljant en in-

teressant is. Ze spaart voor iets, dat weet ze gewoon, een vage toekomst die zich nog niet duidelijk heeft gevormd in haar hoofd. Als datgene wat ze zoekt zich aan haar voordoet, zegt ze tegen zichzelf, dan zal ze het geld hebben om dat te doen. En bovendien hebben die baantjes van haar het voordeel dat ze tijd in beslag nemen, en haar leven structuur en een impuls geven.

Lily's telefoon gaat, waardoor ze opschrikt.

'Hallo, met de receptie. Er staat hier een man voor jou. Hij zegt dat hij een sleutel voor je heeft.'

Marcus. Het is Marcus. Lily blijft even bewegingloos zitten, waarbij haar hart in haar keel bonkt. Dan legt ze haar werk aan de kant en staat ze op. In het rookglas van de kantoormuur is ze bleekzwart en loopt ze in de tegenovergestelde richting van zichzelf, op weg naar een frontale botsing met een donkere dubbelgangster.

Bij de balie, onder de ongeneerde blik van de receptioniste, staat Aidan, met een grote tas naast zich op de grond. Lily blijft staan waar ze is. ' Hoi,' zegt ze. Aidan lijkt langer, breder dan ze zich hem in gedachten had. Hij is niet mager, zoals het beeld dat ze van hem in haar hoofd had, maar goedgebouwd, met schouders die een groot deel van de ruimte achter hem verduisteren.

'Goed,' zegt hij, terwijl hij zijn kin heft in een soort knik.

De receptioniste tikt met een balpen tegen haar nagels, grinnikt naar Lily en knipoogt. Lily negeert haar.

Aidan steekt zijn hand uit, met de palm naar boven. 'Ik kom je deze brengen.' Aan zijn middelvinger bengelt een ring met een paar sleutels eraan.

Lily komt naar hem toe en laat de sleutelring eraf glijden. 'Dank je.'

'De grote is voor de voordeur. De zilveren voor het bovenste slot. En de andere voor de... nou ja, de andere deur.'

'Oké. Mooi. Hartelijk bedankt.'

Hij haalt zijn schouders op en grijpt zijn tas.

'Zo... en waar ga je naartoe?' vraagt ze, in de hoop hem aan de praat te houden. Het lijkt zo gek als hij meteen weer weg zou gaan. Uiteindelijk zullen ze straks in hetzelfde huis wonen.

'Japan.'

'O.'

'Voor werk.'

'Juist.' Ze wordt plotseling overvallen door de neiging om te gaan lachen en ze doet alsof ze moet hoesten, waarbij ze haar hand over haar mond legt, zodat hij niet ziet dat ze moet lachen. Ze is zich ervan bewust dat deze man haar om de een of andere reden niet mag, en ze wil hem laten weten dat ze dat weet. En dat het haar niet kan schelen. Ze besluit om hem vragen te blijven stellen, gewoon om hem nog langer te pijnigen. 'Wat doe je voor werk?'

'Ik ben animator.'

'Waarvoor?'

'Eh... reclame.'

'Ja?'

'Muziekvideo's.'

'O?'

'En af en toe films.'

'Dat is vast geweldig.'

'Het is... eh, ja... het is wel leuk.'

Lily lacht stralend naar hem. Hij wendt zijn blik af, naar zijn voeten, naar het trottoir buiten, naar het fineer van de balie. Ze besluit om hem te laten gaan. Hij heeft wel genoeg geleden. 'Nou,' ze brengt de sleutels van de ene hand over in de andere, 'ik neem aan dat ik je wel weer zie als je terug bent.'

'Eh, ja. Tot ziens.' Hij loopt achteruit en gaat de deur uit, zijn tas onhandig over zijn schouder.

'Dag!' Ze wuift naar hem terwijl hij uit het zicht verdwijnt.

Als ze terugloopt naar haar bureau, wordt ze aangeklampt door Sonia, de vrouw die had staan vloeken bij het slecht functionerende fotokopieerapparaat. 'Wie was die KM?' vraagt ze, terwijl ze met haar handen op haar heupen Lily's weg blokkeert.

Lily onderdrukt een zucht. Sonia heeft de irritante gewoonte om alles een afkorting te geven. KM betekent Knappe Man.

'Wie was dat?' roept een andere vrouw vanachter haar bureau. 'Wat een stuk!'

Lily lacht en gaat zitten op haar stoel. Ze kijkt even naar de plek waar zij en Aidan hebben gestaan, alsof ze daar nog een soort nabeeld van hem zou kunnen zien. 'Dat was mijn nieuwe huisgenoot.'

'Leuk,' zegt Sonia, terwijl ze vellen papier rond schuift, waarbij er een paar op de grond vallen. 'Heel leuk. Mag ik eens bij je komen eten?'

'Ja hoor,' zegt Lily, terwijl ze haar volgende betalingsformulier pakt. 'Maar hij is geen KM. Hij is een OZ.'

Sonia kijkt op. 'Een wát?'

'Een Onuitstaanbare Zak.'

Ze heeft kennelijk tegen het bureau gestoten, met haar arm gezwaaid of bewogen op haar stoel, want plotseling vallen de sleutels van de plek op haar bureau waar ze die had neergelegd op de grond. Lily buigt zich om ze op te rapen en voor het eerst vraagt ze zich af of die van Sinead zijn geweest.

Aidan loopt weg, terwijl het witte egale licht van de lage winterzon zijn zicht op de straat vóór hem belemmert. De lucht is stil vandaag, onbeweeglijk, koud, en versterkt het geluid van zijn voetstappen, het knalgeluid van een automotor verderop in de straat, de staccato schreeuw vanuit een raam boven hem. Hij rilt in zijn kleren.

Voor een winkel besluit hij om naar boven te gaan, naar de herenafdeling, om er een overhemd te kopen. Hij staat voor een display van identieke overhemden in twaalf verschillende kleuren en merkt dat hij geen beslissing kan nemen. Een woordeloze versie van een popsong sijpelt omlaag vanuit luidsprekers die zijn verborgen in het verlaagde plafond. Hij loopt om een standaard met stropdassen heen en raakt een paar sokken aan. Dan neemt hij de lift naar beneden, omringd door toeristen en rijke vrouwen zonder baan met uitdrukkingsloze gezichten.

Het pakhuis is leeg als Lily arriveert. Ze loopt moeizaam de smalle trappen op met haar rugzak om, terwijl ze zich optrekt aan de leuning en de koffer tegen haar been slaat. Haar moeder, Diane, had aangeboden om haar weg te brengen met de auto en haar te helpen om 'alles op orde te brengen', maar Lily kon zich niets ergers voorstellen. Nadat de flat die ze had gehuurd wateroverlast had gehad, was ze gedwongen om terug te gaan naar haar moeder, waar ze zichzelf kleiner moest maken om weer te passen in het leven dat ze als tiener had geleid, weer te wonen in het huis waarin ze was geboren – 'in datzelfde bed daar', zei haar moeder graag tegen bijna iedereen die maar wilde luisteren. Haar vader had hen jaren geleden verlaten voor zijn secretaresse, wat Lily altijd beschouwde als een flagrante onverschilligheid ten opzichte van mannelijke banaliteit.

Ze is Aidans verhaal over de sleutels vergeten, of ze is vergeten toen op te letten, zodat ze nu tijden bezig is bij de voordeur, rommelend met de sloten.

Binnen lijkt het onnatuurlijk rustig en stil. De koelkast trilt, samen met de briefjes die op de deur ervan zijn bevestigd. Een zilverkleurige waterdruppel hangt aan de keukenkraan. De rode lampen aan het plafond werpen een helse, ovenachtige gloed over de kamer. Haar voetstappen op de planken vloer maken een krakend, echoënd geluid terwijl ze naar de kamer loopt die nu van haar is. Ze trekt aan de deurklink, maar er gebeurt niets; ze trekt harder. Het hout lijkt te zijn uitgezet in het deurkozijn. Ze stopt de sleutels in haar zak en trekt met beide handen. Dan valt ze achterover op de grond, en belandt hard op haar rug. Lily blijft even stilzitten omdat ze pijn heeft, en wrijft dan vloekend over haar rug. Dan stopt ze, omdat ze de kamer in kan kijken. Langzaam, zonder haar ogen los te laten van wat ze voorbij de deuropening ziet, laat ze haar rugzak van haar schouders glijden en wankelt ze naar de deur, terwijl ze met één hand naar haar pijnlijke rug grijpt.

Alles is weggehaald. Het had een andere kamer kunnen zijn. De blauwe muren zijn leeg, het bureau is weg, de flesjes nagellak en de boeken op de plank, zelfs het bed is verdwenen. Op de plaats van het grote, met verkreukelde lakens bedekte matras staat nu een nieuw bed, nog in zijn doorzichtige plastic verpakking. Lily gaat erop zitten, waarbij het polytheen onder haar ritselt. De kaalheid maakt haar zenuwachtig, behoedzaam, alsof al die leegte daar een ruimte is voor iets anders, voor iets anders dan haar.

Sinead heeft zeker iemand anders ontmoet, besluit ze. Misschien was het al een tijdje aan de gang, kwam Marcus erachter en heeft haar er toen uitgegooid. Waarom zou ze anders zo overhaast zijn vertrokken? Ze vraagt zich af wie alles in dozen heeft gepakt en die heeft meegenomen, en of Marcus er toen bij was, of hij en Sinead alles samen hebben ingepakt, of ze ruzie hadden of elkaar zwijgend ontliepen, en of die andere man erbij was. Lily stelt zich voor hoe hij buiten stond te wachten, ongeduldig met zijn sleutels rammelend, opkijkend naar de ramen, zijn kofferbak open, klaar en leeg, wachtend om de dozen aan te pakken en die naar een andere kamer, een andere flat, een ander leven te brengen. Hoe heeft Sinead dat Marcus kunnen aandoen, terwijl iedereen zo kon zien dat hij van haar hield? Wat voor vrouw zou ze zijn?

Lily staat op en sleept haar spullen naar binnen. Ze maakt de sloten van de koffer open en doet het deksel naar achteren. Kleren vallen eruit: sokken, slipjes, truien, broeken, t-shirts. Ze stapt eroverheen en trekt de deur van de kleerkast open. Lege hangers rinkelen tegen elkaar aan, maar in het midden van de stang hangt iets wat maakt dat ze ineenkrimpt van angst: een jurk, opgehangen aan smalle bandjes, zwaait licht door de beweging van de deuren. Ze kijkt ernaar totdat hij weer stil hangt. Dan steekt ze een hand uit en laat haar vingers van boven naar beneden glijden. Het materiaal voelt koel aan en beweegt als vloeistof. Het is donkerblauw, donkerder dan de muren, en als het naar één kant wordt gehouden, wordt het ineens zwart.

Lily buigt haar hand om de hanger, haalt hem van de stang en trekt hem naar zich toe. In de spiegel aan de binnenkant van de kastdeur kijkt ze naar zichzelf met de jurk tegen zich aan. Sinead is slank, kan Lily zien, zelfs dun. Lily verandert het beeld dat ze van haar in haar hoofd heeft. Waarom zou ze uitgerekend die jurk hebben achtergelaten? Wilde ze soms dat Marcus dat zou zien? Was het een soort boodschap, een geheim teken?

Ze drukt het materiaal met de platte kant van haar hand tegen haar lichaam, en gaat dichter naar de spiegel toe. Een plank achter haar kraakt terwijl haar gewicht zich verplaatst, en op de plek waar haar haar in haar nek begint, krijgt ze een rillerig gevoel, alsof iemand haar gadeslaat. Ze draait haar hoofd met een ruk om, alsof ze verwacht dat Marcus achter haar staat en naar haar kijkt met Sineads jurk tegen zich aan. Maar er valt niets te zien.

Alsof de jurk haar kan branden, zo snel hangt Lily hem terug op de stang, waardoor die van het hangertje op de grond valt. Ze laat hem liggen, in elkaar gezakt tot een hoopje materiaal als een afgeworpen huid, en loopt snel de kamer uit. Het duurt nog zeker een uur voordat ze zichzelf zover kan krijgen om weer naar binnen te gaan.

Marcus komt terug als ze net bezig is om lakens op het bed te leggen. Het omhulsel van polytheen ligt verfrommeld in de hoek, waar het zich ritselend weer ontvouwt. De akoestiek van de ruimte vervormt en dempt het geluid, en ze hoort hem pas als hij op haar open deur klopt.

'Hallo,' zegt hij, terwijl hij een stap de kamer in doet.

'Hoi!' Lily springt overeind om de deur van de hangkast dicht te slaan. Ze heeft de jurk naar één kant geschoven en haar kleren ernaast gepropt. 'Hoi.'

Ze staan op een halve meter van elkaar.

'En, hoe gaat het?' vraagt hij, terwijl hij om zich heen kijkt. 'Alles al uitgepakt?'

'Bijna. Ik weet zeker dat ik een heleboel ben vergeten.' Ze is van plan om hem over de jurk te vertellen, absoluut, maar ze ziet aan zijn witte gezicht dat hij uitgeput is, en op de een of andere manier lijkt dit niet het juiste moment. 'Maar ik kan altijd teruggaan om de spullen op te halen die ik nodig heb.'

Hij knikt. Ze merkt dat ze graag lang naar hem zou willen kijken, om alles in zich op te nemen: de lijn van zijn kaak, de manier waarop zijn overhemd over zijn borst valt, hoe hij zijn duim vastpakt met zijn andere hand, alsof ze hem moet bestuderen voor een examen. Ze is vergeten hoe zijn haar net even links van zijn kruin in een scheiding valt en hoe hij zijn tanden in zijn onderlip drukt. Ze is verrast te merken hoe blij ze is hem te zien, hoe sterk ze zich tot hem aangetrokken voelt. En ze is verbaasd over zichzelf. Ze vindt altijd van zichzelf – en is daar bijna trots op – dat ze geen illusies heeft over mannen of over de redenen van haar behoefte aan hen. Soms heeft ze een man, en soms heeft ze er geen. Maar deze hier lijkt op de een of andere manier aan haar cynisme te zijn ontsnapt, lijkt eromheen te zijn gemanoeuvreerd, het te hebben uitgeschakeld. Ze is zich plotseling van zichzelf bewust, wordt gegrepen door een irrationele angst dat ze op dat moment ineens doorzichtig is geworden, alsof hij dwars door haar heen kan kijken en haar aderen, uitgespreid als spinnenwebben, kan zien, evenals haar kloppende hart, gevangen in de bogen van haar ribben.

Hij glimlacht tegen haar. Heeft hij haar gedachten gelezen? Hij lijkt plotseling veel dichterbij dan eerst, alsof de kamer om hen heen is gekrompen. Ze moet zich bukken, een boek oppakken van de grond en dat op het bed leggen, zodat hij niet de tamelijk onnozele grijns zal zien die zich over haar gezicht heeft verspreid. 'Zo,' zegt ze assertief, maar realiseert zich dan dat ze geen idee heeft wat ze wil gaan zeggen. 'Eh… erg bedankt dat je me hier wil hebben,' improviseert ze.

'Het is me een genoegen,' zegt hij snel, waarbij hij haar arm aanraakt. 'Fijn dat je er bent.'

'O,' zegt ze, waarbij haar hand onwillekeurig die van hem aanraakt, 'nou, bedankt.' Hun vingertoppen stoten tegen elkaar, en zijn duimnagel raakt licht haar handpalm aan.

Marcus haalt diep adem, haalt zijn hand door zijn haar. 'Wil je een kop thee?'

'Dat zou heerlijk zijn.'

Hij verdwijnt door de deur. Lily laat zich op het bed vallen. Dit is belachelijk. Hoe lang zal het duren voordat ze met elkaar zullen slapen? Ongeveer twee uur, te oordelen naar de manier waarop alles gaat. Sarah had er haar twijfels over geuit dat ze introk bij Blonde Man, zoals ze hem noemde. Seks met huisgenoten was nooit een goed idee, had ze gisteren over de telefoon gezegd. 'Je moet niet schijten waar je eet, Lily.'

Nog niet, zegt Lily bij zichzelf, terwijl ze naar de keuken loopt. In ieder geval niet vanavond.

'Ik werk deze week op de bouwplaats,' zegt hij, terwijl hij een waterkoker vult bij de spoelbak. 'De bouwers maken er echt een puinhoop van op dit moment, dus ik moet erheen om orde op zaken te stellen. Ik heb een tijdje in New York gezeten waar ik aan een gebouw heb gewerkt, dus nu ik terug ben krijg ik alle vervelende afrondende klussen, totdat ze me weer op iets groots kunnen zetten.'

Hij pakt twee mokken van een plank en hangt een theezakje in allebei. Ze kijkt hoe hij dat doet – zijn duimen die het deksel van het chromen theebusje openwippen, zijn vingers die het theezakje beetpakken als een pincet voordat hij het laat vallen, de twee mokken naast elkaar op het aanrecht.

'Ik weet niet eens wat voor werk je doet, Lily.'

'Ik... eh...' Ze vlecht haar vingers in elkaar. 'Ik doe een paar verschillende dingen.'

'O ja?'

'Ja. Ik ben... ik weet op dit moment nog niet precies wat ik wil.'

Hij overhandigt haar een mok met thee. Die is te bruin en heeft naar haar smaak te lang getrokken. Ze hengelt met haar lepel naar het opgezwollen theezakje, in een poging het eruit te vissen.

Hij loopt de kamer door en gaat op de bank zitten. 'Heb je enig idee?' vraagt hij.

'Ach,' zegt ze, 'ik heb er wat moeite mee om...'

'Waarmee?' onderbreekt hij. 'Met een baan?'

'Ja. Mensen zeggen altijd: "Wat ga je doen met je leven?" en ik heb daar een hekel aan. Dat zegt me helemaal niks. Hoe zit het met wat het leven met jóu zal gaan doen?' Ze neemt een slokje van haar gloeiend hete thee. 'Heb jij ooit...'

Ze zwijgt. Aan de andere kant van de kamer heeft Marcus vanonder een kussen een zwartleren handschoen te voorschijn gehaald. Van een vrouw. Die heeft de vorm aangenomen van de hand van de eigenaresse, de vingers iets gekruld, de duim die bijna de middelvinger raakt. Hij houdt de handschoen voor hem omhoog aan de smalle boord. Zijn gezicht staat gespannen, strak, maar op de een of andere manier valt er niets uit op te maken. Terwijl ze toekijkt legt hij de handschoen naast zich op de leuning van de bank en strijkt het leer glad.

Lily zet haar mok op de keukenbar, loopt door de kamer en gaat naast hem zitten.

'Wat is er gebeurd?' De woorden zijn uit haar mond geglipt voordat ze er erg in heeft, nog voordat ze kan beslissen of ze dat nu wel moet vragen. 'Er is iets gebeurd, dat weet ik gewoon. Heeft ze iemand anders leren kennen? Is dat het?'

Marcus schudt zijn hoofd, zucht diep en houdt dan zijn adem in, terwijl hij met zijn vingers telkens weer over zijn voorhoofd wrijft. 'Ze...' Zijn gezicht is stug, strak, alsof hij probeert te voorkomen dat een bepaalde uitdrukking zichtbaar zal worden. 'Ze is niet meer... hier.' Hij spreekt de woorden met veel inspanning en aandacht uit, alsof er nog veel meer woorden in hem zijn die hij tegenhoudt. 'Ze...' hij aarzelt, alsof hij niet kan besluiten hoe hij het moet zeggen '...ze is niet meer bij ons,' besluit hij.

Lily's hart klopt met lang aanhoudende slagen. Ze heeft het gevoel alsof haar ademhaling ieder moment kan stoppen. Het eufemisme klinkt vreemd voor haar. Ze kan zich niet meer goed herinneren wat het ook alweer inhoudt. Hij verkondigt het met een zware, bijna ironische nadruk. Ze staart hem perplex aan, terwijl haar hersenen zich verzetten tegen hetgeen hij haar probeert te vertellen. Zijn mond is verwrongen in wat onder andere omstandigheden door had kunnen gaan voor een glimlach, en ze voelt allerlei impulsen in zich opkomen: om te schreeuwen: 'Wat bedoel je in vredesnaam?', om haar hand troostend op zijn arm te leggen, om te lachen. Ergens achter hen gonst een bromvlieg, en telkens opnieuw botst die tegen het raam.

Marcus slaat zijn ogen naar haar op. Pas dan weet ze het, en de afschuw kriebelt over haar huid als een leger mieren.

'Hoe is ze...?' Haar stem klinkt vreemd in haar oren, alsof iemand anders via haar spreekt. 'Hoe?' fluistert ze, alsof het geluid zelf hem pijn zou kunnen doen, hem zou kunnen verwonden.

Maar Marcus kan niets zeggen. Lily hoort zichzelf zeggen dat ze het erg vindt, dat ze het heel erg vindt, en drukt zijn hand tussen haar beide handen. Om op dat moment een ander deel van hem aan te raken lijkt niet gepast, een inbreuk.

LILY WERKT ZICH DOOR DE KAARTJESCONTROLE BIJ WARREN STREET. Er hangt een fijne motregen in de lucht, die even is opgehouden. Ze neemt niet de moeite om naar de voetgangersoversteekplaats te lopen, dus ontwijkt ze het verkeer, zigzagt tussen de auto's door die langs haar zwenken, glanzend van de regen.

De kunstacademie waar Sarah studeert is een grijs gebouw dat drie kanten van een plein omgeeft. Terwijl Lily eroverheen loopt, springen en kraken de stekelige groene bolsters van kastanjes onder haar voeten, en onthullen glanzende bruine vruchten. Ze buigt en breekt ze uit hun onmogelijk witte bolsters. Er is iets aan hun gewicht, hun stabiele temperatuurloosheid, de manier waarop ze precies in de buiging van haar handpalm passen, wat ze plezierig vindt. Ze vult haar zakken en voelt de kastanjes die, terwijl ze de treden beklimt, verschuiven en een andere plek vinden in haar kleren.

De gangen doen haar denken aan haar lagere school – de hoge ramen met hun witte kozijnen, de brede, grijze, versleten granieten vloeren, de lucht van papier en verf en chemisch ruikende schoonmaakmiddelen. Als ze bij Sarahs atelier komt, tuurt ze door het gemarmerde glas van de deur en ziet haar daar staan, gebogen over een pot op de grond, waarin ze energiek zit te roeren. De rest van het lokaal is leeg.

'Hoi,' zegt ze, terwijl ze de deur opent.

Sarah draait zich om. 'Wat doe jij hier?'

'Laurence was verkouden,' zegt Lily, 'en zijn moeder is ervan overtuigd dat het longontsteking is, wat inhoudt dat... ik vandaag vrij heb.' Ze houdt een draagtas omhoog. 'Ik heb wat eten meegenomen. Heb je al geluncht?'

'Jij,' zegt Sarah, 'kunt zeker gedachten lezen. Ik ben uitgehongerd. Maar eerst moet ik dit afmaken. Anders droogt het gips uit.'

Sarah is een lichaamsmodel aan het maken. Daar praat ze al weken over. Naast haar, ziet Lily nu terwijl ze in de richting van het raam loopt, is het geraamte, bengelend aan een touw – een vrouwelijke gestalte van fragiel, gebogen ijzerdraad, de handen rustend op de heupen. Doordat het licht recht in haar ogen scheen, was die onzichtbaar geweest. Lily legt de kastanjes in een rij op de vensterbank, en kijkt toe hoe Sarah stroken verbandgaas in het natte gips doopt en ze dan voorzichtig en geconcentreerd om de rondingen en vlakken van het geraamte wikkelt. Ze werkt snel, terwijl ze op de binnenkant van haar wang kauwt en haar vingers behendig en vakkundig over haar schepping bewegen.

Lily pakt wat van het eten uit en voert Sarah losgetrokken reepjes brood. Een paar andere studenten lopen langs, blijven even staan kijken, en lopen dan verder door de lange, smalle ruimte. Sarah is ouder dan de meeste andere studenten van haar richting, een volwassen studente, hoewel ze de anderen liever 'onvolwassen studenten' noemt. Lily drinkt uit een waterfles, wrijft een kastanje in het kuiltje van haar hand en kijkt toe hoe de vrouw te voorschijn komt, voeten eerst, als een eenzame parachutist, wachtend totdat de aarde zal opdoemen en haar zal begroeten.

'Hortensia,' zegt Sarah op een gegeven moment. 'Prachtig woord.' Lily prikt met een vingernagel in de natte, romige bak met gips. Het heeft de dikvloeibaarheid van cakebeslag of modder. Sarah vertelt Lily over een les die ze vanmorgen heeft gehad over mannelijke naakten, en over twee mensen van haar jaar die iets met elkaar hebben en tijdens de colleges per se elkaars hand willen vasthouden.

'Hoe gaat het met het Frans spreken van Laurence?' vraagt ze.

Lily grinnikt. '*Très bon, naturellement.*' Ze schudt haar hoofd, terwijl ze aan de moeder van Laurence denkt, een lange, nerveuze vrouw met te vroeg grijzend haar en te weinig om handen. 'Die vrouw is gek, echt gek. Hoe kan het toch dat je wél een rijbewijs moet hebben, maar dat iedereen zomaar een kind mag krijgen? Dat zou verboden moeten worden.'

'En, hoe gaat het in je nieuwe huis?'

Lily concentreert zich op het afpellen van de stevige, sterk ruikende schil van een mandarijn die ze in één lange krullende slinger eraf probeert te halen. 'Prima.'

Ze voelt dat Sarah naar haar kijkt. De mogelijkheid om haar over Sinead te vertellen openbaart zich plotseling aan haar als een deur die opengaat. Maar iets weerhoudt haar. Een soort loyaliteit tegenover Marcus misschien, of een weerstand om het te reduceren tot een gespreksonderwerp voor wat gebabbel, of om de vage angsten die ze heeft gehad, reëel te maken. Het lijkt te nieuw, te onverwerkt in haar eigen geest, om er gemakkelijk over te praten.

Ze slikt een clementinepartje door, sierlijk en omsloten als een goudvis. 'Prima,' zegt ze opnieuw.

'En ben je al met je huisbaas naar bed geweest?'

Ze haalt wat witte draadjes van haar clementine, terwijl ze fronst. 'Er is een nieuwe ontwikkeling op dat front.'

'O ja?'

Dit deugt niet. Sarah praat op de luchthartige toon die ze gebruiken voor al hun geklets. Hoe kan ze hier zo een clementine zitten eten, en dan gewoon praten over de dood van een vrouw alsof het niets te betekenen heeft?

'Eh,' begint Lily, terwijl ze zich afvraagt hoe ze door moet gaan. Dan komt het eruit in een warrige stortvloed. 'Herinner je je nog die vriendin die hij had? Van wie de kamer was die ik nu heb? Nou, die is overleden.'

Er is een korte, geschokte stilte. Als ze opkijkt, ziet ze Sarah op een stoel staan naast een volmaakte witte replica, haar handen bedekt met dezelfde kleur. 'Meen je dat?' Sarah stapt met een plof omlaag. 'Mijn god. Hoe kwam dat? Ik bedoel, hoe is ze doodgegaan?'

'Dat weet ik niet. Hij kon er niet goed... over praten.'

'Wanneer heeft hij je dat verteld?'

'Gisteravond.'

'Mijn god,' zegt ze opnieuw. 'Hoe lang geleden is dit gebeurd?'

'Weet ik niet precies. Ik denk tamelijk kort geleden.'

'Jezus, die arme jongen.' Sarah plukt een druppel gedroogd gips van haar T-shirt en verkruimelt dat tussen haar vingers. 'Je moet wel voorzichtig zijn, Lily.'

Lily zegt niets.

'Ik bedoel, dat is behoorlijk moeilijk, zo'n situatie.' Sarah houdt haar armen wijd, alsof ze het af wil meten. 'Je moet goed nadenken of je dat wel... allemaal aankunt.'

Ze komt binnen en ziet dat hij naar een film op de tv aan het kijken is. Ze zeggen niet veel tegen elkaar en ze gaat naast hem zitten, terwijl ze haar schouders tegen de bank drukt, en ontdekt dat het niet mogelijk is om te gaan zitten zonder dat hun lichamen elkaar aanraken. De film is ouderwets zwart-wit. Orkestmuziek zwelt aan terwijl een vrouw door een gang kruipt in de richting van een grote barokke deur, waarbij het tempo van de muziek steeds heftiger wordt.

Ze kantelt haar hoofd achterover en kijkt om zich heen in de enorme kamer. Verroeste stalen steunbalken lopen dwars over het plafond, en bij het raam hangt een oude katrol zonder touw. Plotseling vindt ze het heel wonderlijk dat zij nu in deze ruimte wonen. Honderd jaar geleden was het nog een kledingatelier, waar immigranten uit Oost-Europa stoffen tot menselijke vormen stikten en samen oefenden om de gedempte tweeklanken van het Engels onder controle te krijgen. Dit is nu precies wat Lily zo heerlijk vindt aan Londen; dat ieder gebouw en plein, iedere straat en markt ooit een andere functie hadden, dat alles ooit iets anders was, dat het heden slechts een aangepast verleden is.

Ze onderdrukt een gaap. Marcus' dijen zijn verpakt in een spijkerbroek. Ze fantaseert dat als ze haar hand erop zou laten vallen, ze gespannen en warm zouden aanvoelen, de spieren vlak onder het katoen. Het zou heel gemakkelijk zijn; het enige wat ze zou hoeven doen is haar arm ontspannen, en dan zou die heel natuurlijk omlaag vallen, waarbij haar hand zich dichtbij zijn lies zou nestelen. Dan heeft ze ineens in de gaten dat Marcus naar haar kijkt, iets zegt. 'Sorry?' zegt ze.

'Hij had meer geld voor deze.'

'Sorry?'

'Hij had meer geld. Hij ging naar de States.'

Lily heeft geen idee waar hij het over heeft. 'O ja?'

'Ja,' zegt hij, en richt zich weer op het televisiescherm. 'Het was zijn eerste film die werd gesteund door Hollywood. Heb je hem al eens eerder gezien?'

'Nee.'

'O. Nou, dan zal ik het niet voor je bederven.'

Een paar minuten verstrijken. De jonge vrouw daalt een trap af. Ze draagt een witte jurk met volants en heeft een grote hoed op. Een aristocratische man in een smoking staat onder aan de trap met zijn rug naar haar toe.

'Hoe was je dag?' vraagt Lily na een poosje.

Hij kijkt even naar haar. 'Wel goed eigenlijk.' Hij knikt. 'Ik ben nu met een nieuwe klus bezig. Projectarchitect.'

'O.'

'Het houdt in dat ik de leiding heb over alles,' legt hij uit, zijn ogen gericht op het scherm.

'Zo. Dat is geweldig.'

'Ik neem aan van wel.'

'Wat bedoel je, ik neem aan van wel? Het is geweldig... echt geweldig.' Ze raakt zijn arm aan, omdat ze haar mening wil benadrukken.

'Ja.' Hij gaat anders zitten zodat hij haar aan kan kijken, en zucht dan. 'Je hebt gelijk.'

'Is het dan geen goed project?' vraagt ze, verward door zijn gebrek aan enthousiasme.

'Nee, nee, het is een geweldig project. Echt interessant – een busstation. Het wordt... het wordt,' hij wrijft over zijn voorhoofd '...echt prachtig.'

Ze kijkt hem verbaasd aan. Ze zitten dicht bij elkaar in die enorme ruimte, terwijl hun knieën elkaar raken.

'Ik weet het niet,' zegt hij, en laat een vreemd lachje zien. Lily ziet dat hij trilt, dat zijn kaakspieren gespannen zijn. 'Ik vind het leven op dit moment een beetje zwaar. Ik weet niet... ik weet niet wat ik kan doen om mezelf beter te voelen.'

'Wil je... zou het helpen om erover te praten?'

'Ik geloof het niet, nee.' Hij staat op en loopt snel weg, terwijl hij de deur van zijn kamer achter zich sluit. Lily blijft zitten waar ze zit, haar handen weggestopt tussen haar knieën.

De film staat nog steeds aan. Een gemeen kijkende vrouw lijkt haar best te doen om het meisje zover te krijgen uit het raam te springen. Ze vraagt zich af of ze de tv uit moet zetten.

HET IS ZONDAGMIDDAG. LILY HEEFT EEN WINTERSLAAPDAG. ZE MOET dit ongeveer eens per maand doen. Het is de enige manier, zegt ze tegen zichzelf, waarop je gezond kunt blijven in deze stad – doe de deuren op slot, zet het antwoordapparaat aan, blijf binnen, haal het niet in je hoofd om zelfs maar te overwegen om gebruik te maken van het openbaar vervoer, omgeef je met niets anders dan stilte en doe niets.

Op dat moment ligt ze ondersteboven op haar bed, haar hoofd over het voeteneind hangend, haar benen gebogen. Ze trekt knopen uit haar haar met haar vingers; ze trekt losse velletjes weg rondom haar nagels; ze drukt op haar ogen, sluit ze dan en ziet felgekleurde vonkjes achter haar oogleden.

Ze gaat rechtop zitten. Haar hoofd duizelt door de snelle beweging. Ze heeft geen idee hoe laat het is. Honger scheurt als papier in haar maag. Ze zou eigenlijk de boodschap moeten beantwoorden die Sarah eerder heeft achtergelaten, maar kan niet echt de stap nemen om dat te doen. De dag vloeit weg, de hemel heeft die effen, wittige, matte kleur.

Lily staat op, slentert naar het raam om op de straat beneden haar te kijken, en steekt haar hand omhoog om de klink los te maken. Ze voelt geen koud metaal, maar hoort een droog gekraak. Ze gaat op haar tenen staan en ziet dan een opgevouwen stukje gelinieerd papier dat in de voeg zit gepropt. Lily trekt het eruit en opent het. Het is een lijstje met dingen: *haarspeldjes* staat er als eerste. Dan:

notitieblokje
postzegels
haarserum

In een andere kolom, in een iets netter, iets duidelijker handschrift – alsof de persoon een andere houding heeft aangenomen, aan een tafel is gaan zitten, of de pen anders heeft vastgepakt – staat:

foto's ophalen
S bellen
schoenen?

Schoenen. Vraagteken. Was ze van plan om schoenen te gaan kopen of niet? Had ze schoenen gezien die ze leuk vond, maar waarvan ze nog niet zeker wist of ze die wel wilde, en misschien nog moest passen? Of had ze nieuwe schoenen nodig en herinnerde ze zichzelf eraan dat ze moest gaan kijken? Het handschrift heeft scherpe halen en is schuin. De onderkant van de g is een snelle, rechte lijn. Geen lussen, de punt van de i in de haast tot een streep getrokken, haar e's die een opening missen in het bovenste deel, de grotere letters die de kleinere nietig doen lijken. Wie is 'S'? 'S bellen' lijkt vreemd, alsof ze zichzelf eraan herinnert dat ze zichzelf moet bellen. Wat voor soort haar had haarspeldjes en serum nodig?

Het papier voelt knisperend en broos aan. Lily houdt het bij haar gezicht en snuffelt. De vloer onder haar trilt, alsof er elders in het huis een wasmachine staat te draaien. Er klinkt een rommelend geluid in de kamer ernaast als van een radiator die warmte in zich opneemt.

Ze rukt het raam open en zonder erbij na te denken laat ze het papiertje uit haar vingers vallen. Het zweeft omlaag in een rechte lijn, en ze moet plotseling denken aan de papieren vis die haar vader soms voor haar maakte door een strook papier een slag naar binnen te draaien. Hij liet haar dan op een stoel staan en overhandigde haar de sierlijke papieren krul; Lily hield haar arm dan boven haar hoofd en liet het papier los. Er was altijd een moment waarop je het kon zien draaien en tollen als de dubbele gevleugelde vruchtjes van een esdoorn, waarna het de vorm van een vis kreeg, voordat het de grond raakte en weer een strook papier werd.

Ze leunt uit het raam omdat ze het moment wil vangen als het de grond raakt, maar terwijl ze dat doet lijkt de vensterbank plotseling lager. Haar lichaam zwaait veel verder naar voren dan haar bedoeling was, en haar voeten glijden uit op de houten planken. Haar hart bonkt en de schrik slaat om haar hart, en ze moet zich vastgrijpen aan het raamkozijn om in evenwicht te blijven. Haar nagels schrapen langs het houtwerk terwijl haar vingers een houvast proberen te vinden. De binnenplaats, de straat, de auto's, het asfalt en de kinderkopjes draaien en kantelen onder haar, terwijl ze tegelijkertijd ver weg en misselijkmakend dichtbij lijken. Haar geest lijkt zich los te maken van haar lichaam en het is alsof ze zichzelf of misschien wel iemand anders ziet vallen, ledematen wild zwaaiend, haar wapperend achter haar, waarna ze met een vermorzelende bons tegen de grond slaat. Ze stelt zich die laatste, onverzettelijke harde stenen kus voor terwijl ze zich achterwaarts de kamer in beweegt, weer in veiligheid, in evenwicht. Dan grijpt ze het raamkozijn met beide handen vast, en blijft kaarsrecht staan. Ze sluit het raam niet, maar laat het lichte briesje van de straat om zich heen bewegen. Ze is zich bewust van de luchtbeweging in de kamer achter haar rug en het geruis van de diepte vóór haar, en ze blijft daar een poosje staan nadenken.

Die avond zit Lily aan de tafel, een bord met eten voor zich, terwijl ze met weinig aandacht een boek zit te lezen. Haar blik dwaalt telkens af van de dichte kolommen gedrukte tekst, zwerft omhoog, om uiteindelijk op Marcus te blijven rusten. Aan de andere kant van de kamer staat hij in de telefoon te mompelen, met zijn gezicht naar de muur gekeerd. Er is opnieuw een zwartwitfilm op de tv, zonder dat iemand ernaar kijkt.

Lily slaat een bladzijde om. Marcus kiest een nummer, hangt op, kiest opnieuw, spreekt onhoorbaar in de hoorn, voordat hij de telefoon aan het verlengsnoer meeneemt naar zijn kamer. Het witte snoer slingert als een slang achter hem aan.

Met één hand windt ze slierten lauwe spaghetti om haar vork. Marcus' film, verstard in een moment waarop een man in een te korte broek over een laag muurtje springt, blijft maar flikkeren in de hoek. Ze legt de vork terug op het bord en begint de tafel af te ruimen, stapelt de borden op elkaar, balanceert haar mok erbovenop. Terwijl ze om de tafel loopt in de richting van het aanrecht ziet ze, ze weet zeker dat ze het goed ziet, vanuit haar ooghoek iets in de badkamer – een beweging, een flikkering, die door de groenige glazen wandtegels wordt gebroken en versplinterd.

En dan is het plotseling verdwenen en is de ruimte achter het glas leeg en helder. Ze heeft met haar ogen geknipperd of er recht naar gekeken, en toen was het verdwenen. Lily laat de stapel borden op de keukenbar glijden en loopt naar de badkamer. Het licht is aan en het raam staat wijdopen. De regen spat op het gordijn en de vensterbank. Er hangt een vage, weeë lucht van jasmijn in de lucht. Het scharnier gaat stug als ze probeert het raam te sluiten; ze trekt hard aan de klink en het gordijn bolt op en zwaait in haar richting, waarbij de vochtigheid naar haar uithaalt. Dit heeft ze zeker zien bewegen in de wind.

Toch inspecteert ze de doucheruimte. Die is droog, maagdelijk, uren geleden voor het laatst gebruikt.

DE VOLGENDE DAG HEEFT MARCUS HET HUIS AL VERLATEN NOG voordat zij wakker is. Als ze haar kamer uitkomt met haar tas over haar schouder, worstelend met één arm in en één arm uit haar jas, en intussen haar voet in een schoen steekt, ziet ze over een stoel voor Marcus' kamer het bonte overhemd dat hij droeg toen ze hem voor de eerste keer ontmoette. Het hangt er achteloos, het materiaal gekreukt en geplooid, de geometrie van het patroon onderbroken, één mouw over de rugleuning geslingerd, de andere bengelend op de grond. Alleen de bovenste drie knoopjes zijn los, alsof hij het hemd haastig over zijn hoofd heeft uitgetrokken.

Lily staat er een meter vanaf. Ze doet een stap naar voren, maar een beweging die ze ziet vanuit haar ooghoek maakt dat ze bijna schuldig blijft staan en haar blik snel laat rondgaan over de rest van het huis. Niemand te zien. Natuurlijk. Wie zou het kunnen zijn?

Ze neemt de laatste twee stappen in grote haast en grijpt het overhemd met beide handen vast, alsof iemand op het punt staat het van haar af te pakken. Terwijl ze dat doet, heeft ze het gevoel alsof er iets binnen in haar overstroomt. Ze drukt het hemd tegen haar neus en mond, en probeert vast te stellen wat er met haar gebeurt. Het is een onverklaarbaar gevoel, als het verbranden van je huid door te veel zon, waarvan je je niet bewust was. Ze is verliefd op hem. Dat is niet goed. Ze wil dit helemaal niet.

Lily werpt het hemd van zich af, kijkt een andere kant op, uit het raam, en ziet voor het eerst dat dikke groene punten zich omhoogwerken vanuit de zwarte aarde in de vensterbank. Ze fronst. Daar is het nog veel te vroeg voor, of misschien juist te laat. Hoe kan het dat ze nu aan het groeien zijn, net nu de winter begint? Lily loopt naar het raam en staart omlaag naar de groene punten – wasachtig, spits en vastbesloten. Daaronder, zo weet ze, bevinden zich de gortdroge schillen van bloembollen, met daarin de kiem van bloemen, opgevouwen in zichzelf. Sinead heeft die bloembollen geplant, denkt ze. Het is uitgesloten dat Marcus of Aidan dat gedaan zou hebben. Sinead heeft hun perkamentachtige vormen verpakt in brokkelige turfgrond, ze water gegeven, en toen de bloembakken hier neergezet, waar niemand ze sindsdien heeft aangeraakt. Hoe lang kan ze nu dood zijn? Twee maanden? Drie? Hoe lang geleden heeft ze die bloembollen geplant, en zou het in haar zijn opgekomen dat ze de bloei ervan misschien niet meer mee zou maken?

Ze draait zich om. Het huis lijkt plakkerig van Sineads vingerafdrukken. Ze weet niet wat ze moet doen.

Ze komt te laat op haar werk. Natasha, de cheffin van de lingerie-afdeling, van wie Lily zeker weet dat ze opgevulde bh's draagt, kijkt met samengeknepen ogen kwaad in haar richting, terwijl Lily probeert om onopgemerkt de achterkamer in te sluipen.

Sarah komt binnenstormen terwijl ze bezig is haar spijkerbroek uit te trekken.

'Shit,' zegt Sarah, terwijl ze haar jas aan de kant gooit en zich uit haar sweater werkt. 'Ik heb me verslapen. Door twee wekkers. Niet te geloven, toch?'

'Natasha is razend.' Lily rukt haar T-shirt over haar hoofd. 'Heeft ze je gezien?'

'Weet ik niet.'

Terwijl ze zich in de groene nylon rok van hun uniform wurmen, en tegen elkaar opbotsen in de warme nabijheid van de kleine raamloze kamer, zegt Lily: 'Ik heb een vraag.' Ze zwijgt, omdat ze niet goed weet hoe Sarah dit zal opvatten, en besluit dan om maar gewoon te beginnen. 'Als je erachter zou willen komen om te weten hoe iemand is gestorven, hoe zou jij dat dan aanpakken?'

'Wát?' Sarah richt zich op het strikken van de veter van haar schoen. 'Wie is er in vredesnaam…?' Haar gezicht klaart op. 'Je bedoelt die vriendin. Hoe-heet-ze-ook-alweer. Lily, dat meen je niet.'

'Ik wil het gewoon weten,' zegt ze schouderophalend. 'Dat is alles. Om mijn nieuwsgierigheid te bevredigen.'

'Maar je kunt niet achter zijn rug om gaan snuffelen! Lily, dat is... dat is vals en oneerlijk. Dat is gluiperig. Als je het wil weten, dan moet je het hem vragen.'

'Dat kan ik niet.'

'Vraag het hem gewoon. Het is geen onredelijk verzoek. Hij vertelt het je dan, hij huilt uit op jouw schouder, jullie vallen elkaar in de armen, en jullie leven nog lang en gelukkig. Simpel.'

Lily haalt een borstel door haar haar. 'Ik denk niet dat ik dat kan. Hij ... gaat zo op in zijn verdriet. Het merendeel van de tijd lijkt er niets met hem aan de hand, maar als haar naam valt, dan klapt hij gewoon dicht. Wil dan geen woord meer zeggen – over niets. En het is niet moeilijk te bedenken waarom, nietwaar? Ik zou me een soort ramptoerist voelen als ik het uit hem zou moeten trekken. Op deze manier is het veel gemakkelijker – voor iedereen.'

'Kun je het niet aan die andere jongen vragen? Die animator die daar ook woont?'

Lily snuift. 'Ja, die praat nogal veel tegen mij.'

'Maar wat wil je dan gaan doen?'

'Weet ik niet. Naar het gemeentehuis? Ik heb geen idee hoe je dat soort dingen aanpakt.' Ze vangt Sarahs geërgerde blik op. 'Luister, dit is gewoon iets wat ik moet doen. Als ik dat eenmaal weet, dan...'

'Dan wat?' vraagt Sarah. 'Dan kun je weer rustig slapen? Dan weet je hoe je ermee om moet gaan? Dan wat?'

Lily geeft geen antwoord.

'Wat denk je hier precies mee te bereiken?' houdt ze vol.

Lily duwt haar haar bij elkaar in een band, waarbij ze Sarahs blik vermijdt.

'Ik begrijp jou niet!' roept Sarah, nog steeds boos, terwijl ze haar kleren samenperst tot een strakke bundel. 'Waarom kun je het niet gewoon loslaten? Laat die arme vrouw met rust.'

Er hangt een gespannen stilte. Lily duwt losse lokken achter haar oren en strijkt haar rok glad. Dan zucht Sarah. 'Oké,' geeft ze met tegenzin toe. 'Ik zou dit eigenlijk niet moeten doen. Ik zou dit echt niet moeten doen. Maar ik heb een vriend, een onderzoeksjournalist bij een sensatieblad. Een echte brutale rat die in vuilnisbakken snuffelt. Verder een aardige jongen, hoor. Die zal wel weten hoe je zoiets moet aanpakken.'

Lily grijpt haar hand en drukt die.

'Niet doen,' zegt Sarah, terwijl ze haar hand wegtrekt. 'Ik doe dit alleen zodat je je mond houdt. Dat betekent nog niet dat ik het met je eens ben.'

'Dat weet ik,' grinnikt Lily.

Sarah schudt haar hoofd. 'Zeg me nu maar hoe ze heet.'

'Wilson,' zegt Lily. 'Sinead Wilson.'

Aidan is rusteloos. Zijn geest loopt over van gedachten als water over stenen. Als hij inderdaad een woning in Kentish Town gaat kopen, zou hij dan iets meer moeten besteden voor die flat met een tuin? Heeft hij wel tijd om te tuinieren? Hij ziet zichzelf eigenlijk niet graven en planten. Hij zou dan naar die vreemde bedrijven moeten gaan... hoe noemen ze die ook alweer? Het ruikt er naar turf en compost, er staan rijen planten met wortels die uit zwarte plastic potten lijken te barsten. Tuincentra. Als je een tuin hebt, zou je dan ook een kruiwagen moeten kopen? Dan heeft hij een visioen van een alternatief – een alternatief voor het beeld van hemzelf in laarzen in de stromende Londense regen terwijl hij klodders mest verdeelt – van hemzelf in een ligstoel in de zomer. Achter hem is iemand een barbecue aan het klaarmaken, en muziek zweeft naar buiten vanuit de open ramen op de benedenverdieping... Hij moet niet vergeten om die cd te kopen die Jodie graag wilde hebben. Hoe heette die ook alweer? Hij heeft het opgeschreven in een notitieboekje dat op zijn hotelkamer ligt. Iets met FunkMasters. Of FunkMasters en nog wat. En hij moet Sam bellen als hij terug is. Wat stond er nog meer op dat lijstje? Iets over...

Bij het horen van zijn naam draait Aidan snel zijn bureaustoel weg van het raam en de skyline van Tokio, waar de monolieten glinsteren in de zon. Verward kijkt hij naar de rij gezichten rond de tafel, allemaal verwachtingsvol naar hem gericht. De man naast hem schraapt zijn keel met een discreet geluid. Was hij het die wat zei? Of iemand anders? Wie heeft er net zijn naam gezegd? En wat is er gezegd tijdens de korte afdwaling van zijn gedachten? Hij probeert een nadenkende in plaats van een paniekerige uitdrukking op zijn gezicht te krijgen, en houdt zich bezig met het doorboren van een kartonnen pakje vruchtensap met het scherpe uiteinde van een rietje.

'Goed,' zegt hij, met wat naar hij hoopt klinkt als een kalme stem, terwijl hij de tafel rondkijkt. 'Zullen we dit nog eens bekijken?' Hij leunt achterover in zijn stoel, heft het kartonnetje om een slok te nemen, en schiet met het rietje naast zijn mond.

Lily staat te balanceren op een krukje in de etalage, terwijl ze een armloze etalagepop omarmt. Ze kan de bh-sluiting maar niet dicht krijgen. Ze worstelt met de twee elastieken banden, terwijl haar knieën pijn doen, haar gezicht tegen de staalharde neptieten gedrukt, maar de haakjes weigeren in de oogjes te sluiten.

Ze rukt de bh van de pop en bestudeert het label. Ze heeft de verkeerde maat meegenomen uit het magazijn; cup 65B, hoe is het mogelijk. Waar zaten haar gedachten? Etalagepoppen hebben altijd cup 70C. Haar boosheid trekt zich als een touwkabel strak binnen in haar. Ze wil dat soort dingen helemaal niet weten, vindt het maar niets dat dit baantje – hoe erg ze ook haar best doet om zich ertegen te verzetten – haar hoofd vult met waardeloze, zinloze flauwekul. De gemiddelde bovenbreedte van kousen. Het aantal bh's dat Britse vrouwen per jaar kopen. Welke fabrikant zich richt op welk soort figuur. Hoe je die figuren met een enkele oogopslag kunt herkennen. De voor- en nadelen van een beugel-bh, verstelbare bandjes, een voorsluiting, naden.

Lily klimt van het krukje, laat de pop daar naakt staan en loopt stampend naar het magazijn, de 65B als een katapult om haar pols gewikkeld. Een paar minuten later komt ze weer te voorschijn met wel dezelfde bh, maar nu een iets grotere, deze keer uitgestrekt tussen beide handen. Deze chagrijnige, boze bui, beseft ze, wordt opgewekt door haar ongeduld om informatie over Sinead te krijgen. Het verlangen ernaar klopt in haar als een hartslag.

Ze tilt haar rok op en stapt opnieuw in de etalage, spelden geklemd tussen haar lippen, voor het geval dat. De bh glijdt gemakkelijk over de schouders van de etalagepop, maar ze moet opnieuw met de achtersluiting worstelen. Ze is er net in geslaagd om die vast te maken en trekt de cups glad over de harde bolling van de fiberglas borsten, als ze merkt dat een man haar gadeslaat, zijn hoofd schuin. Hij draagt een getailleerde wollen jas en pak, en heeft een lange, opgerolde paraplu onder zijn arm geklemd. Hij glimlacht en trekt zijn wenkbrauwen op als ze zijn blik opvangt. Ze trekt haar lippen tot een grauw en terwijl ze dat doet, vergeet ze hem totaal, evenals de bh en de pop en de vernedering die in haar prikt, omdat er plotseling iets bij haar opkomt. Een gedachte die zo voor de hand ligt en zo opwindend is, dat ze niet begrijpt waarom ze daar niet eerder op is gekomen.

Ze rent het grootste deel van de weg vanaf de metro. Tegen de tijd dat ze de trap op stormt, voelen haar benen slap aan en lijken haar longen wel in brand te staan. Als ze de voordeur opengooit, is het huis donker en kan Lily wel juichen. Ze heeft het huis voor zich alleen nodig.

Ze weet precies waar ze naar zoekt. Eerst speurt ze de boekenplanken af – kunstboeken, romans, allerlei tijdschriften, cd's. Niets. Ze opent de lange, smalle deuren van de kasten tegenover de keuken, en vindt er schoenen, jassen, een uit elkaar gehaald bureau, dozen met gereedschap en een tent in een zak. Ze moet gaan doen wat ze hoopte dat ze niet zou hoeven doen.

Ze staat op de drempel van Marcus' kamer. Die is precies hetzelfde als haar eigen kamer, maar dan omgekeerd, als de reflectie van een kamer in een spiegel. In een hoek staan twee rechte kisten, met daarop maquettes, stukken karton, blikken verf, pennen en snijgereedschap. De muren zijn helder magnesiumwit. Stukken papier, plannen, schetsen, dwarsdoorsneden en kaarten liggen verspreid om de plek waar hij werkt. De kamer heeft een beetje tijdelijk, onbewoond karakter: een kale gloeilamp hangt aan het plafond, kleren zijn opgestapeld in dozen, elektrische draden lopen kriskras over de grond als een alarmsysteem. Hij ligt iedere avond op dat bed, denkt ze. Dan herkent ze het als het bed dat in Sineads kamer had gestaan. Ze zet die gedachte van zich af, loopt door de kamer en gaat achter zijn bureau zitten. Een verrassend lekker zittende stoel. Het bureau heeft een iets versplinterde rand.

Ze houdt haar hoofd schuin en luistert of ze misschien iets hoort, leunt dan voorover, trekt de laden open en begint door de inhoud ervan te rommelen met gebogen, nieuwsgierige vingers: nietapparaten, pennen, stanleymessen, schroeven, batterijen, linialen, tekendriehoeken, lijm, gummen, rekeningen, ansichtkaarten, brieven geadresseerd aan Marcus Emerson (Lily kan zichzelf er niet toe brengen om die te openen, maar gluurt even in de gevouwen, met inkt beschreven diepte voordat ze ze terugstopt. Mappen met daarin A3-tekenvellen. Klappers vol met overtrekpapier, krantenartikelen, contracten, officieel uitziende brieven. Onderin een la vindt ze, te midden van paperclips en potloodslijpsel, met de tekst omlaag, een visitekaartje: SINEAD WILSON, DOCENT, VAKGROEP ENGELSE LITERATUUR. Ze houdt het tussen haar vingers. Het is een licht, dun kaartje, de letters in reliëf. Als Lily hard genoeg zou drukken, zou ze die naar binnen kunnen duwen. Maar dat doet ze niet. Ze kijkt op, kijkt om zich heen in de kamer en ziet de contouren van haar eigen gezicht in het grijs van Marcus' afgesloten computerscherm. Dan draait ze zich om naar de boekenplanken en ziet waar ze naar zocht – de gouden en rode ruggen van fotoalbums, vijf op een rij.

Lily pakt de eerste eraf. Het is er een met flipbladen, waarin je foto's stopt in kleine plastic hoezen. Ze opent het en begint erdoorheen te bladeren. Haar oorspronkelijke verwachting verandert in teleurstelling: gebouwen. Het zijn alleen maar gebouwen, het ene na het andere. Ze bladert erdoorheen, steeds sneller. Dakgoten, ramen, vloermateriaal, trappen, deurklinken, straatstenen, marmeren muren, lichtarmaturen, plafonds. Een groot, golvend zilveren gebouw, allemaal welvingen en glinsterende oppervlaktes. Een laag, wit, hoekig gebouw met een gat in het midden, alsof er een hap uit is genomen. Ze bladert erdoorheen, perplex. Dan zorgt iets ervoor dat ze stopt, een paar bladzijden teruggaat naar een zwart met grijs gebouw met brede stalen balken aan de buitenkant. Aan de voet van het gebouw, bij de ingang, heel klein en heel ver weg, benen wazig alsof ze te snel liep voor de sluiter van de camera, gezicht schuin in de richting van de camera – of de eigenaar ervan – een rugzak om, haar handen in haar zakken gestopt, staat een slanke, lange vrouw met donker haar. De zwarte stippen van haar ogen staren naar Lily, strak, onderzoekend.

Ze plaatst het album terug en trekt het volgende van de plank. Nog meer gebouwen. Ze zet het terug, probeert het volgende. Nog meer gebouwen. Ze plaatst het terug en opent het laatste en terwijl ze dat doet, snakt ze naar adem en moet ze het album vastgrijpen zodat het niet valt. De bovenste foto is van de vrouw van de andere foto aan de voet van het gebouw, de vrouw die hiervoor in dit huis heeft gewoond, de vrouw die hielp met de verbouwing van dit huis, de vrouw die de blauwzwarte jurk droeg die nu tussen Lily's kleren hangt, de vrouw die nu dood is.

Zij en Marcus staan ergens op een trottoir. Een stad die niet Londen is. Het is avond; rombussen van zonlicht vallen over de straat en goot. Auto's passeren hen, bevroren in vage strepen. Ze heeft haar arm om zijn nek, haar vingers in zijn haar, haar nagels donkerrood. De persoon achter de camera heeft net iets grappigs gezegd, want ze kijkt met haar ogen wijdopen lachend in de lens, haar krullen zwaaiend in haar gezicht zodat dit gedeeltelijk verborgen is. Het moet warm zijn waar ze is, want ze draagt een rode jurk met dunne schouderbandjes. Er zijn kraaltjes gestikt in het materiaal dat door haar borsten wordt opgevuld. Haar lippen, gestift in dezelfde tint rood, zijn iets van elkaar en laten puntige, onberispelijke tanden zien. Sinead was mooi. Lily ziet dat, ziet de lengte en wending van haar hals, de donkere, tamelijk ver uit elkaar staande ogen, de smalheid van haar taille, de lange, lange benen die eindigen in schoenen die kruiselings zijn neergezet. Haar enkels heeft ze om elkaar geslagen. Marcus staat met zijn profiel naar de camera, naast haar maar iets meer naar achteren. Hij houdt zijn hand vlak tegen haar maag, alsof hij haar rechtop moet houden, alsof hij haar tegen hem aan houdt. Hij kijkt naar haar, waarbij hij de camera negeert, de fotograaf negeert, alles wat er om hen heen gebeurt negeert. De uitdrukking op zijn gezicht is, in tegenstelling tot die van haar, ernstig en intens.

Lily sluit het album, duwt het terug op zijn plek op de plank. Angst, onuitsprekelijk en vaag, omgeeft haar als een krachtveld. Ze vlucht de kamer uit, het huis door, de deur uit, de trap af en de schemerige straat op. Ze draait zich om en kijkt omhoog naar het huis terwijl ze wegloopt. De ramen zien er leeg, ongevaarlijk uit.

Ze komt laat terug. Ze heeft aan een hoektafeltje in de pub aan het eind van de straat gezeten, waar ze bierviltjes tot kleine, identieke vierkantjes confetti heeft gescheurd. Als ze de deur opendoet, loopt Marcus vanuit de keuken langs Aidans deur.

'Hoi,' zegt hij, 'een goeie dag gehad?'

'Nee. Waardeloos eigenlijk.'

'O. Nou ja. Je bent nu in ieder geval thuis. Neem het werk niet mee naar huis – dat zei Sinead altijd.'

Lily, midden in de handeling van het uittrekken van haar jas, raakt in paniek. Ze heeft hem niet eerder uit eigen beweging over haar horen praten. Weet hij soms wat ze heeft gedaan? Heeft hij het gemerkt? Heeft ze sporen achtergelaten? Dat kan haast niet – ze herinnert zich dat ze het album heeft teruggezet, de laden heeft gesloten, de stoel weer onder het bureau heeft geschoven. Dat weet ze zeker. Ze weet zeker dat ze dat heeft gedaan.

Ook Marcus lijkt van zijn stuk gebracht, verward. Hij knippert snel met zijn ogen, alsof hij niet kan geloven wat hij net heeft gezegd. Ze staren elkaar met wederzijdse geschoktheid aan. Lily kijkt naar zijn handen, die op zijn heupen rusten en ze ziet plotseling, begrijpt plotseling, hun spierkracht, hun soepelheid. Terwijl ze ernaar kijkt merkt ze dat ze zich vragen stelt over hun soepelheid en vermogen.

Ze gaat de badkamer in en pakt haar tandenborstel op. Haar arm trilt licht. Haar gezicht kijkt haar aan vanuit de spiegel – spierwit onder het restant van haar zomersproeten. Ze dwingt zichzelf om de tube tandpasta te pakken, gewoon te doen, rustig te blijven, een streep tandpasta op haar borstel te knijpen en de afgesleten vlakken van haar kiezen te gaan poetsen. Ze spoelt haar mond, spuugt, spoelt en spuugt opnieuw. Het gespetter van de kraan echoot rond in de ruimte die haar omsluit. Het is allemaal glanzend metaal en weerspiegeling, als een operatiekamer. Of een lijkenhuis. Niets zou hier een spoor achterlaten dat niet kan worden weggewassen of afgesponst. Roestvrij staal bedekt de muren, naadloos beton bedekt de vloer. Mannendingen staan in een rijtje op het planchet – scheerschuim, deodorant, scheermessen. De helft van het planchet is opvallend leeg. Lily vraagt zich af wat er gebeurt met de cosmetica van de doden.

Ze staat op het punt om terug te gaan naar haar kamer als ze stilstaat, zich omdraait en de deur van Marcus' kamer openduwt. Hij zit aan zijn bureau iets op een blocnote te schrijven. Verrast kijkt hij op.

'Weet je,' begint Lily onzeker, 'mijn opa stierf twee jaar geleden.'

Hij kijkt geschrokken op. 'O,' zegt hij, en slaat zijn benen over elkaar. 'Dat spijt me... het spijt me dat te horen.'

'Ja.' Ze wacht. Marcus kijkt naar haar. Ze kijkt terug. Wat zou hij nu denken? Wat voor pijn houdt hij verborgen achter die glinsterende, onpeilbare blauwe ogen?

'Het spijt me,' zegt hij opnieuw.

'Dank je. Maar ik... wat ik wilde zeggen is, dat het niet zo erg was als...' Ze laat haar zin verwachtingsvol overgaan in zwijgen.

Marcus lijkt niet te weten wat hij moet zeggen. Zijn hand beweegt licht over het papier.

Lily zucht. Ze is nooit zo goed geweest in de zachte benadering, is niet het type voor een voorzichtig spel. 'Luister,' zegt ze, 'ik wilde alleen maar even zeggen dat, als je ooit met mij over Sinead wil praten, dat je dat gewoon kunt doen... ik wil graag naar je luisteren. Of je helpen. Als ik dat kan.'

De pen valt uit zijn hand en rolt weg van hem op het gladde oppervlak van het bureau. Hij grijpt ernaar, en slaagt erin de pen te pakken voordat die op de grond valt. Als hij hem vast heeft, gevangen door vier gebogen vingers, kijkt hij haar opnieuw aan. 'Wat weet je over Sinead?' Zijn stem klinkt vast, toonloos.

'Niet veel, maar...'

'Nou dan.'

Lily draait zich om op haar hakken. 'Goed,' zegt ze. 'Oké. Tot straks.' Haar voet raakt een doos met viltpennen die op de grond staat. Hun gekleurde omhulsels vliegen weg over de houten planken, maar ze stopt niet. Terwijl ze haar hand uitsteekt naar de deurklink denkt ze dat ze hem hoort zeggen: 'Ga niet weg.'

Drie woorden. Meer niet. Zo zacht dat Lily ervan overtuigd is dat ze het zich heeft verbeeld. Maar haar handen aarzelen boven de deurklink, en zonder om te kijken probeert ze de stilte achter zich te peilen. Die strekt zich uit, wordt langer en zwelt aan. Lily drukt het koude metaal van de deurklink in haar vingers. Hij zei niets, hij zei niets. Ze heeft het zich maar verbeeld. Kan niet anders. Maar ze draait zich half om. Hij kijkt naar haar, onzeker, bijna verlegen.

'Zei je... zei je iets?'

'Ik zei: ga niet weg. Ik wil niet dat je weggaat. Sorry,' zegt hij. 'Ik wil niet...'

Lily gaat weg bij de deur en loopt dwars over de vloer naar hem toe. Hij stopt de brief die hij aan het schrijven is in een la. *Je bent altijd zo...* leest Lily, voordat hij de la dichtdoet en opstaat. Hij legt zijn handen om haar nek, zijn vingers in haar haar. Zijn adem is warm op haar gezicht. Hij tilt haar arm op en drukt zijn mond op de blauwe rivierdelta van aderen op haar pols.

Ze zijn snel bij het bed, en haar handen vinden hun weg door zijn kleren naar de harde gladheid van zijn rug, zijn mond tegen haar nek, haar wangen, haar haar, haar oogleden, haar hals. Er volgt een heerlijke tinteling, de verwarring van ledematen en kleding, voor het bevrijdende gevoel van huid op huid. Hij tast haar af, zijn gezicht intens, geconcentreerd. Ze sluit haar ogen tegen het felle licht van de elektrische lamp, komt omhoog van het matras zodat hij haar kleren kan verwijderen.

Het gewicht van hem op haar is een opluchting, een bevrijding. Als hij het bovenste deel van zijn lichaam opricht om zijn t-shirt uit te kunnen doen, opent Lily haar ogen om een snelle blik van hem op te vangen, om dat beeld op haar netvlies te bewaren. Wat ze echter ziet, zorgt ervoor dat het bloed in haar aderen stolt.

Naast het bed, zo dichtbij dat Lily zich zou kunnen uitstrekken en haar zou kunnen aanraken, staat een meisje met zwarte Medusakrullen en een hoekig wit gezicht. Ze kijkt Lily recht aan.

Lily krijgt een schok alsof ze wordt geëlektrocuteerd, en ze gilt, waarbij het geluid reikt tot aan de muren van de kamer. Het lijkt gemakkelijk om Marcus van zich af te duwen, zich af te wenden en in één vloeiende beweging van het bed te springen. Het wezen is dan achter haar, zo ver mogelijk bij haar vandaan. Ze kan het niet meer zien en wil het ook nooit meer zien.

'Wat is er in vredesnaam...?' hoort ze Marcus zeggen en ze kijkt om naar hem. Ze wil het niet, ze wil haar blik, haar gezicht en haar lichaam afgewend houden – naakt en koud nu de warmte van Marcus haar aan het verlaten is – afgewend, maar ze kan zijn stem niet negeren, en het geluid ervan maakt dat haar blik naar hem wordt toegetrokken. Marcus zit geknield op het bed naar haar te staren, verward, perplex. Onder hem, tussen zijn dijen, is de afdruk van haar lichaam. Ze heeft daar een soort negatieve ruimte achtergelaten, een leegte waar ze, als ze haar ogen gesloten had gehouden, nu nog gelegen zou hebben. De kamer is leeg, op hen tweeën na.

'Wat is er aan de hand?' zegt hij, zijn gezicht rood. 'Alles goed met je?'

Lily knippert met haar ogen, kijkt omlaag naar de verkreukelde contouren in de lakens onder hem. Vóór haar is alleen Marcus; de lucht achter hem strak, helder, leeg. Het was niets. Ze heeft het zich verbeeld. Het was niets. 'Ik zag... ik dacht dat ik zag...'

Hij strekt zich naar haar uit. 'Wat?'

Op dat moment wordt er snel op de deur geklopt en zegt iemand buiten: 'Marcus?'

Marcus krabbelt over het bed om naar de deur te gaan. Maar Aidan heeft die al geopend nog voordat hij daar is.

'Marcus, ik...' Aidan blijft abrupt op de drempel staan en staart hen aan – half aangekleed, kleren verspreid over de kamer, het rommelige bed. Lily bukt zich om haar spullen te verzamelen en drukt die dan tegen zich aan. Aidan zegt niets en beweegt zich niet, draait alleen zijn hoofd om Marcus recht in zijn gezicht te kijken.

'Hoe was Japan?' zegt Marcus.

Er valt een stilte. De twee mannen houden elkaars blik vast. Lily loopt naar de deur.

'Sorry,' zegt ze.

Aidan stapt opzij en ze loopt langs hem heen naar haar eigen kamer. Ze tast naar de lamp op haar bureau en doet die aan. Er volgt een blauwe flits, waarna de gloeidraad van de lamp met een holle plop explodeert. Ze voelt pijn door de vezels van haar arm schieten. Door de donkere lucht van de kamer kan ze de zwarte contouren van haar reflectie in de spiegel zien. Ze staart er wild naar; daarin heeft ze geen gezicht, geen gelaatstrekken, geen dimensie. Ze beweegt, en het beweegt met haar mee. Ze voelt zich een beetje verdwaasd, licht in haar hoofd, en worstelt met een verlangen om in gegiechel uit te barsten. Dit is belachelijk! Wat wás dat? Zag ze net werkelijk Marcus' dode vriendin? Tijdens het vrijen? Of heeft ze het zich maar verbeeld? Was het echt? En wat betekent 'echt' met betrekking tot een dood meisje?

Als ze een geluid achter zich hoort, springt ze in haar bed, duikt onder de dekens en drukt die tegen zich aan met haar vuisten. Haar geest slaat op hol, struikelt over zichzelf. Ik geloof niet eens in geesten, wil ze roepen.

AIDAN DRUKT ZIJN VOORHOOFD TEGEN HET KOUDE, GLADDE GLAS EN tuurt in de verte naar de vier bleke zuilen van de Battersea-elektriciteitscentrale die boven de lage skyline van de stad uitsteken. Het is vreemd, onverklaarbaar en bizar. Hij kent deze stad al zijn hele leven en plotseling lijkt alles zich ergens anders te bevinden; de Battersea-elektriciteitscentrale aan de noordkant van de rivier, Harrow-on-the-Hill in Leytonstone. Iemand heeft kennelijk de rivier verplaatst.

Hij bevindt zich in de glazen capsule van de London Eye, een wit reuzenrad dat langzaam ronddraait naast de Theems. Hij had nog een uurtje over voordat hij zijn vriend Sam zou ontmoeten en, nieuwsgierig naar de vreemde structuur die er is verschenen sinds hij hier voor het laatst was, heeft hij een kaartje gekocht en is hij ingestapt.

Mensen flankeren de zijkanten van de ovalen capsule, terwijl ze foto's nemen en kaarten openvouwen. Het reuzenrad is verrassend stil en langzaam. Hij had verwacht dat het een snellere, meer kermisachtige rit zou zijn, niet deze tamelijk bezadigde rondgang langs de Londense hemel. Als ze het hoogste punt naderen, veren twee Amerikaanse meisjes op van hun zitplaats en gaan elkaar opgewonden fotograferen. Ze komen naar hem toe met hun camera en hij neemt die over, vangt ze samen in de zoeker, en drukt op de sluiter.

Aidan kijkt naar de Canary Wharf-toren, die glinstert als mica in de zon. Toen hij drie jaar geleden uit Londen vertrok, had die daar alleen gestaan aan de skyline; een lange, glinsterende blip te midden van de andere gebouwen. Maar nu dringen andere gebouwen, half afgebouwd, zich er tegenaan, waardoor de contouren van de toren gaan vervagen. Een vriend van hem is daar een paar jaar geleden omgekomen tijdens de bomaanslag. Sam, die hem ook kende, zei kortgeleden dat hij soms gewoon vergeet dat hij dood is, nog steeds de neiging heeft om hem te bellen, hem iets te vertellen. Idioot, hè, zei hij.

Aidan draait zich opnieuw naar het noorden en, terwijl de stad oprijst om hem te ontvangen, denkt hij eraan hoe hij ooit als kind bijna van een hoge voetgangersbrug is gestort. Zijn vader wist hem nog net op tijd te grijpen aan de banden van zijn tuinbroek. Hij zag toen hoe zijn voeten zwaaiden boven een weg vol auto's, parken met kinderen op klimtoestellen, daken van huizen, vijvers in achtertuinen, mensen die winkelden in een drukke straat.

Terwijl hij de capsule uitschuifelt en teruggaat door het hek, ziet hij Sam die naar hem loopt te zwaaien. Naast hem staat een vrouw wier ogen nog de menigte afzoeken. Lisa. Sam heeft al bijna een jaar een relatie met haar, maar Aidan heeft haar nog nooit ontmoet.

Als Sam hen aan elkaar voorstelt, met een quasi-formeel zwierig gebaar, grijpt Lisa zijn hand in de hare en zegt: 'Eindelijk, de ongrijpbare Aidan.' Ze praten er met elkaar over waar ze naartoe zullen gaan, wat ze zullen gaan eten, de geografische dislocatie die ontstaat als je in de London Eye bent geweest, hoe koud het plotseling is geworden.

Terwijl ze in de richting van de dichtstbijzijnde pub lopen, vraagt Sam: 'Hoe gaat het met Marcus?'

Aidan ziet hoe Lisa snel naar hem opkijkt, om vervolgens weg te kijken. Sam heeft het haar verteld, merkt hij. Niet dat het hem iets kan schelen. Hij vergeet soms gewoon dat stelletjes, net als lichaamscellen, een soort doordringbare scheidingswand hebben.

'Ander onderwerp,' zegt Aidan.

'En ik zei tegen hem,' zegt Diane, Lily's moeder, 'ik zei, Graham, ik vind echt dat het niet kan dat, als ik hier 's avonds op bezoek ben en zij belt je op, dat je dan drie kwartier aan de telefoon hangt met haar. Niet dat ik jaloers ben of zo, want ik ben geen jaloers type, maar ik vind dat dat gewoon niet kan.'

Lily houdt de hoorn tegen haar oor met de ene hand en met de andere krult ze een haarsliert rond haar wijsvinger. Het kantoor is leeg, de agenten zijn aan het lunchen. Zij wordt geacht een stapel brieven te sturen naar *casting directors*, maar heeft in plaats daarvan haar moeder gebeld om even te babbelen.

'...en hij zei toen dat ik me niet bedreigd hoefde te voelen. Dat het voor hem niet meer belangrijk was...'

Lily is kalm vandaag. Heel erg kalm. Al die flauwekul over geesten en spoken is gewoon onzin. Onzin. Dat weet ze heus wel. Het was gewoon het product van een te sterk geprikkelde geest – ze zou voor het eerst met Marcus naar bed gaan, ze had net naar die foto's gekeken (nogal stom natuurlijk, ze kan niet geloven dat ze dat heeft gedaan, wat een idioot was ze), die hele affaire met Marcus heeft dat verwarde gevoel dat het uiteindelijk iets serieus kan worden, enzovoort enzovoort. Niets om je zorgen over te maken. Het zal niet weer gebeuren.

Ze staart naar het haar dat om haar vinger is gewonden. Haar nagel vult zich met bloed en kleurt helder roze. Ze laat haar haar los en het springt snel terug, om weer op zijn plaats te vallen. Wat zorgt er trouwens voor dat haar gaat krullen? Heeft dat niet iets te maken met de haarfollikels?

'Heb je je vader nog gezien nadat hij was gestorven?' hoort ze zichzelf zeggen, om de monoloog van haar moeder te onderbreken.

Er volgt een korte stilte.

'Wat?'

'Eh... opa,' zegt Lily. 'Ik bedoel, denk je dat geesten... Eh. Niets. Laat maar.'

'Geesten?'

'Laat maar. Ik meende het niet.'

'Waarom vraag je dat?'

'Zomaar. Sorry. Ga maar door met... wat je aan het vertellen was.'

'Nou,' Diana heeft niet veel aanmoediging nodig. 'Nou goed, daarna besloot hij om een antwoordapparaat te kopen. En toen zei ik...'

Lily laat haar gedachten weer afdwalen. Lampen zoemen boven haar hoofd, telefoons rinkelen in kamers beneden in de gang. Buiten staan auto's in een rij te wachten totdat de lichten op groen springen.

Ze loopt snel, waarbij haar voeten over het trottoir flitsen en haar longen zich vullen en legen. Toen ze bij de ingang naar de binnenplaats was gekomen, was de flat ogenschijnlijk leeg, de ramen donker en beschaduwd. Ze had gewoon de moed niet. Ze kon niet naar binnen, ze kon het gewoon niet. Ze had daar een poosje gestaan, worstelend met zichzelf. Dit was belachelijk. Ze was niet goed bij haar hoofd. Ze verbeeldt het zich allemaal maar. Al die paniekerige flauwekul over geesten en verschijningen. Ze moet er even tussenuit, een vakantie misschien. Ze gelooft niet echt dat ze iets heeft gezien. Nee toch? Voordat ze er zich zelfs maar van bewust was dat ze het had besloten, was ze al omgedraaid en was ze de straat weer ingelopen.

Auto's rijden langs haar, waarbij haar haar opwaait door de luchtstroom. Aan het einde van de straat draait ze zich om en loopt in de richting van het metrostation. Ze passeert een Victoriaanse ijzeren brug die koud, slijmerig water in haar haar laat druppelen, een hoedenwinkel met hoeden die op uitdrukkingsloze, gladde koppen zijn gezet, een gesloten bloemenstalletje, de grond bezaaid met gebroken stengels, een kerk waarvan de voorgevel is verlicht met groenachtig licht en waarop een bord hangt met de tekst OOIT NAGEDACHT OVER WAT ER NA UW DOOD ZOU KUNNEN GEBEUREN? Ze vindt het moeilijk te begrijpen hoe kleine rijtjeshuizen van rond negentienhonderd, fabrieksgebouwen, brede, drukke straten en bars vol jongens met een mobieltje, allemaal bij elkaar kunnen bestaan in één ruimte.

Ze keert terug met een melkpak tegen haar jack aangedrukt. Een driehoek van licht valt schuin naar buiten vanuit het raam van het pakhuis. Marcus is zeker terug. De opluchting opent zich rondom haar als vleugels.

Voordat ze de voordeur sluit, zorgt Lily er wel voor dat ze eerst het licht aandoet. Het blijft net lang genoeg aan om de smalle trap te beklimmen tot aan het portaal op de eerste verdieping, waar ze het volgende licht aandoet. Terwijl ze de trap opklimt die naar hun deur leidt, hoort ze iets achter zich, of denkt dat dat zo is. Later zal ze er haar gedachten telkens opnieuw over laten gaan, om te proberen het thuis te brengen, het weer op te roepen, te verklaren wat het was. Maar op dat moment blijft ze stilstaan op de trap en draait ze haar hoofd om. En terwijl ze dat doet, lijkt het alsof er een heel fijne nevel langs haar gezicht strijkt, waardoor het oppervlak van haar huid koel en vochtig wordt.

Ik ben niet bang, zegt ze tegen zichzelf, ik ben niet bang. Maar haar benen bewegen zich onder haar als zuigers en ze stuift naar binnen door de deur.

Aidan heeft wel gehoord dat er iemand de trap op komt gestormd, maar als de deur wordt opengegooid, schrikt hij toch. Lily komt de kamer binnenvallen alsof ze is geduwd, glijdt uit en valt op haar knieën. Aidan staart verbaasd naar haar. Een seconde geleden was hij nog verdiept in zijn boek, en nu ligt er een vrouw languit op de planken voor hem.

'Alles goed met je?' zegt hij even later. Hij vraagt zich af of hij nu op moet staan om haar overeind te helpen, maar hij kent haar verdorie nauwelijks.

'Ja,' zegt ze, terwijl ze overeind komt en haar rok afslaat. 'Sorry. Ik ben zeker... eh... ik ben zeker ergens over gestruikeld.'

'O.'

Ze zwaait met een melkkarton naar hem, zoals een terrorist dat doet met een handgranaat. 'Wil je iets drinken?' vraagt ze, haar borst nog hijgend van het rennen op de trap, waarbij de woorden eruit worden gestoten tussen het gehijg door. 'Warme chocola?' vraagt ze.

Hij aarzelt. 'Eh...' Dit meisje is echt heel vreemd.

'Ik ga het ook voor mezelf klaarmaken,' zegt ze.

'Oké.' Hij knikt. 'Waarom niet? Graag.'

Hij hoort hoe ze in de kast met pannen rommelt, dan hoe de melk uit het pak wordt gegoten. Hij werpt een steelse zijdelingse blik op haar, net terwijl ze een lucifer tegen het doosje strijkt – één, twee, drie keer. Als de vlam oplaait, stopt ze haar duim snel in haar mond en vertrekt haar gezicht. Ze heeft zich zeker gebrand.

Ze staat boven het fornuis aandachtig te kijken naar de zachtjes kokende melk, en blaast haar pony uit haar ogen. Terwijl hij haar gadeslaat vanaf de andere kant van de kamer, komt Aidan tot de conclusie dat haar aantrekkelijkheid ligt in de belichaming van contrasten in haar. De manier waarop haar fragiele, tengere gestalte en haar ogenschijnlijk vriendelijke terughoudendheid worden gelogenstraft door die rusteloze, elfachtige glinstering in haar ogen. Ze mag dan misschien niet veel zeggen, maar Aidan vermoedt dat ze veel voor zichzelf houdt. Hij heeft haar met Marcus gezien, terwijl ze luisterde naar wat hij zei, haar lippen gesloten en uitdrukkingsloos, maar haar gesluierde ogen bewogen intussen over zijn gezicht, waarbij haar geest op volle toeren draaide, denkend, denkend, altijd maar denkend.

Plotseling staat ze daar naast hem, en overhandigt hem een mok met olieachtige, gekleurde belletjes aan de rand. Hij neemt de mok aan, kijkt op om haar te bedanken en terwijl hij dat doet, ziet hij dat ze jong is, niet ouder dan tweeëntwintig, drieëntwintig. Hij schudt heel kort met zijn hoofd terwijl ze in de stoel tegenover hem gaat zitten.

'Aidan?' zegt Lily. Ze is zich bewust van de lucht om hen heen, als een soort geluidloos gezoem, maar dat kan haar niet schelen. Ze moet het vragen. Aan deze scheiding in haarzelf, tussen het rationele en het irrationele, moet ze iets doen. Ze moet er een eind aan maken. En de enige manier om dat te doen is met harde, onveranderbare feiten.

'Ja?'

'Wat is er gebeurd... met Sinead?'

Zijn hoofd komt met een ruk omhoog van zijn boek. Hij kijkt haar even aan, begint dan te blazen in zijn chocolademelk.

'Hoeveel weet je?' vraagt hij rustig.

'Niets.'

'Dan zul je daar met Marcus over moeten praten.'

'Ik heb het gevoel dat ik dat niet kan. Kun jij niet...'

'Lily,' en zijn stem klinkt scherp, 'ik vind niet dat... ik ken je nauwelijks. Dat zijn echt mijn zaken niet.'

Ze kijkt naar hem. Zijn ogen zijn zo donker dat zijn pupillen lijken op te gaan in het vloeibare diepbruin van de irissen.

'Wat voor iemand was ze?' Ze kan er niets aan doen.

Aidan zucht. Zijn vingers gaan over een ezelsoor aan de omslag van zijn boek, waarbij zijn nagel flitst over het witte gekreukelde driehoekje. Hij gaat het me niet vertellen, denkt ze, maar dan ontspant zich iets in zijn gezicht. Zijn vingers bewegen niet meer heen en weer. Hij staat op en schuift een bladwijzer tussen de pagina's.

'Ze...' Hij legt het boek op de tafel, voorzichtig, alsof het een breekbaar kunstvoorwerp is, en stopt zijn handen in de achterzakken van zijn broek. 'Het soort vrouw waar mannen verliefd op worden. Heel simpel.' Hij stopt en voegt er dan aan toe: 'Het soort vrouwen dat gebroken harten verzamelt.'

Lily weet niet wat ze moet zeggen. Jaloersheid klontert in haar samen als kikkerdril, en ze is er verbaasd over, beschaamd.

Hij stoot een beetje lucht uit en het klinkt als een lach, maar toch ook weer niet. 'Luister,' zegt hij. 'Laat ik je het volgende zeggen. Als je een beetje gezond verstand hebt, dan blijf je uit de buurt van Marcus.'

Later staan Aidan en Marcus in de lichtbundel van de keuken, terwijl Marcus in iets roert wat op het fornuis staat en Aidan met borden rammelt. Lily zit aan de tafel, een krant uitgespreid voor zich, haar vingertoppen bevlekt met de inkt ervan. Ze zit met haar gedachten bij wat Aidan heeft gezegd en beelden van die harten blijven in haar hoofd verschijnen. Ze stelt zich voor hoe die eruitzien, klein, vochtig en kloppend, liggend op de bodem van een handtas, of aan een pen geregen als kebab. Naast elkaar op een vensterbank als kamerplanten. Samengepakt in het handschoenenkastje van een auto.

'Dus als je in 3D zou willen weergeven, dan moet je... wat?... Quark gebruiken?' zegt Marcus.

'Nee,' antwoordt Aidan monotoon. 'Met Quark lukt je dat niet.'

Er valt een stilte.

'Maar wat dan?' dringt Marcus aan.

'Je zou het kunnen opmaken in Quark, als je dat zou willen. Maar wat je nodig hebt is CAD.'

'CAD en verder?'

'Een animatieprogramma. Maar als je dat gaan downloaden – je kunt het gewoon van internet halen – dan moet je het geheugen uitbreiden. Anders blijft het vastlopen en dat kun je niet hebben terwijl je ermee bezig bent, omdat het anders iedere vijf minuten fout zal gaan en zal vervormen.'

'Hoeveel zou dat ongeveer kosten?'

'Een paar honderd pond. Misschien meer. Dat hangt ervan af.'

'Lily,' zegt Marcus plotseling. Ze is verdiept in een artikel over een vrouw die de vorige maand is verdwenen zodat ze, als ze naar hem opkijkt, er even niet helemaal bij is. 'Heb je al gegeten?'

'Nee, nog niet, maar ik ga koken als jij klaar bent.'

'Neem dan wat van dit hier. Er is meer dan genoeg. Ik heb veel te veel gemaakt, alleen voor mezelf.' Hij laat een korte, vreugdeloze lach horen. 'Lijk er maar niet aan te kunnen wennen dat ik nog maar voor één persoon hoef te koken,' mompelt hij meer tegen zichzelf dan tegen haar of Aidan.

'Nou... als je dat zeker weet.'

'Ja. Het is curry. Hou je van curry?' Hij kijkt naar haar, wenkbrauwen opgetrokken, de spieren in zijn arm strak door zijn geroer.

'Heerlijk. Curry. Ja. Dankjewel.'

Aidan laat water lopen over een bord in de spoelbak. Hun zakelijke en onbegrijpelijke gesprek lijkt te zijn gestopt. Marcus loopt van de koelkast naar de tafel en steekt een groen flesje naar haar uit. 'Bier?'

Ze slaat haar ogen naar hem op. Zijn mond is opgetrokken tot een halve glimlach. Als ze naar hem kijkt, verbreedt die zich tot een volle, brede grijns. Ze kijkt weg, forceert een glimlach, en ziet dan dat er twee dingen tegelijk gebeuren: Aidan die hen samen ziet, waardoor zijn gezicht vertrekt in iets wat afschuw lijkt, terwijl hij het bord in de gootsteen laat vallen. En, in de weerspiegeling in een chromen kom op de tafel, een langgerekte vorm, achter haar.

Marcus drukt de rand van het koelkastkoude flesje zachtjes in het vlees van haar bovenarm. 'Bier? Lily?'

'Eh.' Ze draait zich om, ondanks zichzelf, om achter zich te kijken. Waar is het? Waar gaat het heen als het niet hier is, als ze het niet kan zien? Loert het achter deuren of – die gedachte schokt Lily – in andere kamers, wachtend op haar? 'Bier. Eh, ja. Graag.'

Aidan passeert hen, op weg naar zijn eigen kamer. De muren van de enorme ruimte dreunen en weergalmen als hij zijn deuren dichtslaat.

Marcus schept rijst en dan gele curry op twee borden. Hij is aan het praten – iets over de curry en een plaats in Kerala, maar ze vindt het moeilijk om zich te concentreren op wat hij zegt. De kamer om hen heen lijkt te leven, gevaarlijk door wat er kan gebeuren, als een kapot elektrisch snoer. Terwijl ze haar eerste hap naar haar mond brengt, voelt ze zijn dij tegen die van haar en ze deinst terug, waarbij het eten van haar vork valt.

Marcus lacht. 'Je bent erg nerveus, hè?' En hij beweegt zich dichter naar haar toe, terwijl zijn stem daalt tot een fluistering. 'Ben je soms bang voor me?'

Er liggen met curry bevlekte rijstkorrels verspreid rond Lily's bord. Ze plukt ernaar. 'Bang? Voor jou?' Vanaf waar ze zit heeft ze alleen zicht op het einde van het pakhuis, de helft van de keuken en de deur naar de badkamer. Er is een hele massa lucht achter haar, die zich uitstrekt tot aan de lange ramen en de slaapkamers, die ze niet kan zien. Ze werpt een snelle blik over haar schouder. 'Bang?' herhaalt ze. 'Nee. Natuurlijk niet. Doe niet zo belachelijk.'

'Wat ging er dan fout?' Zijn stem is nu een zacht gemompel, en zijn hand drukt op haar dij.

'Eh, nou.' Lily controleert snel alles om zich heen. Nog steeds niets. 'Ik dacht dat ik... ik dacht dat ik iets had gezien.'

'Wat dan?'

'Eh. Nou, ik weet niet precies.' Ze kijkt opnieuw over haar schouder. Het einde van de ruimte is in duisternis gehuld. Het is de zwarte leegte die haar bang maakt. Er zou daar van alles kunnen zijn.

'Marcus.' Ze wendt zich weer tot hem. Zijn gezicht is vlak bij het hare. Hij kijkt naar de plek waar haar truitje zich opent bij haar hals. Dit moet ophouden, zegt ze tegen zichzelf, je moet de waarheid weten. 'Mag ik je een vraag stellen?'

Er verandert iets in zijn uitdrukking. Kleine spiertjes rond zijn ogen spannen zich. Er verschijnen lijntjes aan de zijkant van zijn mond. 'Ja hoor,' zegt hij, terwijl hij achterover leunt, 'vraag maar.'

'Nou.' Lily slikt. Haar verhemelte voelt droog aan. Haar vingertoppen grijpen de koude, natte zuil van haar glas vast. 'Weet je. Ik vroeg me af...'

Een meter verderop rinkelt de telefoon. Ze kijken elkaar aan. Ze sluit haar mond.

'Sorry,' zegt Marcus en staat op, loopt weg van de tafel, pakt de hoorn op. Ze hoort hem zeggen: 'Hé. Hoe gaat het?'

Lily brengt het voedsel naar haar mond en kauwt. Dan, met het soort bewustzijn waar kennis wordt verdrongen door weten, wanneer zelfs zonder enig bewijs of waarschuwing je gewoon wéét dat iets waar is, realiseert ze zich dat Sinead in de stoel naast haar zit. Lily slikt, waarbij de hap voedsel tegen het zachte deel van haar keel drukt. Ze heeft een vreemd gevoel, alsof haar gezicht heftig reageert, door tranen of hooikoorts. Haar hand, die een vork grijpt, trilt midden in de lucht. Ze heeft het nog nooit zo koud gehad. Ze kijkt kwaad neer op haar bord en leest zichzelf heftig en snel de les met woorden als mitrailleurvuur: dit is niets, beheers je, kom op, Lily, dit is onzin, dat weet je toch.

Ze beweegt haar ogen in hun kassen. Sinead zit daar aan de tafel, tegenover Marcus' verlaten bord. Ze staart met grote concentratie en vastberadenheid naar Lily's gezicht, één hand over haar mond.

Dan trekt Marcus zijn stoel naar achteren met een toonloos gekras over de vloer. 'Sorry,' zegt hij, 'dat was iemand van kantoor die een probleem had. Ze zijn met zijn allen aan het overwerken en willen de hele nacht doorhalen en...' Hij breekt zijn zin af. 'Wat is er met je?' zegt hij. Hij leunt naar haar toe, zijn gezicht samengetrokken in bezorgdheid, en legt zijn hand over de hare. 'Je ziet er... wat is er?'

Lily kijkt van Sinead naar hem en weer terug. Sinead heeft haar hand verwijderd en haar lippen bewegen, alsof ze praat, alsof ze probeert haar iets te vertellen. Marcus kan haar niet zien. *Hij kan haar niet zien.* Hij weet niet dat ze daar is. Hoe kan ze hem vertellen wie er nu tegenover hem zit...

'Niets,' zegt ze, met een poging tot een glimlach. Hij mag het niet weten. Hij mag het nooit weten. 'Er is niets aan de hand.'

Lily staat bij de wastafel. Marcus is in zijn studeerkamer verdwenen voor nog een gesprek met kantoor, en Aidan zit sinds het eten in zijn liftkoker-kamer. Ze heeft geluisterd of hij eruit kwam om een kop thee te maken of om naar het toilet te gaan. Maar niets. Wat doet hij daar in vredesnaam, en wat doen animators eigenlijk? En waarom heeft hij dat gezegd over Marcus? Marcus wordt geacht zijn beste vriend te zijn.

Ze heeft een stukje tandzijde rond haar vingers gewonden en haalt dat nu tussen de openingen van haar tanden door. Ze dwingt zichzelf om fragmenten van een liedje te neuriën dat ze eerder op de dag op de radio op kantoor heeft gehoord. Zonder waarschuwing valt er iets van de bovenkant van het badkamerkastje, en raakt haar op haar hoofd. De tandzijde schiet omhoog en snijdt in haar tandvlees. De witte tandzijde kleurt snel rood. Lily kijkt omlaag. In de wastafel ligt een strip pillen met het woord Femodene er dwars overheen, en de dagen van de week met elkaar verbonden door kleine zwarte pijltjes. Ze pakt het op. De purperen folie van de strip kraakt in haar hand. Kleine ronde pilletjes ratelen in hun dichtgesealde foliehoudertjes. Ongeveer eenderde ervan is al door de verpakking gedrukt.

Boosheid verzamelt zich in haar achterhoofd, onverwacht en krachtig. 'Zo, en nu is het genoeg!' schreeuwt ze. 'Ik ben je zat!'

Ze gooit de bebloede tandzijde in de wc en buigt de foliestrip met beide handen om totdat die breekt. Pilletjes springen eruit en stuiteren rond in de bochten van de wasbak, om daarna te verdwijnen in het gat van de afvoerpijp. Ze duwt nog achtergebleven pilletjes uit hun verpakking en draait de kranen helemaal open, zodat de wastafel vol komt te staan met ijskoud water. Ze stelt zich voor hoe de kleine witte pilletjes oplossen tot een melkachtige substantie terwijl ze ver, ver weg worden gespoeld. Dan propt ze de strip in elkaar, die snijdt in haar handpalm, en gooit hem in de afvalbak.

'Zie je dat?' roept ze tegen de lege badkamer. 'Zie je dat? Ik ben niet bang voor je! Ik ben niet bang! Dus... rot op!'

Haar stem klinkt schril en zwak in haar oren, waarbij het hoge plafond boven haar de woorden absorbeert. Het douchegordijn beweegt licht.

Lily duwt de badkamerdeur open en gaat naar buiten. Ze wil niet omkijken naar de ruimte, wil de spiegel niet zien – ze is bang dat het spiegelbeeld dat ze zal zien, niet dat van haarzelf zal zijn. Ze loopt door het donkere pakhuis en door Marcus' deur. In het schemerlicht kan ze zien dat hij op zijn rug op het bed ligt, zijn gezicht afgewend.

'Marcus,' fluistert ze, terwijl ze in het bed stapt en zich om zijn warmte wikkelt. Hij is naakt en ze vraagt zich af of hij altijd naakt slaapt, of hij het nooit koud krijgt in deze onverwarmde crypte van een huis, of hij altijd naakt heeft geslapen met...

En ze houdt haar ogen stijf dicht, omdat het haar niet kan schelen of ze hier is; ze wil het gewoon niet zien. Op deze manier, zelfs al zou ze er zijn, zal zij winnen omdat ze niet haar ogen zal openen om te kijken.

'Wacht even,' zegt hij, en stapt uit bed, en de verbazing maakt dat ze haar ogen opslaat en de verduisterde kamer ziet, die een beetje lijkt te hellen. Maar misschien komt dat alleen omdat ze haar hoofd schuin tegen het kussen houdt. Zij ligt daar alleen op het bed en Marcus staat gebogen over een la van zijn bureau. Ze draait haar hoofd een heel klein beetje, en voordat ze haar ogen weer dicht kan knijpen, ziet ze hoe een minuscule luchtstroom langs de muur trekt en de papieren die daar vastgeprikt zitten, optilt, één voor één. Maar hij is terug, en zij zal dit gaan doen, ze wil dit doen, dit zal gebeuren. En dan is hij heel plotseling in haar, naar het lijkt helemaal, en de schok maakt dat ze naar adem snakt en voordat ze het doorheeft zijn haar mond en haar ogen wijdopen gesperd. Ze kan ze niet opnieuw sluiten, omdat alles tegelijk gebeurt, en pal naast haar, gehurkt naast het bed, is Sinead, haar hoofd schuin om recht in Lily's gezicht te kijken, haar gelaatstrekken zo duidelijk alsof ze echt en levend en van vlees en bloed is.

Lily moet haar mond stijf dicht klemmen en haar gezicht in Marcus' schouder drukken, die vochtig en zoutig is en zich over haar beweegt. Het is alsof ze in twee afzonderlijke wezens is verdeeld – de een die alleen kan voelen en de ander die alleen kan luisteren naar de ademhaling van de ander en denken aan het ding dat pal naast haar gehurkt zit. Maar ze is in de greep van haar vastberadenheid om dit te doen, om het gedaan te hebben, en het achter zich te laten. Ergens in haar hoofd is de overtuiging dat ze, na deze eerste keer, weg zal gaan, hen met rust zal laten, zal verdwijnen om nooit meer terug te komen, dat het feit dat Marcus met een andere vrouw naar bed is geweest, ervoor zal zorgen dat ze zal verdwijnen.

Als het voorbij is wacht ze totdat ze het gevoel heeft dat ze zichzelf weer is, en opent pas dan haar ogen. Het duurt even voordat ze in staat is om iets te zien in de dichte, pikzwarte duisternis die haar omringt. Dan beginnen voorwerpen op te doemen in grijze tinten – de stoel voor het bureau, het raamkozijn, Marcus' gestalte naast haar, slapend. Verder niets.

Omdat ze niet zeker weet of ze wel moet blijven, gaat ze terug naar haar kamer. Ze legt haar hand tegen de muur naast haar bed. De verf voelt ribbelig, onleesbaar als braille. Sinead heeft deze muren geschilderd. Die onzichtbare ribbels zijn gemaakt doordat ze de haren van haar kwast door de verf heeft gehaald. Op een bepaald moment stond Sinead precies op deze plek en smeerde ze natte, helderblauwe verf op deze muren, zich er totaal niet van bewust dat Lily hier ooit zou slapen.

Lily zou er graag met haar nagels overheen willen krassen, telkens opnieuw, om de verf eraf te krabben, ze terug te brengen tot de kale, kleurloze pleisterkalk.

ALS ZE DE VOLGENDE AVOND TERUGKEERT NAAR DE ETAGE, ZITTEN ER zes of zeven mensen rond de tafel. Pluimen blauwe rook stijgen op naar het plafond en lage, bonkende muziek klinkt vanuit een hoek. Marcus draait zich om. 'Hallo,' zegt hij. 'Dit is Lily,' zegt hij tegen de anderen, 'onze nieuwe huisgenote.'

Ze knikken of zeggen: 'Hoi', of 'Leuk je te ontmoeten.' Lily knikt vanuit de deuropening en loopt dan om hen heen naar de keuken.

Ze haalt twee sneden brood uit een zak, hun structuur vochtig en sponsachtig, en stopt ze in de broodrooster, terwijl ze naar de groep kijkt. Een vrouw met een rood pagekopje en een zwarte hippe broek zegt: 'Eerlijk gezegd, Tim, vind ik dat ze je minimaal vijfduizend meer zouden moeten betalen. Ik bedoel, je hebt je Deel Drie – hoe lang al, twee jaar? Wil je weten wat ik vind? Ik denk dat je hun ontwerpstrategie allang bent ontgroeid.'

Lily smeert boter op haar toost. De rand van het mes raspt tegen het knapperige oppervlak. Pagekopje kijkt even in haar richting.

'Heeft iemand het nieuwe Parks & Simpson-gebouw in Manchester gezien?' zegt een man in een grijs legerhemd met een mobiele telefoon in de borstzak. 'Kennelijk ontworpen door een paar net afgestudeerde architecten en op naam van een van de partners gezet.'

'En dat is te zien,' zegt Marcus, die met een wijnfles tussen zijn benen geklemd staat, en aan de kurk trekt met een slanke, stalen opener. 'Ziet eruit als een zelfgebouwd project.'

Iedereen lacht. Lily werkt stukken toost naar binnen, en kijkt toe hoe er in de groep diverse gesprekken ontstaan. Vanaf de andere kant van de kamer klinkt een schril, aanhoudend gerinkel. De telefoon.

'Ik pak hem wel,' zegt ze, terwijl ze haar bord neerzet. Marcus kijkt op naar haar en glimlacht. Terwijl ze erheen loopt hoort ze de man met het grijze hemd aan hem vragen: 'Hoe gaat het?'

Marcus staat met zijn rug naar haar toe, zodat ze zijn antwoord niet kan horen. Ze hoort hem nog zeggen: 'Nou,' maar de rest gaat verloren. Ze kan nog 'zij' en 'ik', dan opnieuw 'zij' horen, en 'elkaar.'

Ze pakt de hoorn op. 'Hallo?'

'Lily, met Sarah.'

'Hoi, hoe gaat het met je?' De verbinding kraakt en valt bijna weg. 'Sarah? Ben je daar nog?'

'Ja. Kun je me nu horen? Ik kan niet lang praten, ik sta op het punt een bioscoop in te gaan. Maar ik heb met die vriend van mij gesproken.'

'Welke vriend?'

'Die journalist.'

'O.' Lily kijkt om naar Marcus, maar die komt overeind, snijdt iets op de tafel in stukken met in iedere hand een lang zilveren mes.

'Hij zegt dat hij niets over haar heeft kunnen vinden. Totaal niets.'

'Echt niet?' Ze draait zich weer om en staat met haar gezicht naar de muur. Fluisterend zegt ze nu: 'Weet je dat zeker? Heb je de naam goed?'

'Ja. Wilson, Sinead. Hij kon geen enkele dode vinden die onder die naam stond geregistreerd. Hij is twee jaar teruggegaan.'

Lily bijt op haar lip, drukt de telefoon tegen haar oor.

'Lily? Ben je daar nog?'

'Ja,' zegt ze. 'Ik ben er nog.'

'Hij zegt dat het zou kunnen betekenen dat ze in het buitenland is overleden of dat…'

'Of wat?'

Ze hoort Sarah zuchten. 'Of dat haar dood onopgelost is.'

'Onopgelost?'

'Als de lijkschouwer die nog onderzoekt. Of de politie. Of dat ze nog geen lijk hebben gevonden, in het geval van een verdwijning of… of moord.'

Lily staart naar de ingelijste foto voor haar. Die bestaat uit vele rijen gezichten, allemaal lachend voor de camera. Zo veel tanden, over hun gezichten aaneengeregen als een halsketting. 'Goed,' zegt ze. 'Ik begrijp het.'

'Luister, ik moet gaan. Je belt me later nog, hè?'

'Goed.'

'Beloofd?'

'Ja.'

Lily wordt wakker en voelt Marcus' hand op haar borst, zijn mond op de hare. Ze draait zich om, waardoor het laken zich strak om haar heen trekt. Ze is zich ervan bewust dat ze het heel warm heeft. Alles lijkt in een behoorlijk ver stadium te zijn: Marcus is naakt en zij ook. Ze kan in het donker niet helemaal bepalen waar zijn lichaam zich ten opzichte van het hare bevindt. Delen van hem zweven en botsen, lichaamloos, tegen haar, en haar handen zwaaien als zwemvliezen tegen het laken, terwijl ze probeert greep op hem te krijgen.

Ze hoort zijn adem naast haar oor en ze vergeet, in haar wazige en slaperige toestand, dat ze haar ogen dicht moet doen. Maar er is niets daar. Haar kamer is leeg. De muren, het plafond, de deur, de ramen zien er allemaal vredig uit, zoals het ook hoort. Haar geest is een zuivere, onbegrensde leegte als ze klaarkomt; hij houdt haar dicht tegen zich aan, houdt haar hoofd in zijn hand, alsof hij haar wil troosten.

Plotseling zit ze recht overeind, beslist, vastbesloten. Marcus struikelt door de kamer, terwijl hij probeert wat kledingstukken te lokaliseren, en mompelt dat hij naar de wc moet.

'Marcus,' zegt ze, 'ik moet je iets vragen. Wat is er met Sinead gebeurd?'

De naam maakt dat hij ineenkrimpt alsof ze hem een klap in zijn gezicht heeft gegeven, en hij bevriest, bevroren in de handeling van het aantrekken van een badjas. 'Waarom wil je dat weten?'

'Waarom ik dat wil weten?' herhaalt ze, waarbij haar ongeduld duidelijk te merken is. 'Marcus, in godsnaam, we wonen hier samen,' ze gebaart om zich heen in de kamer, 'slapen samen en... ik bedoel, dit was iets heel ingrijpends in je leven en ik weet er niets van. Totaal niets.'

Hij trekt de band van zijn duster langzaam strakker, en ze ziet dat zijn handen beven. 'Nou,' zegt hij, 'weet je wat het is...' Met één beweging legt hij zijn handpalm op het bed en laat zich op een hoek zakken. Ze kan alleen zijn profiel zien, geëtst tegen de gloed van de straatlantaarn buiten voor het raam. 'Het is erg moeilijk om erover te praten.' Zijn stem is gelijkmatig, vlak, ingetogen. Hij kijkt haar niet aan, maar windt de band telkens opnieuw om zijn pols. 'Als er zoiets gebeurt, dan is het moeilijk om... het een plaats te geven... in je eigen gedachten zodat je het begrijpt, laat staan dat je het in woorden kunt uitdrukken zodat iemand anders dat ook kan. Het spijt me.' Hij schudt zijn hoofd alsof er water in zijn oren is gekomen. 'Begrijp je wat ik bedoel?'

'Min of meer.'

'Ik zal... ik zal het je vertellen... op een gegeven moment. Dat beloof ik je. Alleen niet op dit moment. Als je dat goed vindt.' Hij grijpt haar enkel vast door het dekbed heen. 'Vind je dat goed?'

'Ja,' zegt ze, terwijl ze haar best doet om vriendelijk en begrijpend te klinken, terwijl ze in werkelijkheid zou willen schreeuwen: nee, verdomme, natuurlijk is dat niet goed, vertel het me gewoon. 'Natuurlijk.' Ze trekt haar gezicht in een gespannen glimlach.

Hij staat op en blijft stilstaan in de deuropening. 'Ik ben zo terug,' fluistert hij.

Ze kijkt op. Hij wordt omgeven door licht, zijn gezicht half beschenen, half onzichtbaar in de duisternis. Achter hem, bij het raam waar het huis wegduikt naar het trottoir, hangt een zwartharig meisje rond. Ze beweegt zich, verschuift, knispert, terwijl de agitatie van haar gezicht te lezen is, haar handen gedrukt tegen haar sleutelbeenderen.

AIDAN STAAT IN DE RIJ TE WACHTEN, EEN KRANT IN DE ENE HAND EN geld om te betalen in de andere. Een man vooraan in de rij betaalt met zijn creditcard, en maakt een hele vertoning van het zoeken naar een pen om zijn handtekening te zetten. Mensen rondom Aidan mompelen afkeurend en schuifelen met hun voeten.

Vanuit zijn achterzak geeft zijn telefoon een enkel, klagend piepgeluid. Aidan hevelt de munten over in de hand die de krant vastheeft en haalt zijn telefoon te voorschijn. Hij koestert een diepe liefde, gecombineerd met een zekere bewondering en dankbaarheid, voor de producten van de moderne technologie in zijn leven, wat hij nooit aan iemand zal toegeven. Hij vindt dat de ontwerper van zijn telefoon een genie is; een gestroomlijnde maar duurzame aluminium behuizing, kleine antenne, gewelfde maar toch makkelijk te hanteren toetsen, en een blauw licht dat zichtbaar wordt als hij het toetsenbord aanraakt. Het schermpje vertelt hem dat hij een SMS heeft gekregen van Marcus.

Aidan kijkt om zich heen in de smalle winkel. Een onvolgroeide tiener met een kaalgeschoren kop hangt rond bij een rek met cd's, waar hij recht voor zich uit staat te staren. Er is iets vreemd onbeweeglijks en statisch aan hem. Dan ziet Aidan dat hij met één hand cd's in zijn jas schuift. Hun blikken ontmoeten elkaar heel kort; de arm van de jongen aarzelt, en strekt zich dan uit om zijn jas dicht te knopen. Aidan kijkt weg, kijkt weer naar zijn telefoon. De jongen schiet langs hem heen en verdwijnt door de deur. Aidan wist het bericht van Marcus.

'Er is net een nieuwe bar geopend, ingericht door iemand die ik echt goed vind. Ik ga er nu heen om een kijkje te nemen.' Marcus trekt zijn jack aan. 'Zin om mee te gaan?'

In haar kamer schopt ze haar schoenen uit en laat ze haar voeten in een ander paar glijden. Ze trekt haar trui uit, die ruikt naar de metro en uitlaatgassen en airconditioning, en trekt een vestje aan van een stapel naast haar bed. Het vestje is net gewassen, zodat ze het moet oprekken en in de vorm van haar bovenlijf moet trekken. Haar haar knettert door statische elektriciteit als ze terugloopt naar Marcus, die bij de deur staat te wachten.

Ze is op weg naar de metro, maar Marcus grijpt haar hand. 'Laten we een taxi nemen,' zegt hij, terwijl hij in de richting van de hoofdstraat knikt.

De bar heeft een vloer die bestaat uit glazen stenen, vanuit de kelder beschenen door lampen. De verlichte vlakte onder haar zonder een waarneembare vloer maakt dat Lily zich duizelig en gedesoriënteerd voelt. Ze moet de behoefte onderdrukken om zich als een gekko aan de grijze muren vast te klemmen, moet zichzelf dwingen om in evenwicht te blijven op dit blote blok licht.

Ze gaan aan een tafeltje in een hoek zitten en ze raakt de hoekige voeg aan waar de muren samenkomen. Marcus heeft een groot glas voor haar neergezet dat is gevuld met een roze drankje. IJsblokjes bewegen en verdringen elkaar in de diepte. Ze raakt met haar lippen het oppervlak aan, en haar tanden en tong vullen zich met de bittere smaak van citrusfruit, en daarna de prikkeling van wodka. Marcus drinkt bier uit een flesje, waarbij de hals schuimt om een schijfje citroen.

Hij heeft iemand ontmoet die hij kent. Een man in een erg strakke groene broek. In zijn mondhoek hangt een sigaret. Zijn as valt in vlokken op het oppervlak van Lily's drankje, totdat ze haar glas bij hem uit de buurt haalt. Op haar ooghoogte bevindt zich zijn blote navel. Een bijzonder rechte lijn van zwart haar, zo strak dat die er met een markeerpen op gezet had kunnen zijn, loopt vanaf zijn navel naar beneden, om uiteindelijk te verdwijnen in zijn broeksband.

'Ik ben nog nooit in Dallas geweest,' zegt Marcus.

'Daar moet je echt eens heen,' zegt de man, met een soort heilig vuur en, alsof hij de wonderbaarlijkheid van Dallas wil benadrukken, raakt hij Marcus' schouder aan met zijn sigarettenhand. Een worm van grijze as blijft achter op Marcus' mouw. Hij heeft het niet in de gaten.

Dallas. Vreemd woord. Van achter naar voren gespeld wordt het 'salade'. Nou ja, bijna dan. Ze neemt nog een slok van haar drankje en kijkt naar Marcus. Zijn voorhoofd is gefronst en hij heeft iets terughoudends ten opzichte van de man. Hij mag hem niet, ziet ze.

'Maar heb jij dat gebouw in Reykjavik gezien?' vraagt Marcus.

Reykjavik? Is hij ooit in Reykjavik geweest? Wanneer ben je in Reykjavik geweest? wil ze schreeuwen. Haar geest is vervuld van een beeld van hem en Sinead terwijl ze naakt zwemmen, haren tegen hun hoofd geplakt, in een stomende, zwavelachtige poel. Ze denkt: ik weet helemaal niets van jou.

'Sorry van daarnet.' Marcus wendt zich weer tot haar als de man eindelijk is verdwenen.

'Wie was dat?'

'O, zomaar iemand.' Hij knipt met zijn hand in de richting van de man. 'Hij gaat om met iemand met wie ik ooit heb gewerkt.'

'Wanneer ben je in Reykjavik geweest?'

'Reykjavik?' Hij moet even nadenken. 'Twee jaar geleden? Zoiets.'

'Juist.' Ze knikt. 'Hoe oud ben je?'

'Wat?'

'Ik vroeg hoe oud je was.'

Marcus lacht. 'Waarom? Wat is dit allemaal?'

'Ik realiseerde me net dat ik nauwelijks iets over je weet. Dus dacht ik dat ik maar eens iets moest vragen.'

'O.' Hij glimlacht. 'Nou, ik ben dertig.'

'Waar ben je geboren?'

'In Frankrijk.'

'Broers of zusters?'

'Een zuster.'

'Jonger?'

'Ouder.' Marcus lacht opnieuw. 'Nog meer?'

Hoe is je vriendin gestorven? denkt Lily. 'Wanneer besloot je dat je architect wilde worden?' vraagt ze in plaats daarvan.

'Toen ik negen was.' Hij houdt zijn flesje ondersteboven en neemt nog een slok. 'Ik was ziek, kon niet naar school, lag op de bank. Mijn moeder had mijn dekbed naar beneden gebracht terwijl ik tv lag te kijken. Ik had waterpokken. Ik zag toen een programma van de Open Universiteit over architectuur, en toen heb ik het besloten.'

'Ik benijd je,' zegt Lily.

'O ja?' Hij is verbaasd. 'Waarom?'

'Jij hebt een roeping.'

'Maar heeft niet iedereen dat? Ik bedoel, op de een of andere manier?'

'Nee.' Ze schudt nadrukkelijk haar hoofd. 'Helemaal niet.'

Hij kijkt verward, alsof hij nog meer wil vragen, maar niet goed weet wat. Lily wil er niet over praten, dus zegt ze: 'En, hoe vind je het?'

Marcus kijkt omhoog naar het plafond, waarbij zijn hals wit wordt door de kanteling van zijn hoofd, en dan naar de muur voor hen. 'Het is erg in, al die toepassingen van ruw materiaal. En ik vind het zeker leuk. Maar deze tent,' hij wrijft over de onderkant van zijn pols, 'is te bedacht. Het is een beetje formulair.'

'O ja?'

'Weet je, het is alsof ze een lijst hebben gepakt met alle elementen die een trendy bar zou moeten hebben en die één voor één hebben afgeturfd. Zichtbare leidingen, kunstmatig verouderde betonnen muren, ijzeren leuningen, een bar die van achteren wordt belicht, een vloer van glazen stenen, aluminium meubilair. Begrijp je wel?'

'Ja.' Lily kijkt opnieuw om zich heen. 'Ja, ik zie wat je bedoelt. Hoe zien jouw gebouwen er dan uit?'

Marcus lacht. 'Mijn gebouwen? Niet-bestaand. Ik heb nog niets gebouwd, alleen onderdelen van gebouwen. Zo werkt dat. Het gebouw waar ik in New York aan werkte – daarvan heb ik de trap en het plafond ontworpen.'

'Zo.'

'Je moet je eigen bedrijf beginnen als je je eigen dingen wilt bouwen, maar zover ben ik nog niet echt. Ik moet eerst nog een paar jaar bij andere architectenbureaus werken en in mijn vrije tijd meedoen aan wedstrijden.'

Lily pikt een pinda uit het bakje dat op het tafeltje tussen hen in staat en laat die in haar mond vallen. 'Vertel me eens wat meer over Aidan,' zegt ze, en moet dan hoesten. De pinda is bedekt met een soort stoffig laagje.

'Aidan?' Zijn ogen flitsen snel over haar gezicht. 'Wat heeft die te maken met jouw ondervraging?'

'Niets,' piept ze, nog steeds hoestend. 'Gewoon belangstelling.'

'Nou, wat wil je weten?'

Ze probeert te slikken, maar ze blijft maar hoesten. Marcus vraagt of alles goed met haar is. De pinda springt rond in haar mond. Ze neemt een slok uit haar glas. Als ze die heeft weggewerkt, is ook de pinda verdwenen. Ze is zo opgelucht dat ze naar hem grijnst. 'Hoe lang ken je hem al?' vraagt ze, met haar frisse, lege mond.

'Al jaren. We hebben samen op school gezeten.'

'Zijn jullie goede vrienden?'

'Aidan en ik?' Marcus verschuift in zijn stoel en plukt aan het etiket van zijn flesje. 'Ja. Hij is mijn beste vriend.'

Zonder waarschuwing komt een heftige hoestbui omhoog uit haar slokdarm. Ze kucht en sputtert, waarbij de tranen in haar ogen springen, haar hand is over haar lippen geklemd, haar longen snakken naar lucht.

'Gaat het?' hoort ze hem bezorgd vragen. 'Moet ik je soms even op je rug slaan?'

'Nnnee,' weet ze er hoofdschuddend uit te brengen. De pinda lijkt weer terug te zijn in haar mond. Ze duwt hem met het puntje van haar tong tussen twee kiezen en vermaalt hem tot poeder. Ze haalt diep adem, en zegt dan alsof er niets is gebeurd: 'Hoe lang woont hij al bij je?'

'Niet zo lang. Een paar maanden. Hij gaat binnenkort weer verhuizen. Hij heeft jarenlang overal gewoond – in de States, Japan, Duitsland – en nu is hij voorgoed terug, en hij heeft een flat gekocht. Hij is tijdelijk bij me, totdat hij de sleutels voor zijn nieuwe huis krijgt.'

'O. Ik vind hem...' Ze wacht even. 'Hij is een beetje.... onbenaderbaar, hè?'

'Vind je?' Hij overweegt dit. 'Misschien. Het is... het is een beetje een rare tijd voor hem op dit moment. Dat hij nu hier weer woont... en zo. Hij is erg getalenteerd, weet je, onze Aidan.'

'O ja? Wat doet hij precies?'

'Hij is animator.'

'Dat weet ik, maar wat houdt dat in? Wat doet hij de hele dag? Tekent hij cartoons en zo?'

'Nou, gedeeltelijk. Maar hij werkt voornamelijk aan films. Speelfilms met animatie. Dat soort dingen.' Marcus draait snel zijn flesje rond. 'Wil je nog iets drinken?' vraagt hij terwijl hij opstaat.

In de taxi terug naar huis strekt hij zich uit, pakt haar hand en vouwt die in die van hem. Ze staart naar haar hand in zijn schoot, alsof die niet langer met haar verbonden is. Hoe is die daar gekomen en wat doet die daar? Hij leunt voorover en zijn lippen strijken over haar gezicht. Onder hen ratelt het wegdek. De taxi duikt in en uit kegels van oranje licht. In de achteruitkijkspiegel ziet Lily de ogen van de taxichauffeur snel in hun richting schieten, en dan weer weg. Marcus tilt haar haar op en drukt zijn mond op haar hals. Het is een omstandig gebaar, en iets eraan maakt dat ze zich niet op haar gemak voelt. Zijn hand gaat te ver omhoog in lege lucht. Ze denkt: mijn haar is te kort om dat te doen. Ze denkt: dat gebaar hoort bij Sinead.

In de flat trekt hij haar zijn kamer in en doet hij haar kleren stuk voor stuk uit, waarna hij ze op de grond laat vallen.

'Laten we het licht uitdoen,' zegt ze.

DE VOLGENDE MORGEN ZIT ZE LILY OP TE WACHTEN, BOVEN OP DE wasmachine. Lily schreeuwt het bijna uit, maar klemt haar mond net op tijd stijf dicht. Haar keel prikt van de dorst na de alcohol van gisteravond, maar ze kan zichzelf er niet toe brengen om in haar buurt te komen. De keukenkranen zijn vlak bij de wasmachine, en om naar de badkamer te gaan zal ze door de ruimte tussen de keukenbar en de wasmachine moeten lopen. Wat als ze zich naar haar zou uitstrekken, haar zou aanraken, haar zou beetpakken?

Lily neemt haar kleren mee naar de grote kamer en laat ze op de grond vallen. Ze kleedt zich aan terwijl Sinead op nog geen drie meter afstand van haar zit. Lily staart naar haar en zij staart naar Lily, terwijl die haar ondergoed aantrekt, een trui over haar hoofd rukt, de zijrits van haar rok omhoogtrekt. Zich aankleden in de slaapkamer terwijl dat daar nog zit, zou nog erger zijn. Nu weet ze in ieder geval waar het zich bevindt, terwijl ze haar ogen erop gericht houdt. Eén voet bengelt over de ronde, oogachtige deur van de wasmachine, de ander is onder haar gevouwen. Haar vingers rusten in haar schoot, draaiend, buigend, in elkaar verstrengeld.

Daarna wordt het erger.

Lily wordt met een schok wakker, en weet op de een of andere manier dat ze daar al een tijdje staat. Ze ligt in de sarcofaagachtige holte die Sineads lichaam in het matras heeft gemaakt. Marcus slaapt naast haar, het dekbed opgetrokken tot aan zijn schouders.

Sinead staat daar, tussen het bed en de muur in gedrukt. Lily's been ligt naast haar. Ze heeft alleen een hemdje en een broekje aan. Haar armen en benen zijn bleek en glad als zeep. Lily's adem stokt in haar keel. Ze heeft naar hen liggen staren terwijl ze sliepen. Haar gezicht is vertrokken, wasbleek, een smalle v tussen haar wenkbrauwen. Lily kan er niet lang naar kijken, maar ze ziet meer ellende dan ze zich kan voorstellen.

Het moment strekt zich uit. De kamer is ongelijkmatig door de donkere vormen van meubilair; een vaas tekent zich flauw af op de tafel, de voorkant van de lamp staat in haar richting gedraaid. Sinead lijkt adem te halen, waarbij de ronde punten van haar borsten op en neer gaan onder het hemdje.

'Alsjeblieft, alsjeblieft.' De gemompelde woorden ontsnappen aan Lily's lippen. 'Wat wil je toch?' Ze knijpt haar ogen dicht, terwijl haar vingers Marcus' schouder beetpakken. Hij zucht en draait zich naar haar toe. Alles is ijskoud: haar handen, haar haar, haar ledematen. De warmte van Marcus verdwijnt als die haar huid bereikt. Ze kan, van meters en meters lager, de infrastructuur van het gebouw en de straten voelen, het getril van de eerste metrotreinen van die morgen.

Als ze haar ogen weer opendoet, ziet ze dat Sinead met langzame, fascinerende stappen in de richting van de deur sluipt, alsof ze door water loopt.

Lily gaat met haar droge tong over haar lippen. Haar tanden kletteren tegen elkaar als haar koude mond zich als een wig opent en sluit. Ze voelt een aanzwellende druk in haar blaas, maar niets, niets zal haar zover kunnen krijgen dat ze dit bed zal verlaten.

Daarna is ze overal: leunend tegen de koelkast, achter deuren, weerspiegeld in de ramen, staande bij de wastafel, 's morgens gehurkt in de klerenkast, rondhangend bij de voordeur, rechtop zittend op de bank. Ze zit altijd naar Lily te staren, en bekijkt haar met een blik die het midden lijkt te houden tussen droefheid en een soort zachte frons, bijna als verwarring of mededogen.

En het lijkt Lily alsof het huis zelf samenspant tegen haar. Deuren zwaaien terug in haar gezicht. Sloten blijven steken rond haar sleutel. Stekkers vonken op onder haar aanraking. De koelkast weigert open te gaan, maar biedt geen enkele weerstand onder Aidans hand. De warmwaterkraan geeft alleen koud water, en dan ineens gloeiend hete, huidverschroeiende stralen. Op elkaar gestapelde blikken storten in en kletteren naar beneden als ze er alleen maar langsloopt. De blauwe vlam van het fornuis gaat sputterend uit, waarna er slierten onaangenaam ruikend gas in de lucht blijven hangen. De telefoon gaat en zwijgt dan plotseling. Een fiets in de hal valt ineens om. Haar kleren glijden van hun hangers en liggen in gekreukelde, levenloze hoopjes op de bodem van de klerenkast. Traptreden lijken te verschuiven en zich te vermenigvuldigen onder haar voeten, zodat ze struikelt, met een zachtpaarse streep over haar voorhoofd tot gevolg. Tafelhoeken springen ineens in haar richting. De ketel gaat koken maar wil niet afslaan, waardoor de keuken zich vult met gloeiend hete stoomwolken. Die slaan neer in een transparante glibberige aanslag op de muren, wat maakt dat Marcus afkeurend mompelt als hij er met zijn vingers overheen gaat.

Het is alsof ze ziedend te voorschijn komt vanuit ieder deurslot, ieder scharnier van een kastje, iedere gloeilamp, iedere spijker, iedere steen, de stopverf in de raamkozijnen, het water dat circuleert in de radiatoren.

De slaap wil niet meer komen. De uren waarin ze wakker ligt, knagen aan die welke ze onbewust doorbrengt. Violette schaduwen kruipen in de holtes onder haar ogen. Ze trekt aan haar nagels totdat de huid bleek, kapot en rauw is, haar vingertoppen gevoelig, haar vingerafdrukken vaag zijn geworden. Tegen de middag worden haar slapen in de tang genomen door hoofdpijn. Ze doezelt in bussen, mist haar halte, en struikelt als ze uitstapt op het trottoir. Ze merkt dat ze woorden begint te vergeten: midden in een zin wordt ze overvallen door een hiaat in haar geest. Ze weet de vorm van het woord wel, ze kan zich wel het voorwerp voor de geest halen, maar de lettergrepen zijn niet waar ze ze meestal vindt.

Ze zit op een morgen op haar bed, waar ze zich klaarmaakt om Laurence te gaan ophalen, buigt zich voorover om de veters van haar sportschoenen te strikken, als haar neus een geur opvangt: zwak, sensueel. Jasmijn? Maar ze herkent hem al – van de kamer waarin ze woont, van bepaalde kussens op de bank, van een plank in de badkamer. Ze beweegt zich niet, maar blijft afwachtend gebogen zitten over haar schoenen. De lucht om haar heen lijkt zich te verdikken en te stollen. De geur wordt sterker. Ze voelt hoe die langs haar neus schiet, tot achter in haar mond, totdat ze het bijna kan proeven, voelen prikken in haar ogen. Ze knippert en tranen vertroebelen de buitenkant van haar beeld. Vóór haar lijkt een schaduw te zijn. Eigenlijk meer een vorm dan een schaduw, alsof zuurstof compacter wordt, de moleculen sneller rondzoemen en steeds dichter bij elkaar komen. Ze kan het niet zien als ze er recht naar kijkt, maar als ze er een schuine blik op werpt, lijken de elementen in de atmosfeer tot een vorm samen te trekken. Een vaste vorm. De vorm van een paar voeten, die op de planken vloer voor haar staan.

Lily hapt naar lucht, maar de geur is zo sterk dat ze bijna stikt. Ze wil haar lippen en neusgaten sluiten als een zeehond onder water. Ze kan niet opkijken, kan haar hoofd niet heffen omdat ze al weet wat er boven haar uittorent. Haar vingers frommelen aan haar veters, die zo glad als drop zijn geworden tussen haar bevroren knokkels. Ze wacht niet, maar rent naar de deur, terwijl haar veters om haar voeten verstrikt raken.

'ONTSPAN JE,' BEVEELT JODIE, TERWIJL HAAR LICHAAM ALS EEN komma over het stuur is gebogen.

'Ik bén ontspannen,' antwoordt Aidan en, alsof hij dat wil bewijzen, spreidt hij zijn vingers uit over zijn dijen. 'Ik ben kalm.' Hij trekt zijn gezicht in een onbewogen, valse grijns. 'Ik vermaak me prima,' zegt hij, met de robotstem die ze ooit als kinderen hadden bedacht.

Zijn zuster werpt hem een snelle blik toe. Ze probeert duidelijk om met een weerwoord te komen.

'Ogen op de weg alsjeblieft,' zegt hij bezwerend, met dezelfde stem.

'Je bent zo...' begint Jodie, terwijl de auto ineens in de richting van de rij geparkeerde auto's aan de zijkant van de weg zwenkt. Aidan steekt zijn hand uit en geeft een rukje aan het stuur.

'Ga weg!' gilt ze. 'Ik rij!'

'Dat weet ik. Ik wil alleen niet dat je al die zijspiegels meeneemt.'

'Als scalpen,' zegt ze, genietend.

'Eh, misschien. Linksaf hier.'

Dan zegt hij: 'Handrem. In zijn vrij. Oké. Eerste versnelling. Voet van de koppeling.' De auto gaat schokkend naar voren en slaat dan plotseling af. Iemand achter hen toetert, drie volmaakte zestiende noten.

'Ongeduldige puberale coureur!' schreeuwt Jodie in de achteruitkijkspiegel, terwijl ze aan de handrem rukt en in zichzelf de herstartprocedure mompelt.

'Gekken op de weg,' waarschuwt hij.

'Hou je mond.'

'Voet langzaam van de koppeling,' zegt Aidan, 'langzaam, langzaam. Goed zo.' De auto glijdt naar voren in een flauwe bocht. 'Perfect.'

Jodie haalt de versnellingspook naar achteren in zijn twee. 'Deze keer moet ik slagen, ik moet,' kreunt ze zacht.

'Je slaagt ook.'

'Ik moet,' herhaalt ze. 'Anders krijg ik nooit promotie. En ik wil echt niet een van die vrouwen zijn die niet kunnen rijden. Je kent ze wel.' Ze zucht en zakt naar achteren op de bestuurdersstoel. 'O god. Ik leer het nooit.'

'Hou op je te gedragen als een doemdenkster,' zegt hij, terwijl hij kijkt naar een beige Mercedes die over het midden van de weg op hen af komt rijden. 'Rij wat langzamer voor meneer Opschepper daar voor je.' Jodie trapt op de rem. 'Het komt allemaal goed. Gaat Rory vaak met je de weg op voor wat meer rijervaring?'

'Haha,' buldert ze.

'Wat bedoel je met "haha"?'

'Haha.' Ze haalt haar schouders op. 'Gewoon haha. Je weet wel.'

'Nee, dat weet ik niet.'

Ze trekt tamelijk abrupt op bij een zebrapad. Terwijl hij zijdelings naar haar kijkt ziet hij hoe haar gezicht van oranje in bleekwit verandert en dan weer oranje wordt in het licht van de knipperbol.

'Ach,' ze haalt opnieuw haar schouders op, 'ik denk niet dat het erg bevorderlijk is voor onze relatie als hij mij zou leren autorijden.'

'Mmm.' Aidan legt zijn hoofd naar één kant, en slaat haar gade. 'Dat kan ik wel begrijpen.'

'Hij is een beetje…' ze krabt aan de rode bult van een insectenbeet op haar bovenarm, 'vermoeiend op het moment.'

'In wat voor opzicht?'

'Dat weet ik niet.' Haar nagels krabben over haar arm. 'Te attent,' zegt ze ten slotte.

'Te attent?'

'Ja.'

'Hoezo?'

Ze overweegt dit terwijl ze de auto over de zebra stuurt, en verder rijdt over een rivierachtige vlakte van leeg asfalt. 'Pas geleden, bijvoorbeeld… je weet dat ik net in mijn nieuwe etage ben getrokken?'

'Eh…'

'Nou, hij gaat winkelen en koopt een stafkaart van de wijk uit 1884 of zoiets voor mij.' Ze kijkt hem scherp aan. 'Met het huis erop.'

Aidan fronst, verbaasd. 'Nou en?'

'Nou,' ze zucht, wanhopig, alsof hij net iets heel stoms heeft gezegd, 'vind je niet dat dat een beetje... overdreven is?'

'Het klinkt aardig.'

'Aardig!' Ze benadrukt het woord als een boze kat. 'Aardig! Precies! Dat bedoel ik nou.' Ze leunt tevreden achterover.

'Maar, Jodie...' Hij zwijgt. Ze trekken op achter een auto bij een grote kruising. Een gebouw doemt op aan de ene kant van hen; een park flitst langs hen heen aan de andere kant. Uit de groene, smeedijzeren hekken komt een gestalte die maakt dat zijn woorden vervliegen, verdwijnen in zijn longen. Een bekende gestalte loopt over het trottoir, armen gekruist over een tas die ze voor zich houdt. De felle, koude wind blaast haar haar plat tegen haar hoofd. Aidan slaat haar gade, terwijl ze wacht bij de voetgangersoversteekplaats totdat het licht op groen springt.

Ze loopt op nog geen twee meter van de auto langs. Hij is nerveus, bang dat ze haar hoofd zal omdraaien en hem daar zal zien zitten, handen in zijn schoot, op de passagiersstoel van zijn eigen auto. En als ze dichterbij komt, ziet hij dat haar lippen licht bewegen, bijna onmerkbaar. Even denkt hij dat ze luistert naar haar hoofdtelefoon en de woorden meezingt van een liedje dat alleen zij kan horen. Maar hij ziet haar haar, glad achter haar oren gestreken. Geen hoofdtelefoon. Ze ziet er bleek, hol, zelfs ziek uit. Haar lippen voeren een geheim gesprek met iets of iemand, haar ogen gericht op de stoeptegels voor haar.

'Copiloot Nash,' roept Jodie, 'oproep voor copiloot Nash.'

Aidan knippert met zijn ogen en draait zich om naar zijn zuster. 'Sorry,' zegt hij.

'Wat is er met je? Je kijkt alsof je een geest hebt gezien. Wie is die vrouw?' vraagt Jodie, terwijl ze zich naar voren buigt om haar na te kijken.

'O,' zegt hij. 'Niemand.' Hij klemt zijn handen in elkaar en vermant zich. 'Groen,' zegt hij terwijl hij door de voorruit wijst. 'Rijden maar.'

Terwijl de auto optrekt, kijkt hij in de zijspiegel en ziet Lily's rug langzaam verdwijnen in de verte, van hem weg bewegend. Hij voelt zich ergens beschaamd dat hij haar daar heeft gezien, alsof hij op de een of andere manier haar privacy heeft geschonden, haar geheime kant. Dan gaat de auto een hoek om en is ze weg.

Lily is haar kwijt. Ze was daar net nog, pal naast haar, nog geen paar seconden geleden, terwijl ze iets zei over dat haar zuster haar enkelbanden heeft gescheurd. Maar nu ziet Lily dat ze plotseling alleen in de menigte loopt, een man met een peuter op zijn schouders aan haar rechterkant waar Sarah had moeten zijn, en voor haar een vrouw met een grote rieten mand aan haar arm gehaakt.

Lily tilt de zware terracotta pot met de citroengeranium erin van de ene heup naar de andere en gaat op haar tenen staan, op zoek naar Sarahs hoofd met de rode hoed. Ze zijn op een zondagse bloemenmarkt in de buurt van het huis. Langs de trottoirs staan rijen stalletjes vol planten, struiken, stervormige bloemen, bakken met kruiden, varens, bossen hulst. Een zee van mensen loopt over straat in groepjes en stromen, waarbij ze hun bossen met takken en bloemen omhoog houden. Uit een stalletje klinkt dreunend muziek en een jongen duwt een bos roze bloembladeren in haar gezicht. 'Gladiolen!' schreeuwt hij. 'Vier voor een pond!'

Ze draait zich om, gaat weer terug, stevent dan op het trottoir af, dat omzoomd is door de kale houten achterkanten van stalletjes, en waar de menigte is uitgedund. Sarahs citroengeranium is bedekt met fijne, onzichtbare haartjes, die prikken en jeuken tegen haar huid. Ze loopt de hele markt over, en dan weer terug langs de andere kant van de straat. Geen spoor van Sarah. De zon komt moeizaam door de grijze stapelwolken en onder haar voeten liggen verspreid zwart geworden bloemen, platgetrapt op het wegdek. Als ze terug is bij de plek waar ze haar voor het laatst heeft gezien, raakt ze ineens geïrriteerd. Ze zet de pot krachtig neer en plant haar vuisten op haar heupen. Dit is belachelijk. Ze vindt haar nooit meer terug. Ze zal die stomme geranium wel meenemen en teruggaan naar haar etage, en dan maar hopen dat Sarah achter haar aan zal komen.

Ze tilt hem opnieuw op en begint zich een weg te banen door de mensen, wijkt uit voor lichamen, draait zich zijwaarts om erlangs te kunnen. En plotseling ziet ze haar staan, naast een stalletje vol met vlammend paarse bloemen.

'Waar zat je nou? Ik was je kwijt,' zegt Lily als ze bij haar is. 'Hier, pak aan,' zegt ze, terwijl ze haar de geraniumpot overhandigt. 'Hij is loodzwaar. Waar was je…' ze aarzelt, en zwijgt dan. Sarah staart haar fronsend aan. 'Wat is er aan de hand?' vraagt Lily.

Sarah zucht, kijkt de straat af, speelt met haar haar, en kijkt dan weer naar Lily. 'Wat er aan de hand is met mij?' vraagt ze. 'Niets. Absoluut niets. Afgezien van het feit dat mijn beste vriendin me nooit iets vertelt.'

Lily is van haar stuk gebracht. 'Wat bedoel je?'

'Jou. Ik bedoel jou.'

'Wat is er met mij? Wat heb ik je niet verteld?'

'Je hebt me helemaal niets verteld!' roept Sarah uit.

Lily is verbijsterd. 'Waarover? Ik weet niet…'

'Ik wil het weten,' onderbreekt ze haar.

'Wat wil je weten?'

'Wat er aan de hand is.'

'Niets,' Lily steekt haar handen kwaad in haar zakken. 'Er is niets. Waarom doe je zo vreemd?'

'*Ik* doe niet vreemd.'

'En ik ook niet!'

De twee meisjes kijken elkaar boos aan. Sarah kruist haar armen en wijst dan pijlsnel met haar vinger naar Lily's gezicht. 'Er is iets met jou aan de hand,' zegt ze.

Lily slikt. 'Dit is belachelijk. Kom op,' ze draait zich om, 'laten we gaan.'

Sarah houdt vol. 'Er is wél iets,' beweert ze. 'Er is iets met je. Dat weet ik gewoon.'

'Wat weet je?'

'Ik weet het,' zegt ze, 'omdat ik je ken. Ik stond hier en ik zag jou eerder dan jij mij, en ik keek hoe je aan kwam lopen over de straat. En je zag er…' Ze aarzelt.

'Hoe zag ik eruit?' zegt Lily schimpend.

'Hol,' zegt Sarah, heel rustig nu.

'Hol?'

'Ja. Hol.'

'Dat is flauwekul. Hol? Je kunt er niet hol uitzien.'

'Jij wel. Je zag er… leeg uit en… en afgemat en… je keek hol, laat ik je dat vertellen. Alsof een deel van jou weg was of ontbrak óf zoiets.'

'O, in 's hemelsnaam, het is te koud om hier te blijven staan voor een idioot gesprek. Laten we maar gaan.'

Sarah grijpt haar pols. 'Wat is er, Lily?' Lily probeert zich los te maken, maar Sarah houdt haar steviger vast. 'Is het Marcus?'

Lily trekt haar pols los. 'Nee.' Ze kijkt omlaag naar haar voeten. 'Nee, dat is het niet.'

'Wat dan?' Sarah zucht. 'Luister, Lily, je bent nu al weken... heel vreemd en ergens volledig door in beslag genomen. En je ziet eruit als een lijk. En ik kan er niet meer tegen. Wat is er?'

Lily haalt zwijgend haar schouders op.

'Het is Marcus, hè? Dat moet haast wel.'

'Nee,' zegt Lily, 'hij is het niet, het is...'

Sarah buigt zich dichter naar haar toe. 'Wat? Wat is het?'

'Nou...'

'Ja?'

Lily sluit haar ogen. 'Het is zijn vriendin.'

'Sinead?' vraagt Sarah.

Lily knikt.

Sarah grijpt haar arm. 'Laten we koffie gaan drinken.'

Ze zitten op een houten bank in een smalle doorgang gevuld met hard winters zonlicht. Sarah heeft koffie en broodjes gehaald bij een kleine kiosk in de muur achter hen.

'Maar Lily,' zegt ze, 'iedereen heeft een verleden.'

'Dat weet ik ook wel,' zegt Lily.

'En de mensen die dat niet hebben zijn niet interessant genoeg om je er druk om te maken.'

'Weet ik, weet ik.'

'Wat is er dan? Dat je nog steeds niet weet wat er met haar is gebeurd? Zit dat je soms dwars?'

'Nee,' zegt Lily. En dan: 'Ja. Ik weet het niet. Ik denk,' ze leunt met haar hoofd tegen de leuning van de bank. 'Ik denk dat het komt doordat het niet lijkt alsof ze tot het verleden behoort.'

Sarah kijkt naar haar. 'Je bedoelt, je denkt dat hij nog niet over haar heen is?'

Lily veegt kruimels van haar schoot. 'Mmm.'

'Nou, ze is toch echt overleden, in godsnaam. Ik bedoel...' Sarah zwijgt. 'Wat ik bedoel is, dat het geen situatie is die... ik bedoel, het is ongewoon. Hoe ze ook is gestorven, het is ongelooflijk moeilijk... niet moeilijk... zwaar. Het is een ongelooflijk moeilijke situatie voor... hem om in te verkeren. En ook voor jou.' Ze rommelt met de rits van haar jas, en trekt hem nerveus heen en weer. 'Wat ik bedoel is,' zegt ze opnieuw, 'dat je je geen zorgen moet maken.'

'Ik moet me geen zorgen maken?'

'Je moet je er geen zorgen over maken dat je je er zorgen over maakt.'

Ondanks zichzelf moet Lily glimlachen.

'Het is iets enorms. Groter dan alles wat jij en ik ooit hebben meegemaakt. En natuurlijk heeft hij tijd nodig... om eroverheen te komen.' Sarah drinkt haar koffie op en kijkt naar haar vriendin. 'En hij is het waard, nietwaar?'

'Wat waard?'

'Het wachten. De moeite waard om hem wat tijd te geven. Ik bedoel, je mag hem graag, toch?' Ze ritst haar jas dicht tot aan haar hals. 'Ik heb je nooit eerder zo gezien om iemand. Je hebt het flink te pakken.'

Lily schudt haar hoofd. 'Nee.'

'Ja, dat heb je wel,' zegt Sarah beschuldigend, terwijl ze zich naar haar toedraait.

'Nee hoor,' protesteert Lily.

'Ja, dat heb je wel.'

'Nee, dat heb ik niet.'

Sarah springt overeind en begint de steeg in te lopen. 'Wel,' roept ze over haar schouder.

Lily staat ook, en worstelend met de plant schreeuwt ze: 'Niet!'

'Welles.'

'Nietes.'

Ze rennen door de menigte, schreeuwend naar elkaar, en aan het einde van de markt moet Sarah blijven staan, buiten adem en lachend.

Een briefje op de tafel:

Beste Lily en Aidan,

Ik moet een paar dagen weg – misschien nog langer. Voor mijn werk, voornamelijk.We gaan inschrijven op het project en ik moet dingen regelen, en het ziet ernaar uit dat ik op het bouwterrein moet zijn. Tot volgende week allebei.
Pas goed op jezelf, M x

Ze pakt het op. Op de achterkant staat een bouwkundige tekening, of een deel ervan; een strook, afgescheurd van een groter vel. Het is een badkamer van bovenaf gezien. Ze is verbaasd over de details; de ovale gebogen lijn van het bad, de kom van de wastafel. Kranen, douchekop, afvoer, deurkrukken. Twee toiletten. Twee? Waarom zou iemand twee toiletten in één badkamer nodig hebben? Dan realiseert ze zich dat een ervan een bidet is. Ze vraagt zich af of Marcus deze tekening heeft gemaakt. Of deze badkamerinrichting zijn ontwerp is. Of hij op iedere afmeting, iedere hoek, ieder stukje vloer heeft zitten zwoegen.

Ze draait het stuk papier weer om en laat de woorden door haar hoofd gaan. Inschrijven. Inschrijven op het project. Op het bouwterrein. Voor mijn werk. Voornamelijk. Dingen regelen. Pas goed op jezelf. Ze laat het weer op het tafelblad vallen en kijkt om zich heen, terwijl ze haar jas van haar schouders laat glijden. Het geluid van de knopen die rinkelen tegen het metaal van de stoel, maakt haar aan het schrikken. De luchtbeweging die door de jas wordt veroorzaakt, duwt het briefje van de rand van de tafel op de vloer. Ze bukt zich en pas nadat ze het briefje heeft teruggelegd op de tafel, merkt ze dat er een lange gekrulde zwarte haar vastzit aan een hoek.

Ze houdt het haar op armslengte omhoog tussen het kussentje van haar wijsvinger en haar duimnagel. Ze loopt naar de keuken waar ze op de tast zoekt naar lucifers, zonder haar blik af te wenden van die kronkelende zwarte spiraal. Ze strijkt de lucifer aan en houdt de vlam bij het haar. Bij de aanraking ervan vonkt en sputtert het omhoog tot het in het niets verdwijnt, waarna alleen een bittere lucht overblijft.

Ze grijpt de bezem bij de steel en veegt iedere vloerplank met lange, glijdende bewegingen. De bezem klinkt als een croquethamer tegen de plinten. Wat ze uiteindelijk bij elkaar veegt in het metalen blik – een luchtige dot stof, haar en ondefinieerbaar pluis, te oordelen naar de snelle blik die ze zichzelf toestaat – leegt ze in de roestvrijstalen spoelbak en laat er dan een aangestoken lucifer op vallen. Die vlamt blauw en kort op. Vanonder de spoelbak pakt ze een emmer en een grote plastic knijpfles met schoonmaakmiddel. Ze spuit een dunne, groene straal op de geribbelde bodem van de emmer en richt er een straal heet water op. Schuim komt omhoog en verzamelt zich aan het oppervlak. Ze trekt een paar roze huishoudhandschoenen aan, waarvan de voering aanvoelt als molshuid, en ze gaat schoonmaken. Ze boent de tafel, het blad van de keukenbar, het aanrecht, de spoelbak, de voorkant van de wasmachine, de kookplaat, alle deurklinken, de douche, de toiletbril, de badkamerspiegel, de planken, de vensterbanken en pakt dan een dweil. Ze werkt van de ene hoek achterwaarts in de richting van de hoek ertegenover, op de manier zoals haar moeder haar dat heeft geleerd, en maakt de vloer schoon met brede, vochtige zwiepen van de draderige stokdweil.

Als ze klaar is, laat ze zich neervallen op de leuning van de bank, haar voeten begraven in de kussens, terwijl ze kijkt hoe de vloerplanken oplichten in onverwachte strepen.

Ze is uitgevloerd door de liefde, heeft genoeg van de liefde.

HIJ HEEFT HET WARM IN DE ZON, DIE NAAR BINNEN STROOMT DOOR het grote matglas raam. Hij zou graag uit de zon gaan, in de schaduw, maar er zijn geen andere stoelen. De notaris die de koop van Aidans huis regelt, is verdwenen met een vel papier, en laat Aidan daar achter met niets anders te doen dan wat te spelen met de dop van zijn pen, en te denken – gedachtesporen volgend zoals een hond reuk van iets heeft. Het is net zoiets als proberen een virus op een afstand te houden, besluit hij, door te proberen er niet aan te denken, en aan wat er is gebeurd. Als je de waarschuwingstekens van een infectie door je lichaam voelt trekken, dan neem je medicijnen, blijf je in bed, zorg je dat je warm blijft. Maar dit is een veel kwaadaardigere ziekte dan alles wat Aidan ooit heeft meegemaakt.

Achter in het kantoor van de notaris zijn twee mannen een andere, jongere man aan het sarren. Het slachtoffer, tegen de twintig, zit aan zijn bureau, ogen gericht op zijn scherm, en geeft de indruk alsof hij zo hard aan het werk is dat hij niet merkt wat de andere twee zeggen. Een dieprode kleur die opstijgt vanuit zijn boord naar zijn wangen, verraadt hem echter. Aidan ziet dat, als ze nog veel langer door zullen gaan, hij in tranen zal uitbarsten.

'Waarom heb je geen vriendin, Matthew?' vraagt een van de mannen met een recht pluizig kapsel van zandkleurig haar dat zijn hoofd bedekt. 'Vertel het ons nou maar, Matthew. We zijn geïnteresseerd. Is het omdat je zo saai bent? Is het omdat je lelijk bent?'

'Of is het omdat je homo bent?' mengt de ander zich erin, terwijl hij een liniaal laat buigen tussen zijn magere, witte handen.

'Ben je homo, Matthew? Nou? Vertel het ons nu maar gewoon, Matthew. We willen het weten.'

Aidan werkt zich uit zijn trui en stopt die in zijn tas, die aan zijn voeten ligt. Zeg ze dat ze oprotten, Matthew, gebiedt hij hem in gedachten, zeg ze dat ze nu oprotten. Matthew, weggedoken boven zijn toetsenbord, mompelt iets onverstaanbaars, zijn haar in zweterige strepen tegen zijn voorhoofd geplakt.

'Wat zei je, Matthew?' Die met de liniaal. 'We kunnen je niet verstaan.'

Aidan staat snel op, omdat hij het niet langer kan verdragen. De twee mannen, die een beweging in de kamer voelen, verplaatsen zich en draaien zich in zijn richting, hun gezichten alert, verdedigend. Aidan houdt hun blik langer vast dan nodig, totdat ze wegkijken, totdat een van hen de liniaal neerlegt. Dan loopt Aidan heel langzaam en doelbewust over de vloerbedekking naar de waterkoeler. Hij trekt een papieren bekertje uit de houder en vult het, waarbij zilveren belletjes omhoog borrelen in de omgekeerde fles. Hij drinkt. De drie mannen slaan hem gade.

Aidans notaris komt weer de kamer binnenvallen, hemdsmouwen opgerold, en ritselt met papieren in zijn handen. 'Sorry, meneer Nash,' zegt hij, terwijl hij langs hem heen loopt. 'Ik denk dat we alles nu bij elkaar hebben.' Hij blijft halverwege zijn bureau staan, kijkt achterom naar de mannen. 'Hebben jullie niks te doen?' vraagt hij.

Aidan gaat weer zitten op het warme plastic van de stoel in de zon, en kijkt toe hoe zijn notaris de bladzijden verzamelt en ze aan elkaar niet. Het is belachelijk, concludeert hij; constant doet hij zijn best om er niet aan te denken, er niet meer bij stil te staan, niet altijd maar te piekeren over 'had ik maar' of 'had hij maar niet.' Maar zelfs vandaag, terwijl hij de koop van zijn nieuwe woning aan het afronden is, terwijl hij de gelukkigste man in Londen zou moeten zijn, kan hij maar niet de gevoelens van onrust van zich afzetten die zich in hem hebben geworteld.

Lily geeft de planten van Marcus water, die in rijen langs de keukenplanken staan. Ze weet dat het waarschijnlijk helemaal niet zijn planten zijn, maar toch geeft ze er de voorkeur aan om ze Marcus' planten te noemen. Achter in een kast, achter doeken, oude kranten en flessen met schoonmaakmiddelen, heeft ze een klein gietertje met een lange tuit gevonden. Om de paar dagen haalt ze dat te voorschijn en druppelt dan water op de uitgedroogde grond.

Ze staat bij de gootsteen, met de cd-speler hard aan, en vult het gietertje als, plotseling en zonder waarschuwing, de flat in duisternis en stilte wordt gehuld.

Lily bevriest, met haar handen onder het stromende water van de kraan. Het is alsof ze in een gat is gevallen. De duisternis is zo zwart en zo diep dat ze niet eens kan zeggen of ze haar ogen nu open heeft of niet. Ze tast naar de kraan en draait die uit, en probeert de stroom adrenaline te negeren die tegen haar ribben bonkt. Het is de sleutel, zegt ze tegen zichzelf, de blauwe elektriciteitssleutel die Marcus haar heeft laten zien toen ze hier kwam wonen. Die moet om de paar weken naar de garage aan het einde van de straat worden gebracht om te worden opgeladen. Dat is de reden waarom ze nu geen stroom meer heeft. De sleutel moet weer worden opgeladen. Dat was de enige reden.

Geen andere reden, mompelt ze in zichzelf, terwijl ze zich omdraait in de zwarte, onpeilbare ruimte, geen enkele andere reden. Ze vermoedt dat ze nu met haar gezicht naar de lengte van de kamer staat. Het enige wat ze hoeft te doen is door de keuken te lopen, tussen de keukenbar en de apparaten door, langs de tafel, door de zitkamer en dan verder naar de elektriciteitsmeter, die zich in een klein kastje hoog aan de muur voor Marcus' kamer bevindt. Dat is alles. Simpel. Ze kent de flat. Ze zou het met haar ogen dicht kunnen doen.

Ze steekt haar hand uit en voelt de bovenkant van de keukenbar eerder dan ze had gedacht. Geschrokken trekt ze haar hand terug. Ze wrijft met haar handpalm over haar heup, voelt de stevigheid ervan, de lijfelijke werkelijkheid. Het was gewoon de keukenbar, dat was alles. Het betekent alleen dat ze meer naar rechts is gegaan dan ze had gedacht.

Lily schuifelt met haar voeten en gaat een stukje naar voren. Ze worstelt zwijgend met zichzelf of ze haar hand voor zich uit zal steken of niet. Ze wil daar niets áánraken, iets tegen haar handpalm voelen strijken. Maar ze wil ook niet met haar hoofd ergens tegenaan lopen. Ze aarzelt, wrijft de randen van haar schoenen tegen elkaar en strekt dan haar arm uit in het duister vóór haar en beweegt voorzichtig, haar andere hand rustend op de zijkant van de keukenbar.

Aan het einde van de bar laat ze los. Aan haar rechterkant zou nu een eetstoel moeten staan, met haar jas over de rugleuning. Ze tast ernaar, gewoon om de koude hardheid van de metalen buis te voelen. Niets. Haar hand zwaait in een zwarte leegte. De paniek slaat op haar borst. Links van haar zou de koelkast moeten zijn, en ze duwt haar hand in die richting. Haar hand schiet bijna weg als ze in contact komt met niets, met een leegte.

Haar ademhaling is nu snel en oppervlakkig en ze stapt achteruit, in de hoop zich weer te kunnen oriënteren door het einde van de keukenbar te hervinden en vandaar weer opnieuw te beginnen. Telkens opnieuw doet ze een stap achteruit, maar er is niets achter haar. Alleen maar leegte en nog eens leegte.

Lily draait zich snel om en draait dan weer snel terug, omdat ze niet de richting wil kwijtraken waarin ze net keek, de weg naar de elektriciteitskast, de weg naar licht en bevrijding, maar ze is nu zo gedesoriënteerd dat ze zich niet meer kan herinneren welke kant ze nu opkijkt en welke kant ze op zou moeten gaan. Ze ervaart een soort omgekeerde, ontkrachte waarneming. Meestal is het haar omgeving en de mensen erin die solide en onveranderlijk lijken, terwijl zij er als een spookverschijning doorheen gaat. Maar nu lijkt het alsof de flat is opgelost in een zwart miasma en zij het enige levende, complete element erin is.

Ze staat op één been en beweegt het andere in een halve cirkel om zich heen, om te zien of het ergens mee in aanraking komt. Niets. Haar hart slaat zo snel en hard dat ze zich duizelig en ademloos voelt. Ze probeert haar keel te schrapen, probeert het liedje te neuriën dat ze net hoorde, maar kan het zich niet meer herinneren. Wat er uit haar mond komt, klinkt zo onsamenhangend en echoot zo erg rond in deze onzichtbare ruimte dat ook dit haar angst inboezemt.

Ze schudt haar hoofd, drukt haar hand tegen haar bonkende hart in een poging het te kalmeren. Het enige wat ze hoeft te doen is in één bepaalde richting te lopen en dan komt ze vanzelf iets tegen waardoor ze weer weet waar ze is. Het is simpel. Het is gemakkelijk. Ze woont hier uiteindelijk. Het is maar stroomuitval.

Ze loopt resoluut in de richting links van haar. Ze verwacht ieder moment dat ze de koelkast of de boekenplanken zal tegenkomen. Maar er gebeurt niets. Ze blijft bewegen, één hand voor zich uit, knieën gebogen. Ze denkt eraan hoe belachelijk ze eruit moet zien. Dan plant het idee dat ze wordt gadegeslagen zich in haar hoofd en verspreidt het diepe, knoestige wortels. Gadegeslagen door iets wat kan zien in het donker. Of iets wat geen licht nodig heeft, iets wat buiten het licht is.

Nog steeds niets, en ze blijft schuifelen in haar gekozen richting, waarbij een licht kermend geluid iedere paar seconden in de lucht ontsnapt en, omdat ze weet dat dit van haar afkomstig is, geeft ze er de voorkeur aan dat te negeren.

Dan ontmoeten haar vingers iets. Ze legt haar handpalm er plat tegenaan. Een koud, glad, hard oppervlak. Glas. Wat betekent dat ze bij een raam of bij de spiegel naast de deur is gekomen. Ze krijgt niet de kans om haar hand omhoog of omlaag te bewegen, om een klink of een spiegelrand te vinden, omdat er een tintelend, prikkelend gevoel bij het midden van haar gezicht is. Bij haar neusrug. Een bekende, vreselijke geur irriteert haar.

Lily heeft nooit eerder pure angst ervaren. Ze dacht dat ze dat wel had, maar realiseert zich nu dat dat een zwakkere, onbeduidendere vorm was van wat ze nu voelt. Pure angst is helder, naadloos en contourloos, en stort je bijna in de sensatie van het volkomen niets. Het neemt niet zozeer je hele lichaam over, maar berooft je ervan.

De geur verzamelt zich in de lucht rondom haar. Lily knijpt haar ogen samen, in een poging iets vóór haar te zien, wat het ook mag zijn. Niets. Ze kan niets zien en al die tijd wordt de lucht sterker, komt dichterbij. Het is alsof haar hart nu is opgehouden met slaan en Lily vraagt zich af of ze nu dood zal gaan, of alles hiertoe leidde, dat het hier allemaal om ging. Misschien zou ze weg moeten schieten, wegrennen, worstelen, ertegen vechten, maar haar geest lijkt haar te hebben verlaten, ergens anders te zijn. Ze wil de naam hardop zeggen, zodat het weet dat Lily weet dat het daar is, gewoon om het te horen, zodat ze het allebei samen zullen horen. Lily haalt adem, haar mond klaar om het vreemde woord te vormen, als iets lichts en vochtigs zich om haar enkels lijkt te wikkelen. Ze verliest haar evenwicht, dan haar lichaamsspanning. Haar hand glijdt omlaag langs het koude oppervlak van het glas en de laatste gedachte die in een microseconde door haar heen schiet, is dat haar hoofd tegen iets slaat wat volgens haar de muur, maar in werkelijkheid de vloer is. Alles wordt niet zwart maar leeg – vormloos en oneindig.

IETS RAAKT HAAR MAAG AAN EN LILY LEGT DE REST VAN DE WEG naar bewustzijn met grote sprongen af.

Aidan staat over haar gebogen, zijn hand vlak op haar voorhoofd. In zijn andere hand houdt hij een zaklantaarn, die hij niet op haar richt, maar dicht genoeg om te zien bij haar dat ze zich allebei in een capsule van geel licht bevinden. Zijn gezicht staat geschokt, bezorgd. Lily probeert overeind te gaan zitten, maar haar blik laat alles samensmelten.

'Niet doen,' zegt Aidan zacht, terwijl zijn hand haar neerdrukt, 'blijf nog even stil liggen. Blijf plat liggen.'

Hij legt de zaklantaarn op de grond naast hen en trekt zijn leren jack uit, dat hij over Lily uitspreidt. De warmte die er nog in zit verwarmt haar handen en ze legt ze eronder.

'Gaat het nu een beetje?' vraag hij, terwijl hij de zaklantaarn weer oppakt. 'Wat is er gebeurd?'

'Ik... ik... de elektriciteitssleutel was leeg en...'

Hij schudt zijn hoofd. 'Nee, de hele straat zit in het donker. Heb je dat niet gemerkt? Er is geen straatverlichting. Ze zijn verderop in de straat bezig met graafwerkzaamheden en ze hebben daarbij per ongeluk de elektriciteitskabels doorgesneden.' Hij lacht, maar dat klinkt beverig – tegelijkertijd ingehouden en opgelucht. 'Ik ben me doodgeschrokken van je, Lily. Ik liep hier al een poosje rond, op zoek naar een zaklantaarn, voordat ik jou vond. Ik dacht dat je...' Hij bijt op zijn lip. 'Kun je rechtop zitten?'

Hij helpt haar overeind tegen de muur, zijn hand rond haar arm.

Dan legt hij zijn duim en wijsvinger over haar wang en tuurt eerst in haar ene oog, dan in het andere. Lily heeft hem nog nooit van zo dichtbij gezien en merkt dat ze zijn gezicht wil bestuderen.

'Nou, ik geloof niet dat je een hersenschudding hebt. Maar ben je gewoon flauwgevallen of heb je je hoofd gestoten?'

Zijn handen onderzoeken haar schedel, strijken voorzichtig haar haar opzij als zijn vingers verschillende delen van haar hoofd onderzoeken en betasten. Zijn aanraking is zo zelfverzekerd, zo teder en zo onverwacht dat het een gevoelig plekje in haar lijkt te raken. Haar keel knijpt dicht en de tranen springen in haar ogen.

'O nee,' hij buigt zich omlaag om in haar gezicht te kijken. 'Ik heb je toch geen pijn gedaan, hè?'

'Nee, nee, helemaal niet.' Ze wrijft met haar hand over haar gezicht. 'Niets aan de hand. Echt waar.'

Hij leunt achterover op zijn hakken. 'Nou, ik zie in ieder geval geen bulten. Maar ik denk dat je hier morgen wel een grote blauwe plek zult hebben.' Zijn duim strijkt over haar jukbeen.

'Ja. Ik denk… ik denk dat ik gewoon even weg was. Flauwgevallen, bedoel ik.'

'Juist.' Hij knikt fronsend en vraagt dan: 'Val je vaker flauw?'

'Eh… nee. Ik geloof het niet. Kan me niet herinneren dat ik ooit eerder ben flauwgevallen.'

'Mijn zuster wel.' Hij loopt naar de keuken, waarbij de lichtkegel van zijn lamp over de muren en het plafond danst. 'Die valt heel vaak flauw.'

Lily volgt de nerveuze lichtstraal. De opluchting stroomt langzaam door haar heen. Ze bevindt zich inderdaad voor de spiegel bij de deur, en ze kan niet geloven dat de flat daar nog steeds is, nog steeds intact, nog steeds bestaand. 'O ja?'

'Ja. Altijd al. Dat zal wel altijd zo blijven ook. Ze heeft lage bloeddruk.' Hij klemt de zaklantaarn boven op de koelkast tussen een stapel tijdschriften en een pot jam. 'Het duurt ongeveer een uur voordat het weer in orde is,' zegt hij, terwijl hij rondloopt, laden opentrekt en rammelt met doosjes lucifers, 'dat zeggen ze tenminste.'

'Wat duurt een uur?' Haar hersenen werken niet helemaal goed. Ze lijkt de draad van het gesprek niet te kunnen volgen. Bedoelt hij soms zijn zuster?

'De elektriciteit. De idioten,' mompelt hij, terwijl hij twee half gesmolten kaarsen op de tafel zet en er een lucifer bij houdt. De lonten vatten vlam en verticale schaduwen richten zich op en raken het plafond aan. Hij komt terug naar de plek waar zij tegen de muur zit. 'Ik denk dat je eens naar de dokter moet. Om alles te laten onderzoeken. Gewoon om het zeker te weten.'

Lily beweegt haar voeten, en maakt zich klaar om overeind te komen. Aidan hurkt, grijpt haar beide onderarmen vast en trekt haar overeind. Ze zwaait en haar benen voelen slap aan. Maar hij pakt haar om haar middel vast en, terwijl zijn arm haar ondersteunt, loopt hij met haar naar de bank. Als ze zich erop laat zakken, blijft hij over haar heen gebogen staan. 'Je moet echt naar de dokter,' zegt hij opnieuw, terwijl hij haar bekijkt. 'Morgen. Je moet echt gaan. Je bent zo wit als een doek.'

'Dat zal ik doen,' liegt ze. 'Ik beloof het. Maar ik weet zeker dat het niets is.'

'Ja, nou ja, laat de dokter dat maar beoordelen.' Hij draait zich om en gaat naar zijn deur. 'Goed. Ik ga nu pakken, maar als je iets nodig hebt, dan roep je maar.'

'Pakken? Ga je dan weg?' vraagt ze, waarbij ze de ontzetting in haar stem hoort en dat afschuwelijk vindt.

'Niet echt.' Hij klopt op zijn broekzak, wat zorgt voor een metaalachtig gerinkel. Hij glimlacht. 'Ik heb vandaag de sleutels van mijn nieuwe etage gekregen. Eindelijk.'

Ze kijkt hoe hij heen en weer loopt in het flakkerende kaarslicht, koffers bij de deur opstapelt, gevolgd door zakken met boeken, dozen met computerschermen, snoeren, harde schijven, scanners en cd's. Een kop thee, met veel suiker erin, verschijnt bij haar elleboog, en als het wat beter met haar gaat, staat ze met een schuldig gevoel op en legt zijn jack voorzichtig over de armleuning van de stoel.

'Kan ik je ergens mee helpen?' roept ze.

'Nee. Ik ben bijna klaar.'

Terwijl ze de badkamerdeur openhoudt om het flakkerende kaarslicht op te vangen, wast ze haar gezicht en bestudeert ze de vage vlek op haar wang. Als ze de badkamer uitkomt straalt het licht haar tegemoet, alsof ze een podium betreedt. Aidan staat bij de tafel, handen in zijn achterzakken gestoken. Achter hem klikt en zoemt de cd in de speler, en dan vult luide, weinig toepasselijke triphopmuziek de ruimte tussen hen. Om de een of andere reden moeten ze er allebei om lachen.

'Er zij licht; en er was licht,' zegt hij.

'Er gaat mij een licht op,' reageert ze snel.

'Laat je licht er eens op schijnen,' zegt hij, net zo snel.

'Te licht bevonden.'

'Het is lichter dan lucht.'

'Het is nooit zo donker of ooit zal het licht weer schijnen.'

'*Eine kleine Lichtmusik*.'

Dat maakt Lily aan het giechelen. 'Eh...' Ze kan er geen meer bedenken. 'Dat ligt me zwaar op de maag,' gooit ze er in het wilde weg uit.

Aidan lacht. 'Ik heb gewonnen,' zegt hij. Dan: 'Hoor 'ns ... ik blijf vanavond wel hier. Ik breng mijn spullen morgen naar mijn nieuwe huis.'

'O.' Ze is plotseling weer ernstig, omdat ze weet dat ze eigenlijk zou moeten protesteren, dat hij gewoon moet gaan. Maar ze kan de woorden niet vinden, omdat ze zich niets ergers kan voorstellen dan dat hij nu weg zou gaan. 'Dank je,' zegt ze deemoedig, 'erg bedankt.'

'Dat zit wel goed.' Hij krabt over zijn hoofd. 'Marcus zal wel snel terugkomen. Dan hoef je je nergens meer zorgen over te maken.'

De volgende morgen voelen ze zich opnieuw niet op hun gemak bij elkaar. Aidan staat bij de deur met een kartonnen doos.

'Ik hoop... dat het je goed zal gaan,' zegt hij, terwijl hij zijn hand uitsteekt. Ze wordt van haar stuk gebracht door zijn gebaar, maar neemt toch zijn hand in de hare en drukt die. Ze weet dat ze nu iets moet zeggen. Hij slaat zijn ogen neer, haalt zijn hand weg en draait zich om.

Lily realiseert zich dat ze hem waarschijnlijk nooit meer zal zien. Ze wil hem om zijn telefoonnummer vragen, zijn adres, wil hem vragen of hij blij is met zijn nieuwe huis. Toch doet ze dat niet.

'Veel geluk met...' ze weet niet hoe ze de zin moet afmaken '...je nieuwe woning,' voegt ze er in een moment van inspiratie aan toe.

'Dank je,' zegt hij, en zonder om te kijken, 'tot ziens dan maar.'

Op het moment dat de deur dichtgaat, draait ze zich snel om en kijkt naar de kamer. De kraan druppelt, en het water tikt in het gootsteenputje. Beneden haar zucht en trilt een verwarmingsbuis. Bij het verste raam vult een lichte bries een truitje met haar vorm.

Ze staart er even naar, dwingt zichzelf dan tot actie en rent naar haar kamer, waarbij haar schedel verstrakt van angst. Ze grijpt haar tas van de grond en begint voorwerpen te verzamelen om die erin te gooien: metroabonnement, portemonnee, boek, sleutels. Waar zijn haar sleutels? Ze rent rond, tilt kleren, tijdschriften en boeken op en gooit die in de lucht. Geen spoor ervan. Ze leunt tegen haar deur. De etage ziet er onmogelijk lang uit vanuit dat perspectief, waarbij de badkamer en keuken zich uitstrekken tot in de verte. Ze trekt een sprint over de vloerplanken, waarbij haar voetstappen dreunen en weergalmen tegen de muren. Sleutels, sleutels, sleutels, zegt ze monotoon in zichzelf. Waar zijn ze verdorie? Niet op de tafel, niet op de bank, niet bij de deur. Blijf kijken, Lily, zegt ze tegen zichzelf, ze moeten toch ergens zijn, ze kunnen niet ver weg zijn.

In een ander deel van haar geest ontwikkelt zich een vreselijke gedachte. Ze doet haar best om die te negeren, laat haar geest verder zoeken, maar die gedachte krijgt steeds meer de overhand. Als ze haar sleutels niet kan vinden, dan kan ze de deur niet openen, die is uitgerust met een stom, automatisch slot. Als ze de deur niet kan openen, dan kan ze niet weg. Als ze niet weg kan, dan zal ze hier de hele dag opgesloten zitten. En de hele nacht. En de hele volgende dag. En de dag erna. Totdat Marcus terug is.

En om haar heen is de kamer plotseling rustig en stil, het soort stilte dat ze is gaan haten. De kraan is stil, de spoelbak is droog. Haar truitje is plat tegen het raam gedrukt. Ze werpt een blik op de deur, een paar meter verderop. Misschien is die toch niet op slot. Misschien, heel misschien is die niet achter Aidan in het slot gevallen. Ze wil het bijna gaan proberen, gewoon om het zeker te weten, gewoon voor die minimale kans dat het mechanisme voor één keer niet heeft gewerkt. Maar het idee dat ze tevergeefs aan een onverzettelijke klink staat te trekken, staat haar niet aan. Ze gaat snel de andere ontsnappingsmogelijkheden af – de liftkoker, de ramen – en dan weet ze nog maar één ding: ik moet hier weg. Ik moet mijn sleutels zien te vinden.

Ze schuift voorwerpen van de tafel op de grond – ongeopende post, Marcus' briefje, bijlagen van kranten. Ze rukt de keukenlades open en doorzoekt de inhoud ervan. Ze laat haar hand langs de plank gaan waar de planten keurig op een rij staan. Ze leegt de chromen kom op de keukenbar, en luciferdoosjes, elastiekjes, kurkentrekkers, een zilveren oorringetje en wat haarelastiekjes verspreiden zich over het formica en over de grond.

'Kom op!' schreeuwt ze in de lucht. 'Waar heb je ze neergelegd?'

Dan mompelt ze: 'Kreng', terwijl ze met grote passen naar de badkamer loopt en het kastje opentrekt. Bij de stereotoren trekt ze cd's
van hun planken. Ze gooit de kussens van de bank op de grond. Ze
tilt de hoeken van de kleden op. Dan loopt ze langzaam en doelbewust naar de grote ramen aan de andere kant van het huis, waar de
bloembollen door de grond omhoog komen.

Op de vensterbank staat een mok. Lily heeft die al eerder gezien,
maar heeft er nooit echt bij stilgestaan. Er staat een zwarte s op de
zijkant gedrukt. Ze steekt haar vingers in de koude porseleinen opening en vist haar sleutels eruit.

Laurence heeft een steen gevonden en slaat ermee tegen de holle
ijzeren stang van de schommel. Hij haalt zijn handje waarmee hij
steunt zoekt even van de schommel om verrukt naar haar om te kijken.

Lily glimlacht naar hem en zwaait. 'Dat is een mooi geluid, Laurence.'

Hij gaat weer aan het werk en het doffe, metalen gebonk klinkt
opnieuw door het mistige park. Een moeder met een roze wollen
hoedje met een pompon, die een wip duwt met daarop een ziekelijk
uitziend kind, kijkt afkeurend naar haar. Lily komt in de verleiding
om haar tong uit te steken.

Ze voelt zich warhoofdig en gespannen, en haar maag krimpt samen van angst, als het gevoel voor een examen. Wat moet ze doen?
Ze kan niet terug naar de etage, en er weggaan zou ook nogal vreemd
zijn. Hoe zou ze dat aan Marcus moeten verklaren?

Laurence komt over het gras naar haar toegelopen, met de na-
drukkelijke, stevige schommelende pas van een peuter, met een
grijns op zijn gezicht. Zijn moeder heeft hem zo veel kleren aangetrokken dat hij bijna bolvormig is.

'Hoi,' zegt Lily, 'wat is er met je mooie steen gebeurd?'

Zijn vuistjes grijpen de stof van haar jas beet. Hij steekt zijn wijsvinger uit naar de bank waarop ze zit en kijkt haar vragend aan. Hij
doorloopt op dat moment zijn 'verbale verwervingsfase', zoals zijn
moeder het noemt.

'Bank,' zegt Lily.

Hij wijst opnieuw.

'Bank.'

Hij wijst omhoog.

'Lucht.'

En achter haar.

'Boom,' zegt Lily. 'Boom. Zeg het maar.'

Hij wijst in plaats daarvan naar de moeder naast de wip die verwikkeld is in een strijd met haar kind. Het huilt meelijwekkend en probeert tevergeefs om van de wip te komen.

'Vreselijk mens,' zegt Lily.

Hij wijst opnieuw.

'Stom hoedje.'

Laurence rukt zachtjes aan haar been. 'Op,' commandeert hij, met zijn keelachtige gebrom. 'Op.'

Lily tilt hem van de grond en zet hem op haar knie. 'Zullen we naar huis gaan?' vraagt ze hem. 'Heb je het al koud? Nee, waarschijnlijk niet. Je bent aangekleed voor een Himalaya-expeditie, nietwaar?'

Hij draait zich rond in haar armen om haar aan te kijken. Ze ziet hoe hij zijn leigrijze ogen richt op de blauwe plek die is verschenen op de zijkant van haar gezicht.

'Wat denk jij dat er zal gebeuren?' vraagt ze hem, terwijl ze zijn muts recht zet op zijn zachte, blonde haar. 'Nou? Wat denk jij ervan? Wat zal ik hierna gaan zien? En de vraag voor één miljoen dollar: ben ik soms bezig gek te worden?'

Laurence strekt fronsend zijn vingertje uit naar de blauwe plek.

'Zou jij dat niet graag willen weten?' zegt ze, terwijl ze haar gezicht in de zijdeachtige huid van zijn hals drukt. Hij wringt zich los en lacht zijn astmatische ouwemannenlachje. 'Weet je wat jouw probleem is? Je stelt te veel vragen.'

'HOEVEEL VERDIENT HIJ?' VRAAGT DIANE, TERWIJL ZE LILY EEN bourgognerode blouse probeert voor te houden. Lily duwt de blouse weg. Ze heeft er spijt van dat ze haar moeder over Marcus heeft verteld. Ze heeft de nacht in Ealing doorgebracht en in een zwak moment heeft Diane de belofte uit haar weten te persen om de volgende dag samen met haar te gaan winkelen.

'Ik zou het niet weten. Dat heb ik hem nog niet gevraagd.'

Winkelende mensen stromen om hen heen, en stoten met tassen, paraplu's en ellebogen tegen hen aan. Diane hangt de blouse terug op het rek. 'Moet toch heel behoorlijk zijn. Een architect.' Diane laat het woord rondrollen in haar mond, en geeft het ongeveer vijf lettergrepen. 'Fantastisch, Lily. Ik ben zo blij.'

'Het is niet... zoals jij denkt, echt niet.'

'Niet wat?' vraagt Diane. 'Serieus, bedoel je? Lily, in het begin is niets serieus.'

Diane doorzoekt de rechte en ronde kledingrekken, en uit de manier waarop ze overal tussendoor schiet blijkt wel dat ze een ervaren warenhuisklant is. Lily laat ze midden tussen de truien achter. Vlak bij haar bestuderen een andere moeder en dochter met religieuze intensiteit een blauwe angora twinset. 'Vind je het iets voor mij?' vraagt de dochter.

'Nou,' antwoordt de moeder, 'het zou kunnen.'

'Ik hoop dat je goed uitkijkt, Lily,' roept Diane vanaf de sokken- en kousenafdeling. Lily begint te berekenen of ze snel genoeg aan haar moeders zijde kan komen om haar ervan te weerhouden op die manier door te gaan. 'Je gebruikt toch wel een voorbehoedsmiddel, hè?' schreeuwt ze. 'Wat gebruik je?'

'Mam,' sist Lily, terwijl ze struikelend naar haar toe komt, plastic zakken flapperend aan haar armen als engelenvleugels. 'In godsnaam. Moet dat nou? Iedereen kan je horen.'

'Wie?'

'Iedereen.' Lily gebaart om zich heen in de winkel.

'Nou, maar het is wel belangrijk. Ik moet het gewoon vragen. Je hoeft me geen bijzonderheden te vertellen als je dat niet wil. Vertel het me gewoon, voor mijn gemoedsrust. Ben je wel voorzichtig?'

Lily sluit haar ogen. 'Ja. Natuurlijk. Natuurlijk ben ik dat.'

Halverwege de ochtend gaan ze koffie drinken. Lily stapelt haar moeders tassen op een lege stoel. Diane schenkt witte room vanuit een klein bakje in het zwart oppervlak van haar cafeïnevrije koffie, waarna ze erin roert met een lepeltje. Lily kijkt hoe de kleur bruin wordt.

'Je ziet er niet goed uit,' verkondigt Diane, terwijl ze in haar dochters gezicht tuurt. 'Wat is er? PMS?'

'Nee.'

'Wanneer moet je ongesteld worden?'

Lily staart naar haar moeder. 'Waarom doe je zo irritant?' Ze kijkt naar de omringende tafeltjes, maar iedereen is verdiept in gesprekken over winkelen. 'Dat is... ik weet het niet... over twee weken of zo.'

Diane legt haar vingers tegen Lily's voorhoofd. 'Voel je je niet goed? Ben je ziek? Waar komt die blauwe plek op je wang vandaan?'

Lily duikt weg. 'Niks. Ik... ik ben gevallen, meer niet. Gestruikeld. Ik mankeer niks.'

'Zo zie je er niet uit. Je ziet eruit alsof je tbc hebt.'

'Bedankt.' Ze neemt een slokje van het gladde, zwarte oppervlak van haar koffie. 'Hij had een vriendin,' zegt ze.

'O ja?' Diana is onmiddellijk een en al aandacht. 'Was het serieus?'

'Ja. Ik geloof van wel. Ze woonden samen.'

'Hoe lang?'

'Vier jaar? Vijf misschien. Ik weet het niet.'

'Hoe lang geleden?'

'Dat weet ik niet.'

'Heb je dat dan niet gevraagd?'

'Ze is overleden.'

'O.' Diane fronst alsof ze die informatie ergerlijk vindt. 'Wanneer?'

'Dat weet ik niet precies. Tamelijk kort geleden, geloof ik. Ze is nog steeds... min of meer... in de flat aanwezig.'

'In de flat? In wat voor opzicht?'

'Eh.' Lily breekt het Deense koffiebroodje op haar bordje in steeds kleinere kruimels. 'Eh. Nou, al haar spullen stonden nog in mijn kamer... toen ik die voor het eerst zag.'

'Juist.' Diane overweegt dit geërgerd. 'Waar is ze aan overleden?'

Lily ziet tegels, regelmatig en netjes als velden die je vanuit een vliegtuig ziet. Ze sluit haar ogen. 'Dat weet ik niet.'

'In godsnaam, Lily.' Diane neemt een heftige slok uit haar kopje. 'Praten jij en die Marcus ooit met elkaar? Een normaal gesprek bedoel ik?'

Lily eet langzaam haar koffiebroodje op en doopt het in haar koffie, totdat haar moeder haar zegt dat ze daarmee moet ophouden omdat het smerig is. Er komt een serveerster langs, een oranje potlood tussen haar tanden geklemd, die het servies op een blad schuift. Diane begint op haar horloge te kijken.

'Ze was echt mooi,' zegt Lily.

'Wie?' Diane is in haar handtas naar iets op zoek.

'Die vriendin, Marcus' vriendin.'

'Ex-vriendin,' corrigeert Diane haar.

'Kun je een ex zijn als je bent gestorven?'

'Natuurlijk,' snauwt Diane. 'Jij bent nu zijn vriendin...'

'Nou...'

'...waardoor zij zijn ex is geworden.'

'Mmm,' Lily trekt aan een losse draad in de zoom van haar truitje. 'Misschien.'

'Luister, Lily,' Diane leunt over de tafel en pakt de hand van haar dochter. 'Maak je geen zorgen over, over dat... meisje.'

'Sinead.'

'Sinead? Waar komt die naam vandaan?'

'Weet ik niet. Ierland, denk ik.'

'Nou, goed. Zit maar niet over haar in. Zet haar uit je gedachten. Ze is er niet meer. Hij is nu van jou. Hij is een goede vangst.'

'Ik zou willen dat je niet over hem praat alsof hij een vis is.'

Lily zigzagt tussen de mensenmassa in Oxford Street door. Diane is naar huis. Drie uur winkelen is 'wel zo ongeveer haar grens'. Lily heeft een blauwe blouse van transparante, dunne stof gekocht. Ze vouwt hem op tot een klein, vierkant pakje en stopt het in haar tas.

Ze loopt Charing Cross Road af en, nadat ze linksaf is gegaan, loopt ze door Covent Garden. Het begint te motregenen en Lily realiseert zich dat ze haar paraplu is vergeten. Bij een drogisterij op een hoek stopt ze en tuurt ze door het raam naar een vrouw die een schoonheidsbehandeling krijgt. Ze zit achterover in een stoel als bij de tandarts, haar haar weggetrokken in een grijze, klinische band. Een vrouw in een grijze overjas en oranje foundation staat over haar gebogen en smeert iets wits en schuimigs op haar gezicht. Ze draagt een badge waarop staat: VRAAG ME OVER ALLES VOOR LIPPEN.

Plotseling zorgt iets achter de vrouw die een schoonheidsbehandeling krijgt, iets in de etalageruit die uitziet op de rechte straat, ervoor dat de scherptediepte in Lily's oog flikkert en breder wordt. Dan staat ze als versteend op het trottoir.

Sinead loopt langs de etalage zonder in haar richting te kijken, waarbij een capuchon het grootste deel van haar gezicht verbergt. Dan is het raam weer egaal, waarbij sluiers grijze motregen over het groenachtige glas zwiepen.

Lily loopt voorzichtig naar de hoek en tuurt om zich heen. Zal dat vanaf nu altijd zo gaan? Dat ze haar overal gaat volgen? Dat Lily haar overal zal zien – buiten, in winkels, op haar werk, in de metro? Zal het zo gaan worden?

De gestalte loopt in een stevig tempo weg van Lily. Ze heeft een rugzak om. Een kleinere vrouw met blond haar loopt naast haar. De blonde vrouw zegt iets tegen haar en nu knikt Sinead, terwijl ze haar armen spreidt en haar gezicht naar haar vriendin wendt, haar rechterpalm omhoog gedraaid in een bevestigend gebaar over wat ze aan het vertellen is. Ze stoppen bij een zebrapad. Ze praten nog steeds. De vriendin schudt haar hoofd. Lily merkt dat haar voeten onder haar bewegen en de plek waar Sinead en Sineads vriendin staan te wachten om de straat over te steken, komt dichterbij. Lily voelt zich ongelooflijk kalm, alsof ze op de een of andere manier altijd al heeft geweten dat dit zou gebeuren, dit altijd al heeft zien aankomen.

Ze steken de straat over. Sinead doet haar capuchon goed, en trekt die verder over haar gezicht tegen de gestaag vallende regen. Lily is vijf, misschien vier passen achter hen. Sineads jack ritselt door de bewegingen die haar lichaam maakt. Bij het metrostation stoppen ze en kijken ze elkaar aan op het trottoir.

'...maar donderdag zal ik wel terug zijn,' zegt de vriendin. 'Ik kan me niet voorstellen dat het langer zal duren.'

Sinead knikt. De twee vrouwen omhelzen elkaar.

'Nou, dan bel ik je wel. Goed?'

Sinead zegt iets wat Lily niet kan horen.

'Dag,' roept de vriendin vanaf de ingang van het station, 'tot gauw.'

Sinead kijkt hoe ze door de kaartjescontrole gaat, zwaait en draait zich dan om. Zodra ze alleen is, gaat ze snel lopen, merkt Lily, terwijl ze zich door de zaterdagse mensenmenigte heen werkt. Ze schiet onverwacht een boekwinkel in, en Lily volgt haar zo snel naar binnen dat ze bijna tegen haar opbotst.

De ramen zijn beslagen. Bij de deur staan paraplu's, waaruit plasjes regenwater lekken op de zwarte tegels van de vloer. Sinead loopt rustig naar de planken met romans, trekt haar handschoenen uit, duwt haar capuchon naar achteren en schudt haar haar uit, waarbij ze het bevrijdt uit de kraag van haar jack.

Lily baant zich een weg door de groepen mensen die gebogen staan te lezen. En ergens vandaan komt plotseling een herinnering naar boven die zich voor haar ontvouwt – een uitstapje dat ze met haar ouders maakte toen haar broertje Mark nog een baby was, voordat Lily hem in zijn ledikantje vond, blauw en koud als marmer. Haar vader liep met hem in een draagzak op zijn borst en het gezin wandelde door een veld met lang gras. Ze weet niet waar het precies was, maar ze kan het duidelijk voor zich zien. Het moest een veld vlak bij de rand van een klif zijn geweest, omdat ze zich de sensatie herinnert van een steile, rechte afdaling die ze links van haar niet kon zien. Het was zonnig en het gras had een geelgroene kleur gekregen. Ze had sandalen aan en in haar hand hield ze een groene plastic dinosaurus, die ze als een bouwpakket had gekregen, in twee holle helften. Haar vader had die aan elkaar gelijmd, door de ingesmeerde randen tegen elkaar te drukken totdat ze vastzaten. Er was een rand van gebubbelde harde lijm langs de rug van de dinosaurus, over zijn uitdrukkingsloze kop, over de bolling van zijn buik en langs zijn staart. Het was het makkelijkst om hem bij zijn staart vast te houden. Ze liepen samen door het veld, terwijl de stemmen van haar ouders over Lily's hoofd heen en weer klonken, de verre zee – was de zee er wel? Ja, die was er zeker – de steentjes die ze op het strand ver beneden hen had gegooid, Mark die in- en uitademde in zijn draagzak, de zachte plooien van zijn neusje en mond tegen haar vaders borstbeen gedrukt, en het gras dat ruiste, ritselde, wegzwiepte bij haar voetstappen. Een deel van haar was bang. Het gras kwam tot aan haar hals. Wat als ze zou worden verzwolgen en haar ouders haar niet zouden kunnen terugvinden in deze eindeloze, golvende groene zee? Ze hield de dinosaurus omhoog totdat haar arm pijn deed. Als ze het gras niet de kans zou geven om het aan te raken, dan zou alles goed gaan. Toen ze omlaag keek, zag ze de compacte, bruine wortels die zich vastklemden aan de zoden uitgedroogde grond en voor haar zichtbaar werden, om vervolgens terug te deinzen door de druk van haar sandaal; en vóór haar opende zich toen een pad door het veld.

En zo leek het nu ook in de boekwinkel. Alsof ze was omgeven door een negatief magnetisch veld, mensen die verdwijnen uit haar beeld, van haar pad stappen. En ze blijft tussen hen door lopen, recht op Sinead af.

Ze staat vlak bij haar en ademt in. Ze kan haar geur ruiken – inktachtig, muskusachtig, een zweem van hairwax, zeep, regen en dat parfum. Sinead gaat met haar wijsvinger langs de plank, haalt een boek omlaag, slaat de titelpagina's om en leest de voorpagina. Ze verplaatst haar gewicht van de ene voet naar de andere.

Lily loopt om haar heen, gaat aan de andere kant van de plank staan, en tuurt tussen de boeken door. Sineads ogen flitsen van de ene naar de andere kant van de bladzijde. Lily ziet haar slikken, hoesten en opnieuw slikken. Ze wrijft met de muis van haar hand tegen haar hoofd. Lily loopt om naar Sineads kant, pakt een boek op, zet het neer. Raakt de omslag van een ander boek aan. 'Sinead?' zegt ze.

Ze draait zich om, het boek nog in haar handen. Ze houdt haar duimnagel op de bladzijde die ze voor zich heeft. Haar ogen gaan over Lily's gezicht, bewegen van haar ogen naar haar mond, over haar haar en terug naar haar ogen. Sinead is langer dan Lily. Lily's voorhoofd zit op de hoogte van haar schouder. Haar uitdrukking is open maar perplex.

'Jij bent toch Sinead?'

'Ja,' knikt ze, 'dat ben ik.'

Er volgt een stilte. Ze is toch niet Iers. Haar stem klinkt gemoduleerd, accentloos, neutraal.

'Sorry,' Sinead schudt haar hoofd, 'ik geloof niet dat...'

'Nee, nee. Je kent me niet. Ik bedoel, we hebben elkaar nooit ont-moet. Niet echt. Eh, we hebben elkaar eigenlijk nooit ontmoet.'

'O. Maar hoe weet je dan...'

'Ik ben Lily. Ik ben...'

Sinead verstijft alsof er een koude windvlaag om haar heen waait. 'Ik weet precies wie je bent.'

Voordat Lily dit kan bevatten, heeft Sinead zich al omgedraaid en is ze weggelopen. Heel snel. Lily gaat achter haar aan.

'Sinead, wacht.'

Ze gaat een hoek om, met Lily achter zich aan. Sinead heeft haar handen om haar hoofd geslagen, alsof ze dat wil beschermen.

'Alsjeblieft, Sinead. Ik wil alleen maar...'

'Wat?' Sinead draait zich plotseling om. Lily springt achteruit, en slaat met de rand van haar pols tegen een boekenstandaard. Diverse mensen draaien zich om en staren hen aan. Sinead torent boven Lily uit. 'Wat wil je alleen maar?' Ze huilt nu, waarbij zilveren tranen tussen de regendruppels op haar jas vallen. 'Laat me in godsnaam met rust. Wat mankeert je?'

Dat Lily die tranen heeft veroorzaakt, ontzet haar. Ze tast in haar zak naar een papieren zakdoekje. 'Niet huilen,' zegt ze, terwijl ze een hand uitsteekt om haar mouw aan te raken. 'Alsjeblieft, niet huilen.'

Sinead loopt van haar weg en even is er voor Lily alleen de ruimte waar Sinead zojuist nog was. Lily gaat achter haar aan door de deur, de koude lucht in. Opnieuw is daar de zintuiglijke gewaarwording van Sinead – weer op het trottoir, huilend nu met ongecontroleerde, diepe, moeizame snikken met haar handen om haar ogen – die dich-ter naar haar toe komt, niet andersom.

'Het spijt me,' zegt Lily. 'Het spijt me. Ik wilde niet...'

Sinead veegt met de zijkant van haar vingers over haar natte wan-gen. 'Ga weg,' sist ze, 'laat me met rust.'

Lily staat daar, voor de boekwinkel, terwijl Sinead bij haar van-daan strompelt. Ze kijkt toe hoe ze zich een weg baant door de me-nigte, en zelfs nadat ze de vorm van dat hoofd niet meer kan zien, blijft ze nog lang staren naar de plek waar het is verdwenen, gewoon voor het geval het terug zou kunnen komen.

Hij is terug. De lichten zijn aan in zijn kamer. Lily rent de trappen op, het huis in, gooit haar jas, tas en sleutels aan de kant, en stormt zijn kamer binnen, ademloos en luidruchtig. 'Ze is helemaal niet dood, hè?'

Marcus schrikt, waarbij de wieltjes van zijn bureaustoel naar achteren schieten, en kijkt op van zijn computer, knipperend alsof hij haar niet goed kan zien. 'Ook goeienavond,' zegt hij, met een onthutste glimlach. 'Wie is er niet dood?'

'Sinead.'

Zijn glimlach krimpt ineen als brandend papier. 'Dóód?' Hij laat zijn tong tussen zijn lippen gaan. 'Nee, natuurlijk niet.'

Ze zucht wanhopig, en is verbaasd te merken dat ze op de rand van tranen zit. 'Maar jij hebt me verteld dat ze dood was!' schreeuwt ze.

Marcus staart haar aan, zijn gezicht vertrokken. 'Nee, dat heb ik niet.' Hij schudt langzaam zijn hoofd.

'Dat heb je wél!' Ze is razend, spuwend van woede. 'Dat heb je wél! Je...'

'Lily, waarom zou ik je vertellen dat...'

'Je zei...' Ze stopt, denkt erover na, vuisten gebald in haar zij.

'Je zei... je zei...' Ze worstelt met haar geheugen, en beleeft in haar geest weer dat moment op de bank met die handschoen uitgestrekt naast hen. Ze vroeg hem wat er was gebeurd, en hij zei toen... Dan herinnert ze het zich: 'Je zei dat ze niet meer bij ons was,' schreeuwt ze beschuldigend. 'Dat waren exact jouw woorden. Niet meer bij ons.'

Hij staart haar nog steeds ongelovig aan. Dan schraapt hij zijn keel en slaat zijn benen over elkaar. 'Lily,' begint hij, 'misschien heb ik...'

'Wat?' eist ze. 'Wat heb je misschien?'

Hij haalt hulpeloos zijn schouders op. 'Misschien dat ik die woorden heb gebruikt, maar...'

'Dat heb je ook gedaan!' houdt ze vol. 'Je hebt ze absoluut gebruikt!'

Hij houdt zijn handen omhoog, vingers gespreid, alsof hij een wild paard wil kalmeren. 'Goed, goed,' zegt hij, terwijl hij nadenkt. 'Maar ik zal ze eufemistisch gebruikt hebben. Niemand gebruikt die zin nog om wat die werkelijk betekent. Ik bedoelde het als... een uitdrukking. Een grap. Ik had nooit gedacht dat...'

'Een grap?' gilt ze. 'Een grap? Jij vindt dit grappig?'

'Nee,' zegt hij. 'Helemaal niet. Maar...' hij zucht '...jij... we hebben elkaar kennelijk niet goed begrepen. Ik heb zeker nooit bedoeld dat...'

'Nou, wat is er dan gebeurd?' vraagt ze.

Hij lijkt een stukje te krimpen. Hij kijkt weg van haar. Zijn handen bewegen zich van zijn toetsenbord naar zijn ogen en dan naar zijn voorhoofd. Hij ondersteunt zijn gebogen hoofd, zijn rug gebogen als een man met jicht. 'Ze...' Lily wacht. Hij kijkt uit het raam, grijpt met zijn hand in zijn haar en haalt diep adem. 'Ze... ze is weggegaan.'

Lily doet een stap naar voren in de kamer. 'Waarom?'

'Dat weet ik niet.' Hij moet de woorden eruit dwingen, alsof ze hem verstikken. 'Ze... is gewoon weggegaan. Ze heeft me verlaten.' Hij zegt het alsof hij probeert om zichzelf ervan te overtuigen. 'God, Lily, ik weet het niet.'

'Maar ze zal toch wel gezegd hebben waarom. Dat moet je toch weten.'

'Ik weet het niet, ik zweer het.' Hij trekt aan zijn hemdsmouw. 'Ze is gewoon... weggelopen. Op een morgen. Wilde er niet met mij over praten, en...'

'Wat?'

Hij haalt zijn schouders op. 'Ik weet het echt niet.'

'Maar... had ze een ander? Heeft ze je verlaten voor...'

'Lily, alsjeblieft!' zegt hij scherp. Even zwijgen ze, waarbij Lily hem scherp aankijkt, alsof de reden misschien op zijn gezicht staat geschreven. Uiteindelijk kijkt hij haar opnieuw aan, terwijl hij met zijn vingers langs zijn kaaklijn gaat, en diep ademhaalt als een man die op het punt staat onder water te gaan. 'Dingen kunnen veranderen,' begint hij, terwijl zijn hand in de lucht cirkelt. 'Mensen gaan verder. En soms is het moeilijk om een reden aan te geven. Soms is er gewoon geen reden. Ik heb nooit een duidelijk idee gehad waarom ze... waarom ze weg wilde. En waarschijnlijk zal ik dat ook nooit krijgen.' Hij staat op en komt naar haar toe. 'Dat is het enige wat ik je kan zeggen, ben ik bang.' Als hij bij haar is, raken zijn vingers de uiteinden van haar haar aan. Zijn gezicht staat even droevig en afwezig, maar dan glimlacht hij. 'En, is er verder nog iets wat we moeten ophelderen?'

Lily is even stil, terwijl ze naar hem opkijkt. Dan zegt ze: 'Nee. Nee, ik geloof het niet.'

Maar later, op het bed, terwijl zijn hoofd op haar schouder drukt, denkt ze aan Sineads handen terwijl die haar hoofd bedekten, en hoe de botjes, aderen en spieren een ingewikkeld raster vormden onder de witte, doorschijnende huid.

IN HAAR LUNCHPAUZE DOOLT LILY BUITEN ROND OP HET TERREIN bij haar kantoor. Ze leeft nog, ze leeft nog en woont in deze stad. Het maakt dat Lily anders naar de straten kijkt waar ze doorheen loopt. Ze zou haar ieder moment kunnen tegenkomen, een glimp van haar kunnen opvangen, ze zou op de stoeptegels kunnen lopen waar Sinead vorige week of gisteren, vandaag of nog deze morgen op heeft gelopen. Londen voelt ineens heel anders aan – pulserend door een soort stimulerende mogelijkheid. Straathoeken waar ze elke dag langskomt, zien er ineens onbekend uit. Iedere donkerharige vrouw maakt dat Lily's hart opspringt in haar borst, half angstig, half hoopvol.

Terug in de boekwinkel bij Covent Garden staat Lily bij de boekenplank, plant haar voeten waar volgens haar Sineads schoenen nog geen etmaal geleden hebben gestaan, grijpt naar het boek waar Sinead in gekeken heeft. Lily opent het, laat haar blik over de woorden glijden, en kijkt op. Herhaalt de handeling. Opent het boek, richt haar blik omhoog naar de opening waardoor ze naar de andere kant van de planken kan kijken. En kijkt dan naar rechts. Dit is wat zij zag. Dit is het beeld wat Sinead gisteren zag – de gang naar de kinderafdeling, de posters die wapperen in de tocht van de airconditioning, mensen die rondlopen om de tafels, de glossy uitstalling van de thrillers. Dit heeft ze allemaal precies zo gezien toen ik haar naam uitsprak – behalve dan dat mijn gezicht toen in het midden ervan was.

Lily komt haar kamer uit, tijdschrift in haar hand, en loopt op de tv af. Maar er is een duidelijke en herkenbare verandering in de atmosfeer – een soort kille stagnatie. Ze blijft stokstijf staan, terwijl haar tanden tegen elkaar klapperen, en ze de etage afspeurt. Ze kan het niet geloven, echt niet.

Iets beweegt er heen en weer in de onverlichte nis naast de voordeur. Lily stapt langzaam over de planken, en rolt het tijdschrift op tot een soort wapenstok. Ze kan een rusteloze, onophoudelijke beweging bespeuren. Er beweegt iets in het donker.

Ze tast naar de lichtschakelaar en doet die aan. Sinead loopt heen en weer van de deur naar de glazen wand van de badkamer en weer terug. Als ze bij de muur is aangekomen, maakt ze een halve cirkel, en loopt dan met stijve, haastige passen terug naar de deur. Daar steekt ze haar hand uit alsof ze die wil openen, maar aarzelt, trekt haar hand terug, wendt zich dan af en loopt weer naar de badkamer. Ze blijft rondjes lopen, alsof ze in een tredmolen zit. Het doet Lily denken aan een cheeta die ze ooit eens in een dierentuin heeft gezien, steeds maar rondjes draaiend, terwijl hij door hetzelfde deel van de kooi liep, telkens opnieuw.

Lily slaat het tijdschrift tegen de muur. 'Je bent niet echt!' schreeuwt ze. 'Je bent niet echt!'

Sinead lijkt even in haar richting te kijken, te aarzelen tijdens haar ritmische stappen. Ze blijft even besluiteloos staan. Dan draait ze zich om en loopt op haar toe.

Lily huilt nu, terwijl snikken omhoog komen uit haar borst. Ze staart naar de verschijning die naar haar toe komt, en trommelt met haar vuisten op haar gezicht en hoofd. 'Je ben bezig gek te worden,' fluistert ze tegen zichzelf, 'je bent echt bezig gek te worden.' Sinead is nu zo dichtbij dat Lily haar kan aanraken. Lily deinst achteruit en slaat met haar hoofd tegen de muur. 'O god,' snikt ze, in de val, 'laat me alsjeblieft met rust, alsjeblieft. Je bent niet echt. Ik weet dat je niet echt bent. Je bent niet eens dood,' gilt ze, 'dus ga alsjeblieft weg! Alsjeblieft! GA WEG!'

Als ze haar vingers van haar ogen losmaakt, is Sinead er nog steeds. Lily staart naar het gezicht van de vrouw voor haar. Ze praat, snel en onophoudelijk. Maar er komt geen geluid uit. Lily kijkt er als verlamd naar. Sineads lippen bewegen geluidloos, en ze bestudeert Lily's gezicht, alsof ze het belangrijk vindt dat ze het begrijpt.

'Ik kan je niet horen!' snikt Lily. 'Wat zeg je?'

Sinead stopt, kijkt rond en buigt zich naar haar toe, alsof ze niet wil dat anderen het zullen horen. Haar mond beweegt zelfs nog sneller, waarbij een geheime vloed van woorden eruit stroomt. Lily slaat gefrustreerd tegen haar oren. Er zijn twee woorden die ze telkens opnieuw vormt. Lily kijkt goed naar haar lippen: Niet doen, zegt ze, niet doen.

'Wat moet ik niet doen?' schreeuwt Lily. 'Wat moet ik niet doen? Ik begrijp het niet! Ik kan je niet verstaan!'

Dan kan ze er niet meer tegen. Met een vreemde, lage schreeuw doet ze een stap opzij en schiet ze langs Sinead heen. Haar hele lichaam trilt en haar benen kunnen haar nauwelijks dragen. Ze grijpt een stoel en laat zich erop vallen, huilend en hoestend.

Als ze opkijkt is Sinead verdwenen. De kamer voelt aan zoals het hoort. Lily zit aan de tafel. Ze veegt de tranen van haar gezicht, en luistert hoe haar ademhaling rustiger wordt. Ze weet wat ze moet doen.

ZE KAN NIET GELOVEN DAT HET ZO GEMAKKELIJK WAS. ZE STAAT OP de kruising met het blaadje papier in haar hand, nog steeds verbaasd. Het enige wat ze hoefde te doen was in het telefoonboek te kijken, en daar stond het, in zwarte, kleine lettertjes op dun, grijs papier. Ze weet niet waarom ze verwacht had dat het er niet had gestaan, maar op de een of andere manier, toen ze met haar vingers door de kolommen ging van alle andere namen die begonnen met 'universiteit' had ze gedacht dat er een blanco ruimte zou zijn, of dat het er niet in zou staan, of dat het gewoon niet zou bestaan. Het enige wat ze hoefde te doen was het nummer te draaien, waarna een efficiënt klinkende vrouwenstem klonk die haar meteen het adres en het nummer gaf dat ze moest bellen voor een 'collegerooster'. Het was doodgemakkelijk geweest. Twee telefoontjes, een leugentje tegen de agenten dat ze ziek was, en daar stond ze nu.

Grote, keurige rijen huizen omringen haar, de meeste met een koperen plaat naast de deur. Links van haar is een grote boekwinkel. Mensen slenteren over de trottoirs, pratend, mappen en boeken in hun armen geklemd.

Lily kijkt op haar horloge en controleert het blaadje papier. Dan leest ze opnieuw het straatbord. Hier moet ze zijn.

Ze gaat achterin zitten, in de buurt van de deur, en glijdt in de glanzende houten bank. De ruimte is enorm, met lange rijen banken vol mensen en, onderaan, een katheder en een schoolbord. Iedereen zit te praten, slaat mappen open, rommelt met bandrecordertjes of zwaait naar iemand in een andere rij. Het meisje naast haar zegt tegen haar vriendin: 'En hij pakte die intkvis en hakte hem in stukken. Zonder op of om te kijken. In de lengte en toen...' gebaart ze, waarbij ze haar hand omlaag brengt in een snijdende beweging '...en toen zijwaarts. Het kwam echt óveral terecht.'

Lily voelt een plotselinge aanval van zenuwen. Wat doet ze hier? Het enige wat ze wil is haar vinden en met haar praten, maar waarom zit ze hier? Ze lijkt wel gek, dat ze denkt dat ze daar zomaar kan binnenwandelen. Ze hoort op haar werk te zijn. Ze moet hier weg.

De deur naast haar gaat open en daar is ze, langs Lily loopt ze het middenpad af. Ze draagt een grijze rok, met een lange split aan de zijkant, lange zwarte laarzen met een rits tot aan haar enkels en een zacht, heel fijn truitje met een horizontaal ribbelpatroon. Haar haar is opgestoken, op haar hoofd verzameld en vastgestoken met iets wat op een zilveren mes lijkt. Ze legt haar papieren voor zich neer, kijkt dan op en laat haar blik over haar gehoor glijden. Lily duikt weg.

'Goed,' verkondigt Sinead en er daalt een stilte neer over de zaal. '*Gawain and the Green Knight*. Als jullie de paralleltekst bij je hebben, dan kun je die openslaan op bladzijde drieënzeventig.' Een ritselende beweging gaat door de ruimte als een wave. 'Of, voor de moedigen onder jullie, die kunnen alles ook volgen vanaf bladzijde achtenvijftig in het oorspronkelijke werk.'

Lily heeft niets – geen boek, geen papier, geen pen. Wat dacht ze nu helemaal? Ze moet wel verschrikkelijk opvallen. Ze kijkt om zich heen, en de angst kruipt omhoog vanuit haar nek, en onopzettelijk vangt ze de blik op van het meisje naast haar. Ze is mooi, met heel recht bruin haar dat in het midden een scheiding heeft. Ze schenkt Lily een halve glimlach en duwt haar geopende boek in haar richting, zodat het op de bank tussen hen in rust.

'Bedankt,' fluistert Lily, en het meisje glimlacht en kijkt dan weer naar Sinead. Lily kijkt neer op het boek en ziet een zee van onbegrijpelijke woorden, waarvan sommige er Engels uitzien en sommige letters hebben die in geen enkel alfabet dat zij kent voorkomen. Op de bladzijde ernaast staan op verschillende plaatsen regels tekst – in herkenbaar Engels. '*En ik zal stand houden en een slag van hem incasseren, onbevreesd, mits ik het recht heb om ook hem een slag toe te dienen als ik dat eis,*' leest ze.

'Er is geen duidelijk bewijs voor wat betreft de identiteit van de persoon die bekendstaat als de Gawain-dichter,' zegt Sinead. 'Een aantal mensen gelooft dat de Pearl-dichter dezelfde is als de Gawain-dichter. Nu wil ik hier niet gaan speculeren over het waarom, waarvoor en waarover. Om eerlijk te zijn, kan me dat ook niet schelen. Het is geschreven. Door iemand. Dat is alles. Maar wat ik wél geloof is dat de zogenaamde Gawain-dichter een vrouw was. Wat zou kunnen verklaren waarom ze anoniem wenste te blijven, omdat haar geslacht in die tijd niet erg serieus werd genomen. Luister,' zegt ze terwijl ze het boek oppakt en leest: '*Ik beweer dat hij de grootste, en de knapste man was die ik ooit heb gezien want, ook al waren zijn rug en borst fors, zijn buik en middel waren aantrekkelijk slank.*' Een golf van gelach gaat rond in de zaal. 'Welke zichzelf respecterende man zou dat nu schrijven?'

Lily kruist haar enkels en laat ze weer los onder de bank, en steekt haar handen in de tegenovergestelde mouw. Rondom en vóór haar zijn vele rijen hoofden gebogen over aantekeningen, en bewegen armen zich bij het maken van snelle aantekeningen; een paar studenten fluisteren degene naast hen iets in het oor. Lily is verbaasd over de concentratie in de ruimte, hoe iedereen gegrepen luistert naar de woorden die uit Sineads mond stromen, hoe deze ene vrouw de aandacht van iedereen weet te vangen, de reden waarom ze daar allemaal zijn. Mensen concentreren zich en noteren alles wat ze zegt in een aantekenboekje, of vangen de stijgingen, dalingen en modulaties van haar stem op een bandrecorder. Dit is niet hoe zij zich de universiteit herinnert.

'Wat we ons moeten realiseren,' Sinead strekt zich om een helft van het schoolbord omlaag te trekken, waarbij haar truitje omhooggaat en de onderste boog van haar ribbenkast onthult, 'is dat Gawain gevangen zit in de werking van een sociaal apparaat dat zijn begrip te boven gaat. En dat hij niet eens kent. Wat hij niet wil zien, of waarvoor hij niet het verstand heeft om dat op te merken, is in feite de aanwijzing voor, de sleutel tot de hele intrige waar hij in verstrikt zit. Wat de periferie lijkt te zijn, is in feite het centrum.'

Lily leunt, met haar handen plat op het glas, tegen de grote etalageruit van de boekwinkel. Het daglicht verflauwt tot violet. De hemel is lichter dan de gebouwen. De klok zal al snel weer worden teruggezet; over een paar dagen zal dit uur van de dag somber zijn, oranje verlicht en koud. Ze laat zich zakken en hurkt op haar hielen, waarbij ze er wel voor zorgt dat ze nog in een deuropening verborgen zit, voor alle zekerheid. Een groep mannen met koffertjes, nette schoenen en goed geknipt haar passeert haar. De zoom van de regenjas van een van hen strijkt tegen haar knie. 'Hallo, schat,' zegt een van hen en ze lachen, maar Lily reageert niet. Haar ogen zijn gericht op het gebouw tegenover haar.

Er is iets aan die vrouw wat aan een vitaal deel van haar trekt en rukt, alsof haar hart, verbonden met dat van Marcus, is verbonden met Sinead. En diep in haar hart is een onaangenaam gevoel dat een aantal dingen niet klopt. Vragen, bescheiden en volhardend, fluisteren naar haar vanuit hoeken van haar geest. Hoe weet Sinead van haar? Kan het mogelijk zijn dat Marcus echt niet weet waarom ze is weggegaan? Wat probeert ze – of het ding dat op haar lijkt – tegen haar te vertellen? Wat kan er zo erg zijn dat een levende vrouw een andere vrouw als een geest achtervolgt?

Ze gaat haar staande houden, dat gaat ze doen. Ze gaat haar aanspreken op straat en haar dat rechtuit vragen. Draai er niet omheen. Waarom ben je weggegaan? Dat is alles. Simpel. Vertel me waarom je bent weggegaan. En Sinead zal het haar vertellen. En dan zal ze het weten.

Studenten die ze herkent van het college stromen naar buiten, drommen samen voor de deur om kaarten te bestuderen, wat te kletsen of om omhoog te kijken naar de hemel. Twee mannen in het uniform van een conciërge komen naar buiten en lopen de straat af, gevolgd door een paar eenzame academische types. Maar niet de persoon waar Lily naar uitkijkt. Lichten worden uitgedaan op een bovenverdieping. Een oudere man staat bij de inmiddels gesloten deuren, en kijkt naar voorbijgangers – een vrouw met een dubbele wandelwagen, een stelletje in dezelfde fleece jacks, een man die een lege hondenriem achter zich aan sleept. Dan, net als Lily's benen gevoelloos beginnen te worden van de kou en het nietsdoen, verschijnt Sinead.

Lily springt overeind. Iets in haar kniegewricht komt klem te zitten en knakt, maar ze negeert het en beweegt zich snel over het plaveisel, zonder haar ogen af te houden van de gestalte aan de andere kant van de weg. Sinead draagt een felrood met paars gevlochten plastic tas in de knik van haar elleboog. Ze loopt snel, en Lily's knie stuurt flitsende pijnscheuten omhoog naar haar dij. Sinead steekt Power Street over als het licht op groen staat, maar Lily is te laat en moet gekweld blijven wachten, terwijl Sineads rug in de verte verdwijnt. Zodra het licht oranje opgloeit, rent ze over het asfalt, over de weg in een soort struikelend sukkeldrafje, haar adem dampend voor zich uit, goed oplettend dat ze niet te dichtbij komt. Tegen de tijd dat ze bij Tottenham Court Road zijn, is Lily tien meter achter haar.

Tot haar ontzetting begint Sinead plotseling te hollen, waarbij ze zigzaggend tussen auto's door naar de overkant van de straat rent. Heeft ze haar soms gezien? Lily strompelt achter haar aan, terwijl het bloed naar haar hoofd stijgt. Sinead springt met een zwaai achter op een bus. Lily dwingt zichzelf tot een sprint. Sinead klimt de trap naar de bovenverdieping op. Lily hoort het geluid van de bel en ze strekt haar arm uit, waarbij ze een uitval doet naar de stang. Grijpt die, duim die vingers ontmoet. Voelt hoe de bus onder haar weg dendert. Haar voeten tasten naar het platform. Haar linkervoet maakt contact en ze trekt zichzelf op.

'Goeie lichaamsoefening, niet?' zegt de conducteur en knipoogt.

Ze slaagt erin te glimlachen en, terwijl ze als een zeeman haar evenwicht zoekt in de slingerende bus, beklimt ze voorzichtig de spiraaltrap.

Het is redelijk druk, al zitten de mensen in hun eentje op de meeste banken. Sinead zit naast een man met een honkbalpet op de voorste bank, waar Lily niet graag op zit, omdat de weg dan onder je door wervelt en vliegt, en vanwege die tandenbrekende stang voor het raam waar je ieder moment tegenaan gesmakt kan worden.

Ze gaat achterin zitten, op een lege dubbele bank. Als ze tegen het raam leunt, ziet ze Sineads profiel tussen alle andere hoofden door. Ze leest iets, haar tas op haar knie geprop. Lily is zich plotseling bewust van haar hijgende ademhaling. Een paar rijen voor haar kwettert een tiener in een gsm en een roodharige man ertegenover mompelt iets tegen zijn vriendin, die strak uit het raam zit te kijken. Verder stilte.

Lily haalt haar mouw over het beslagen raam en een waaiervormig deel van de straat verschijnt – computerwinkels, een grote boekhandel, een etalage vol Japanse matrassen. Haar ademhaling begint net weer normaal te worden als de bus trillend tot stilstand komt. Voeten bonzen op de treden. Een groep mensen klautert de trap af. De man met de honkbalpet staat op. Sinead beweegt haar knieën opzij om hem te laten passeren. Lily vouwt haar lichaam dubbel, haar gezicht bijna begraven in haar schoot, terwijl haar vinger aan de hiel van haar schoen plukt.

De bus schokt naar voren en draait naar links, Euston Road in. Lily tuurt over de bovenkant van de stoel heen. Sinead is bij het raam gaan zitten en kijkt naar buiten. Er zijn nog vier andere mensen. De bus heeft vaart gekregen en rijdt nu snel door Marylebone Road. Voor het eerst vraagt Lily zich af waar ze heen gaan.

Ze zou nu met haar kunnen gaan praten. Dat zou zo gemakkelijk zijn. Te gemakkelijk. Het enige wat ze zou hoeven doen is opstaan, een paar passen lopen en op de stoel achter haar gaan zitten en zeggen – wat zeggen? Ken je me nog? Hoi, hoe gaat het? Prima college, tussen haakjes.

Lily draait haar hoofd weg en staart uit het raam. Enorme kantoorgebouwen flitsen voorbij. Dunne strepen horizontale regen bevlekken het glas. Haar eigen spiegelbeeld – grootogig, wildharig, haar recht aanstarend – maakt haar aan het schrikken.

Bij Bayswater schuift Sinead langs haar bank en gaat staan. Lily buigt zich voorover, rommelt met haar schoen, haar panty, haar knopen, totdat ze haar de trap hoort afgaan. Dan staat ze op.

Ze staan samen op het platform. Sinead leunt naar buiten, een hand op de stang, terwijl haarlokken en regen over haar gezicht schieten. Lily zou haar kunnen duwen. Ze zou die vingers kunnen loswrikken van de stang en haar loslaten in de lawaaierige verkeersstroom. Die gedachte, die ongevraagd in haar hoofd opkwam, schokt Lily zo erg dat ze bijna vergeet om achter haar uit de bus te springen.

Sinead loopt een zijstraat in, en trekt haar jas met een ruk dichter om zich heen, terwijl ze haar tas naar haar andere arm verplaatst. Dan gaat ze een deuropening in. Lily aarzelt buiten. Het zijn zwaaideuren met dubbel glas en donker hout, met daarachter een soort houten hokje, waar Sinead betaalt en dan iets groots en wits krijgt overhandigd. Boven de deuren, in verbogen, onverlicht neon, staan de woorden THE SPA.

Lily duwt tegen één kant van de deur en stapt naar binnen. Ze overhandigt het geld aan een forse vrouw met rode wangen, die twee handdoeken over de toonbank naar haar toe schuift. Ze houdt ze tegen zich aan en loopt door een tweede deur.

Alles is heel stil en heel koel. Ze is in een enorme ruimte met een hoog gewelfd plafond. Mensen liggen op rijen stretchers, gewikkeld in handdoeken. Niemand praat. De wanden zijn verguld en hebben een gevlekte houten lambrisering, met lampen die stoffig gele licht-bundels omhoog richten. Reflecties van water trillen op het plafond. Het midden van de ruimte is open en mensen staan bij de rand van de krater, waar ze omlaag kijken naar de verdieping eronder. Als ze door de ruimte loopt, richten mensen hun blik op haar en kijken dan een andere kant op.

Sinead staat in een hoek, en stapt uit haar rok. Haar haar hangt los tot op haar schouders en haar ruggengraat steekt uit op haar rug als kralen aan een draad. Ze vouwt haar kleren op en legt die in een smal metalen kluisje, wikkelt zich in een handdoek en daalt de trap af. Aan de andere kant van de ruimte doet Lily hetzelfde, waarbij het ge-bouw zich aan haar openbaart als ze afdaalt tot onder het straat-niveau.

Er zijn overal vrouwen, naakt. Ze lopen van de stoomcabine naar de douches, naar luie stoelen, naar een stalen drinkfonteintje, naar een klein niervormige blauw zwembad, met gerimpelde, blote voet-zolen over de vochtige tegels, het haar samengeplakt in hun nek. Ie-dereen is sierlijk en langzaam. Sinead glipt tussen de verticale, zwa-re plastic lamellen van een deur door en wordt verzwolgen door stoom. Lily volgt.

De lucht is mistig en zwaar door de medicinale indringende geur van eucalyptus. De warme, natte lucht prikt aan de rand van haar lippen. Door de mist kan ze gestaltes zien liggen of zitten, en houten banken langs de muren. Lily beweegt zich door de stoom en laat zich zakken. Ze tuurt om zich heen. Sinead, nauwelijks zichtbaar en al-leen herkenbaar door de massa van haar haar, zit in een rechte hoek ten opzichte van haar, haar voeten op de grond, handen op haar knieën, haar hoofd achterover gekanteld tegen de porseleinen wand-tegels. Lily is nat als een zeemeermin, haar handdoek doorweekt. Warme druppels vallen vanaf het plafond op haar gezicht en haar. Ie-dere spier lijkt samen te trekken en te ontspannen, haar ledematen los van haar lichaam, haar hoofd drukkend op haar nek. De pijn in haar knie begint te verdwijnen. De stoommachine sist en zucht er-gens bij de grond. Twee mensen in de hoek mompelen tegen elkaar; de vrouw naast Lily wrijft haar hand over haar huid in lange, metho-dische strelingen. Sinead trekt één hiel op de bank en leunt met haar armen op haar knie, waarbij haar haar over haar gezicht valt.

Plotseling wordt de warmte haar te veel – Lily's neus en mond worden erdoor afgesloten. Iedere ademhaling lijkt alleen nog meer warmte naar binnen te voeren, en als ze haar ogen beweegt schroeien die haar oogleden. Ze staat op en loopt met kleine passen over de vloer, door de plastic lamellen, en snakt naar adem in de koude, onbeweeglijke lucht van de doucheruimte.

Ze loopt rond; echoënde lege stoomcabines die verbonden zijn met andere die nog heter zijn, een Turks bad, douches met drie soorten stralen, de kleine zinderende ruimte van een sauna; een borrelende, spuwende whirlpool; een ijskoud dompelbad met een glasachtig oppervlak. Ze vindt het vreemd dat net boven deze wirwar van hitte en reinheid zich een asfaltweg bevindt waar auto's, vrachtwagens en taxi's overheen denderen van en naar Westway, de gebogen betonnen ruggengraat van de stad. Als ze terugkeert naar de eerste stoomcabine, loopt ze bijna recht tegen Sinead aan.

Ze komt te voorschijn uit de lamellen, haar wangen roze gekleurd door bloed, haar lichaam glanzend van het zweet en vocht. Ze loopt een paar treden op en gaat een hoek om. Lily kan nog net op tijd over de smalle, omringende muur kijken om te zien hoe ze zich laat zakken in het ijskoude dompelbad. Eerst haar voeten, en daarna verdwijnt haar lichaam in het turquoise water als een vrouw die wordt verzwolgen door drijfzand – dijen, benen, billen, taille, rug, torso, hals, hoofd. Even is het enige wat er van haar resteert aan het oppervlak de punten van haar haar; dan worden ook die omlaag getrokken. Lily wacht. En wacht. Telt tot vijf, terwijl ze wordt vervuld van onrust. Telt zeven, acht, dan negen.

Sinead explodeert omhoog door het oppervlak, een krachtige zuil van vlees, naar adem snakkend en rillend. Ze grijpt een handdoek en wrijft ruw over haar stippelige huid. Lily kijkt naar haar, naar haar zachte witte huidskleur; kijkt naar haar kleine, geheven borsten, de donkere pijlpunt van haar, de dunne, gespierde armen, de twaalf gelijkmatig verdeelde ribben. Ze stelt zich Marcus' handen voor en hoe die zouden passen in de welving van haar middel, of zich zouden buigen over haar billen, of hoe zijn vingers een plaatsje zouden kunnen vinden tussen ieder van haar ribben. Er is een litteken dat de huid van haar bovenarm wat laat samentrekken. Lily stelt zich voor hoe dat zou aanvoelen als braille onder je lippen.

Boven kijkt ze in een spiegel hoe Sinead, aan de andere kant van de ruimte, droog en inmiddels in een badjas, gaat zitten in een luie stoel, een boek pakt, dat opent en de boekenwijzer aan de binnenkant van de achteromslag plaatst. En ze kijkt toe terwijl ze probeert te lezen, haar ogen telkens over dezelfde paragraaf laat gaan. Ze kijkt toe hoe telkens opnieuw iets haar aandacht vraagt en dan laat ze het boek dichtvallen. Als de tranen komen, verbazen die haar niet. Ze vallen niet zoals Lily altijd dacht dat tranen vallen – uit de ooghoeken en één voor één. Die van Sinead lijken allemaal tegelijk te komen en vanuit iedere porie, neerstromend over haar wangen en neus en kin, alsof haar hele lichaam huilt, alsof ze nooit zullen ophouden.

Het is donker. Haar polsen worden tegen het bed gedrukt. Er gaat iets over haar heen, iets kouds en onderzoekends. Het zuigt en snuffelt zo krachtig aan haar dat ze het gevoel heeft alsof er een stofzuiger over haar heen gaat.

'Waar ruik je naar?' vraagt Marcus, terwijl hij zijn neus langs haar armen, schouders, het spleetje tussen haar borsten, haar maag laat gaan.

'Niets,' zegt ze, terwijl ze probeert zich van hem af te wenden.

Hij legt zijn handen op haar schouders, begraaft zijn neus in haar nek en ademt in. 'Wat is het?' Zijn handen zijn sterk en vasthoudend op haar ledematen. Ze wringt zich los en draait zich alle kanten op, in een poging om van hem los te komen, maar hij blijft haar stevig vasthouden.

'Marcus,' zegt ze, boos nu, 'ga weg. Je doet me pijn.'

Plotseling stopt hij, en zijn handen verdwijnen van haar huid. Ze opent haar ogen, legt haar hals recht. Hij is boven haar, staart haar aan, zijn wenkbrauwen gefronst. 'Het is eucalyptus,' fluistert hij, zijn stem laag en nauwelijks hoorbaar. 'Waarom ruik je naar eucalyptus?'

Lily denkt aan een laan met eucalyptusbomen waar ze ooit doorheen is gereden in Portugal, terwijl de wind hun bladeren zilver kleurde. 'Dat weet ik niet.' Ze draait haar rug naar hem toe, en doet alsof ze slaapt.

Maar de rest van de nacht ligt ze op haar zij en ziet hoe het duister verandert in grijs, terwijl Marcus, naast haar ligt te woelen, alsof hij maar geen manier kan vinden om lekker te liggen.

'WAT JE MOET INZIEN,' ZEGT SINEAD, ÉÉN HAND GEHEVEN TOT OP taillehoogte en omhoog gericht, 'is dat er twee helften zijn van dezelfde persoonlijkheid.' Ze pauzeert en loopt naar de andere kant van de verhoging, alsof ze het verwoede geschrijf om zich heen de tijd wil geven. 'Zij vertegenwoordigt alles wat Jane gedwongen moest onderdrukken.' Haar blik dwaalt door de collegezaal, verandert dichtbij Lily van koers, glijdt over haar heen en – is dat Lily's verbeelding? – keert terug, aarzelt, om dan verder te gaan. Sinead draait zich rond op haar naaldhak, loopt de andere kant op en beweegt het puntje van haar tong over haar lippen. 'En wat hem betreft...' vervolgt ze.

Sinead is blijven staan op een hoek, heeft de straat op en neer gekeken en werpt een blik op haar horloge. Wacht ze soms op iemand? Lily leunt tegen de muur van het portiek waarin ze verborgen staat. Ze zal haar vanavond aanspreken, absoluut. Ze zal nu niet langer meer haar tijd verdoen. Ze moet gewoon het juiste moment afwachten, dat is alles.

Sinead slaat haar armen over elkaar, alsof ze het koud heeft, haalt haar telefoon te voorschijn en begint de toetsen in te drukken. Bij het geluid van iemand die nadert kijkt ze snel op, maar als ze een vrouw in een rode regenjas ziet, kijkt ze weer naar de telefoon. Soho lijkt leeg vanavond, met de cafédeuren dicht tegen de kou en de ramen beslagen. Mensen hangen niet rond in deze tijd van het jaar, maar haasten zich over de normaal volle trottoirs, kragen opgetrokken tot hun oren. Lily merkt dat haar voeten gevoelloos beginnen te worden, en ze probeert haar tenen op te krullen in haar schoenen. Sinead heeft het ook koud, ziet Lily. Ze stampt met haar voeten op het trottoir, trekt haar sjaal dichter om haar gezicht.

Plotseling draait ze haar hoofd snel rond en haar hele lichaam spant zich verwachtingsvol. Ze glimlacht. 'Hoe laat noem jij dit?' roept ze. Een man in een leren jack, lang, groot, met donker haar, loopt snel op haar toe.

'Sorry, sorry,' zegt hij telkens weer. 'De metro bleef uren in een tunnel stilstaan.'

Sinead stapt van het trottoir en ze ontmoeten elkaar op de stoeprand, waarbij Sinead iets zegt wat Lily niet kan verstaan en de man zich vooroverbuigt om haar op haar wang te kussen. Sinead brengt haar hand omhoog om die op zijn schouder te leggen, en hij drukt zijn hand als een tangodanser op haar rug. Pas als hij zich losmaakt herkent Lily hem. De schok is er een als bij ontrouw. Ze moet haar hand uitsteken om steun te zoeken bij de muur.

Aidan. Het is Aidan die op haar af rent, te laat is. Haar op haar wang kust. Hoe kan het dat Aidan en zij elkaar daar ontmoeten? Zou dit vaak gebeuren? En weet Marcus dat?

Ze lopen nu samen weg. Hij haalt iets uit zijn zak en laat dat aan haar zien, en hun hoofden zijn er samen over gebogen terwijl ze lopen. Lily haast zich achter hen aan, kijkt hoe ze over de trottoirs wandelen, plassen en parkeermeters omzeilen, straten oversteken, zinnen uitwisselen, tegen elkaar aan strijken, een tijdschrift heen en weer laten gaan. Woede stroomt door Lily heen, al weet ze niet goed waarom. Ze stoppen bij een bioscoop, gaan in de rij staan om een kaartje te kopen, en blijven dicht bij elkaar staan praten. Ze maken een vrolijke indruk. Sinead praat, geanimeerd, in een lange stroom van woorden, en Aidan luistert aandachtig. Het lawaai in de foyer maakt dat ze tegen zijn schouder geleund in zijn oor moet praten. Hij buigt zich omlaag om haar te kunnen verstaan, waarbij zijn haar in zijn ogen valt. Dan gooit hij zijn hoofd achterover en lacht, terwijl hij haar arm vasthoudt die ze op hem heeft gelegd.

Ze komen bij het loket, kopen een kaartje en verdwijnen via de trap naar beneden. Lily blijft buiten op straat staan, nog steeds niet in staat het te geloven. Dat ze hen zo samen ziet lijkt ongerijmd, belachelijk. Ze wil naar hen toe gaan om een verklaring te eisen.

Nadat ze bij de deuren van de bioscoop afscheid heeft genomen van Aidan, loopt Sinead snel door de stad. Lily blijft ongeveer vijftien passen achter haar, terwijl de stad onder hen beweegt. De hoge, smalle straten van Soho maken plaats voor winkels en boetieks, en tegen de tijd dat ze bij Leicester Square zijn aangekomen, vraagt Lily zich af hoe lang ze nog blijven lopen. Maar van stoppen is geen sprake. Ze passeren de menigten voor het Hippodrome, de mensen die uit de theaters stromen, de National Portrait Gallery, en slaan linksaf in de richting van Charing Cross Station. Sinead draait zich één keer in haar richting voordat ze de straat oversteekt, en nog een keer als ze stopt voor een etalage waar ze de straat in kijkt. Beide keren kijkt Lily omlaag, waarbij ze haar gezicht in haar sjaal verbergt en koude angst om haar hart slaat.

Sinead loopt door langs het station en neemt een zijstraat, in de richting van de Embankment. Lily kan de rivier nu ruiken, boven de kalklucht van een bouwplaats en de deegachtige lucht van een pizzatent in de zijstraat – die onaangenaam ruikende, bedompte, zware lucht. Ze lopen door het metrostation en aan de andere kant gaat Sinead om een onduidelijke reden ineens sneller lopen, waarbij haar rugzak op haar rug hobbelt terwijl ze zich door de mensenmenigte werkt. Ze is zeker ergens laat voor. Mensen mompelen en zuchten als Lily zich tussen hen door wringt, wanhopig omdat ze de lange gestalte voor haar niet uit het oog mag verliezen.

Sinead begint de metalen trap naar de Hungerford Bridge op te lopen. Tegen de tijd dat Lily die heeft bereikt, komt er net een groep mensen omlaag, vijf naast elkaar. Ze schiet van de ene kant van de trap naar de andere maar ze laten haar er niet langs doordat ze dronken en ongehaast zijn.

'Sorry, sorry,' zegt Lily. De mensen lopen door elkaar en stappen opzij, kletsend en schreeuwend tegen elkaar. Lily struikelt tussen hen door en, als ze zich omdraait om de tweede trap te beklimmen, kijkt ze op.

Sinead staat op de brug en kijkt omlaag.

Lily beweegt zich niet, balancerend als een kat. Sinead draait zich om en verdwijnt uit het zicht. Lily neemt de trap met twee treden tegelijk. Heeft ze haar gezien? Stond ze naar haar te kijken? Of heeft ze zich dat maar verbeeld?

Als ze op de brug staat, is het er druk. Mensen wandelen er op hun gemak, lopen hand in hand, zijn aan het rolschaatsen, voeren een fiets aan de hand mee, duwen een buggy. Van Sinead is geen spoor meer te bekennen. Ze is haar kwijt. Lily dringt zich door de menigte, op zoek naar de vrouw die haar nu zo vertrouwd is.

Dan, zonder waarschuwing, is ze er ineens weer. Ze komt snel op Lily afgelopen, met ogen die vuur spuwen. 'Waarom volg je mij?' Met ieder woord geeft Sinead Lily een zet, totdat ze tegen de brugleuning wordt geduwd, en het metaal in Lily's rug drukt.

'Ik...'

'Wat bezielt je?' Sinead torent boven haar uit. 'Laat. Me. Met rust. Versta je me? En vertel...' ze hapert 'vertel dat ook tegen je vriend.'

'Marcus?' zegt Lily, waarbij het woord er harder uitkomt dan ze had bedoeld.

'Ja. Márcus. Telkens als ik me omdraai, sta jij daar of hij. Zijn jullie soms allebei stalkers?' Haar bravoure is ineens verdwenen. Lily ziet hoe haar gezicht vertrekt en de tranen over haar wangen lopen. 'Laat me met rust,' fluistert ze. 'Ik wil niets te maken hebben met jullie.'

Er is een soort galmend geluid, als oorsuizen, in Lily's hoofd. 'Bedoel je soms dat Marcus... contact met je heeft gezocht?'

'Contact?' herhaalt Sinead hysterisch. 'Contáct?' Ze zoekt steun bij de brugleuning. 'Christus! Hij... hij belt me twaalf keer per dag. Hij volgt me naar mijn werk. Hij volgt me vanaf mijn werk. Het verbaast me dat jullie nog niet tegen elkaar zijn opgebotst.'

Er volgt een stilte. Sinead drukt haar handen tegen haar ogen. 'Luister,' zegt ze, rustiger nu, 'ik weet niet wat jij van me wil, maar... maar ik heb je echt niks te zeggen.' Ze loopt weg.

'Wacht!' Lily gaat achter haar aan. 'Ik wil alleen weten wat er is gebeurd. Ik dacht dat je...'

Er dendert een trein langs hen heen, waarbij elektrische draden knetteren en de verlichte ramen gedempt licht werpen over Sineads natte en woedende gezicht, en Lily's woorden worden verzwolgen door het lawaai.

'Wat?' gilt Sinead.

'Ik dacht dat je dóód was.'

'Dood?'

'Ja!'

De trein ratelt langs, en verdwijnt in de nacht. Sinead is ongelovig, vol afkeer. 'Heeft hij je dat soms verteld?' Haar handen trillen, ziet Lily, terwijl ze aan denkbeeldige plooien in haar jack trekken.

Onder hen kronkelt de Theems zwart in het donker.

'Nee... hij... nee.'

'Maar waarom denk je dat dan in vredesnaam?'

'Ik... ik...' stamelt Lily '...hij... ik weet het niet.'

'Nou, ik ben niet dood,' zegt ze. 'Vervelend voor je,' en ze loopt weer weg.

'Sinead,' Lily haalt haar in, 'vertel me alsjeblieft wat er is gebeurd. Alsjeblieft. Dat moet je doen.'

'Nee, dat moet ik niet.'

'Alsjeblieft. Ik moet... ik moet het gewoon weten.'

Sinead stopt en lacht kort. 'Jij móet dat weten?' herhaalt ze. 'Nou, waarom vraag je dat niet aan hem zélf?' Ze spuugt het laatste woord eruit alsof het smerig smaakt. 'Waarom achtervolg je mij?'

Lily knippert met haar ogen en een deel van haar moet bijna lachen. 'Ik ben... hij wil niet... hij wil er niet over praten.'

'Nou, dat is niet mijn probleem.' Ze loopt nu sneller, en ontwijkt mensen. Lily haast zich achter haar aan, en krijgt telkens schouders en tassen van mensen tegen zich aan.

'Dat weet ik,' zegt ze ademloos. 'Ik weet dat het niet jouw probleem is. Maar alsjeblíeft. Wat is er nu precies gebeurd? Vertel me gewoon wat er is gebeurd.'

Sinead stopt, haar tanden op elkaar geklemd. Woede lijkt opnieuw in haar op te laaien. 'Luister,' schreeuwt ze bijna. 'Ik weiger dit gesprek te voeren. Dit heeft niets met mij te maken. Jij hebt niets met mij te maken. Ik wil niet... ik wil... je nooit meer zien. *Ik wil dat je me met rust laat.* Ga... ga weg! Goed?' Zonder op een antwoord te wachten, duikt ze in de menigte.

Lily volgt haar, verblind nu, en grijpt een handvol stof van de mouw van haar jack beet. 'Luister...'

'Laat me met rust!' sist Sinead ontzet, terwijl ze probeert haar arm te bevrijden. Lily ziet een soort paniekerige verbazing in haar nog natte ogen, voelt het verharden van pezen en spieren onder haar greep. 'Laat me los!'

'Nee!' Lily grijpt haar arm met al haar kracht, zich ervan bewust dat dit haar laatste en enige kans is. 'Ik wil dat je het me vertelt. Alsjeblieft!'

Er komt een snik uit Sineads mond, terwijl haar vuist op Lily's hand timmert, en probeert haar vingers los te trekken. 'Waarom doe je dit?' fluistert ze hees. 'Je bent gék.'

Lily voelt de stof van Sineads mouw wegglippen uit haar hand. Sinead geeft een laatste, heftige ruk aan haar arm; ze komt vrij en wankelt achteruit, waarbij ze hard tegen de leuning botst. Er klinkt een doffe klap als de zijkant van haar bekken tegen het metaal slaat. Ze laat een licht, verwilderd 'O' horen, slaat dubbel van de pijn, waardoor haar haar over haar gezicht zwaait, probeert dan recht te gaan staan, één hand tegen haar rug gedrukt, en strompelt weg.

Lily kijkt toe, schouders gebogen, terwijl de tranen prikken in haar keel. 'Sinead!' roept ze haar na.

Ze kijkt niet om, aarzelt niet.

'Hij heeft me verteld dat jij bij hem bent weggelopen!'

Ze doet nog twee stappen. Dan nog een. Dan vertraagt haar linkervoet, aarzelt, en komt tot stilstand naast haar rechtervoet. Lily loopt naar voren. Als ze bij haar is gekomen, draait Sinead zich langzaam naar haar om. Lily wacht. Haar ogen kijken strak naar die van Lily, flitsen van de een naar de ander. Ze fronst licht, lijkt na te denken.

'Hij heeft me verteld dat je op een dag... gewoon bent weggegaan,' zegt Lily, waarbij ze de woorden snel achter elkaar uitspreekt. 'Dat hij niet wist waarom.'

Sinead slikt. Ze kijkt even omlaag naar de rivier, dan weer terug. 'Zei hij dat?'

'Ja. Dat je... gewoon bent weggegaan.'

'Ik ben gewoon weggegaan?'

'Uh.'

'Hij zei dat ik gewoon ben weggegaan?'

Lily knikt.

Sinead raakt haar voorhoofd aan met haar eerste twee vingers, en spant de huid bij haar haarlijn. 'Dus jij hebt geen idee waarom hij en ik... waarom ik ben weggegaan?'

'Nee.'

'Helemaal geen enkel idee?'

'Hij wil er niet over praten. Niet met mij tenminste. Hij heeft me alleen verteld dat jij hem hebt verlaten. Dat is alles.'

Sinead staart weer naar de rivier. 'Als ik het je vertel,' begint ze, en Lily's hart begint snel te slaan door iets wat tussen opwinding en triomf in zit, 'beloof je me dan dat je nooit meer bij me in de buurt zult komen?'

'Ja.'

'En nooit meer naar een college van mij zult komen?'

'Ja.'

'Beloof je dat?'

'Dat beloof ik je.'

'Goed.' Sinead knikt. Twee keer. 'Dan zal ik het je vertellen.'

II

Als ik je het hele verhaal zou vertellen, dan zou er nooit een eind aan komen... Wat er met mij is gebeurd, is met talloze vrouwen gebeurd.

FEDERICO GARCIA LORCA, *Doña Rosita*

DE DOUCHEKOP SPUTTERT ALS ZE DE KRAAN DICHTDRAAIT EN DE STILTE van de lege flat komt op haar af. Ze grijpt handenvol nat haar, drukt stroompjes water omlaag langs haar lichaam en schudt zichzelf uit als een hond, waardoor de glazen wandtegels met een nevel worden bedekt. Dan stapt ze uit de stoom en, terwijl ze een handdoek om zich heen slaat, laat ze natte voetafdrukken achter waar ze heeft gelopen, maar die al beginnen te verdampen tegen de tijd dat ze de slaapkamer heeft bereikt.

Sinead wrijft zichzelf stevig af met de handdoek, haalt een kam door haar haar, en trekt een grimas als de tanden vastraken in de knopen. Dan trekt ze de la van haar bureau open en rommelt erin, op zoek naar een schaar.

De nieuwe jurk hangt aan de buitenkant van de klerenkast. Ze heeft de jurk weken geleden gekocht toen ze, gedeprimeerd door de gedachte dat ze nog niet eens op de helft was van de twee maanden van hun scheiding, zich liet gaan in een aanval van koopwoede. Ze kwam terug in de flat met dat bedwelmende gevoel van blijheid en schuld dat volgt op een dure aankoop, waar ze Aidan en zijn vriend Sam aantrof, die enorme hoeveelheden voedsel aan het bereiden waren in de keuken. Ze hadden geamuseerd en belangstellend gekeken naar de inhoud van al haar plastic tassen, en ze had haar aankopen één voor één omhoog moeten houden, terwijl zij aan tafel de producten van hun kookkunst zaten op te eten. 'God, wat ben ik blij dat ik geen vrouw ben,' zei Aidan na een poosje. 'Wat is dát gecompliceerd.'

Met de schaar knipt ze het prijskaartje eraf en gooit dat in de prullenbak achter haar. Ze neuriet nu en trekt de jurk over haar hoofd, waarna ze de rits omhoogtrekt. Dan loopt ze door de flat, zet de cd-speler voluit, en wordt de ruimte gevuld met geluid.

Haar bloedstroom is vol belletjes, minuscule zakjes zuivere zuurstof die rond razen in haar lichaam. Marcus komt terug.

Mijn verjaardag viel bijna precies tussen de kerst- en paasvakantie, wanneer postdoctorale studenten zoals ik even uit de draaimolen van het geven van colleges konden stappen, en de gelegenheid hadden om weer eens te werken aan datgene waar het werkelijk om ging – het proefschrift. Februari in die stad was de ergste tijd, waarbij de mist kilometers lang over de flat en kale velden rolde, om zich uiteindelijk te verzamelen in het dal waar de stad zit weggedoken. IJskoud vocht hing in de lucht. Het regende constant, de straten nat en glanzend als zeehondenhuiden, de hemel die al om halfvijf donker werd. Ik verloor mijn handschoenen en mijn blote handen versteenden bijna rond de handvatten van mijn fiets in de ijskoude vochtige lucht, als ik van mijn huis naar seminars, naar colleges, naar de faculteit fietste. Ik moest mijn boeken beschermen met lagen plastic zakken om ze droog te houden tijdens mijn fietstochten naar de bibliotheek. Als ik daar aankwam stevende ik af op een zijvleugel, stapelde mijn boeken naast me op elkaar als een ziggoerat, en riskeerde wintertenen door mijn natte voeten te laten rusten op de lauwwarme, trillende buizen. Als ik mijn gebogen rug strekte achter mijn bureau, kon ik mijn gezicht gereflecteerd zien in het raam tegenover me, terwijl ik met mijn tanden beet op de binnenkant van mijn wang en een haarlok om mijn linkerwijsvinger draaide.

In die tijd had ik een beetje genoeg van het leven dat ik leidde. Ik gaf drie collegecursussen en doceerde daardoor twee dagen per week, en had een nogal wisselende relatie – het was vaker uit dan aan tussen ons – met een kunsthistoricus die Antony heette. Overal waar hij heen ging, zeulde hij grote geïllustreerde boeken van A3-formaat met zich mee, en hij weigerde te fietsen, omdat hij geen fietsmand kon vinden waar die boeken in pasten. Ik zat in het tweede jaar van mijn postdoctoraal. Ik had de vrijheid en de verpletterende saaiheid van een onderbetaalde baan opgegeven om in deze geïsoleerde stad weer te gaan studeren. Op dat moment kon ik niet verder denken dan het hoofdstuk van vijfduizend woorden dat ik begin maart geschreven moest hebben. Het inleveren van mijn proefschrift, over tweeënhalf tot drie jaar, leek een verre, mystieke graal. Dat ergerde me. Ik wilde in staat zijn om een beeld van mezelf te hebben ná die magneet, die al mijn gedachten naar zich toetrok en alle andere uit mijn hoofd weerde.

Ik had mijn twijfels over deze stad, over deze universiteit, over deze bibliotheek, over de mensen van wie ik les kreeg, over de studenten aan wie ik zelf les gaf, over dat ik me daar bevond te midden van eindeloze stapels op de rug geïndexeerde boeken, die roken naar muizen en rottende bladeren. Kon ik me voorstellen dat ik hier nog eens twee jaar, misschien zelfs nog langer, zou zitten? Was dit wat ik wilde toen ik die onzichtbare horde van mijn proefschrift besloot te nemen?

Ik wist het niet. Het enige wat ik wist toen ik de laatmiddeleeuwse teksten las die ik bestudeerde voor mijn postdoctoraal, was dat mijn geest iets niet meer wilde loslaten; het zette ergens een vliegwiel in beweging, wat dan weer een andere beweging aanzwengelde, eerst langzaam, dan steeds groter, totdat het de hele ruimte vulde met geluid en stuwkracht, totdat er helemaal geen ruimte meer overbleef. Als ik dan uiteindelijk opkeek naar het raam, zag ik dat het buiten ineens pikdonker was en dat mijn gezicht, verbaasd en vreemd, buiten in de schemerige takken van de bomen hing die de bibliotheek omringden.

Drie weken voor mijn verjaardag zat ik met mijn handen gebogen om een leeg blauw Chinees theekopje in het café van de bibliotheek, samen met mijn twee huisgenotes, Kate en Ingrid. Ingrid zat in elkaar gezakt, haar voorhoofd rustend op het beschadigde tafelblad.

'Haal me hier vandaan,' kreunde ze.

Kate en ik reageerden niet, staarden allebei in de ruimte, terwijl Kate met haar voet op en neer wiebelde op de lat onder de tafel.

'Hallo?' zei Ingrid, terwijl ze haar hoofd optilde. 'Luistert een van jullie nog naar mij?'

Kates aandacht richtte zich op haar. 'Eh? Wat zei je?'

Ingrid verfrommelde boos de wikkel van haar chocoladereep en schoot die in de richting van de prullenbak. Ze miste, maar ging er niet heen om die op te rapen. 'Niets. Sorry dat ik je dromen heb verstoord. Ik deed alleen een poging tot een gesprek.'

'Weet jij wat ik denk?' zei ik plotseling.

Kate ging rechtop zitten en hield op met haar gewiebel; de kopjes, messen en theelepels bewogen niet meer. Ze keek me afwachtend aan.

'Ik vind dat we een feest moeten geven.'

Kate en Ingrid zwegen. Ze keken elkaar aan en richtten hun blik toen weer op mij.

'Dat vind ik nog eens een geweldig idee,' zei Ingrid. 'Wanneer?'

'Op mijn verjaardag.'

'O ja,' zuchtte Kate, op haar eigenaardig opgewonden manier, 'een feest. O ja.'

'God, wat een goed idee. Laten we iedereen uit Londen hierheen halen. We hebben een echt goed...' Ingrid brak ineens haar zin af, terwijl ze naar iets boven mijn hoofd staarde. 'Hé,' zei ze, 'niet omkijken, maar je geliefde is net binnengekomen.'

Ik boog omlaag en liet mijn kin op mijn handen rusten, die gevouwen op de tafel lagen. 'O ja?'

'Ja. Ik neem aan dat het weer uit is?'

'Hm. Min of meer.'

'Nou, dat verbaast me niets, als hij die kleren tegenwoordig in het openbaar draagt.' Ingrid wees, en ondanks mezelf draaide ik me om. Antony de kunsthistoricus stond met zijn rug naar ons toe en droeg een tuinbroek.

'O, mijn god.' Ik draaide me snel weer om.

'Die heeft hij waarschijnlijk gekocht in een aanval van liefdesverdriet om jou. Denk daar eens goed over na. Jij slaapt met een man wiens kledingkeus bestaat uit een tuinbroek. Wat zegt dat over jou? Ooo, hij komt hierheen.'

'Ik vind het wel een leuke broek,' zei Kate.

'Vast wel,' mompelde Ingrid, en toen uitbundig: 'Hoi!'

Antony liet zijn boeken met een plof op de tafel vallen. 'Hallo. Kate. Ingrid.' Hij knikte beurtelings naar hen. 'Sinead.'

'Hoi.' Ik draaide mijn gezicht naar hem toe. 'Kom je erbij zitten?' Hij aarzelde.

'Maak je geen zorgen,' zei Ingrid. 'Wij gaan weg. Kom, Kate.'

Ingrid greep een handvol van Kates trui en trok haar zo van haar stoel. 'Ik zie je nog wel, Sinead.' Ze verdwenen, terwijl Kate licht protesteerde bij het ruwe gedrag van Ingrid.

'En,' zei Antony, 'hoe gaat het met je?'

'Niet slecht.'

'Hoe gaat het met de middeleeuwse ridderverhalen?'

'Goed.'

'Ben je nog verder gekomen na dat kritische essay waar je het over had?'

Ik schoof ongeduldig heen en weer in mijn stoel. Ik hanteerde de regel dat ik tijdens mijn theepauze niet over werk praatte.

'We geven een feest,' zei ik, in de hoop hem te kunnen afleiden.

'O ja? Wanneer?'

'Op mijn verjaardag.'

'Ik wist niet dat je binnenkort jarig bent.'

'Toch is dat zo.'

Hij leegde een zakje suiker in zijn vieze kopje, en liet daarbij een fijne nevel van kleine kristallen neerdalen over de tafel. 'Dat heb je me niet verteld,' zei hij, terwijl hij omlaag keek bij het roeren van zijn thee.

'Dan doe ik dat nu.'

'Juist ja.'

Om iets te doen te hebben sloeg ik een van zijn kunstboeken open en deed alsof ik de flaptekst las.

'Wil je ook komen?' vroeg ik, en zag toen dat ik het boek ondersteboven hield. Ik draaide het om.

'Naar wat?'

Ik keek kwaad naar hem. 'Naar het feest.'

Hij keek kwaad terug. 'Wil je dan dat ik kom?'

'Wil je komen?' Ik sloeg de vraag naar hem terug als een krachtig gerichte pingpongbal.

'Ik wil komen als jij wil dat ik kom,' zei hij snel, terwijl er een glimlach begon te krullen om zijn mond. Hij was daar goed in, herinnerde ik me. Ik zuchtte en sloot het boek. Dit kon zo wel de hele middag doorgaan. Ik had werk te doen.

'Goed.' Ik gaf toe. Voorlopig. 'Ik wil graag dat je komt.'

'Mooi.' Hij glimlachte en onder de tafel voelde ik zijn knie langs de mijne strijken. 'Dan kom ik.'

Sinead propt een pak sinaasappelsap in de deur van de koelkast en legt een wodkafles in de diepvriezer, waarbij de uiteinden van haar haar over de laag, wit, dampend ijs strijken. Dan laat ze zich op een stoel aan de tafel vallen. Ze vraagt zich af waar Aidan is en of hij er vanavond zal zijn. Ze denkt, vaag, dat ze hem nog nauwelijks heeft gezien sinds hij terug is uit New York. Hij heeft het zeker druk met zijn nieuwe baan.

Ze bedekt de tafel met een stapel essays van haar studenten, wat pennen, en een dichtbundel die ze moet lezen voor een seminar dat ze volgende week geeft. Ze kijkt op haar horloge. Pas kwart over zeven. Zijn vliegtuig landt pas om halfacht.

Ze rommelt met de stoel, haalt een kussen van de bank en legt dat achter haar rug, schuift de stoel tegen de tafel en dan stukje voor stukje weer naar achteren. Ze leunt met haar ellebogen op het tafelblad. Hoort ze licht gebogen te zitten of met een rechte rug? Ze kan het zich niet meer herinneren en besteedt een paar minuten aan het zich voor de geest halen van röntgenfoto's waarop slechte houdingen voor de ruggengraat te zien waren. Ze pakt een pen op en probeert die een paar keer uit op de achterkant van een envelop door haar naam er telkens opnieuw op te schrijven in allerlei verschillende handschriftstijlen.

Dan wordt ze boos op zichzelf en legt met een klap een essay voor zich neer, pen in de aanslag. *'Aphra Behn schreef in een tijd toen vrouwen nog niet schreven, over dingen waar vrouwen niet over schreven,'* leest ze. Sinead fronst, schuift het essay onder op de stapel en kijkt naar het volgende. *'Wat je je altijd moet afvragen is of je seksualiteit kan worden begrepen door...'* Haar ogen glijden weg van de bladzijde en, nadat ze haar pen heeft neergelegd, bestudeert ze haar blote voeten, haar smaragdgroene teennagels. Kijkt opnieuw op haar horloge. Laat een mango uit de fruitschaal onder haar hand rollen. Springt weer overeind. Wisselt de cd.

Ik stond in de hal. Dat was de enige reden. In de jaren waarin ik terug zal kijken op dit moment en zal nagaan waarom het gebeurde en hoe het gebeurde zoals het gebeurde, zal ik denken: ik deed de deur open, niet omdat het mijn feest was, maar omdat ik toevallig in de hal stond. Ik zal me niet kunnen herinneren waarom ik in de hal stond. Ik was er gewoon. Er zijn altijd punten aan te geven waarop het anders had kunnen gaan – momenten waarvan het mogelijk is om te zeggen, ja, als ik dat anders had gedaan, of als ik iets meer naar rechts had gestaan, of als ik het huis twee minuten eerder had verlaten, of als ik de straat niet precies op dat moment van mijn leven was overgestoken, dan zou mijn leven een totaal andere richting hebben genomen.

Dus ik liep – om welke vergeten reden ook, of misschien was er wel helemaal geen reden – door de hal van het huis dat ik deelde met

Kate en Ingrid tijdens het feest waarbij we mijn vijfentwintigste verjaardag vierden, toen er werd aangebeld. En ik liep naar de deur, onkundig van het effect hiervan op mijn verdere leven.

Ik deed de deur van het slot en zwaaide die open. Wat ik zag waren twee mannen, rillend in de mistige lucht, knipperend in het licht dat mijn hallamp op hen wierp. De een was langer dan de ander, die wat meer naar achteren stond. Donker haar dat over zijn donkere ogen hing. De ander had kort maar zacht uitziend blond haar, blauwe ogen, een duffel en blikjes bier onder zijn arm.

'Ja?' zei ik. Ik had een hand op mijn heup en de andere op de deurstijl, alsof ik de deur elk moment zou kunnen dichtgooien.

De mannen bewogen zich niet op hun gemak. De kortharige verschoof de blikjes naar de andere hand, en toen weer terug.

'Hoi. We zijn vrienden van… van Sinead.'

Ik bekeek ze nog eens goed, gewoon voor het effect. 'O ja?'

'Ja.' Hij knikte, en zijn zelfvertrouwen leek te groeien. Hij grijnsde zelfs.

'Nou, toevallig ben ik Sinead,' zei ik, 'en ik heb jullie nog nooit van mijn leven ontmoet.'

Hun gezichten betrokken. Maar ik glimlachte. 'Het is goed, jullie mogen binnenkomen.' Ik stapte achteruit de hal in en liet ze binnen. Ze liepen langs me heen, waarbij de kou van hun lijven langs mijn huid streek. 'Wie zijn jullie trouwens?' riep ik hen achterna boven de muziek uit.

'Dit is Aidan,' zei de kortharige, terwijl hij op zijn vriend wees, 'en ik ben Marcus.'

Ze besluit om de afwas te gaan doen, en haar handen verdwijnen onder het hete sop, terwijl de glazen en borden tegen elkaar botsen onder het oppervlak. Water en verdwaalde zeepbelletjes glijden van drogend serviesgoed op het afdruiprek en vervolgens weer in de spoelbak.

Terwijl ze met haar rug op de grond ligt belt ze Ingrid, laat een boodschap achter op haar antwoordapparaat en belt dan haar broer. 'Michael Wilson, ' zegt ze, 'met mij.'

'Hoi,' zegt hij, terwijl hij verbaasd klinkt, zoals altijd. 'Wacht even. Dan zet ik de muziek wat zachter.'

Ze hoort de hoorn op de tafel vallen, zijn voeten door de kamer kletsen en de muziek die zachter wordt gezet, alsof die in de verte wordt geabsorbeerd.

'Zo,' zijn stem is terug, dicht bij haar oor, 'hoe gaat het met je?'

'Goed. Ik probeerde te werken, maar ik lijk de concentratie van een goudvis te hebben, dus ik dacht dat ik in plaats daarvan jou maar even moest bellen.'

'O. Bedankt. Dus ik hoef niet te schrikken als je plotseling vergeet wie ik ben en waarom je nu met mij aan het bellen bent?' Er klinkt plotseling krakend, knarsend geluid, gevolgd door luidruchtig gekauw. 'Maar goed,' zegt Michael met zijn mond vol. 'Ik dacht...'

'Ben jij soms aan het eten?' roept Sinead. 'Hoe vaak heb ik je nu al niet verteld dat je dat niet moet doen als je aan de telefoon bent?'

Hij lacht en kauwt opnieuw. 'Weet ik, weet ik. Ik doe het alleen bij jou.'

'Moet ik daar soms blij mee zijn? Of moet ik me gevleid voelen? Het is smerig. Ik heb het gevoel alsof... ik heb het gevoel alsof je mijn oor vol met speeksel laat lopen.'

'Oké,' slikt hij, 'sorry.'

Ze zoekt een evenwicht met haar voetzolen tegen de muur, en ze praten over de operatie van hun oma, over wanneer Michael weer naar huis zal gaan, over een film die Sinead vorige week heeft gezien, en spreken af om zaterdag samen ergens koffie te gaan drinken. En Michael vertelt Sinead dat er vandaag van zijn vriendin een echo is gemaakt en hoe de baby in een onzichtbare hangmat lag, zijn duimpje tussen zijn lipjes, en hoe ze het lichte elektronische geflikker van zijn hartslag konden zien.

Er waren muren van bonkende muziek die alles en iedereen omringden. Ik wilde door het geluid snijden met een mes, de randen wegtrekken en erdoorheen stappen in de stilte erachter. De keuken was stampvol met lijven. Kate had de lampenkap met blauw zijdepapier omwikkeld, en mensen zwommen door de trage aquariumkamer, hielden een drankje omhoog, vormden woorden, waar de muziek elke betekenis aan onttrok.

Op mijn naaldhakken gleed ik langs de muren, met de huid van mijn blote rug tegen de structuur van het behang. Ik had mijn glas ergens neergezet, maar ik had geen idee waar – ik herinnerde me het gevoel van de harde rondingen die mijn handpalm verlieten, maar kon me niet meer voor de geest halen waar dat was gebeurd of waarom en met wie ik toen was. Ik kon me ook het gevoel herinneren van het krakende, vliesdunne papier van een joint tussen mijn vingers. Maar ook die was verdwenen.

Plotseling stond Antony naast me, terwijl er rook uit zijn mond en neusgaten kringelde in het blauwe licht dat zijn hoofd omringde. Toen maakten zijn lippen een vochtige halvemaanvorm op mijn hals, en zijn vingers kropen door mijn haar. Ik gleed onder zijn handen vandaan en ging door de deuren de tuin in.

Het was koud. De mist hing vlak boven mijn hoofd. De achtertuin, aan alle kanten omgeven door een ongelijke stenen muur, was vol mensen die sterretjes in hun handen hielden. Het sissende, knetterende vuur brandde sporen van licht op mijn netvlies en ik knipperde met mijn ogen, maar bleef de lijnen achter mijn oogleden zien.

Ik trok mijn jurk op en klom op de muur, en terwijl ik mijn armen uitstrekte, stapte ik, voetje voor voetje, over de lengte van de muur, waarbij mijn hakken in de losse pleisterkalk wegdoken. De lucht voelde frisser aan daar, ik leek boven de mist te zijn en dichter bij de sterren. Onder me klonk gegil en gelach en de sterretjes schoten nerveus als vuurvliegjes door de lucht. Ik trok mijn voeten één voor één telkens los van de muur en zette ze dan voor me neer; zo kwam ik langzaam verder in onze vervallen en met onkruid overwoekerde tuin. Ik ben vijfentwintig, dacht ik, vijfentwintig, ik leef al een kwart eeuw in deze wereld. Toen ik bij de hoek met de achtermuur was gekomen, hoorde ik een stem onder me roepen: 'Spring.'

Ik draaide mijn hoofd met een ruk om en verloor mijn evenwicht; plotseling gleden de sterren, boomtakken en sterretjes bij me vandaan, en ik wist niet welke kant ik nu opkeek, of dat ik bezig was te vallen. Mijn armen zwaaiden in de lucht om me heen. Mijn beeld werd weer rustig. Mijn evenwicht keerde terug. Ik was verbaasd te ontdekken dat ik nog steeds op de muur stond. Onder me zag ik de man die op mijn feest was komen binnenvallen. Die met de blauwe ogen. Armen uitgestrekt. Duffel open waardoor een glanzende rode voering zichtbaar werd.

'Spring,' zei hij opnieuw.

'Nee.'

'Kom.'

'Waarom?'

'Omdat ik dat zeg,' zei hij.

'Dat is niet voldoende.'

'Omdat ik dat graag wil.'

'Ook niet,' zei ik.

'Waarom heb je een reden nodig?' vroeg hij.

Ik was stil, in verwarring.

'Kom,' drong hij opnieuw aan. 'Spring.'

Hij versmalde zijn armen tot ongeveer de breedte van mijn middel, en toen vloog ik door de lucht, onder de sterren maar boven de sterretjes. Ik voelde de schok van zijn handen op mijn ribbenkast en mijn armen lagen om zijn hals en voordat ik me er zelfs maar van bewust was dat het gebeurde, zwaaide hij me telkens opnieuw rond.

Ik herinnerde me dit toen ik, ergens in de kleine uurtjes van de volgende morgen, wakker werd met Antony's arm zwaar over me heen en het licht grauw achter het gordijn. Antony's lichaam hield het dekbed van me weg, en er was een strook ijskoude lucht tussen ons. Ik stond op, trok een paar lagen kleding uit mijn la aan, stapte door de restanten van het feest naar de badkamer en dronk uit de kraan, waarbij ik de uiteinden van mijn haar uit de stroom hield. Ik keek in de spiegel naar mijn vlekkerige gezicht en herinnerde me niet het beeld maar het gevoel van het lichaam van de ongenode gast dat op mijn voorkant stond gegrift, zijn vingers gedrukt in de ruimtes tussen mijn wervels.

Als ze de hoorn neerlegt na het gesprek met Michael zijn de wortels van haar haar nog vochtig, dus doet ze het raam in de slaapkamer open en, leunend met haar ellebogen op de brede, stenen vensterbank, kijkt ze neer op de straat. Door de open deur van de pub verderop in de straat ziet ze hoe de barman placemats op de tafeltjes legt en de ondersteboven gekeerde stoelen op de grond zet.

Een groepje mensen dat een paar huizen verderop woont, loopt onder haar door. Een van hen springt van de ene stoeptegel naar de andere, terwijl ze de voegen mijdt en een liedje zingt dat Sinead herkent. De rest lacht. Ze kijkt omhoog, over de daken van de gebouwen tegenover haar heen, over de koepel van de Hawksmoorkerk twee straten verderop en naar de hemel waar vliegtuigen rondcirkelen boven de stad en condensstrepen door de lucht trekken.

Ik liep door het pad van een supermarkt, terwijl ik een winkelwagen met onwillige wieltjes voortduwde. Antony volgde me, drie of vier passen achter me aan.

'Het punt is dat Jarvis helemaal geen Vermeer-expert is,' zei hij, 'en zo iemand heb ik wél nodig. Ik heb geen behoefte aan een dolleman zoals Jarvis. Weet je wat hij kort geleden tegen me zei? Tony, zei hij, want je weet vast nog wel dat hij me altijd Tony noemt...'

Ik kwam abrupt tot stilstand voor het schap met de peulvruchten. Antony botste bijna tegen me aan, en liep toen door naar de ontbijt-producten, nog steeds pratend. Ik kreeg de behoefte om de winkel-wagen tegen zijn enkels te rammen, en om die te onderdrukken, greep ik een pak rode linzen en deed alsof ik het kookvoorschrift las.

'Ik zou die niet kopen, als ik jou was.'

Ik draaide me om. Mijn eerste reactie was de gedachte dat hij een prachtige lijn tussen zijn lippen had; golvend, opkrullend bij de hoe-ken. Toen hij glimlachte, werden de puntige uiteinden van zijn snij-tanden zichtbaar – iets wat ik altijd verrukkelijk sexy heb gevonden.

'Waarom niet?'

Marcus haalde zijn schouders op. 'Te veel werk voor te weinig smaak.'

Zijn gezicht veranderde nadat hij dat had gezegd. Zijn ogen gleden weg van die van mij. Hij leek nerveus en schraapte zijn keel, alsof hij op het punt stond iets te zeggen wat hij eigenlijk niet durfde.

'Leuk je weer te zien,' zei ik.

'Ja. Ik dacht net...'

Maar een bezitterige hand onder aan mijn rug onderbrak ons.

'Hallo, Marcus.'

Ik was ontzet dat Antony ineens naast me bleek te staan en, leu-nend op de duwstang van mijn karretje, een doos cornflakes in de chromen bedrading liet vallen.

'O.' Marcus deed geen poging om zijn verbazing te verbergen. Zijn blik schoot van mij naar hem en toen naar onze lichamen naast el-kaar, waarna van zijn gezicht viel af te lezen dat hij het begreep. 'Hé, Antony. Hoe gaat het?'

'Goed. En met jou?'

'Hm.' Hij keek weer naar mij. 'Mooi.'

Antony zei verder niets. Ik maakte me los van zijn hand, maar die bleef me volgen door de nieuwe ruimte tussen ons. Wij drieën keken elkaar aan, toen draaide Antony zich om en duwde tegen het karre-tje.

'Nou, we moeten weer eens verder. Tot ziens.'

'Ja, tot ziens. Dag Sinead.'

Terwijl we wegliepen, vroeg ik: 'Hoe ken jij hem?'

'Hij is architect. Deel Drie, geloof ik, of misschien laatste jaar. Zij zitten in hetzelfde faculteitsgebouw als wij. Hij vindt zichzelf geloof ik geweldig. Verwaardigt zich niet om te gaan met ons, het gepeupel. Hij woont in een soort vervallen fabriek in Londen en komt langs als dat moet.'

Aan het einde van het pad draaide ik me om, in de hoop hem daar nog te zien staan. Maar hij was zeker snel weggelopen, want eindeloze meters glanzend grijs linoleum strekten zich leeg uit onder de neonverlichting.

Ik draaide me weer om naar Antony, zag hoe vreemd zijn haar zat rond zijn oorschelpen, zag zijn handen rond de stang van het karretje, zag zijn lippen bewegen over zijn tanden. Later die middag, in zijn kamer met de hoge ramen, vertelde ik hem dat onze relatie voorbij was.

Sinead sluit het raam. De nachtlucht spreidt zich uit over de stad als een lap vochtige mousseline. Verderop in de straat ziet ze een tiener die een sterretje aansteekt, dat scherpe witte pijltjes wegschiet in de toenemende duisternis. Hij draait zich snel rond, schreeuwt, een vurige derwisj, terwijl zijn vriend toekijkt, een aangestoken lucifer tussen zijn vingers. Het raam klemt, zodat ze het opnieuw moet openen en het drie keer hard moet dichtslaan.

Ze geeft haar planten water, veegt de vloer even aan, recht haar rug. Ze buigt zich over de koelkast en de keukenkastjes, en haalt dingen te voorschijn die ze later zal bereiden: een paarszwarte aubergine, hol in het hart en met een gladde huid, uien, een slap takje basilicum, een porseleinen vijzel met een stamper waar stukjes vanaf zijn, een hakmes met een dun, buigzaam lemmet.

Als je al een tijdje in die stad woonde, dan wist je dat als je iemand ooit toevallig tegenkwam, je hem daarna opnieuw toevallig zou tegenkomen. Maar Marcus was verdwenen. Ik deed niet mijn uiterste best om hem te vinden; ik had hem kunnen opzoeken in het bestand van de postdocs, had naar hem kunnen informeren bij de faculteit Architectuur, had hem een e-mailtje kunnen sturen. Maar dat deed ik niet. Dat was niet de manier waarop ik dingen deed; mijn trots verhinderde me dat. Maar dat betekende nog niet dat ik niet uitkeek naar zijn gestalte in de bibliotheek of op de trottoirs waar ik langsreed met mijn fiets, of naar de glans van zijn haar in bars als ik daar 's avonds aan een tafeltje zat met mijn vriendinnen. Tegen de maand april had ik de hoop opgegeven dat ik hem ooit nog zou zien; in mei had ik hem uit mijn gedachten verbannen.

Ik fietste door de hoofdstraat. Die was autovrij, dus ik kon zigzaggend over het midden rijden. Het was, zo had ik die morgen besloten, de eerste dag van de zomer; mijn rok met de zijsplit golfde en trok als een vlieger rond mijn benen terwijl ik reed; de studenten verkeerden allemaal in een staat van opwinding na hun tentamens, zodat ik mijn tijd nu kon besteden aan mijn proefschrift. Ik was op weg naar de bibliotheek, die koel, stil en leeg zou zijn.

Ik wilde net een tussenstraatje met kinderkopjes inslaan, toen ik een belemmerende spanning rond mijn dijen voelde. Toen leek het alsof ik tegen een stenen muur reed; mijn fietswielen kwamen krijsend tot stilstand, ik viel bijna over mijn stuur heen en mijn voorwiel schoot naar rechts. Ik moest mijn voeten schrap zetten op de grond om te voorkomen dat ik zou vallen. Even dacht ik dat ik in een spleet tussen de kinderkopjes terecht was gekomen, maar toen boog ik me voorover om naar de fiets te kijken.

'Shit.'

Een stuk van mijn rok was vast komen te zitten in mijn achterwiel, en had zich om de naaf gewikkeld. Niet alleen was er nu geen beweging in de fiets meer te krijgen, maar zelf kon ik ook geen kant meer op.

'Shitshitshit,' vloekte ik, tussen op elkaar geklemde tanden door, terwijl ik de fiets zo veel mogelijk optilde en die naar de stoeprand sleepte. Ik hield het stuur met één hand vast en rukte vergeefs aan mijn rok, maar de stof bleef gewoon vastzitten, trekkend aan de spaken.

Ik ging rechtop staan en beoordeelde de mogelijkheden. Fietsen reden piepend langs me, chroom glinsterend in het zonlicht. De trottoirs waren vol groepen kuierende toeristen in vrijetijdskleding, met kaarten en camera's in hun handen geklemd. Ik berekende in mijn hoofd de afstand naar de dichtstbijzijnde fietsenwinkel, en vroeg me af of ik een voorbijganger zo ver zou kunnen krijgen om me te helpen.

'Pardon,' kermde ik in de richting van de mensen op het trottoir. Een kleine man met een kort geknipt snorretje en een blauw stoffen hoedje aarzelde. 'Pardon?' herhaalde ik, hoopvol, terwijl ik probeerde niet voorover te buigen en zijn arm te grijpen. '*Excusez-moi? Français? Non?*'

De man fronste.

'*Deutsch*?' gokte ik.

Hij knikte zonder te glimlachen; de opluchting schoot door me heen, en toen ging mijn geest de Duitse zinnetjes na die ik niet meer had gesproken sinds mijn zestiende. 'Eh... *meine bicyclette...*' Nee, dat was Frans. '*Mein Fahrrad ist... ist kaputt.*'

De man en zijn vrouw, die dunne lippen had, lieten hun blik over mijn fiets gaan en keken toen weer naar mij.

'Ik... Eh... *ich brauche...*' Ik voelde hoe het zweet over mijn rug begon te lopen. 'IK HEB HULP NODIG!' schreeuwde ik, terwijl ik ineens mijn geduld verloor. Was het soms niet duidelijk wat er was gebeurd? '*Hilfe!* ALSTUBLIEFT!'

De Duitsers schrokken, stapten achteruit en begonnen toen voorzichtig weg te lopen.

'Wacht!' gilde ik hen achterna. 'Ga niet weg! Alstublieft! *Bitte!*'

Toen, nadat hij eerst rustig de periferie van mijn beeld was binnengewandeld, stond Marcus ineens voor mijn neus. Hij droeg een short en een grijs hemd, hield een brochure onder een arm, droeg een zonnebril die zijn ogen verborgen hield, en had een half opgegeten appel in zijn andere hand. Al het bloed in mijn lijf leek te verhitten en naar het oppervlak van mijn huid te stijgen.

'Hallo,' zei hij, op conversatietoon, 'hoe gaat het met je?'

Mijn opluchting en blijdschap veranderden in irritatie. 'Hoe het met me gaat?' schreeuwde ik verhit. 'Hoe het met me gaat? Fantastisch. Ik heb me nog nooit zo goed gevoeld. En hoe gaat het met jou?'

Hij knikte, terwijl hij de appel in een afvalbak gooide. 'Wel goed.' Hij stapte naar voren, haalde een boek uit het mandje voor op mijn fiets en bladerde het door. '*Maagden en tovenaressen. De vertegenwoordiging van vrouwen in de middeleeuwse poëzie,*' las hij en hij trok een gezicht. 'Besteed jij daar je tijd aan?'

Ik greep het boek terug en gooide het in het mandje. 'Ik zou graag met je willen praten over mijn werk, maar dit lijkt me niet het juiste moment daarvoor.'

Marcus stapte dichter naar me toe, duwde zijn zonnebril weg en zette die in zijn kortgeknipte haar. 'Waarom niet?'

'Waarom níet?' gilde ik. 'Kijk verdorie naar die klotefiets van me! Ik zit vast! Ik kan niet voor- of achteruit! Misschien kan ik wel nooit meer lopen!'

Hij bekeek me van heel dichtbij. Hij had een gladde, gelijkmatige, vlekkeloze huid. Ik was de welving van zijn lippen vergeten. Ik voelde hoe de warmte opnieuw opsteeg naar mijn hals en gezicht, maar was te boos om daarbij stil te staan.

'Welke van de twee ben jij?' vroeg hij.

'Wat bedoel je?'

'Maagd of tovenares. Wie van de twee ben jij?'

Ik ging in mijn hoofd de voor- en nadelen na van het geven van een klap: ik zou me een heel stuk beter voelen, maar dan liep hij misschien weg zonder mij te helpen. Ik besloot daarom bij nadere overweging om dat niet te doen. 'Ik heb je hulp nodig,' zei ik in plaats daarvan.

'Wat is er gebeurd met dat vriendje van je?'

'Waar heb je het over?' snauwde ik, van mijn stuk gebracht door de wending die het gesprek had genomen.

'Ik heb je al eeuwen niet gezien,' zei hij, opnieuw van onderwerp veranderend, en liet zijn eerdere vraag en het antwoord dat ik niet gaf, voor wat het was. 'Waar heb je gezeten?'

'Hier. Ik heb hier gezeten. Waar heb jíj gezeten?'

'Ook hier.'

'Luister.' Rood en helemaal op het verkeerde been gezet, besloot ik een poging te doen om de situatie onder controle te krijgen. 'Marcus, wil je me alsjeblieft helpen?'

Hij stapte achteruit, bekeek de fiets, mijn vastzittende rok, het geblokkeerde wiel, en stopte toen zijn brochure in mijn mandje. 'Wacht hier,' zei hij – onnodig, vond ik, omdat wel duidelijk was dat ik nergens heen kon. 'Ik ben zo terug.'

Daar stond ik, gekluisterd aan mijn fiets, en zag hem weggaan. Als er op dat moment een warmtegevoelige camera op mij gericht had gestaan, dan zou er een vuurrode pluim zichtbaar zijn geworden die opvlamde vanaf de bovenkant van mijn hoofd.

Toen Marcus terugkeerde met een Engelse sleutel, bleek hij handig, serieus en efficiënt te kunnen zijn. Ik probeerde het gereedschap van hem over te nemen. 'Geef maar, ik doe het zelf wel.'

'Doe niet zo idioot,' zei Marcus, 'het is gemakkelijker als ik het doe.'

We vochten erom, een soort touwtrekken, als kleine kinderen die ruziën om een pop.

'Ik kan het je niet laten doen.'

'Waarom niet?'

Ik deed mijn best om een antwoord te formuleren. 'Feministisch schuldgevoel,' zei ik uiteindelijk.

'Flauwekul, dat feministische schuldgevoel van je. Blijf nu maar gewoon stilstaan en hou je mond.'

Marcus trok de sleutel uit mijn hand, hurkte neer en zette hem met moeite tegen het wiel.

'Zo,' zei ik, zonder naar hem te kijken, 'ben je klaar met je studie voor de zomer?'

'Nee, ik ben voorgoed klaar.'

'Voorgoed?'

'Ja. Klaar. Een architectopleiding van acht jaar afgerond. Goddank.'

Marcus rolde het wiel van de fiets en, nadat hij het achtereind van het frame had laten zakken, begon hij de samengetrokken, met olie besmeurde stof van mijn rok los te maken, die was samengetrokken in zwarte plooien. Er zaten doorschijnende scheuren in de dubbel gearceerde stof, als zwangerschapsstriemen. Ik plukte eraan. 'O god, moet je dat nou toch zien. Je hebt zeker geen zakmes bij je?'

Hij dook in de zak van zijn short en liet een bos sleutels in mijn hand vallen, waaraan een zakmes met een rood heft zat. De sleutels waren warm, bijna heet. De natuurkundige verklaring ervan: de warmte van het bloed aan de oppervlakte van zijn lies had het metaal van de sleutels in zijn zak verwarmd, dat op zijn beurt nu mijn handpalm verwarmde. Een keten van door warmte in beweging gekomen atomen.

Hij zette het wiel weer vast in mijn fiets en ademde zwaar terwijl hij aan de Engelse sleutel draaide. Ik bestudeerde zijn nek en schouders terwijl ik het lemmet van zijn zakmes gebruikte om de stof van mijn rok boven de knie af te snijden. 'Zo!' riep ik uit, terwijl ik het geruïneerde overschot samenbalde en in de afvalbak gooide.

Hij keek op, het wiel op zijn plaats, en een rode kleur zette zijn gezicht in brand. 'O,' zei hij, 'zo. Ziet er goed uit. Ik bedoel, het ziet er zo beter uit, vind ik. Ik bedoel, ik vond het eerder ook mooi en zo, maar dit is prima. Ja. Het is geweldig.'

Ik nam de fiets van hem over, en hield hem in evenwicht tegen mijn been. 'Hartstikke bedankt dat je me hebt geholpen. Je was geweldig.'

Hij keek schaapachtig omlaag naar zijn voeten, die heen en weer schuifelden op het trottoir. 'Dat zit wel goed. Graag gedaan.'

Er viel een stilte. Marcus krabde over zijn nek. Ik bestudeerde de plastic rand van mijn fietszadel.

'Nou,' zei ik uiteindelijk, 'eh... wat zijn je plannen voor de zomer?'

Hij hield iets voor mijn gezicht en even herkende ik het niet.

'Heb je dit niet even bekeken toen ik weg was?' zei hij. Het was de brochure die hij in mijn mandje had achtergelaten.

'Eh. Nee. Wat is het?'

Hij legde het in mijn handen. Ik las de tekst op de omslag: 'De Beaufort-studiebeurs voor Chinese architectuur.'

'Ik vertrek morgen naar Peking.'

'Peking?' herhaalde ik.

'Ja,' zijn gezicht stond verward, bijna verontschuldigend. 'Ik heb een beurs gekregen om naar China te gaan. Om er te studeren...' Hij staarde me aan en leek de draad een beetje kwijt te zijn. Ik wachtte. Hij wreef met zijn duim over zijn neus.

'Om er wat te studeren...?' drong ik aan.

'Om de processen van de ontwikkeling van de Chinese architectuur te bestuderen. Voor drie maanden. Voorlopig. En daarna...' zijn stem stierf opnieuw weg, maar deze keer ging hij weer verder '...zou het kunnen worden verlengd. Ik weet het nog niet.'

'China,' zei ik luid, alsof ik me voorbereidde op een college over dat onderwerp. Ik zwaaide mijn been over de stang van mijn fiets. 'China,' herhaalde ik. 'Juist. Nou.' Ik was razend. Ik kende dat van mezelf. Maar ik wist niet goed waarom. Het enige wat ik zeker wist, was dat ik weg moest. Snel. Anders zou ik misschien iets gaan doen wat gênant was. Iets wat ik zou betreuren. 'Moeternuvandoor,' kakelde ik, en drukte met mijn gewicht op het pedaal. De fiets kwam tergend langzaam in beweging.

'Sinead,' zei Marcus, kennelijk geschrokken dat ik wegging, 'wacht even.'

De fiets kwam in beweging. Ik zwaaide op een manier die voor zorgeloos en vrolijk moest doorgaan, en reed snel weg. 'Tot ziens! Ik hoop dat je een geweldige tijd zult hebben!'

Toen ik uiteindelijk bij de bibliotheek was aangekomen, waren de botjes van mijn vingers warm en prikte het zweet in mijn haar.

Vier, misschien vijf dagen later ging laat op de avond de telefoon. Ik slief nog niet, maar lag met mijn buik op de grond van mijn slaapkamer een boek te lezen dat ik niet hoorde te lezen – een moderne roman. Het had niets te maken met postfeministische interpretaties van de middeleeuwse literatuur. De telefoon ging, vier, vijf, zes, zeven keer. Ik duwde mezelf omhoog op mijn elleboog en tuurde op mijn horloge. Twaalf voor twaalf. Ik keerde terug naar mijn boek. De telefoon bleef rinkelen. Waar waren Kate en Ingrid verdorie? Het was vast Kates vriend – een broodmagere student medicijnen uit Birmingham, met een dun sikje. Na de vijftiende rinkel kwam ik overeind, mijn vinger nog op de plek waar ik was gebleven in het boek, en trok mijn deur open.

'Verdomde telefoon, het is vast niet voor mij, welke idioot belt er nu zo laat nog,' bromde ik in mezelf, terwijl ik de trap af stampte en een beetje weggleed op mijn sokken. 'Ja,' blafte ik in de hoorn.

'Kan ik Sinead spreken, alsjeblieft?'

Ik fronste. Herkende de stem niet. De lijn was vol statische elektriciteit en het geluid klonk van ver. 'Ja. Daar spreek je mee.'

'O. Hoi. Sinead, met Marcus.'

Ik greep mijn roman zo hard vast dat mijn vinger van de bladzijde schoot. Ik keek er geërgerd naar – nu zou ik nooit meer kunnen vinden waar ik was gebleven.

'Wat?' zei ik, nogal vreemd, en probeerde het toen opnieuw. 'Marcus. Waar ben je?'

'Ik zit nu in een kleine glazen telefooncel in de Friendship Store.'

'De wat…?' Ik schudde mijn hoofd, alsof ik probeerde te begrijpen wat er aan de hand was. 'Ik dacht dat je in Peking zat.'

'Daar zit ik ook.'

'Maar…'

'De Friendship Store in Peking.'

'O. Oké.'

'Dat is een soort supermarkt voor buitenlanders.'

'Juist.'

Er viel een stilte. Ik raakte in paniek, ging snel het weinige na wat ik wist over China, om een vraag te bedenken die ik zou kunnen stellen.

'Sinead?' zei Marcus' stem, vanaf een enorme afstand.

'Ja?'

'Ik realiseerde me ineens dat ik je nooit heb gevraagd wat jij deze zomer gaat doen.'

'Eh? O. Voornamelijk hier blijven. Ik moet werk doen. Je weet wel

– vergaderingen bijwonen en zo. Cursussen voorbereiden. Dat soort dingen.'

'Nou, ik vroeg me af... ik bedoel, je kunt natuurlijk nee zeggen. Je kent me uiteindelijk nauwelijks – ik bedoel, je kent me eigenlijk bijna helemaal niet. Maar,' zei Marcus nadrukkelijk, alsof hij moed aan het verzamelen was, 'ik dacht, ik bel je gewoon om te horen of je hierheen zou willen komen om mij te ontmoeten.'

'Naar China?' zei ik. 'Je vraagt me of ik naar China wil komen?'

'Eh. Ja.'

Ik zou later proberen om mezelf te overtuigen – en al mijn vrienden, en al mijn familie – dat ik er goed over nagedacht had, dat ik het goed had overwogen, dat ik de problemen waar ik mee te maken zou krijgen als ik mijn gewone leven zou loslaten en zou gaan reizen in een ontwikkelingsland met een man die ik nauwelijks kende, goed had begrepen en ingeschat, en dat had geaccepteerd. Maar dat was niet helemaal niet zo.

'Ja,' zei ik meteen. 'Ja, dat wil ik wel.'

Ze springt op een stoel en tegen de tijd dat hij de deur opendoet, staat ze op de tafel. De deur gaat open en daar is hij dan. Haar eerste indruk is die van zijn bruine kleur – zijn huid heeft een warm, egale kleur gekregen van de Amerikaanse zon – en dat hij glimlacht. Ze wil haar ogen sluiten, om dit moment tot stilstand te brengen, het niet voorbij te laten gaan, om hen even zo te laten wachten voordat ze elkaar met hun handen zullen gaan aanraken.

Hij lacht nu bij de aanblik van haar op de tafel, slingert zijn rugzak op de grond en komt op haar af.

'Wacht!' roept ze. Marcus stopt meteen. 'Ik moet je iets laten zien.'

Hij glimlacht. 'Wil je dat ik mijn ogen dichtdoe?'

'Nee.'

Langzaam, heel langzaam tilt Sinead de zoom van haar rok op. Centimeter voor centimeter kruipt die omhoog tot over haar dijen, de bovenkant van haar benen, haar venusheuvel, haar heupbeenderen. Ze draagt een nieuw zwarte kanten slipje. Hij kijkt toe, ogen gericht op haar zoom. Geen van beiden haalt adem. Uiteindelijk staat ze daar met haar navel ontbloot.

Ze kijken elkaar aan. Hij neemt één stap, dan nog een en nog een, en komt langzaam op haar toe over de houten vloer. 'Weet je wat ik denk?'

'Nou?'

Hij zou haar nu kunnen aanraken. Als hij zijn arm zou heffen, zouden zijn vingertoppen haar huid kunnen aanraken. 'Ik denk dat het er fantastisch uitziet, maar er is alleen één probleempje.'

Ze bedekt nu haar mond met een hand, om de lach te onderdrukken die omhoogkomt in haar keel. Ze weet wat er nu zal komen. Hij staat nu recht voor haar, kijkt omhoog, zijn hoofd schuin.

'Ik weet niet helemaal zeker of het je wel goed past.'

'O ja?' zegt ze quasi-bezorgd. 'Denk je dat?'

'Ja. Eigenlijk ben ik erg ongerust. Eigenlijk,' en hij spreidt zijn armen en steekt zijn hand uit, 'eigenlijk denk ik dat ik het even moet controleren.' Heel, heel langzaam steekt hij zijn hand aan de achterkant onder haar rok en wrijft met zijn handpalm over haar linkerbil.

'Hmm.' Hij fronst, steekt zijn andere hand uit en laat beide handen over haar billen glijden. Zijn handpalmen voelen ruw aan en zorgen voor een statische trilling van het materiaal. Sinead houdt nu haar adem in. Dit is bijna meer dan ze kan verdragen. 'Nou, aan de achterkant zit het goed, maar eigenlijk maak ik me meer zorgen over de voorkant. Zou ik even mogen...' Hij brengt zijn hand omhoog over haar heupbeen en laat die dan langzaam dalen. 'Ik maak me wat zorgen over dit deel. Ik weet niet zeker of het hier wel goed past,' en hij laat zijn vingers ineens verdwijnen tussen de bovenkant van haar benen. Sinead geeft een doordringende kreet en Marcus begraaft zijn hoofd tussen haar benen. Dan laat ze zich boven op hem vallen, hij grijpt haar rond haar middel. Omstrengeld en verlamd van het lachen laten ze zich achterover vallen tegen de keukenkast.

'Au,' zegt Sinead, als hun gezamenlijke gewicht haar ruggengraat belast, maar het doet niet echt pijn omdat ze elkaar telkens opnieuw kussen en aan elkaars kleren trekken. Ze heeft haar benen om zijn middel geslagen en ze trekt aan zijn haar en hij trekt de bandjes van haar jurk omlaag. Ze lachen en ze zijn hier heel goed in, heel ervaren, hun lippen raken elkaar nauwkeurig en ze herinnert zich dit nog voordat ze het zich herinnert. En al die tijd zijn ze aan het praten en komen de woorden er ongeveer zo uit:

'O god... hoe was... je vlucht... hé, wat heerlijk... heb je me gemist... wat heerlijk... zo veel... zo goed... ik ben zo blij... wat heerlijk je weer te zien... blij.... Die broek... je bent terug... waar heb je... je haar... die gekocht... geweldig, ik vind het prachtig... het is geweldig, het staat je... en die jurk, is die... jij.. nieuw... Sinead, o, Sinead... je ziet er niet... heb je honger, ben je... anders... heb je last van jetlag... god, wat heb ik je gemist... je ruikt naar... altijd jij... hetzelfde, gewoon hetzelfde... echt waar?... lief, mijn lief... je bent terug... ik ben terug... jij bent terug... hoe was het...laat eens zien... vertel me... in New York... alles wat je hebt gedaan... heb je... sinds mijn vertrek... foto's... kan niet geloven dat je echt...een paar, ik zal ze laten zien... daarginder... later.'

Ik stapte van de boot op de kleine, verrotte houten aanlegsteiger. Die wiebelde en bezweek bijna, en ik moest mijn knieën buigen om niet te struikelen. Ik wilde mijn rugzak van mijn schouders halen. De spieren in mijn nek en schouders waren gespannen als vioolsnaren, maar ik was bang om mijn rugzak neer te zetten.

Achter en vóór me waren andere mensen die ook op de boot hadden gezeten; mannen die gevlochten manden droegen vol met kippen, een varken aan een lijn, vrouwen met vrolijk gekleurde bundels op hun rug gebonden en baby's met gezichten als viooltjes, een jongen met een autoband, vrouwen die stokken op hun schouders in evenwicht hielden met aan weerskanten water, groenten, balen katoen.

Iedereen was aan het schreeuwen en duwen. En zat te staren naar mij. Op de boot waren vier vrouwen op de grond in een kring om me heen komen zitten, en ik stond op het punt om hen een verhaal te vertellen. Maar in plaats daarvan bleken ze er tevreden mee te zijn om alleen naar me te staren – niet agressief. Ze glimlachten als ik naar hen glimlachte. Ik probeerde uit het raam te kijken, haalde mijn boek te voorschijn, rommelde met de banden van mijn rugzak. Maar alles wat ik deed vonden ze interessant. Hun nieuwsgierigheid was onverholen en leek onverzadigbaar. De taal was niet zoals ik had verwacht: die was zacht, golvend, melodisch, met veel klanken en dalende toonladders.

Wat voelde ik: dat ik lang was. Ziek van de boot. Bang. Nat. Lomp. Zweet dat onder mijn rugzak door over mijn rug liep. Gekriebel in mijn keel alsof ik moest hoesten. Dat ik rijk was. Alleen. Haar dat als zeewier tegen mijn hoofd zat geplakt.

Wat rook ik: rivierwater. De uitlaatgassen van de dieselmotor. Dieren. Veren. Leer van mijn natte schoenen. Een melkachtige babylucht van het kindje vóór me. Houtrook. Vochtige aarde.

Boven me waren hoog oprijzende zuilen van bamboe, krakend en

buigend in de wind, hun geribbelde stammen zo breed als de dij-
benen van een man. Voor me, voorbij de chaotische mensenmassa
die net van de boot was gekomen, liep een onverharde weg. Daarachter kon ik het dorp zien – grijze huizen en een geplaveide, brede
straat. Marcus. Marcus was in dat dorp.

Ik baande me een weg door de kleine menigte, en verschoof het
gewicht van mijn rugzak hoger naar mijn schouders.

Ik wilde niet begrijpen wat de vrouw achter de balie met het blauwe
bovenblad tegen me zei.

'*Meyoh.*' Ze haalde haar schouders op.

'Emerson,' zei ik duidelijk. 'Marcus Emerson. Weet u zeker dat hij
hier niet is?'

'*Meyoh-la.* Niet hier.' Ze droeg turquoise rubberlaarzen met hoge
hakken, zag ik, en een herencolbert.

Ik keek op het stuk papier dat ik stevig vasthield. 'Traveller's
Guest House,' had ik opgeschreven. 'Yangshuo.' Ik had dat iets meer
dan twee weken geleden opgeschreven terwijl ik met Marcus aan
het bellen was. Maar twee weken geleden. 'Vlieg naar Peking, dan
naar Guilin. Boot naar Yangshuo.' Zelfbewuste, rechte lussen tussen
de woorden. '*M* logeert in TGH.' Dat betekende Traveller's Guest
House. Waar ik op dat moment was. En deze vrouw vertelde me nu
dat hij er niet was. Ik schraapte mijn keel, zocht opnieuw onder mijn
kleren naar de portefeuille die mijn geld, paspoort en tickets bevat-
te. Ik had dit stukje papier helemaal vanaf de telefoon in mijn huis
hier mee naartoe genomen.

'Hebt u toch een kamer voor me?'

Ik zat op de rand van een van de tweepersoonsbedden – de kamer had
er om de een of andere reden twee. Het zakte door onder mijn gewicht. Het duurde even voordat ik me het gewicht op mijn schouders herinnerde, maar toen schoof ik de banden van me af, en liet de
rugzak achterover vallen op het bed. Ik staarde om me heen in de kamer. Kippengaas bedekte een kleine ruimte boven de deur. Er stond
een rode thermosfles in een emaillen kom, die was versierd met
oranje vissen. Naast het bed een kleine lamp zonder kap. Muskie-
tennetten samengebundeld boven de matrassen als grote grijze stuif-
zwammen. Het raam smerig. De bergen erachter. De bergen. Ik had
niet eerder kunnen geloven wat ik zag toen de boot de rivier afvoer:

de enorme, rondgetopte 'suikerbergen' die zich verhieven boven het water, omringd door nevel. Ik had altijd gedacht dat die Chinese schilderijen op zijde bizarre, mystieke landschappen waren, ontsproten aan de verbeelding van de een of andere kunstenaar. Maar ze bestonden echt – vreemd, hoog opdoemend, bijna topzwaar, geposteerd in vlaktes waar rivieren zich doorheen slingerden. Karstlandschap – de term, die ongevraagd in mijn hoofd opkwam, afkomstig uit een aardrijkskundeles van lang geleden, verraste me. Ik glimlachte even en toen: hij is er niet, dacht ik. Hij is er niet. Shit.

Ik werd met een schok wakker en schoot recht overeind. De kegel van een mousselinen muskietennet omgaf me. Het gaf de kamer het soort vage, nostalgische waas dat oude romantische films hadden.
China.
Ik was in Yangshuo, China.
Het was heet.
Marcus had beloofd dat hij er zou zijn.
Hij was er niet.
Het was heet. Heel erg heet.
Ik schopte de zware gewatteerde deken van me af, liep snel naar het raam en gooide dat open, snakkend naar frisse lucht. Maar de lucht die op me af kwam was dezelfde als in de kamer – zwaar, warm, vochtig. Ik droeg alleen een broekje, merkte ik vagelijk verrast. Had ik soms mijn T-shirt uitgetrokken in mijn slaap? Om me heen in de kamer lagen overal verspreid de kleren die ik gisteren had gedragen – een spijkerbroek, sportschoenen, sokken, een jack met capuchon, een hemd. Ik had dit allemaal gedragen toen ik mijn huis had verlaten, dacht ik.

Ik pakte mijn wekker op. Tien voor halfvier. Ik tuurde erop. Tien voor halfvier? *Tien voor halfvier?* Verward keek ik uit het raam. Absoluut middag.

Ik stond in mijn broekje midden in mijn tweepersoonskamer met de twee tweepersoonsbedden, onzeker, gedesoriënteerd. Ik dacht: ik heb achtendertig uur non-stop gereisd. Ik dacht: Antony heeft me dit broekje gegeven. Ik dacht: ik heb mijn postdoctoraal even gelaten voor wat het is. Ik dacht: ik ben helemaal naar China gereisd om een man te ontmoeten die ik nauwelijks ken. Ik dacht: hij is niet komen opdagen, misschien...

Toen, zonder waarschuwing, zorgde een golf van uitbundigheid ervoor dat ik ineens stond te springen op de kale houten vloer. Ik ben in China! Jezus, in Chína! Wat kan me de een of andere onbetrouwbare kerel nu schelen? Ik rommelde door mijn tas, die zo zorgvuldig was ingepakt in Engeland, gooide de inhoud ervan op de grond, zocht een short en een schoon T-shirt uit. Moet naar buiten. Kan hier niet de hele dag blijven liggen. Hij zou ieder moment kunnen komen. Wil niet dat hij denkt dat ik hier in het hotel heb rondgehangen om op hem te wachten.

Ik wandelde door de straten van Yangshuo. Fietsen, tractors en dingen die leken op grote gemotoriseerde grasmaaiers met stoeltjes zwenkten de straten op en af. Ik passeerde winkels die aan de voorkant open waren en vol stonden met handgemaakte kleding, ketels, felgekleurde plastic emmers, landbouwgereedschap, de bleke bollen van grapefruits, aanstekers, harde stukken groene jade, stapels rode teenslippers, zijden jurken. De vrouwen hadden blozende wangen en donkere ogen, het haar opgestoken met kleurige spelden, en droegen marineblauwe Mao-pakken en hoge hakken. De mannen zagen er niet naar uit dat ze hen verdienden – ze zaten in sombere groepjes bijeen, terwijl ze rookten en thee dronken uit jampotjes. Overal waar ik kwam staarden de mensen me aan, wezen naar me of schreeuwden: 'Hallo!' of *'Laowai, laowai!'*

Ik speurde de groepjes blanke westerlingen af die ronde cafétafeltjes zaten. Maar geen van hen leek op hem. Toen ik mijn hotel naderde, moest ik langzamer gaan lopen, omdat het vocht over mijn lichaam kriebelde als insecten. Maar de kamer was leeg, het bed onverstoord, mijn kleren nog precies zoals ik ze had achtergelaten.

Ik kon niet slapen, dus ging ik later opnieuw naar buiten, de onverlichte straten in, die glansden na een snelle stortbui. Ik kon me de weg naar de rivier niet meer herinneren, maar volgde de lucht van haar vochtige vruchtbaarheid. Beneden aan het water bewoog de bovenkant van de dichte vegetatie in de warme bries. Ik hurkte op mijn hielen, armen gevouwen om mijn knieën. Ik keek toe hoe kleine vlotten van samengebonden bamboe over het oppervlak van het donkere water kwamen aangegleden. Drie stuks. Achter op ieder vlot stond een man met een lange stok, als een gondelier; aan de voorkant stond een grote gevlochten mand. En om hen heen doken aalscholvers met slanke halzen in en uit het water.

De tweede dag werd ik weer laat wakker en bleef ik een tijdje liggen, plukkend aan losse draden van de gewatteerde deken, terwijl ik keek hoe gekko's over het plafond schoten. Ik at in een café waar ik twee mannen uit Nieuw-Zeeland ontmoette. Met zijn drieën gingen we naar een waaiermaker en keken toe hoe een jongen van ongeveer zestien jaar bloesems schilderde op het met zand bestrooide oppervlak van de latjes van de waaier. Ik vertelde hen over de vissers en zij legden uit dat de aalscholvers ringen om hun halzen hebben zodat ze de vissen niet kunnen verslinden.

Ze wilden naar Xian gaan, vertelden ze me, om een leger van terracotta soldaten te zien, allemaal met een ander gezicht. Wilde ik soms ook mee? Ik schudde mijn hoofd. Ik kan niet, zei ik, ik wacht op iemand. Ze knikten. Toen we afscheid namen, draaide de langste van de twee zich om, om me na te kijken.

De derde dag werd ik wakker en zag ik op mijn horloge dat het pas negen uur was. Ik had gedroomd over de universiteit en de voorbereiding op colleges en het schrijven van mijn proefschrift. Ik stond meteen op. Ik huurde een fiets, reed de stad uit over de onverharde weg, die slingerend tussen een groot deel van de bergen door ging, langs rijstvelden met spiegelende oppervlakken en kudden waterbuffels met kromme hoorns, door kleine dorpjes waar mensen me achterna riepen, verbaasd over deze eenzame blanke vrouw op een fiets. Buiten het toeristische gebied van het dorp leefden de mensen in krotten met dieren, werkten er kinderen op de velden en hobbelden oude vrouwen op misvormde, gebroken voeten rond, met bundels brandhout op hun rug.

De vierde dag was ik somber. Ik zat in een café. Op het tafeltje voor me bevond zich een kom vol gemberschaafsel in kokendheet water, en een schrift. Op de eerste bladzijde had ik geschreven: 'Realiteit: hij komt niet. Realiteit: je hebt niet voldoende geld om hier alleen te blijven zitten.' Ik had het woord 'alleen' doorgestreept. Ik had vijf muskietenbeten ter grootte van een kwartje op mijn been. Ze zetten zich voort op mijn scheenbeen in een kronkelende lijn, als de tekening die een kind maakt door van punt naar punt te gaan. De Nieuw-Zeelanders arriveerden en begonnen me de Chinese getallen en de handgebaren die daarbij hoorden te leren: '*Yi, er, san, si, wu, lui, qi, ba, jiu, shi.*' De brede handpalmen en knakkende vingers van de Nieuw-Zeelanders bogen zich, kruisten zich en strekten zich weer. Ik deed ze na terwijl ik de woorden herhaalde.

'Wat ben je aan het schrijven?' vroeg een van hen, terwijl hij naar mijn schrift knikte.

'Niets,' zei ik terwijl ik het dichtsloeg.

Nadat ze weg waren liet ik mijn hoofd op mijn gebogen hand vallen. *Yi, er, san, si, wu.* Hij kwam niet. *Lui, qi, ba, jiu, shi.* Wat zou ik nu gaan doen?

Een week geleden was ik bij mijn mentor, doctor Hilton geweest. Hij was een lange, lompe man met te grote handen en een nauwelijks hoorbare stem. Toen ik hem in grote lijnen had verteld waar mijn proefschrift over zou gaan, had hij gemompeld: 'Ik ben heel benieuwd.' Maar op die dag zat ik voor hem en zei: 'Ik heb besloten om weg te gaan. Naar China.'

Zijn voorhoofd fronste zich, zijn handen schoten naar de onderkant van zijn gebreide vest. 'China?' had hij gefluisterd, alsof het een vloek was. 'Waarom?'

'Voor…' Ik koos zorgvuldig mijn woorden. '…een onderbreking.'

'Juist ja.'

Er was een stilte gevallen. Doctor Hilton had de hoogte aan zijn stoel aangepast en weer teruggezet. 'Sinead,' zei hij, en wachtte toen. 'Je komt toch wel terug, hè?'

'Natuurlijk,' zei ik snel. Was dat te snel geweest?

'Dat moet je echt doen,' had hij gezegd, 'je werk is… erg belangrijk. Absoluut heel belangrijk.'

Ik krabde over een muskietenbeet met de weinig effectieve, door de warmte zacht geworden ronding van een nagel. Ik had mijn beurs voor het volgende trimester uitgegeven aan deze reis. Een meisje in een rood trainingspak passeerde me en zwaaide naar me. Ik boog mijn vingers terug als antwoord. Ik trok met groene balpen een lijn over mijn been en verbond mijn rood geworden muggenbeten zo met elkaar. De Nieuw-Zeelanders waren verderop in de straat in gesprek met een man met een kar die volgestapeld was met gestreepte meloenen. Ik herkende de onderhandelingsgebaren. *Yi, er, san, si…* Ik bleef de straat af kijken. Een man met door de zon gebleekt haar liep snel de heuvel op, een rugzak om zijn schouders. In zijn hand hield hij een camera en een stuk papier. Ik deed mijn benen van elkaar en sloeg ze weer over elkaar, waarbij ik met mijn enkel tegen het tafeltje stootte. Toen stond ik op. Riep zijn naam. Keek hoe hij over het plein op me toekwam.

'Waar heb je in godsnaam gezeten?' riep ik.

'Sorrysorrysorry,' zei hij. Toen waren zijn armen om me heen en was zijn mond naast mijn oor, terwijl de riem van zijn camera tegen de groene getrokken lijn op mijn scheenbeen sloeg.

Ze laten zich op de bank vallen. Marcus valt half op de grond en Sinead houdt hem vast, en hij heeft zijn gezicht tegen haar hals en zij worstelt met zijn broekriem, als ze beseft dat ze hem in zijn gezicht wil kijken. Ze wringt zich naar achteren, waardoor haar rug een beetje pijn doet, omdat al hun ledematen verstrengeld zijn, grijpt zijn hoofd tussen haar handen en trekt hem bij haar vandaan zodat ze in zijn gezicht kan kijken.

Zijn wimpers gaan omhoog, Marcus opent zijn ogen en kijkt in de hare. Ze wil iedere gelaatstrek, iedere lijn, iedere millimeter van hem verkennen. Hij is het, hij het is echt; ze wil heel, heel lang in zijn gezicht kijken, totdat ze er genoeg van heeft en haar ogen weer kan afwenden. Ze vindt zijn gezicht mooi, maar van een vreemde, wisselende schoonheid. Die glijdt over hem heen als wolken boven een landschap. De Fransen hebben er een woord voor – *joli-laid*. Marcus heeft altijd iets veranderlijks over zich gehad; soms kan hij er van het ene moment op het andere totaal anders uitzien, een nauwelijks merkbare verandering in zijn gezichtsspieren kan zijn gelaatstrekken veranderen van een serene, verzonken schoonheid in een hardere bijna-lelijkheid. Het is nooit een onaantrekkelijke lelijkheid, alleen een veranderde versie van zijn gezicht. Ze heeft altijd gevonden dat…

Dan zit hij gebogen tussen haar benen, zijn handen achter haar hoofd. Haar ademhaling klinkt ver weg voor haar, alsof die uit een andere kamer komt. Ze houdt hem tegen zich aan, haar hand in het kuiltje van zijn rug, en zijn ruggengraat spant en buigt onder haar handpalm. Gelach borrelt ergens in haar op, wat naar buiten komt als korte, staccato ademstoten.

Plotseling is zijn rug stil, recht, strak, gespannen als een veer. Hij rust op zijn ellebogen, bewegingloos, zijn torso over haar gebogen. Ze wacht, tuurt omhoog, maar kan alleen zijn hals zien, met een waas van stoppels, en de lijn van zijn kaak. Ze draait haar hoofd in een poging zijn gezicht te zien, maar zijn elleboog leunt op haar haar, waardoor ze geen kant op kan. Een beeld van Gulliver flitst door haar geest en maakt haar aan het glimlachen, totdat hij iets zegt en ze voelt hoe hij binnen in haar krimpt. Hij zegt nog eens hetzelfde.

'Eh?' zegt ze.

'Sinead, we moeten... we moeten...' Hij richt zich boven haar op, en strekt zijn armen. 'We moeten praten.'

Dit is niet wat Sinead had verwacht. 'O ja?'

Hij knikt.

'Oké,' zegt ze, 'maar later, goed?' en ze trekt hem weer tegen zich aan.

'Nee.' Hij hervindt zijn evenwicht en ze voelt hoe hij zich van haar losmaakt. 'Nu, denk ik.'

Sinead gaat verbaasd rechtop zitten, en strijkt haar jurk glad. Marcus, met zijn rug naar haar toe, trekt zijn broek omhoog, maakt zijn rits en riem vast en loopt een paar seconden rond in de kamer, zijn handen achter zijn hoofd gekruist. Dan laat hij zich in een stoel tegenover haar vallen.

'Het punt is...' begint hij, en stopt dan. 'Heb je Aidan al gesproken?'

Sinead moet lachen om deze vreemde logica. 'Het punt is, heb ik Aidan gezien? Hoezo – ooit? Vandaag? Deze week? Waar heb je het over?'

Er volgt een stilte. Sinead trekt haar benen onder zich en wacht. Marcus heeft zijn hoofd naar achteren gekanteld en staart naar het plafond. Ze trommelt met haar nagels op de zolen van haar voeten. Waar gaat dit over?

'Marcus...'

'Het punt is,' zegt hij opnieuw snel, 'het punt is dat ik je nu niet bepaald trouw ben geweest in New York.'

Ik wist niet hoe ik het moest aanpakken toen we op mijn kamer kwamen. Moest ik hem eerst laten uitpakken, laten douchen? Moest ik doen alsof we hier gewoon als vrienden waren? Of moest ik hem gewoon verleiden zodat we dat maar hadden gehad?

Marcus stond bij het raam, één hand rustend op zijn heup, de andere achter zijn nek. Ik schopte de rondslingerende kleren op de grond bij elkaar tot een slordige hoop. Ging op het bed zitten. Stond op. Ging weer zitten. Ik werd in de richting van twee tegenovergestelde impulsen getrokken: ik kon al mijn kleren uittrekken, of voorstellen dat we een korte, stichtende wandeling zouden maken. Femme fatale versus padvindster.

Ik stopte mijn handen onder mijn benen om mezelf te verhinderen dat ik een van beide zou gaan doen. Marcus' rug was naar me toe gedraaid. De achterkant van zijn benen, zijn nek, zijn armen waren bruin, zijn laarzen modderig.

Een schuifelend geluid. De zolen van zijn laarzen die ronddraaiden op de houten vloer, waardoor er stoffige, wittige strepen achterbleven. Zijn laarzen kraakten licht, merkte ik, terwijl hij op me toe liep. Leer dat nat was geweest, was uitgezet en daarna weer gekrompen. De tenen vertoonden een grijze waterlijn.

'Hoe was Peking?' Ik was ontzet toen ik hoorde hoe mijn stem schetterde. Padvindster leek het te winnen.

Marcus hurkte voor me neer, liet zijn vingertoppen op mijn knieën rusten om zichzelf te kalmeren. 'Ik kan je niet zeggen,' begon hij, zijn stem laag, 'hoe blij ik ben dat je er bent.'

Er volgde een pauze.

'Je kunt me dat niet zeggen?' zei ik. 'Waarom niet?'

Marcus haalde zijn schouders op. 'Dat weet ik niet. Ik kan het gewoon niet.'

'Nou, hoe moet ik het dan weten? Ik bedoel, hoe word ik geacht te raden dat jij je zo voelt?'

'Door andere dingen.'

'Welke andere dingen?'

Marcus leunde naar voren op zijn knieën, en streek langs mijn benen. Buiten zweefde een strook mist weg van een kalkstenen bergpiek. Een vrouw riep haar kind in de straat beneden.

'Dit, bijvoorbeeld.' Hij legde zijn hand om mijn middel, duimen aan de voorkant, vingers rond de achterkant van mijn bekken. Toen leunde hij naar voren en drukte zijn mond op de plaats waar mijn hals mijn schouder ontmoette. Hij leunde niet weer naar achteren, bleef gewoon daar, ademde in mijn haar. 'Ik heb dit al willen doen sinds ik je voor het eerst zag.'

'O ja?'

'Je hebt een verbazingwekkende hals.'

'Heb ik dat?'

Mijn eerste kus miste zijn mond, en raakte hem onder zijn jukbeen. Maar voor de tweede had hij zijn hand om de achterkant van mijn hoofd gelegd en onze lippen ontmoetten elkaar net toen ik wilde inademen. We trilden allebei, lichamen die vibreerden met iedere hartslag.

Ik vind het altijd heerlijk om voor het eerst met iemand naar bed te gaan. Het doet er niet toe wat er later gebeurt, er is altijd die helderheid, die verbazing, die recht opgaande leercurve – hoe je moet omgaan met het lijf van iemand anders, hoe dat graag aangeraakt wil worden, hoe het in het jouwe wil passen, hoe het reageert op de dingen die jij doet. Er zijn altijd verrassingen, altijd eigenaardigheden, altijd dingen die het onderscheiden van andere, soortgelijke daden. Ik denk dat je met honderd mensen naar bed kunt gaan en toch telkens weer verrast zult zijn.

Er ontstaat een schaalvergroting en de afstand verkleint zich. Waar ik me over blijf verbazen is die verandering; hoe je hem daarvoor tot op zekere hoogte kende – in kleren, aan de andere kant van een tafel, met geen verdere aanraking dan misschien een streling over je arm of een vluchtige kus op je wang. Maar dan plotseling druk je jouw lippen op de zijne, zie je zijn ogen onscherp van heel dichtbij, raak je zijn tanden aan, zijn verhemelte, zijn tandvlees met het puntje van je tong. Je kijkt naar het blinde oog van zijn penis, ziet de structuur van zijn lichaamshaar, de plooien van zijn huid, je proeft zijn zweet, zijn speeksel, zijn tranen, zijn zaad. Je kent hem misschien nog beter van dichtbij dan hij zichzelf kent.

Wat ik me altijd zou blijven herinneren van mijn eerste keer met Marcus: dat we giechelden over welk bed we zouden nemen. Dat hij zijn wang tegen de mijne drukte. Dat hij tederder, zachter was dan ik had verwacht. Het raspen van zijn stoppels op de binnenkant van mijn dij. De eerste onverholen, zijdezachte stoot van hem. Dat ik halverwege al wist, of misschien was het niet halverwege maar ergens in het midden of bijna tegen het einde, of misschien helemaal niet tegen het einde maar al meteen vanaf het begin, dat het goed, heel goed zou worden; op de manier dat dingen die goed zijn, meteen al vertrouwd voelen, dat ik wist wat ik moest doen nog voordat ik het deed, en dat dit nog maar het begin was, dat alles zelfs nog beter zou worden, en opnieuw beter, misschien wel heel lang.

De kamer staat stil als een lift.

Sinead staart naar Marcus. Het is een zin die telkens opnieuw in haar naar boven zal komen – maandenlang, jarenlang. Die zal blijven nagalmen in haar hoofd. Ze zal hem telkens opnieuw horen tijdens de vele, vele slapeloze nachten die nog zullen komen. Op dat moment echter probeert ze het te verwerken. De zin lijkt veel verschillende stukjes te bevatten: het punt is; in New York; niet bepaald trouw; ben geweest. Dat vreemde negatieve understatement verontrust haar; ik ben je niet bepaald trouw geweest. Bepaald trouw. Wat betekent dat? Waarom 'niet bepaald'? Betekent dit dat hij niet trouw was, of dat hij ontrouw was? En wat is het verschil?

Het antwoord komt in haar hoofd op als een prijstotaal dat te zien is op een kassa; het betekent iets tussen die twee in. Het betekent dat hij iemand anders heeft gekust. Misschien was hij dronken. Hij heeft iemand gekust. Dat is alles, en hij vindt dat hij haar dat moet vertellen. Maar Sinead blijft naar zijn gezicht staren. Hij slaat zijn ogen neer en op dat moment weet ze het. Dit gaat niet over een toevallige, dronken ontmoeting. Dit is meer. Veel meer. Ik ben je niet bepaald trouw geweest. In New York.

'Heb je het hier over niet meer dan één,' ze is verbaasd te horen hoe kalm en gelijkmatig haar stem klinkt, 'of veel?'

Marcus schudt zijn hoofd en haalt tegelijk zijn schouders op. 'Veel,' zegt hij.

Sinead is nooit eerder zo verbaasd geweest over iets. Als iemand haar had gevraagd wat het meest onwaarschijnlijke zou zijn wat Marcus ooit zou kunnen doen, dan was ze waarschijnlijk hiermee gekomen, maar waarschijnlijk had ze dan gevonden dat het zó onwaarschijnlijk was, dat het buiten het kader viel van de dingen die Marcus zou kunnen doen. Ze kijkt naar de manier waarop haar lichaam daar ligt – benen opgevouwen onder haar, één hand rustend op haar voeten, de andere over haar borst gelegd. Ze herkent het nauwelijks. Ze kan zich niet herinneren hoe lang het geleden is dat ze voor het laatst in deze houding heeft gelegen.

Ze voelt zich hol, maar iets fladdert er rond in de ruimte in haar; haar geliefde is veranderd in een vreemd, wreed wezen. Marcus is gek geworden. Of dit is een gebruinde bedrieger, een vernietigende dubbelganger. Of hij is bezeten door een boze geest. Ze bekijkt hem nog eens nauwkeurig. Hij ziet er hetzelfde uit. Een beetje moe, misschien. Een beetje doffe ogen. Maar hoe kan dit Marcus zijn, haar Marcus?

'Waarom?' hoort ze zichzelf vragen. 'Waaróm?'

Hij zakt nog meer in elkaar in de stoel, alsof ze hem fysiek aanvalt. Sinead komt overeind, gaat staan en draait van hem weg over de vloer als een gyroscoop, terwijl haar haar en jurk om haar heen wervelen. Ze komt in de keuken terecht en weet niet wat ze daar moet doen, dus draait ze zich opnieuw om en kijkt naar hem, terwijl haar geest terugkeert naar de zin; waarom kwam hij er niet recht voor uit en zei hij het fatsoenlijk, in plaats van op die laf ontkrachtende, eromheen draaiende manier. Waarom zei hij niet gewoon: Sinead, ik ben je ontrouw geweest.

En dan herinnert ze zich een moment aan het begin van hun relatie toen ze had overwogen om die te beëindigen. Ze had met hem afgesproken in een café en toen ze daar aankwam, zat hij bij een paar mensen die hij kende een spel te spelen waarbij ze sigarettenvloeitjes op hun voorhoofd plakten. Ze had op een kruk gezeten, handen gevouwen in haar schoot, ongelovig naar hem starend terwijl hij te hard praatte en lachte en grappen maakte die ze nooit eerder had gehoord. Het was alsof ze hem nog nooit had ontmoet, nooit iets met hem had gehad, alsof ze net wekenlang in China was geweest met een totaal andere man. Hij was een ander mens, niet de Marcus die zij kende en van wie ze echt begon te houden. Deze man – wie hij ook mocht zijn – was luidruchtiger, onbeschaamder, verwaander. Ze keek om zich heen naar de rest van de tafel en begon zich langzaam te realiseren dat hij probeerde om precies te zijn zoals die anderen. Hij had zich gewoon getransformeerd om bij deze mensen te passen. Het deed haar denken aan een vogelsoort waar ze ooit over had gelezen die niet door roofvogels werd belaagd omdat die de roep van elke vogel in zijn buurt kon nabootsen, en wist te overleven door middel van imitatie. Zodra ze met hem alleen was, toen ze over straat liepen om een bus te halen, veranderde hij meteen weer in de persoon die zij kende. Maar ze kon niet naar hem kijken, kon hem niet haar hand laten pakken, kon hem niet aanraken. Het vervulde haar met afschuw dat er zo'n gebrek aan soliditeit, aan vastheid was in zijn gevoel van zichzelf, dat hij zo gemakkelijk kon worden beïnvloed. Hij had het niet begrepen, was gekwetst en boos, en ze waren tot het aanbreken van de dag wakker gebleven, terwijl ze erover discussieerden. Ze was in de loop van de tijd gewend geraakt aan zijn kneedbaarheid, maar het bleef haar shockeren. En terwijl ze in de keuken staat in haar nieuwe jurk merkt ze dat ze zichzelf afvraagt met wat voor mensen hij daar zijn tijd heeft doorgebracht dat hij dit heeft gedaan.

'Ik begrijp het niet,' zegt ze, rustig en stil nu. 'Ik begrijp het niet. Waarom heb je dit gedaan?'

Over de meters ruimte tussen hen in ziet ze hoe hij zijn schouders spant alsof hij iets van zich afgooit. Hij krabt over zijn hoofd en zegt met een vreemde, wereldse bravoure die niet echt bij hem past, en een gebaar lijkt te zijn dat hij kort geleden van iemand heeft overgenomen: 'Dat is moeilijk te zeggen.' Hij haalt zijn schouders op, draait zijn handpalmen naar het plafond. 'Het was nogal een vreemde tijd. Jij was zo ver weg en alles hier leek onwerkelijk en jij...' Hij kijkt even naar haar, zijn mond open, halverwege het vormen van het volgende woord. Maar iets in haar gezicht heeft er kennelijk voor gezorgd dat hij aarzelt, omdat het woord in de lucht tussen hen in verdwijnt als damp. Hij staart naar zijn handen, sprakeloos, beweegt zijn lippen alsof hij iets anders wil zeggen, maar verandert dan weer van gedachten. 'Weet je, ik...' begint hij onzeker, terwijl hij naar voren gaat zitten, en dan stopt. 'Zulke dingen gebeuren nu eenmaal,' mompelt hij.

Ze raakt vervuld van razernij – pure, gesmolten, opstijgende razernij. 'O ja?' schreeuwt ze. 'Is dat echt zo? Ze gebeuren nu eenmaal. Zomaar. Het ene moment loop je op straat en het volgende moment, voordat je er erg in hebt, mijn god, ben je iemand aan het neuken. Hoezo – ze gleden uit en vielen boven op je pik? Probeer je me dat te vertellen?'

Haar mond vult zich plotseling met zoet smakend speeksel. Ze moet overgeven. Ze rent naar de spoelbak en wacht, maar er gebeurt niets. De misselijkheid wordt minder. Ze realiseert zich dat ze sinds lunchtijd niets meer heeft gegeten en vraagt zich af waarom. Dan herinnert ze zich dat ze van plan was te gaan koken voor Marcus en zichzelf. Artisjokharten. Ze liggen nog opgeborgen in zichzelf, harde blaadjes tegen harde blaadjes, onder in de koelkast. Dan voelt ze hoe een hand op haar rug drukt.

'Sinead, je bent...'

Ze draait zich razendsnel om en beukt met de zijkant van haar vuist tegen zijn arm. 'Raak me niet aan,' sist ze. 'Waag het niet me ook maar met één vinger aan te raken.'

Ze ziet hoe hij ineenkrimpt van pijn, en de plek waar ze hem heeft geraakt met zijn andere hand bedekt, en ze kalmeert een beetje. Hoe heeft ze hem zo'n pijn kunnen doen? Hoe heeft ze hem kunnen slaan? Maar dan zorgt de gedachte dat de hand, het lijf dat ze kent als haar eigen lijf, een andere vrouw heeft aangeraakt, voor ondraaglijke pijn.

Er klinkt een geluid op de trap buiten – de afgemeten voetstappen van iemand die de trap oploopt, het gerinkel van sleutels. Aidan. Ze kijken elkaar aan en, ondanks alles, is Sinead verbaasd dat ze paniek in zijn ogen ziet.

'Wat moeten we doen?' fluistert hij.

Sinead loopt langs hem heen en rent naar haar eigen slaapkamer. 'Doe wat je wil. Dat doe je trouwens toch altijd.'

Ik luisterde naar Marcus' verhaal over waarom hij vier dagen te laat was. Het had te maken met een lange rij voor kaartjes, een busreis van achtendertig uur, een man met een geit, en een verkeersongeval.

'Ik hoorde het gekrijs van remmen en toen ik mijn ogen opendeed, zag ik dat ikzelf en de hele bus – inclusief de geit – door de lucht naar voren vlogen. De voorwielen van de bus waren vast komen te zitten in een modderige sloot van ongeveer zo breed.' Hij demonstreerde het met zijn handen. 'Ik stootte mijn dij tegen een busstoel toen ik viel.' Hij liet me een paarsige bloeduitstorting aan de bovenkant van zijn been zien, ongelijkmatig en zwevend in het wit van zijn huid als een continent dat is verplaatst door tektonische platen. Ik had die plek al eerder gezien, maar had er niet naar gevraagd.

'Ik was als de dood dat ik je zou missen,' zei hij, en zijn hand op mijn arm pakte me steviger vast. 'Dat je hier weg zou zijn gegaan voordat ik was gekomen, en zonder een spoor achter te laten zou zijn verdwenen in China.'

Mijn hoofd rustte op het gewricht tussen zijn schouder en zijn arm, mijn oog keek naar het aureool van zijn tepel. Ik luisterde, niet naar zijn stem, maar naar de echo ervan door zijn lichaam, mijn oor tegen zijn ribbenkast gedrukt.

Ik draaide me om op mijn buik, waarbij het verkreukelde laken klem kwam te zitten bij mijn elleboog en heupen. Marcus draaide met me mee, en zijn hand kwam tot rust in de holte van mijn rug.

Ik stak mijn hand uit naar zijn paspoort op het nachtkastje, en sloeg het open.

Deze nacht is de droevigste. Of althans, dat denkt ze. Wat ze nog niet weet is dat er een lange, lange reeks van droevige nachten zal volgen, sommige anders, sommige erger. Wat ze nog niet weet is dat het beëindigen van een relatie niet kan worden gedaan door een enkel gesprek op een enkele avond, dat een dergelijke losmaking dagen, maanden en soms jaren kost.

Als ze de slaapkamer heeft bereikt, weet ze niet wat ze moet doen.

Ze staat midden op de vloer, armen gekruist achter haar lichaam. Ze voelt zich verward, verdeeld, onwerkelijk, alsof haar echte dagelijkse leven op de een of andere manier is opgehouden en dat ze wordt gedwongen om deze vreemde rol die niet de hare is, uit te spelen. Het is alsof ze de tekst uitspreekt van een script dat ze niet begrijpt, een film waarin ze geen rol wil hebben. Ze wil terugkeren naar haar andere leven, erin terugstappen, maar ze weet niet hoe.

Ze hoort Aidan binnenkomen, de deur achter zich sluiten, Marcus' stem die hallo zegt en dan een mompelende, onverstaanbare uitwisseling van woorden tussen hen. Voeten over de vloerplanken, het dichtslaan van Aidans deuren. Nog meer voetstappen. Haar deur die opengaat. Iemand die haar kamer binnenkomt.

Er is een poosje een stilte tussen hen. Marcus zit op het bureau bij het raam, Sinead op het bed. Hij laat zijn duimnagel langs de rand van het bureau gaan. Ze moet telkens slikken, alsof ze iets heeft gegeten wat ze niet weg krijgt. Ze trekt haar knieën op tot aan haar borst, trekt het dekbed om zich heen; een kilte die haar doet rillen, heeft zich in haar botten gevestigd. Een hoekje van haar geest vertelt haar dat ze moet praten, dingen te weten moet zien te komen, op de een of andere manier deze kloof moet zien te overbruggen die zich tussen hen heeft geopend, maar ze weet niet wat ze moet zeggen.

Ze schraapt haar keel, probeert haar gedachten te concentreren. Veel, zei hij. Er waren er veel. In New York. 'Wanneer heb je,' begint ze, niet zeker hoe de zin zal eindigen, niet precies wetend wat ze wil gaan vragen. 'Wanneer was de eerste?'

'Eh.' Marcus denkt na. 'Kort nadat ik was aangekomen,' fluistert hij bijna.

'En… hoe lang… ging dat door?'

'Al… al die tijd.'

Sinead denkt aan al die brieven en ansichtkaarten die door de brievenbus vielen, de e-mails die ze aan het einde van haar werkdag ophaalde, de telefoontjes die twee, soms drie keer per week kwamen, soms midden in de nacht. Waren ze er ooit bij als hij met haar praatte? Heeft hij haar ooit opgebeld vanuit hun flat? Luisterden ze mee op de achtergrond? Lazen ze de brieven die zij naar hem stuurde? Heeft hij ooit gebeld nadat…?

'Al die tijd?' herhaalt ze, alsof ze in zichzelf praat. 'Al die tijd dat je weg was?'

'Waar staat de G voor?

Hij hief lui zijn hoofd en liet zijn vingers langs de knobbels van mijn ruggengraat lopen. 'Hu?'

'De G.' Ik wapperde met het paspoort naar hem. Een foto van hem, geseald onder plastic, jonger, met die zachte blik die tieners tevergeefs proberen te verbergen, flitste langs zijn ogen. 'Marcus G. Emerson,' las ik voor.

'Beloof je me dat je niet zult lachen?'

Ik glimlachte. 'Nee.'

'Dan kan ik het je niet vertellen.'

'Kom op. Zo erg kan het toch niet zijn. Wat is het? Gerald? Geoffrey?'

'Gabriel.'

Ik lachte. 'Gabriel? Meen je dat?'

'Helaas wel. Mijn moeder heeft iets met de bijbel.'

Ik liet het paspoort weer op de tafel vallen, met die foto van hem – waarop hij nog lang haar droeg – naar me knipogend. Ik trok mezelf over het bed naar hem toe en liet me tegen zijn rug vallen, mijn hoofd in de bocht van zijn nek. Zijn hartslag was langzamer dan de mijne.

'Weet je?' zei hij, en zijn stem trilde door het matras heen. 'Er was een kunstenaar die een hele studie deed naar de fysionomie van engelen. Hij deed onderzoek naar vliegende wezens – vogels, vleermuizen, je weet wel – en berekende dat als engelen zouden vliegen, ze een borstbeen van een meter dik moesten hebben, zodat hun vleugels hun lichaamsgewicht zouden kunnen dragen. Uiteindelijk schilderde hij een fysionomisch gezien correcte versie van het plafond van de Sixtijnse kapel, met van die vreemde, gedrongen, gedrochtelijk ogende wezens die al vliegend hun weg zoeken aan de sterrenhemel.

'Stel het je voor,' zei hij, terwijl hij zich omdraaide. Ik gleed weg van zijn rug. Ons zweet had zich samengevoegd op de plek waar onze lichamen elkaar raakten, transpirerend tegen elkaar. 'Eén meter dik.' En hij hield zijn hand van zijn lichaam af om dat te demonstreren. Ik versmalde mijn ogen en probeerde het me voor te stellen, maar kon me er geen beeld bij vormen, kon me hem niet anders voorstellen.

Ze staart naar hem, en hij komt haar vreemd voor, alsof ze hem nooit eerder heeft gezien, alsof ze hem voor het eerst ziet. Haar verbeeldingskracht wurmt zich onder haar controle vandaan en geeft haar razendsnel een serie losse beelden: hoe hij een vrouw op een bed penetreert, hoe hij met een andere vrouw tegen een bureau aan staat, hoe een vrouw boven op hem ligt, hoe een vrouw over hem gebogen zit, hoe zijn handen om het middel van een andere vrouw liggen, hoe zijn hoofd rust in de hals van een gezichtsloze vrouw, hoe hij op...

Dat verdwijnt allemaal als het plotseling tot haar doordringt dat zij, nog maar een paar minuten geleden, dat zij... dat hij... op de bank... dat zij...

'Hoe kon je?' gooit ze eruit, en haar stem begeeft het, gesmoord door de schok en het ongeloof. 'Hoe kon je na zoiets nog met mij vrijen? Hoe kon je dat nog doen?' Ze hoort hoe haar woorden veranderen in gekerm en haar ledematen samentrekken en schokken in fysieke afkeer bij de herinnering van hem op haar en in haar, alsof hij haar heeft besmeurd met de sporen van die andere vrouwen. 'Hoe kón je?' schreeuwt ze opnieuw, terwijl ze om zich heen kijkt, alsof ze op zoek is naar iets wat ze naar hem kan gooien. Ze wil hem pijn doen, hem brandmerken.

'Ik... ik wilde niet...' stottert hij, 'het was niet mijn bedoeling om... het gebeurde...'

'Gewoon?' schreeuwt ze tegen hem. 'Wil je dat soms zeggen?'

Hij werpt eerst een blik op haar en dan op de deur. 'Sstt,' zegt hij. 'Aidan kan het horen.'

'Aidan?' sputtert ze, terwijl ze moeizaam van het bed komt. 'Ik heb er schijt aan of Aidan het kan horen.' Haar voeten bewegen zich onder haar als ze heen en weer loopt over de planken, en de muren van de kamer gebouwd voor het leven dat ze had, draaien om haar heen.

'Sinead,' hij steekt zijn hand naar haar uit als ze langs hem loopt, maar ze draait zich snel van hem weg en zijn hand sluit zich om lege lucht. 'Alsjeblieft niet schreeuwen,' smeekt hij. 'Dit is allemaal,' hij drukt zijn vuisten tegen zijn ogen, 'verkeerd naar buiten gekomen. Laten we er gewoon... laten we er gewoon over praten.'

'Praten?' zegt ze. 'Jij wilt praten? Best. Laten we praten. Waarom vertel je me niet hoe het was, en of het lekker was, en of je je nu een stoere kerel voelt, en of het beter was dan met mij, en hoe je daarvan terug kon komen en met mij naar bed gaan, voordat je het fatsoen had om het me te vertellen, en... en waarom je het me niet hebt verteld.' Haar kracht en woorden vloeien uit haar weg. Stilte, na de stortvloed van haar woorden, pulseert tussen hen. 'Waarom heb je het me niet verteld?' fluistert ze.

Hij wrijft met zijn vingers over zijn voorhoofd, en kijkt niet naar haar maar naar de muren, zijn voeten, het bureau.

'Waarom, Marcus? Waarom heb je me al die tijd laten geloven dat er niets was veranderd?'

'Alles is ook nog hetzelfde,' zegt hij snel.

Ze laat een ongelovige lach horen, kijkt dan naar hem en probeert te zien of hij een grap maakt, of hij echt meent wat hij net heeft gezegd. Zijn ogen, een diep marineblauw in dit licht, kijken haar recht aan.

'Er is niets veranderd,' houdt hij vol. 'Niets. Geloof me. Dat betekende allemaal niets voor mij. Het had niets te maken met jou en mij. Niets. Ik hou van je. Dat weet je. Ik zal altijd van je blijven houden.' Hij drukt haar hand in de zijne, waarbij de ring die hij een jaar geleden aan haar heeft gegeven, pijnlijk drukt in het vlees van de vingers ernaast.

'Marcus,' hakkelt ze, perplex, 'dat is belachelijk, ik...'

'Nee, het is niet belachelijk. Het is helemaal niet belachelijk. Jij en ik kunnen niet zonder elkaar leven. Dat weet je. Er kan nooit iets tussen ons komen, of veranderen wat we voor elkaar voelen.'

Kwaad wringt ze haar hand uit zijn greep. 'O ja? Denk jij dat? Dat je je precies kunt gedragen zoals jij wil en dat ik dat gewoon accepteer? Dat je weg kunt gaan en kunt neuken met wie je wil in New York, en als je terugkomt, dan ben ik hier gewoon en ik zeg: "O, Marcus, doe gewoon wat je wil, want ik blijf altijd van je houden, wat je ook doet"?'

Hij kijkt haar nog steeds recht aan met wijdopen ogen, maar er is nu een zweem van wanhoop in zijn stem. 'Ik heb je erg gemist,' zegt hij zacht.

'Val dood,' gooit ze eruit. 'Hoe durf je dat tegen mij te zeggen.'

Hij streelde de punten van mijn haar met de vingers van allebei zijn handen. Ik was onder de indruk dat hij meteen wist hoe hij mijn haar moest aanraken: sommige mannen werden er door geïmponeerd en bleven er liever bij uit de buurt; andere probeerden manhaftig hun handen erdoorheen te halen, wat onmogelijk was, om niet te zeggen pijnlijk. Ik heb ooit eens een man gehad die het wilde borstelen. Ik denk dat hij dacht dat dit een romantisch gebaar was. Ik probeerde uit te leggen dat je mijn haar niet kon borstelen, dat ik dat nooit deed, dat het niet zou gaan, dat het te moeilijk was en dat de resultaten vreselijk waren. Hij bleef er maar op terugkomen en, toen onze relatie toch al bijna voorbij was, greep ik een borstel en liet hem zien waarom; ik rukte de nylon borstel door mijn verwarde krullen en transformeerde mijn hoofd in een enorme, knetterende, statisch geladen bos buitelkruid.

Maar Marcus onderzocht die eerste middag alleen maar de eigenschappen ervan, forceerde het niet toen een krul weigerde om te scheiden van die ernaast, probeerde niet zijn vingers van wortel naar punt te halen. Hij hield mijn haar tegen het licht, waar het bruin en goud zou glinsteren, zo wist ik. Hij speelde een hele tijd met een enkele krul, rekte die uit tot zijn volle lengte langs mijn rug, voordat hij die terug liet springen.

'Wauw,' mompelde hij uiteindelijk. Hij rekte de krul uit. Ik voelde de uiteinden kriebelen op mijn rug.

'Stel je voor als je de energie van jouw haar zou kunnen gebruiken.' Hij liet de krul los en die sprong terug om zich tussen de rest te nestelen. 'Als er een manier was om het door te sturen naar het elektriciteitsnet, dan zou je het hele land van stroom kunnen voorzien.'

Hij trok de krul opnieuw uit.

'Wie waren het?' vraagt ze, terwijl ze voor hem staat, handen achter haar rug.

'Dat doet er niet toe.' Hij strekt zich naar haar uit. Ze doet een stap naar achteren.

'Dat doet er wél toe. Het deed er toen voor jou ook toe. Vertel het me.'

'Waarom?'

'Omdat ik het wil weten.'

'Sinead, het is niet belangrijk. Geloof me, het doet er niet toe. Ze deden er niet toe.'

'Ze waren belangrijk genoeg voor je om ze te neuken. Vertel het me. Waren het vrouwen met wie je werkte?'

'Nee.'

'Waren er vrouwen bij die ik ken?'

Hij aarzelt, kijkt een andere kant op.

'Nou?' houdt ze vol.

'Sinead…'

'Vertel het me. Waren er vrouwen bij die ik ken?'

'Nee. Ik geloof het niet.'

'Maar je weet het niet zeker.'

'Ik…' Hij zwaait met een hand rond zijn hoofd. '…ik dacht even dat je misschien… een van hen hebt ontmoet, maar toen herinnerde ik me dat jij… dat jij niet op dat feest was.'

'Dus een van hen kende je uit Londen.'

'Nee.'

'Maar ze was in Londen.'

'Ja,' zegt hij ongeduldig. 'Ze was hier kort, een paar maanden geleden, voor… iets… werk misschien, of vrienden, of zoiets.'

'En jij was al van plan om met haar naar bed te gaan toen je haar toen zag?'

'Nee, dat was ik niet.'

'En, waar heb je die anderen ontmoet?'

Hij legt zijn handen op zijn hoofd. 'Ik geloof echt niet dat…'

'Waar, Marcus? In bars? In clubs? Waar ga je heen als je vrouwen wilt vinden?' Er schiet haar iets te binnen. 'Ik neem tenminste aan dat het vrouwen waren?'

Hij kijkt haar verwilderd aan. 'Natuurlijk waren het vrouwen.'

'Nou ja,' lacht ze bitter, 'ik vroeg me net af of je misschien nog andere sensationele mededelingen voor me in petto had.'

Ze loopt opnieuw een rondje door de kamer. Haar boosheid verlaat haar en neemt binnen een paar seconden weer bezit van haar. 'Was je al van plan om dit te doen voordat je wegging?' vraagt ze verbijsterd.

'Eh… ik…'

'Nou? Was je dit al van plan voordat je wegging?'

'Ik geloof het niet.'

'Je gelooft het niet?'

'Nee, dat was ik niet.'

'En wanneer besloot je het dan?'

'Toen ik daar was… toen ik… ik weet het niet… het was niet iets… ik bedoel, het was niet zo dat ik besloot om dat te doen, het was geen bepaalde beslissing of zoiets.' Hij buigt plotseling zijn hoofd, alsof hij wordt overweldigd door zijn gevoelens, en begraaft zijn gezicht in zijn handen. 'Sinead,' huilt hij, terwijl zijn stem breekt, 'dit is vreselijk. Echt vreselijk. Niets van wat ik zeg komt er goed uit. Het was nooit mijn bedoeling... ik had niet gedacht dat je zo zou reageren. Ik...'

Ze lacht hard en kort. 'Waarom? Hoe dacht je dan dat ik zou reageren? Dat ik je met open en vergevende armen zou verwelkomen?'

Hij staart haar even aan, zijn gezicht wild en ellendig. 'Ik heb geen idee,' fluistert hij hees. 'Ik geloof niet dat ik... daar goed over heb nagedacht.'

'Je hebt nergens goed over nagedacht, niet? Dat is altijd al jouw grote probleem geweest. Weet je dat wel? Je hebt een ongelofelijk onvermogen om causaliteit te begrijpen. Je kunt nooit het verband leggen dat als je a doet, er b gebeurt. Je hebt een...' ze heeft het gevoel dat ze nu echt op dreef is, zoals altijd halverwege een college van haar gebeurt, waarbij woorden en ideeën energiek samenwerken, als bloed en zuurstof, '...een pathologische blindheid voor de meest elementaire mechanismen van de menselijke natuur. Je bent altijd zo gericht geweest op de realisatie van je eigen verlangens, dat je gewoon niet kunt stoppen om er even bij stil te staan wat de gevolgen zouden kunnen zijn. Je bent niet gestopt, nietwaar, toen je in New York naar bed ging met een vrouw, je dacht geen seconde: ik vraag me af wat Sinead zal zeggen als ik haar dit vertel, ik vraag me af wat voor effect dit zou kunnen hebben op mijn vijfjarige relatie.' Ze stopt, ademloos, omdat het haar ineens treft hoe vreemd het is dat ze op deze manier over haar eigen leven praat, dat het niet zomaar een tekst is. 'Nou?'

Hij beweegt zich niet.

'Nou?' schreeuwt ze.

Hij schudt kort met zijn hoofd.

Ze loopt met grote passen naar het raam, staart naar buiten zonder iets te zien, en loopt dan terug. Iets maakt dat ze niet stil kan zitten. Tussen het bed en de klerenkast blijft ze staan en keert weer terug. 'Was je al die tijd wel van plan om het me te vertellen?'

'Wat?'

'Was. Je,' zegt ze, met sarcastische traagheid. 'Al die tijd. Wel van plan...'

'Ja!' roept hij uit, met een niet erg overtuigende heftigheid, zonder haar aan te kijken.

Ze voelt zich vreemd kalm en is op de een of andere manier niet verbaasd over deze nieuwe ontdekking. 'Dat was je niet, hè?'

Hij geeft geen antwoord.

'Dat is de reden waarom je er niet over hebt nagedacht. Omdat je dat helemaal niet van plan was.' In een aanval van woede schopt ze tegen de onderkant van het bed. Maar alles wat ze doet lijkt op de een of andere manier niets met haar te maken te hebben, heeft een zweem van geforceerde theatraliteit, alsof ze alleen maar aanwijzingen opvolgt, zich gedraagt op de manier waarop ze geacht wordt zich te gedragen als je ontrouw ontdekt. 'Jij zak,' zegt ze langzaam, 'jij ongelofelijke zak. Je wilde gewoon terugkomen en net doen alsof er niets was gebeurd. Waarom ben je van gedachten veranderd, Marcus? Zenuwen op het laatste moment? Plotselinge gewetenswroeging? Of was je bang dat ik er op de een of andere manier toch achter zou komen, en dacht dat je maar het beste alles op kon biechten?'

Hij zegt niets.

'Hmm?' houdt ze aan, en dan ineens laat ze het onderwerp varen, stapt ze er vanaf, heeft er genoeg van, omdat ze weet dat ze nooit een antwoord zal krijgen. 'Over hoeveel hebben we het nu eigenlijk?' vraagt ze, rustig nu.

Hij zucht steunend. Dat kan ik me niet herinneren.'

'Kom op. Dat moet je je toch herinneren.'

'Nee. Ik wil er niet meer aan denken.'

'Daar is het nu een beetje te laat voor,' snauwt ze. 'Kom op. Denk na. Meer dan tien? Minder dan twintig?'

Marcus aarzelt. Krabt over zijn nek. 'Ik kan het me niet herinneren. Veel.'

Ze laat zich op de rand van het bed zakken en schuifelt met haar blote voeten over de vlammen in de houten planken. Marcus heeft zich niet bewogen op zijn stoel aan haar bureau. Zijn rug, meestal recht, is nu gebogen, en hij rust met zijn ellebogen op haar bureau, zijn gezicht afgewend. Hij ziet er moe en bleek uit onder zijn bruine kleur, heeft last van jetlag. Ze wordt overweldigd door een aandrang om haar handpalm in het kuiltje tussen zijn schouderbladen te drukken, om haar vingers om zijn schouders te leggen. Maar ze kan het niet. Ze kan dat nooit meer.

'Waarom?' zegt ze, heel rustig. 'Waarom heb je het gedaan?'

We maakten ons los uit de lakens, uit bed verdreven door honger en het gebrek aan frisse lucht in de kamer. Toen ik opstond zag ik alles wazig, alsof mijn hoofd was gevuld met vloeistof. Onze kleren lagen bij elkaar op de kale planken, de mouw van zijn hemd over mijn verkreukelde short.

'Zo erg is het niet.' protesteerde ik, terwijl ik in mijn spullen zocht naar een handdoek. 'Ik breng mijn leven niet door met discussiëren over de fijnere nuances van het chauceriaanse Engels. En bovendien,' zei ik, terwijl ik een rok in de lucht uitsloeg om de kreukels eruit te krijgen, 'hou ik van mijn werk.'

'Maar zijn niet al je vrienden ook academici?' Zijn stem klonk vanaf de andere kant van de kamer, waar hij zijn tas aan het uitpakken was.

'Nee,' loog ik, met mijn rug naar hem toe. 'Helemaal niet. Ik ken heel wat mensen die... die doodgewone, normale banen hebben in de echte wereld.'

'Maar zou je niet willen dat je in Londen woonde?'

'Nee,' loog ik opnieuw. 'Ik vind het daar wel plezierig. Het is er... klein en... en vriendelijk.'

'Ik begrijp niet hoe je het daar uithoudt. Alles gaat er om elf uur dicht. Je kunt er in twintig minuten doorheen lopen. Je komt nooit iemand tegen die niet verbonden is aan de universiteit. Het is net een campus die gebouwd is als een stad.'

'Dat kun jij niet weten!' Ik draaide me om. 'Je bent er nauwelijks geweest.'

'Nu misschien wel,' zei hij, zijn stem plotseling serieus.

Ik wankelde toen ik naar hem probeerde te kijken. Het was veel te vroeg voor zo'n soort gesprek.

Het is een vraag die ze niet kan laten rusten. 'Maar waarom?' zegt ze opnieuw. 'Ik begrijp niet waarom je dit hebt gedaan. Ben je niet meer gelukkig met mij?'

'Nee. Ik bedoel ja, natuurlijk ben ik dat wel.'

'Was het een manier om een einde te maken aan onze relatie?'

'Nee! Absoluut niet.'

'Begon ons seksleven je te vervelen?'

'Nee. Nee,' hij doet een beroep op haar door zijn armen uit te steken. 'Nee. Sinead, hoe kun je dat nou zeggen?'

Ze blijft waar ze is, op het bed, en negeert zijn gebaar. 'Wat dan? Wat is er zo fout gegaan dat je... dat je er niet met mij over kon praten?'

Hij laat zijn armen langs zijn zijden vallen. 'Ik... ik... Niets,' zegt hij resoluut. 'Er is niets fout gegaan.'

'Wat bedoel je?' vraagt ze. 'Iets moet er toch zijn misgegaan dat je dat hebt gedaan.'

'Nee, nee, dat is niet zo.'

Ze klikt geërgerd met haar tong, staat op, loopt een rondje om het bed, en wendt zich dan weer naar hem. Maar waarom dan? Als er niets is fout gegaan en jij bent nog steeds gelukkig met mij, waarom heb je het dan gedaan?'

'Ik weet het niet,' zegt hij met een vreemde, bijna verbaasde blik op zijn gezicht. 'Ik weet echt niet waarom ik het heb gedaan.'

Buiten regende het – een zware, plotselinge gietbui met druppels zo groot als muntstukken – maar het werd er niet frisser door.

'Ik hou van tropische regen,' zei Marcus, terwijl we samen bij het raam naar buiten stonden te kijken. 'Die is zo écht. Hierbij vergeleken is het Britse weer saai en halfslachtig.'

In de straat onder hen bewogen paraplu's op en neer over de stoepen. De fietsers droegen vrolijk gekleurde plastic poncho's. Toen we naar de doucheruimte renden, een grijs ommuurd gebouwtje achter het hotel, waren we binnen een paar seconden drijfnat.

We gingen douchen. Alles leek langzaam te gaan. Kakkerlakken kropen over de grond en verdwenen in spleten. Marcus draaide de dunne stroompjes water naar lauwwarm, en ging me toen wassen, zorgzaam en aandachtig, zeepte mijn benen en armen in, wreef shampoo in mijn haar, ving het water op in het kommetje van zijn handen om de stromen zeepbellen af te spoelen die daarna door het afvoerputje weg spiraalden. Ik was opnieuw verrast door zijn zachtheid. Mijn tepels zonken weg terwijl hij mijn borsten waste. Terwijl de regen op het zinken dak sloeg, hield ik mezelf vast tegen de muur, die korrelig en koud aanvoelde, en hield met één voet de deur dicht.

Er komt een gedachte in haar op, waardoor ze rechtop gaat zitten en zich afvraagt waarom ze daar niet eerder aan heeft gedacht.

'Heb je dit al eens eerder gedaan?'

Hij kijkt verbaasd en lijkt het niet te begrijpen.

'Marcus, we zijn nu vijf jaar samen – heb je ooit, in die tijd…'

Hij staat op en loopt door de kamer in de richting van het bed. Hij lijkt langer, groter op de een of andere manier in deze kamer waarin ze twee maanden lang alleen heeft geslapen.

'Niet doen,' beveelt ze terwijl ze haar handen omhooghoudt, 'kom niet bij me in de buurt.'

Maar ze hoort het gebrek aan overtuiging in haar stem, en realiseert zich dat ze het koud heeft door het verlangen naar fysiek contact. Hij kruipt over het bed naar haar toe, trekt haar tegen zich aan en terwijl ze zijn vertrouwde ademhaling, geur en gewicht registreert, voelt ze de eerste tranen komen. Ze verrassen haar – snel en warm werken ze zich omhoog vanuit haar maag en rollen over haar gezicht.

'Nee,' zegt Marcus, terwijl hij haar hoofd tegen zijn borst houdt, 'nooit, Sinead, nooit.'

'Maar hoe kan ik dat nou weten?' snikt ze tegen hem. 'Hoe kan ik nou weten dat je dit niet altijd al hebt gedaan? Misschien heb je al die tijd maar raak geneukt.'

'Dat heb ik niet. Geloof me, dat heb ik niet.'

'Maar hoe kan ik je nog geloven?'

'Omdat ik je dat niet zou aandoen.'

Ze duwt hem zo fel van zich af dat hij hard op het bed valt. 'Dat heb je nu juist wel gedaan,' zegt ze.

Gewassen en in kleren die nog roken naar mijn huis in Engeland, zat ik tegenover hem in een café. Hij had een hele dag niet gegeten en bestelde verbazingwekkende hoeveelheden van de menukaart. Gestoomde noedels in bamboe potten bleven komen, hun bovenkant samengetrokken als bleke lippen. Ik voelde me een beetje vreemd, verward; mijn honger was verdwenen en ik leek moeite te hebben om mijn leven weer op te pakken. Telkens als ik om me heen keek en een glimp opving van een kar die door een buffel werd voortgetrokken, van een heel gezin op één fiets, van een man die een geit aan een touw meetrok, ging er een lichte schok door me heen. Als ik naar hem keek, dacht ik even: wie ben je, en wat doe ik hier?

Hij haalde een paar metalen eetstokjes uit zijn zak. Met zijn ene hand hief hij losgetrokken reepjes noedel in zijn mond en met zijn andere maakte hij een schets van een school in Peking waar onderwijzers werden opgeleid.

'Het dak is niet gecanneleerd zoals bij een pagode,' zei hij, 'maar meer schuin aflopend zoals dit.'

Ik verschoof in mijn stoel en trok het ene been onder het andere. Het was laat in de middag, maar we waren net uit bed gekomen. Een verborgen pijn trok aan de binnenkant van mijn dijen. Ik voelde een vreemde behoefte aan een sigaret, terwijl ik vier jaar daarvoor was gestopt met roken.

De situatie is verslechterd tot een cyclische uitputtingsslag en er zijn diepe sporen van onbevredigde boosheid. Ze snikt. Pijn vloeit van haar voorhoofd uit naar haar slapen. Het bed is bedekt met natte papieren zakdoekjes. Marcus ligt op zijn buik, zijn hoofd steunend tussen zijn handen. Ze schreeuwen allebei.

'Wil jij me vertellen,' wil hij weten, 'dat je nooit, niet één keer, in al die jaren dat we samen zijn geweest, eraan hebt gedacht dat je wel eens met iemand anders naar bed zou willen?'

'Nee. Natuurlijk niet. Het punt is...'

'Wie?' zegt hij scherp. 'Met wie had je naar bed gewild?'

'O, in godsnaam, Marcus, luister naar me...'

'Vertel. Wie?'

'Hou je mond. Gewoon...'

'Ik wil het weten. Welke mannen, van al diegenen die wij kennen...'

'Het enige wat ik zeg is dat...'

'Waarom wil je het me niet zeggen?'

'Omdat je stom en jaloers doet en omdat het niet belangrijk is en omdat...'

'Luister,' zegt hij, terwijl hij de zijkant van zijn handen in hun matras slaat, 'als we uit elkaar gaan...'

'Als?' onderbreekt Sinead hem. '*Als*?' En nog voordat ze er zich van bewust is dat ze die beslissing al heeft genomen, zegt ze: 'Marcus, ik ga hier morgen weg.'

Er valt een stilte. De lucht is vervuld van het geluid van hun hijgende ademhaling. Buiten op straat is er geen verkeer. Ze staren elkaar geschokt aan.

'Nee,' zegt hij, 'dat kun je niet doen. Sinead, dat kun je niet doen.'

Ze knikt, ellendig, terwijl de tranen langs haar gezicht glijden en haar kleren, het bed en hem doorweken. Pijn, uitputting en verdriet overweldigen haar en ze krult zich op alsof ze buikpijn heeft. Ze schopt haar benen van het bed en laat zich door haar lichaamsgewicht naar de vloer leiden. Marcus springt naar de deur en steekt zijn hand uit om die dicht te houden. Ze heeft het gevoel alsof ze gaat vallen, maar hij houdt haar tegen zich aan, en plotseling kijkt ze hem recht in zijn gezicht, languit tegenover hem.

'Nee,' fluistert hij, 'je kunt me niet verlaten. Dat moet je niet doen. Hoe kun je dat nu toch zeggen? Je mag nooit weggaan.'

En ze moet haar ogen dichtdoen om te blijven knikken, omdat ze niet van zo dichtbij naar hem kan kijken. Hij grijpt haar hoofd tussen zijn handen, wanhopig, en verandert haar jaknikken in neeschudden. Ze laat hem zijn gang gaan, maar zodra zijn handen wegvallen, begint ze opnieuw te knikken.

Toen hij achteroverleunde in zijn stoel om de aandacht van de kelner te vangen, zag ik de soepelheid waarmee hij zich bewoog, het rustige welzijn dat zijn hele voorkomen had doordrongen. Het verontrustte me een beetje. Ik wilde hem vragen: Wat zou je hebben gedaan als ik niet was gekomen, of als ik al weg was geweest tegen de tijd dat jij hier aankwam? Ik wilde zeggen: Waarom heb je me gevraagd om te komen? En: Wat zie je voor ons tweeën, waar zal dit allemaal toe leiden?

Maar dat deed ik niet. Toen hij zei: 'Zullen we gaan?', knikte ik en begon ik mijn spullen te verzamelen.

En dan is ze moe en zijn lichaam dicht bij het hare is pijnlijk en vertrouwd. Ze loopt langzaam in de richting van het raam. De zonsopgang maakt het licht achter het rolgordijn grijs. Het bewustzijn van de straten, de mensen en de stad achter die ramen dringt weer langzaam tot haar door. De blauwe muren lijken alleen nog zwart, maar de ochtend is nog maar een paar uur weg. Ze moet morgen werken. Ze moet over vier uur een college geven.

'Ik moet nu slapen,' zegt ze, en haar stem klinkt vlak en doods.

Achter haar loopt Marcus naar haar toe, maar ze trekt zich terug. Het plotselinge opstaan vanaf het bed maakte dat het bloed stilstaat in haar hoofd en ze drukt haar hand tegen de muur voor evenwicht.

'Ik ga nu naar bed,' zegt ze.

'Oké,' zegt hij, en gaat op het bed zitten, waarna hij zijn voeten omhoog brengt alsof hij zijn schoenveters wil gaan losmaken.

'Marcus!' zegt ze scherp. 'Wat ben je aan het doen?'

Zijn hoofd gaat met een ruk omhoog. 'Ik ben mijn schoenen aan het uittrekken.'

Ze staart hem ongelovig aan. 'Jij slaapt hier niet,' zegt ze.

Schuldgevoel en verwarring zigzaggen over zijn gezicht als autolichten die 's nachts door een kamer schijnen. Hij staat langzaam op en schuifelt naar de deur. Stopt. Draait zich om. 'Sinead...'

Ze begint zich uit te kleden. Het kan haar niets schelen. Ze wil alleen maar in bed liggen, onder de dekens, haar gezicht in het kussen gedrukt. Ze trekt de jurk over haar hoofd, laat die op de grond vallen, maakt haar bh los, laat de bandjes van iedere arm glijden. Laat langzaam haar broekje zakken langs haar benen en schopt het in een hoek. Stapt in bed.

Hij staat nog steeds in de deuropening. Hij heeft zijn zin niet afgemaakt. Het kan haar niets schelen. Hij heeft haar gadegeslagen. Het kan haar niets schelen. Ze trekt de dekens over haar hoofd. Hij vertrekt, en sluit de deur achter zich.

Sinead huilt bijna meteen. Ze slaapt niet, maar trekt plooien in het katoen van de dekbedovertrek, windt haar vingers in haar haar, peutert met een pincet in een scheur in het pleisterwerk totdat, als het daglicht de kamer verbleekt, er een bergje kalk op het matras naast haar ligt.

We beklommen een heuvel met een ovaal gat door het midden ervan. Marcus wilde de top halen voor zonsondergang. De hitte van de dag, die stenen verschroeide totdat ze openbarstten was voorbij; maar daar, op een pad naast een kronkelend riviertje met een oranje bedding, onder de dichte vegetatie, was de lucht klam en koel. Er hing een zware lucht van dingen die aan het rotten en regenereren zijn. Apen kwebbelden en krijsten boven onze hoofden. Een vrouw met een stok die balanceerde op haar schouders en twee peuters met wijdopen ogen in emmers, vingertjes gekromd over de rand, passeerde ons hortend en stotend. *Ni hao, ni hao, ni hao,* zeiden we.

Op de top van de heuvel haalde Marcus een papieren zak vol lychees uit zijn rugzak. Eén voor één gaf hij die aan mij, waarbij hij de vruchten met hun wrattige, donkerroze schil tussen zijn handpalmen liet rollen. Ik zat met mijn rug tegen een boom. De zon zwaaide over het gat in de heuvel. Een gifgroene kever landde op mijn arm, zijn voelsprieten uitgestrekt en trillend in de lucht rond zijn kopje. Ik schudde mijn pols en hij viel op de grond, pootjes heftig spartelend. Ik keerde hem om met een takje en de kever vloog weg, dronken van opluchting, vleugels onzichtbaar door de beweging.

De lychees hadden een harde schil die kon worden doorboord met een duimnagel, dan worden afgepeld als de schil van een gekookt ei. Eronder was grijswit vruchtvlees, kleverig en nat, met de structuur van oogballen. In je mond voelden ze enorm, bijna verstikkend aan, totdat je tong de zoete glibberigheid splitste en de gladde, mahoniekleurige pit vond.

'Sinead,' zei Marcus, zijn hand in de holte tussen mijn dij en buik, 'als ik je iets zou vragen, beloof je dan dat je me de waarheid vertelt?'

Ik hield een stukje lycheeschil tussen mijn vingers. De binnenkant ervan was bijna droog in de warmte. Toen hij aankwam had hij een stoppelbaard van drie dagen. Hij had zich geschoren na de douche, en zijn gezicht zag er nu jonger en zachter uit. Zijn hoofd was zwaar. Mijn ingewanden verschoven en kwamen weer terug op hun plek onder het gewicht ervan.

'Dat hangt ervan af wat het is.'

Marcus opende zijn ogen, maar concentreerde zich op de boomtakken en niet op mij. 'Wat deed iemand als jij met iemand als Antony?'

Ik lachte en keek hoe de rijstvelden onder ons stukken van de zilverblauwe hemel naar beneden trokken. 'Ik weet het niet,' zei ik. 'Waarom vraag je dat?'

'Ik vroeg me gewoon af hoe hij dat voor elkaar had gekregen. Wat is zijn geheim?'

Ik lachte opnieuw. 'Hij valt wel mee,' zei ik.

'Nee. Geloof me, hij valt niet mee. Hij is een idioot. En ook nog eens zelfvoldaan. Nadat we elkaar die dag in de supermarkt hadden ontmoet, had hij het tegen mij constant over jou.'

Ik keek op hem neer. 'O ja?'

'Ja. Telkens als ik hem tegen het lijf liep op de faculteit, was het Sinead en ik dit, Sinead en ik dat.' Hij sluit zijn ogen en glimlacht. 'Ik zou willen dat hij ons nu kon zien.'

'Wie is er nu zelfvoldaan?' Ik brak met één hand een takje in stukken. 'Hij valt wel mee,' zei ik opnieuw. 'En je zult moeten toegeven dat hij er leuk uitziet.' Marcus bromde. 'Maar als ik eerlijk ben, dan moet ik denk ik ook toegeven dat daar niet zo veel keus is.'

Marcus glimlachte opnieuw. 'Dat dacht ik ook.'

Als de wekker om halfacht afgaat, staat Sinead op. Ze haalt vanonder het bed een tas te voorschijn. Ze houdt haar gedachten heel praktisch: broekjes. Ik heb broekjes nodig. Bh's. Ze bedekt de bodem van de tas met ondergoed. Een broek. Sokken, Adresboekje. Waar is adresboekje? In bureaula. Pen? Ook in la. Kam. Naast bed. Wekker. Naast kam. Tandenborstel. In badkamer. Pak straks wel. Pak dan ook reinigingsmelk, dagcrème, shampoo, pillenstrip...'

Ze stopt en gaat snel haar gedachten na. Oké, heb pillenstrip niet meer nodig, maar verder, wat verder? Truitjes! Mijn god, kan niet weggaan met alleen broek. Rode blouse. Groen T-shirt en blauw truitje. Blauwe truitje – o, nee, moet in de was. Tranen vallen nu op het blauwe truitje boven in de tas. Ze wrijft boos over haar gezicht. Raakt in paniek. Begint de kleren eruit te rukken die ze nu even zal moeten achterlaten en die ze later wel zal ophalen, maar wanneer en hoe, en hoe kan ze dit allemaal achterlaten en waar gaat ze heen? Eh, eh, dat vestje en mijn agenda heb ik nodig en… en…

Ik ga weg.

Ik ga weg.

Marcus is al in de keuken tegen de tijd dat zij uit haar kamer komt. Ze loopt de kamer door op haar blote voeten. Hij hoort haar niet en ze kan hem observeren terwijl hij een glas omspoelt in de gootsteen, zijn nek gebogen, zijn schouders opgetrokken, totdat hij het glas in het droogrek zet en zijn lichaam overeind komt, zich opent, zijn rug zich recht. Ze wil zeggen: Weet je wel hoe erg ik je heb gemist, weet je wel hoe erg ik al die tijd naar je heb verlangd, weet je wel dat ik de weken heb afgestreept tot je terugkeer, als een reiziger die de lange rij telefoonpalen tot aan huis telt?

Maar dat doet ze niet. Ze laat de tas op de grond vallen. Hij schrikt en kijkt op.

'Oké. Mijn beurt,' zei ik. 'Wanneer besloot je dat je me wel mocht?'

Hij verkruimelde een stukje lycheeschil tussen zijn vingers. 'Vanaf het moment dat ik je zag. Toen je de voordeur voor ons opendeed.'

'Echt waar?' Ik was onder de indruk.

'Sinead, ik…' Hij ziet de tas aan haar voeten en zwijgt. Ze wacht. Hij zegt niets, dus gaat ze de badkamer in en begint daar haar spullen te verzamelen. Tandenborstel. In een beker, samen met die van Aidan en…

Tandpasta? Nee. Waar ze heen gaat, zal echt wel tandpasta zijn. Gezichtscrème. Bij het bad. Scheermes. Nee, dat haalt ze later wel. Later? Een andere keer. Wanneer dan ook. Reinigingsmelk. Open kastje, vermijd spiegelbeeld dat er opgeblazen en oud uitziet: watten, vitaminepillen, haarserum, conditioner. Die dingen stapelt ze op in haar armen. Haar pillenstrip gooit ze, met een snelle polsbeweging, boven op het badkamerkastje.

Terug in de keuken ziet ze Marcus aan de tafel zitten. Ze loopt door de kamer en gooit wat ze vasthoudt in de wijde, wachtende opening van de tas. Ritst die dicht. Klaar om te gaan.

'Ik heb ontbijt voor je gemaakt,' zegt hij.

'Waarom ben je niet eerder gekomen om me te zoeken?'

'Omdat...' Marcus knipperde tegen de zon in, nadenkend. '...omdat ik dacht dat je niet geïnteresseerd was. Ik bedoel, ik dacht dat je dat misschien wel zou zijn, maar ik wist het niet zeker. Je bent vrij moeilijk te peilen, zie je.'

'Dus het was niet het feit dat ik toevallig met iemand anders was?'

'O god, nee.' Hij grinnikte. 'Ik zou me niet hebben laten weerhouden door zoiets onbelangrijks. Vooral niet als dat Antony was.'

Sinead zit tegenover hem aan de tafel. Ze kijkt niet naar hem, maar kijkt omlaag. Twee sneetjes toost liggen op een bordje voor haar. Een geel stukje boter. Een pot marmelade, sliertjes gestippelde schil hangend in oranje gelei. Een dun, bot mesje met een benen handvat. Water in een glas. Is dat hetzelfde glas dat hij een minuut geleden aan het omspoelen was? Nee, dat staat daar nog te drogen op het rek. Het is wel hetzelfde soort glas – een dikke bodem als een lens, en achtkantig. Ze heeft die solide geometrische vorm altijd al leuk gevonden. Ze kochten ze samen in...'

'Ik weet dat je niet echt gaat,' hoort ze hem zeggen.

Ze is verbaasd. En weet niet wat ze moet zeggen. Dus zegt ze niets. Hij schraapt het lemmet van het mes over het oppervlak van de toost. *Skkkllllrrrufff.* Steekt het uiteinde ervan in de jampot.

Op dat moment komt Aidan te voorschijn uit zijn kamer. Marcus laat zijn mes in de pot vallen en draait zich snel om, bijna nerveus. 'Aidan! Hoi!'

Aidan bromt. Sinead kijkt niet op, maar ziet zijn voeten in de richting van de keuken stappen, aarzelen, dan in haar richting komen. Hij buigt zich over haar heen, heel dichtbij, zo dichtbij dat ze een golf van geuren van hem ruikt – zeep, waspoeder, leer van het jack dat hij vasthoudt. Ze draait zich onwillig in zijn richting en ziet dat hij haar recht in haar gezicht kijkt. Zijn hand is uitgestrekt naar de autosleutels die naast haar op de tafel liggen. Zijn vingers buigen zich eromheen, dan laat hij ze in zijn zak vallen, worstelt zich in zijn jack, loopt naar de deur, opent die en is verdwenen.

Sinead staat op, trekt een vest om zich heen, duwt haar voeten in haar schoenen en loopt naar haar tas. Ze kan hem niet vasthouden op een manier die plezierig is; stevig in haar hand slaat hij tegen haar been, over haar schouder trekt hij te veel in haar nek. Stom ontwerp voor zo'n tas. Waar heeft ze die trouwens gekocht? Ze besluit uiteindelijk om hem op haar onderarm te haken en loopt naar de deur.

'Waarom zei je ja toen ik je vroeg om hierheen te komen?'

'Ik weet het niet,' zei ik.

'Niet goed genoeg,' wierp hij tegen. 'Probeer het nog eens.'

'Eh,' ik kronkelde onder zijn hoofd, verschoof mijn benen, veranderde de bocht van mijn lichaam. 'Ik... eh... nou,' zei ik, plotseling boos, 'je verdween gewoon. Het ene moment kon ik niet eens gaan winkelen zonder dat jij verscheen om mij te vertellen wat ik wel en niet moest kopen, en het volgende moment was je ineens van de aardbodem verdwenen. En... ik... nou.... ik weet het niet.'

Marcus rolde zich op tot zijn knieën en kuste me, zijn tong koel, zoet van het lycheesap.

Marcus is al bij de deur nog voordat zij er is. 'Sinead, niet gaan,' smeekt hij op een lage, paniekerige toon. 'Ga alsjeblieft niet. Het spijt me... zo erg. Wat ik heb gedaan was zo ontzettend stom. Stóm.' Hij bijt op zijn vingers. Zijn gezicht staat wild, bang. 'Ik weet niet wat me bezielde. Alsjeblieft. Ik kan niet... ik kan de gedachte om jou te verliezen niet verdragen. Ga alsjeblieft niet weg. Alsjeblieft.'

'Ik ga,' zegt ze simpel.

'Maar voor niet meer dan een paar dagen. Oké? Daarna gaan we praten. Je kunt niet zomaar weggaan. Niet op deze manier. We moeten hier verder over praten.' Hij grijpt haar arm.

'Nee.' Ze schudt hem af. 'Ik ga wel.'

'Waarheen dan? Waar ga je heen?'

'Dat weet ik nog niet.'

'Sinead,' zegt hij, 'in godsnaam. Je kunt niet op deze manier bij me weggaan. Dat kun je niet doen. Oké, ik heb iets stoms gedaan – echt verschrikkelijk stom – maar je kunt niet zomaar weggaan. Na vijf jaar, jezus, dan kun je me toch niet zomaar laten vallen. Alsjeblieft.'

Ze trekt de deur open en ze kan nauwelijks de trap voor zich zien die haar het huis uit zal brengen. Maar voordat ze erheen loopt draait ze zich om, slaat haar arm om Marcus' nek en drukt haar mond op de zijne, omdat ze nu echt weggaat en niet meer terug zal komen, en omdat het de laatste keer zal zijn. Het voelt vreemd, omdat ze huilt en ze allebei trillen en haar gezicht nat en glad is en het niet voelt zoals het zou moeten. Ze maakt zich los voor het geval dat wél zal gebeuren, en voordat zijn armen haar gevangen kunnen nemen en haar tegen zich aan zullen trekken, zoals ze weet dat ze zullen doen.

Plotseling is ze alleen en loopt ze de trap af, en ze kan hem haar naam horen roepen, telkens opnieuw, en de band van de tas snijdt in haar schouder en ze concentreert zich daarop – en hoe ze wenst dat ze hem niet kon horen schreeuwen – en zet de ene voet voor de andere, totdat ze buiten op de straat is.

'Waarom kom je niet bij mij wonen in Londen?'

Ik was geschokt. Het werd gezegd op dezelfde, terloops nieuwsgierige toon als waarmee hij zijn andere vragen stelde. Ik keek naar hem en deze keer waren zijn blauwe ogen recht op mijn netvlies gericht.

'Wat?' zei ik nerveus. Misschien had ik hem niet goed verstaan. Hij kon me net toch niet hebben gevraagd of ik bij hem in wilde trekken. Of wel?

'Ik heb een huis,' zei hij. 'Mijn ouders willen me het geld lenen om het te verbouwen. Het is mijn allereerste project.'

'Huis?' herhaalde ik stom.

'Ja, een pakhuis. Het is een oud Victoriaans kledingatelier. Bovenste verdieping.'

'Victoriaans?'

'Nou, zo ongeveer. Vroeg-Victoriaans, denk ik. Groot.' Hij houdt zijn armen wijd, en laat ze dan vallen. 'Het is er nu nog een beetje een troep. Het heeft iets van kamperen, zoals ik daar nu woon. Er is geen badkamer of keuken, of wat dan ook. Maar het zou heel mooi kunnen worden – het zal heel mooi worden. Het is in de buurt van...'

'Luister,' schreeuwde ik, terwijl ik hem wegduwde en wankelend overeind kwam. 'Je kunt niet zomaar... je kunt hier niet mee aan de gang blijven.'

'Waarmee?'

'Je weet wel wat ik bedoel.' Ik stond met mijn handen op mijn heupen. Ik begon bijna met mijn vinger naar hem te zwaaien. 'Met...

met... steeds verder te gaan... zoals net.'

'Maar ik ben verliefd op je.'

'Dat dus!' gilde ik, terwijl ik mijn handen over mijn oren legde. 'Dat is nu precies wat ik bedoel! Dat kun je niet zeggen!'

'Waarom niet?

'Omdat – omdat we precies één middag samen hebben doorgebracht... en... en je kent me nauwelijks.'

'Dat kan me niet schelen. Ik hou echt van je. Dat weet je.'

'Nee, dat weet ik niet,' gooide ik er kinderachtig uit.

'Ja, dat weet je wel. Ik zou je anders echt niet hebben gevraagd om naar China te komen, toch? Dat wist je toen ik je belde vanuit de Friendship Store.'

Ik zweeg, en dacht hierover na.

'En nog wat anders,' zei hij.

'Nou?'

'Jij zou niet zijn gekomen als je niet verliefd op me was geweest.'

Dat was te veel. Een driftbui bruiste op vanuit mijn borst, aangewakkerd door ongeloof en woede. Ik greep de zak met lychees en begon hem te bekogelen met de harde, roze bolletjes.

'Arrogante klootzak die je bent,' schreeuwde ik. 'Ik heb mijn hele leven nog nooit iemand ontmoet die die... zo verdomde zelfverzekerd is.'

De lychees stuiterden van zijn gezicht en hoofd af. Hij deed een uitval naar mij en greep me om mijn middel. Ik beukte met mijn vuisten op zijn rug en schouders. 'Laat me los! Laat me gaan!'

Hij ging overeind staan, greep mijn zwaaiende polsen in zijn handen en, met een van zijn voeten, haalde hij mijn voeten onderuit. Plotseling draaide de hemel boven mijn hoofd en kwam de grond op me af. Ik landde niet hard op mijn rug – hij hield me vast en brak mijn val – maar zodra ik de grond raakte, had hij me vastgepind. Verbaasd en razend worstelde en vocht ik onder zijn greep, maar hij bleef moeiteloos boven me, lachend.

'Rustig, rustig,' zei hij. 'Ik heb in mijn jeugd heel wat tijd verdaan met judo. Misschien moet je dat even in gedachten houden. Voor toekomstige gelegenheden.'

Ik worstelde en gromde, draaide mijn hoofd om, probeerde hem in zijn pols te bijten. 'Ik zou nooit met je willen samenwonen!' zei ik kwaad. 'Nooit!'

'Echt niet?'

'En ik hou niet van je – ik haat je!'

'Echt waar? Nou, ik hou wel van jou.'

'Val dood! Laat – me – los!'

'Nee. Pas als je belooft om bij me te komen wonen.'

'Ik zou nooit in jouw rampzalige, stinkende pakhuis komen wonen – zeker niet met jou.'

'Ook niet als ik je zou betalen?'

Ik lachte. Ik kon er niets aan doen. Het zweet gutste in mijn haar en in mijn T-shirt, dat vastgeplakt zat tegen mijn ribben. Ik hield op met tegenstribbelen, omdat de uitputting het langzaam won van mijn woede. 'Hoeveel?'

'Ik weet het niet. Wat is het gangbare tarief voor een concubine tegenwoordig?'

'Wat zou je zeggen van tien pond per uur en extra voor seks?'

'Je onderhandelt wel keihard, Sinead Wilson.' Hij hurkte op zijn hielen, en deed alsof hij nadacht. 'Maar je tarieven lijken me redelijk.' Hij knikte. 'Afgesproken.'

'Oké.'

'Beloofd?'

'Ik beloof het,' zei ik tam.

Zijn greep op mijn polsen verslapte. Ik kreeg weer gevoel in mijn handen. Ik stond op en begon zand, takjes en steentjes van mijn rug te borstelen. Marcus plukte stukjes bladeren uit mijn haar.

'Zal ik je eens wat zeggen?' zei ik, langzaam en rustig.

'Nou?'

Ik hief mijn hand naar zijn gezicht en hield die voor zijn ogen. De tweede vinger was gekruist over de eerste.

'Het ziet er naar uit dat je erg eenzaam zult zijn in je Victoriaanse pakhuis.'

Hij greep naar mijn arm, maar ik was te snel voor hem, schoot weg buiten zijn bereik en begon het kronkelige pad af te dalen, waarbij mijn bergschoenen op de stenen treden stampten. Ik hoorde hem achter me aan denderen. Gelach kwam omhoog uit mijn keel en mijn hart pompte extra hoeveelheden bloed door mijn aderen.

Een eind verder op het pad greep hij me beet, maar ik duwde hem in de rivier. Hij was zo nat dat hij zijn kleren uit moest trekken, en toen verdwenen we allebei een poosje in het dichte kreupelhout, waar niemand ons kon zien.

Maar daarna liepen we in een hoog tempo omlaag over een kronkelig pad op een heuvel in het zuidwesten van China, terwijl het daglicht uit de lucht boven ons verdween.

Sinead staat op het perron te wachten op de trein die haar naar Michaels huis zal brengen. Ze heeft hem niet gebeld om te zeggen dat ze komt; ze wist niet hoe ze dat uit moest leggen, hoe ze dat in woorden moest uitdrukken.

Minuten springen voorbij op de stationsklok boven haar hoofd. Zwart geworden duiven koeren op de metalen balken van het dakgewelf. Een man tegenover haar staart haar met botte nieuwsgierigheid aan als ze huilt, waarbij de tranen de voorkant van haar jas en handschoenen doorweken.

Het is heel simpel. Gisteren had je een vriend, vandaag niet meer. Gisteren had je een huis waarin je woonde; vandaag ben je dakloos.

Ze zou vanavond naar de opening van Phoebes tentoonstelling zijn gegaan. Ze stelt zich voor dat, in het een of andere parallelle universum, de persoon die ze gistermiddag was, nog steeds bestaat, dat haar identiteit zich op de een of andere manier heeft gesplitst en dat ze ergens op de een of andere manier – of iemand die op haar lijkt en ook zo klinkt – hand in hand met Marcus door de straten loopt naar Phoebes galerie. Ze kan die Sinead zien; ze is gekleed in een strakke rok, zwarte laarzen en een jas met struisvogelveren die in haar hals krullen. Ze houdt een fles wijn onder haar arm. Zij en Marcus praten met Phoebes gekke vrienden, over Phoebes galerie; ze zeggen dat ze niet lang zullen blijven, dat ze maar even blijven en dan terug gaan lopen, misschien een taxi zullen nemen, vanaf een verlichte abri aan de zijkant van de weg, en als ze dan weer thuis zijn, zullen ze elkaar uit gaan pakken als cadeautjes.

III

We leven ons leven, en nemen voorgoed afscheid.

RAINER MARIA RILKE

LILY DUWT HAAR VINGERTOPPEN, NAGELDIEP, IN EEN SPLEET TUSSEN de planken van het tafelblad. Het hout is bedekt met ijskristallen, maar op de een of andere manier voelt het niet zo koud aan als zou moeten.

Sinead zwijgt. Haar adem laat grijswitte stroompjes achter rond haar lichaam. Ze rilt, van de kou, van de inspanning om niet te huilen, Lily kan niet zeggen wat het is. Ze zit van haar afgewend, benen aan weerskanten van de bank. Achter haar glijdt de Theems door de stad, een zwart lint onderbroken door licht. Donkere wolken snellen boven hun hoofden voorbij.

Het lijkt vreemd om op een winteravond aan een picknicktafel aan de South Bank te zitten. Ze zijn omringd door andere, identieke tafels, allemaal verlaten en wit geworden door de vorst. Een vreemde gedempte stilte strekt zich uit tussen de rivier en de hoge betonnen muur van de Royal Festival Hall. Als mensen langs lopen, werpen ze niet meer dan een snelle blik op hen, hun voetstappen geluidloos.

Toen ze daar zo samen gingen zitten, werd Lily's hoofd vervuld van de manier waarop het er bij andere ontmoetingen aan toe ging – je bestelt koffie, een drankje, bespreekt waar je wil gaan zitten, vertelt hoe het met je gaat en wat je de laatste tijd hebt gedaan. Maar hier was niets – geen drankje op de tafel tussen hen in, geen inleiding. Er was slechts één doel, en Sinead begon er meteen over.

Lily schraapt haar keel. Sinead kijkt op, alsof ze is vergeten dat ze daar was.

'Dus jij bent weggegaan,' zegt Lily. Ze merkt dat ze haar niet in de ogen kan kijken. Sinead moet hetzelfde voelen omdat ze tijdens het praten star voor zich uit bleef staren. Als hun blikken elkaar toevallig kruisen, voelt dat te heftig, bijna gevaarlijk.

'Ja.'

'De volgende dag?'

'De volgende morgen.'

Lily wrijft haar verkilde vingertoppen langs haar mouw. 'En je bent niet meer terug geweest?'

Sinead haalt haar schouders op. 'Ik ben teruggekomen om mijn spullen op te halen.'

Lily knikt, omdat ze zich dat herinnert. 'Maar na vijf jaar,' ze doet haar best om haar ongelovigheid onder controle te krijgen, 'is het dan ineens voorbij? Eén gesprek en toen ging je weg?'

Sinead drukt haar tanden in haar lip. 'Er was... ik had nu niet direct veel keus.'

Lily voelt dat er een einde is gekomen aan hun gesprek. Een deel van haar heeft de vreemde impuls om ook iets over haarzelf aan Sinead te vertellen – een geheim, een verhaal, wat dan ook. Om zichzelf daarvan te weerhouden, staat ze op en zegt: 'Ik moet gaan.'

'Lily,' zegt Sinead snel, met een nieuwe, dunne stem.

'Ja?'

'Zou je het erg vinden...' ze begint aarzelend, haar tanden op elkaar geklemd, alsof de woorden tegen haar wil uit haar worden getrokken. 'Mag ik je iets vragen?'

'Natuurlijk.'

Sinead haalt diep adem. 'Wanneer heb je Marcus leren kennen? Ik bedoel, wanneer begon het tussen jou en hem?'

Lily zoekt in haar zakken naar haar handschoenen. 'Eh,' zegt ze, op de een of andere manier wetend dat wat ze ook zal zeggen, het niet het goede antwoord zal zijn. 'Dat was op een feest. In een galerie.'

Sinead staart haar recht aan. 'De opening van Phoebes tentoonstelling,' mompelt ze.

Lily knikt en verplaatst haar gewicht van de ene voet op de andere. 'Nou, ik ga maar eens,' zegt ze niet op haar gemak. 'Bedankt.'

Zodra het woord haar lippen verlaat, betreurt ze het al, zou ze het terug willen grijpen uit de lucht. Sinead lacht kort. 'Waarvoor?' zegt ze. 'Voor Marcus?'

'Nee. Ik bedoelde...'

'Je mag hem van me hebben,' snauwt ze.

Lily krabt over haar hoofd. 'Tot ziens dan maar.'

Sinead geeft geen antwoord.

Lily beklimt de versleten metalen trap van de Hungerford Bridge met twee treden tegelijk, en laat een hand op haar knie rusten om in balans te blijven. Boven op de trap blijft ze staan, steekt haar hand in haar zakken en laat het kleingeld dat ze heeft in het gehavende plastic bekertje van een jongen vallen die zich in een slaapzak heeft gewikkeld. 'Bedankt,' roept hij haar na, en keert dan terug naar zijn mantra: 'Kleingeld alstublieft, kleingeld alstublieft.'

Halverwege stopt ze, buigt zich over de metalen leuning en kijkt om naar de Royal Festival Hall. De glazen voorkant van het gebouw straalt geeloranje licht uit en mensen komen naar buiten gestroomd. Sinead zit nog aan de houten tafel, gebogen tegen de kou. Terwijl Lily haar gadeslaat, ziet ze hoe ze overeind komt, van de bank stapt, haar tas over haar schouder gooit en wegloopt in de richting van Waterloo.

Dit soort dingen gebeuren nu eenmaal.

Sineads woorden beginnen nu pas door te dringen. Terwijl ze daar bij elkaar zaten was het enige wat Lily kon denken: daar is ze dan, recht voor me, pratend, me alles vertellend. Maar pas nu, naarmate de afstand zich weer tussen hen vergroot, kan Lily in haar hoofd gaan analyseren wat ze precies heeft gezegd.

Ze kijkt neer op het water. Boten glijden, verlicht en vibrerend door muziek, onder de brug door. Ze herinnert zich, van jaren geleden, een verhaal in een krant over twee studenten – rechtenstudenten waren het, dacht ze – die op deze brug met elkaar gingen vechten en over de leuning vielen; dagen later spoelden hun lijken aan bij de Thames Barrier. Ze vraagt zich af of Sinead ook naar haar heeft zitten kijken.

Tegen de tijd dat ze thuis is, slaapt Marcus al en is de flat donker. Ze duwt tegen zijn deur aan en tuurt in de duisternis. Hij ligt op zijn rug, een arm boven zijn hoofd gegooid.

Niet bepaald. Ik was niet bepaald.

Ze knielt op het matras. Marcus zucht en draait zijn hoofd om, waarbij zijn hals wit opflitst in het donker. Maar zijn ogen zijn nog gesloten. Lily laat haar blik snel door de kamer gaan en gaat dan languit naast hem liggen, volledig gekleed.

Haar hand strekt zich uit om zijn gezicht aan te raken, haar vingertoppen ontmoeten de wasachtige, warme huid van zijn wang. Ze buigt zich over hem heen, kijkt hoe zijn ogen flikkeren onder zijn oogleden. Haar hand beweegt omhoog naar de fragiele, vliezige bleekheid van zijn slaap, waar het bot van het hoofd op zijn dunst is. Ze stelt zich zijn schedel voor, grijswit, met kleine kuiltjes, ineengepast langs grillige lijnen. Vlak onder haar vingers zwellen, pulseren en trillen cellen.

Lily heeft nooit eerder een geheim gehad. Geen groot geheim tenminste. Bij het ontbijt de volgende morgen voelt ze hoe het opgekruld binnen in haar ligt, heet en ademend. Marcus heeft een architectenblad tegen de theepot gezet, verticaal gevouwen, de pagina's omgerold. Zijn ogen schieten van de ene kant van de kolom woorden naar de volgende. Dan begint hij te praten, vertelt haar iets over een klus waar hij mee bezig is, een film die hij wil zien, iemand met wie hij gisteren heeft gesproken. Met een lepel roert hij melk door zijn cornflakes. De andere rust op het tafelblad, de nagels kort geknipt. Lily schenkt thee in haar mok, maar laat die even afkoelen.

Ze ademt in door haar mond en voelt hoe de lucht langs haar tanden beweegt, en houdt die vast. Haar keel zit vol met zinnen die wachten. Marcus is opgehouden met praten. Hij staart naar een onzichtbaar punt halverwege de bank en de koelkast, zijn kaak in een kromme, geconcentreerde stand, midden in het kauwen, zijn lepel onbeweeglijk, rustend op de zijkant van zijn kom. Hij denkt aan Sinead. Lily ziet dit en het geheim steekt en trilt in haar, de zinnen die als een helix samenstrengelen in verwarring. Ze ademt uit, en laat de lucht door haar neusgaten naar buiten komen. Het maakt een luider ruisend geluid dan haar bedoeling was en Marcus ontwaakt uit zijn gedroom. Hij knippert met zijn ogen, kijkt even naar haar, en concentreert zich dan weer op zijn ontbijt. Zijn lepelhand hervat het werk.

'Ik ga ervandoor.' Ze loopt in de richting van de deur. Ze heeft niets gegeten. Haar lichthoofdigheid en haar holle maag geven haar een soort ascetische bevrediging.

AIDAN STAAT IN HET MIDDEN VAN DE SKELETACHTIGE STRUCTUUR van zijn nieuwe, half in elkaar gezette bed. Metalen buizen liggen als een mikadospel verspreid over de grond. In zijn linkerhand houdt hij een inbussleutel – belachelijk klein, vindt hij, voor de omvang van deze operatie. In zijn rechterhand heeft hij een opengevouwen vel met instructies. Zogenaamde instructies. Hij heeft niet het soort hersens voor dit soort dingen; of spreekt niet de juiste taal. Hij behoort niet tot het juiste soort met het juiste stel aangepaste fysieke kenmerken. Als de overleving van de sterksten zou afhangen van de meubelconstructie vanuit een plat pakket, dan zouden de Aidan Nashs van deze wereld allang zijn uitgestorven. Hij hoeft alleen maar naar het instructieblad te kijken – groot, wit, met complexe, onbegrijpelijke tekeningen van niet nader aangeduide onderdelen die moeiteloos in andere net zo vage onderdelen zouden moeten passen – of zijn geest smelt al samen tot een afschuwelijke, gevoelloze mix van verveling en frustratie.

'Jodie,' roept hij.

Er komt geen antwoord. Hij kan haar en Rory – die kennelijk even een pauze heeft gekregen – in de keuken horen. Ze is bezig met het uitpakken van serviesgoed, en het gerinkel van porselein tegen porselein voert hem terug naar zijn tienerjaren, als hij in zijn slaapkamer luisterde of het eten al klaar was.

'Jodie!'

Zijn zuster verschijnt in de deuropening, haar armen over elkaar geslagen. 'Hé, platte-pakketkoning, hoe staan de zaken?'

'Ik ben geen platte-pakketkoning. Als het in elkaar zetten van meubels uit een plat pakket een feodaal stelsel zou zijn, dan zou ik de laagste horige uit de geschiedenis zijn. Ik zou nog niet eens een hond zijn,' mompelt hij, terwijl hij om zich heen zoekt naar iets wat 'axel B' wordt genoemd. 'Ik zou het hulpje van de varkenshoeder zijn.'

Jodie lacht. 'Waarom zet je de tafel in de slaapkamer, Aide?'

'Erg grappig.' Hij wordt gedwongen om kleine trippelpasjes te nemen dwars door de berg metalen stijlen en verpakkingsmateriaal terwijl hij naar haar toe komt. 'Om je dood te lachen, eigenlijk. Zou je me nu kunnen helpen om axel B te vinden? Die ziet er zo uit.' Hij prikt met zijn vinger op het instructieblad. 'Zie jij hier iets wat daarop lijkt?' Hij zwaait wild naar de berg metalen en houten onderdelen. 'Ook maar in de verste verte? Nee. Weet je waarom niet? Omdat je het eigenlijk helemaal niet nodig hebt. Waarom zou je voor een bed iets nodig hebben wat lijkt op een kleine eierenklopper? Het is allemaal een samenzwering om je te laten denken dat het de moeite waard is om een belachelijke hoeveelheid geld te besteden aan een berg rotzooi.'

'Doe nou eens even niet zo dom,' zegt ze, terwijl ze het papier uit zijn hand rukt. 'Geef hier. Echt hoor, soms denk ik echt dat...'

De deurbel klinkt, schril en niet vertrouwd. Ze kijken verbaasd op.

'Zal ik opendoen?' roept Rory vanuit de keuken.

'Nee, ik ga wel.' Aidan stormt de kamer uit. 'Ik denk dat het Sinead is.'

Hij heeft nauwelijks tijd om haar aan te kijken, of ze is al over de drempel en drukt haar ijskoude wang tegen de zijne. Dan is ze in de hal, hangt haar jas bij de andere aan de kapstok en loopt de zitkamer in.

'God, Aidan, wat een leuke straat,' zegt ze, 'en lekker dicht bij de metro. En die geweldige klimop over de hele voorkant van het huis.' Ze draait zich naar hem om en glimlacht. Het licht in de lege kamer, dat door de klimopbladeren wordt gefilterd, lijkt haar te oscilleren, groen en koel als rivierwater. 'Kun je me een rondleiding geven?'

Ze is stil in iedere kamer; de hal, de keuken, de zitkamer. Ze loopt overal rond, kijkt omhoog, kijkt omlaag, kijkt van de ene naar de andere kant – overal behalve naar hem. Ongerustheid begint te kloppen bij zijn slapen. Op de trap drukt ze haar handpalm tegen het behang van donkere, kronkelige varenbladeren en takken die zich langs de trap slingeren, en loopt dan door. Bovenaan draait ze zich om.

'Aidan, het is prachtig. Echt schitterend.' Haar stem klinkt ernstig, gemoduleerd, haar ogen kijken verrukt.

Zijn hart opent zich als een boek en hij beklimt de laatste twee treden om bij haar te komen. 'Vind je?' Hij moet naar de trapleuning kijken, omlaag naar de voordeur, alsof hij de rechtheid ervan wil controleren.

'Ja. Absoluut schitterend.' Ze articuleert iedere lettergreep. Hij kan ze bijna proeven in de lucht tussen hen in.

'Je moet de slaapkamer nog zien, dan kun je meteen ook kennismaken met Jodie.'

Zijn zuster verschijnt in de deuropening. Soms treft hun tweelingzijn hem als een vreemde onmogelijkheid; hij kijkt naar haar en kan zich niet voorstellen dat hun lichamen samen in dezelfde baarmoeder hebben gezeten. En soms – vaak als hij alleen is – voelt hij een afwezigheid in de lucht om hem heen, een kilte aan één kant van zijn lichaam die hem doet rillen. Hun moeder had hun eens verteld dat, in de laatste dagen, Jodies voetje tegen Aidans rechteroor gedrukt had gezeten, waardoor dat als een envelopje tegen zijn hoofd werd geplakt en dat het, toen hij geboren werd, recht naar voren stak. Ze probeerden het oortje weer op zijn plaats te krijgen met 'heel zacht plakband'. Hij raakt het nu aan, zijn rechteroor, terwijl Jodie naar voren buigt en Sineads hand in de hare neemt. Hij wil zo graag dat die twee vriendinnen zullen worden dat hij het nauwelijks kan verdragen dat ze elkaar nu ontmoeten.

'Aidan is bezig zijn bed in elkaar te zetten, maar hij maakt er een puinhoop van,' zegt Jodie. Rory duikt vlak achter haar op, en ze spelen het spel van het hechte paar dat altijd door stelletjes wordt gespeeld als ze aan iemand worden voorgesteld. 'Ben jij goed met platte pakketten?'

'Ik zal eens even kijken.'

Aidan staat in de deuropening terwijl Sinead een lang, houten paneel omdraait en de bovenkant ervan op de grond zet.

'Nee,' zegt ze tegen Jodie, 'wacht. Dit moet een onderdeel zijn van dat.'

Jodie stopt, en met zijn tweeën buigen ze zich over de instructies.

'Je hebt gelijk.' Ze kijken om zich heen, handen op de heupen. 'Als dit hierin past, dan betekent dat...

'Dat dit hierin moet.'

Ze lachen om hun eigen slimheid. Rory, bij het raam, kijkt naar Aidan en haalt zijn schouders op. 'Ik ga even wat wijn halen,' zegt hij.

Alle andere kamers zijn nog stil en leeg; deze ruimte, de keuken, vibreert door de maaltijd en het gepraat, de mensen en kaarsen. Mijn huis, denkt Aidan, en leunt achterover in zijn stoel. Sinead heeft een servet gedoopt in gesmolten kaarsvet en duwt de randen in de vlam, waardoor het kaarslicht oplaait in de richting van het plafond.

'Daar gaat het toch niet om?' zegt Rory.

'Jawel!' roept Jodie uit.

'Daar gaat het nu juist wel om,' sluit Sinead zich bij haar aan, terwijl ze haar voeten om de stoelpoten slaat, zodat ze van haar stoel lijkt op te stijgen.

Een week geleden, in een restaurant, heeft Sinead hem verteld dat haar favoriete voedsel op dat moment raketsla was. 'Een nogal misplaatste naam, vind je niet?' had ze gezegd, terwijl ze een fragiel, slap, getand blaadje sla omhooghield. Hij had het voor die avond voor haar gekocht, maar het meeste ervan ligt nog onaangeroerd op haar bord. Haar sleutelbeen is geprononceerder dan vorige week, merkt hij op. Behalve als je het wist, denkt hij, kan ze heel aardig doen alsof. Behalve als je het wist, zou je nooit kunnen raden dat er onder dat alles – die glimlach, het haar, het gebabbel, de zorgvuldige make-up, de juiste kleren – een gebroken hart zit. Hij stelt het zich voor als een gebroken porseleinen kopje in een papieren zak, met scherpe, puntige randen die het omhulsel met één lichte beweging zouden kunnen openscheuren.

'Maar het probleem met zo'n soort broek,' zegt Jodie, 'is dat iedereen kan zien wat voor slipje je eronder draagt. Ik denk dat dat meer informatie is dan waar de meeste van mijn collega's behoefte aan hebben.'

Sinead lacht. 'Ja, maar heb je die hoog opgesneden broekjes gezien?' Ze schudt haar hoofd. 'Niet echt mooi.'

Vrouwen zijn verbazingwekkend. Binnen twee uur nadat ze elkaar hebben leren kennen, hebben ze al een discussie over ondergoed. Aidan stapelt de borden op en brengt ze naar het tot dan toe nog niet gebruikte aanrecht. Rory vist zijn wijnglas uit de restanten van de maaltijd op de tafel en wandelt de zitkamer in. Aidan draait de kraan open, en voelt het plezier van iets voor het eerst doen waarvan je weet dat je dat telkens opnieuw weer zult gaan doen. Water klettert in de roestvrijstalen spoelbak. Een weergalmende bas klinkt plotseling vanuit de andere kamer en hij realiseert zich dat Rory de stereo moet hebben geïnstalleerd en die nu heeft aangezet. Er klinkt een langzame serie noten, een verandering in tempo, dan een vrouwenstem – hoog en zuiver – die erbovenuit komt.

Zijn lichaam reageert sneller dan zijn geest. Hij laat het bord dat hij aan het afwassen is weer in het water glijden en draait zich naar haar om, terwijl zijn gedachtegang nog een achterstand aan het wegwerken is. Waarom geeft deze muziek hem een vreemd gevoel, en waar heeft hij die eerder gehoord, en aan wie doet die hem denken, en wie draaide dit nummer telkens opnieuw?

Het effect op Sinead is sneller en dramatischer. Ze krimpt ineen, en haar gezicht vertoont ontzetting en angst. Ze springt op, strompelt door de keuken en slaat haar handen over haar mond en neus, terwijl er een soort hoestend gesnik uit haar komt. 'O christus,' horen ze haar zeggen, en ze tast naar de knip van de glazen deuren en is dan in de tuin, verzwolgen door de duisternis.

'Shit,' zegt Jodie.

'Zeg tegen Rory dat hij die muziek uitzet,' zegt Aidan, terwijl hij door de deuren achter haar aan snelt.

De tuin is koud en nog niet zo vertrouwd voor hem dat hij er in het donker goed de weg weet te vinden. Hij loopt door het bedauwde gras als de zwarte vorm van een boom voor hem opdoemt. Hij stopt, laat zijn hand tegen de knoestige bast rusten. Luistert. Het verkeer in de verte. De kronkelende muzieklijnen die nog steeds onverbiddelijk doorgaan. Gesmoord gesnik dat... waar vandaan komt? Hij houdt zijn hoofd schuin, leunt dichter tegen de boom aan. De achtermuur. Bij de kitscherige sierfontein. Hij loopt er voorzichtig heen.

'Sinead?' fluistert hij half.

Hij is sneller bij haar dan hij had gedacht. Ze heeft beide handen over haar mond geslagen en buigt zich voorover alsof ze lichamelijke pijn heeft. Het geluid dat ze maakt is niet onmenselijk, maar het lijkt in niets op wat hij ooit eerder heeft gehoord – hoog, jammerend, kinderlijk. Hij aarzelt, vraagt zich af wat voor geluid het zou zijn als ze haar handen zou weghalen en het eruit zou laten komen, hoe hard het zou klinken, in hoeveel tuinen het te horen zou zijn. Hij legt een hand op haar schouder. 'Sinead.' Hij kan niet bedenken wat hij wil zeggen. 'Alsjeblieft,' is wat eruit komt. 'Alsjeblieft, niet doen. Alsjeblieft.'

Ze recht haar rug, nog steeds met haar hoofd afgewend, nog steeds met haar handen voor haar mond. Dan heeft hij zijn armen om haar heen geslagen, strak, en haar lichaam staat te trillen tegen het zijne.

'Het spijt me, het spijt me, het spijt me,' zegt ze tussen snikken door, en hij zegt tegen haar dat ze rustig moet zijn, zijn kin tegen haar haar, en haar vingers die de wol van zijn trui vastgrijpen, haar gezicht tegen zijn borst gedrukt.

'Sstt,' zegt hij, 'het is goed, alles is nu goed.'

De muziek is abrupt uitgezet en ze worden omringd door duisternis, stilte en rust. Haar gesnik is nu langzamer, minder hoog en uitzinnig. Hij voelt hoe ze zich in zijn armen beweegt en hij vraagt zich af of ze wil dat hij haar loslaat, of ze weg wil, en hij laat zijn greep op haar losser worden, maar ze beweegt alleen haar gezicht, laat haar hoofd zakken in de kromming van zijn hals. Aidan legt zijn armen weer om haar heen.

'Het is goed,' mompelt hij. 'Alles komt goed.'

Het is meestal niet mogelijk om aan te geven waar een vriendschap begint, het moment waarop een kennis een echte vriend wordt. Het is meestal een geleidelijk, ongrijpbaar proces dat plaatsvindt tijdens heel wat avonden, of heel wat drankjes of heel wat geklets aan de telefoon; een langzame vermindering van verschillen of een langzame ontdekking van overeenkomsten. Maar met Sinead is het gemakkelijk. Aidan kan het tot op de dag, het uur, de minuut nauwkeurig aangeven: toen ze hem had gebeld op de morgen dat ze Marcus had verlaten. Hij was op kantoor geweest, waar hij zat te werken aan iets op zijn beeldscherm, en had zonder er verder bij na te denken zijn telefoon opgepakt, toen hij haar stem hoorde zeggen: 'Je wist het, hè?' Hij was recht overeind geschoten, waardoor zijn muis op de grond viel. 'Al die tijd heb je het geweten.'

'Sinead...' was hij begonnen, terwijl hij in het wilde weg rondtastte om zijn muis te vinden en al wist dat hij niet tegen haar kon liegen.

'God,' zegt ze, terwijl ze zich losmaakt. 'Het spijt me, Aidan. Dit is belachelijk.' Ze lacht half, veegt haar gezicht droog. 'Er gaat tegenwoordig geen twee uur voorbij of dit gebeurt.'

'Dat geeft niet,' zegt hij. De plotselinge afstand tussen hen, gevuld met kille herfstlucht, maakt het moeilijker om haar te troosten.

'Het spijt me echt,' mompelt ze, haar ademhaling nog onregelmatig, terwijl ze zich omdraait om terug te lopen door de tuin. 'Het is stom. Echt stom.'

Hij volgt haar. Haar tranen hebben zijn hals nat gemaakt. Later die avond, als hij zich uitkleedt, vindt hij mascarazwarte sporen waar ze langs zijn lichaam omlaag zijn gelopen.

Aidan had weinig problemen met jetlag. Hij moest er wel aan wennen in een baan waarvoor hij vaak plotseling de halve wereld over werd gestuurd. Dus toen hij in New York arriveerde was hij verbaasd te merken dat hij er ineens last van had – een lichte misselijkheid, een gevoel alsof hij watten in zijn hoofd had, loodzware ledematen – terwijl hij in de bus zat die hem naar Manhattan bracht, tas op zijn knie, paspoort nog in zijn hand geklemd.

Tegen de tijd dat hij zijn hotel had bereikt, was het nog erger geworden. Hij strompelde zijn kamer binnen, struikelde over het vloerkleed, en sloot de deur. Hij was van plan geweest om zijn laptop uit te pakken, zijn notities klaar te leggen ter voorbereiding van de bespreking van de volgende dag. Maar hij bedacht later dat hij zeker in slaap was gevallen nog voordat hij het bed had bereikt, omdat zijn laatste herinnering was dat hij over meters en meters van een geplooide, bloedrode sprei aan het kruipen was.

Toen hij wakker werd, drongen gewaarwordingen langzaam door tot zijn bewustzijn, als beelden op fotografisch papier. Het licht buiten was van een vloeibaar indigo. Hij lag op zijn rug, diagonaal over het bed. Ongelooflijke dorst. Kou vanuit de airco. Licht te schel. Tong droog en opgezwollen. Verkeer en sirenes vanaf de straat beneden.

Hij draaide zich op zijn zij, duizelig door misselijkheid en uitputting. Hij ging rechtop zitten en schudde vertwijfeld zijn hoofd. Was hij dronken? Kater? Ziek misschien? Hij was er nog niet achter waar hij was en wat hij daar deed. Maar dat was niet zo ongewoon voor hem; de afgelopen drie jaar had hij nergens echt gewoond; hij had maanden in Japan gezeten, daarna in New York, vervolgens LA, Berlijn, Londen en toen weer terug. Hotelkamers. Tijdelijke appartementen. Maar dat was nu allemaal veranderd. Hij zou nu permanent in Londen gaan werken. Hij ging een huis kopen. Zijn eigen huis.

Aidan liet zich weer op het kussen vallen. Hij wist het nu allemaal weer; hij had een contract getekend met de Engelse vestiging van een Amerikaans bedrijf. Hij woonde tijdelijk in het huis van Marcus. Met Sinead. Terwijl hij wachtte totdat alles met zijn nieuwe huis geregeld was. Terwijl Marcus in New York werkte. Wat hier was. Waar Aidan nu was. Een hotel in New York. Om de laatste hand te leggen aan de vormgeving van een videoclip met animatie.

Er flitste een rood lampje op de telefoon naast zijn hoofd. Hij draaide zich om, drukte erop met zijn wijsvinger en luisterde duf naar een opgenomen elektronische stem. Een boodschap van Marcus om elkaar om acht uur te treffen op de hoek van Broadway en 57th. Hij bracht zijn linkerarm omhoog naar zijn gezicht en staarde naar zijn horloge, alsof hij dat nooit eerder had gezien. De ronde wijzerplaat, versterkt met zwart plastic, een keurige cirkel van kleine cijfers. De fel gekleurde wijzers, gesplitst als een gradenboog. Hij had gehoord over een vrouw die, in de tijd dat ze nog uranium gebruikten voor horloges die oplichtten in het donker, aan de punt van haar penseel likte voordat ze de wijzerplaat ging beschilderen met lichtgevende verf. Kreeg al dat kankerveroorzakende gif op die manier jarenlang naar binnen. Stierf uiteindelijk aan leukemie.

Aidan kneep zijn ogen dicht, deed ze toen weer open en tuurde met moeite op zijn horloge. Kleine wijzer – zeven. Grote wijzer – drie. Of tussen de drie en vier. Wat betekende? Tien voor halfacht. Shit.

Hij sprong van het bed en wachtte totdat hij zijn evenwicht had hervonden. Zijn kleren voelden vies en stijf aan, maar er was geen tijd om zich te verkleden. Hij klopte op zijn zakken; portemonnee, hotelsleutels en het gekraak van papier in zijn borstzak. Aidan duwde zijn vingers erin en voelde harde, dichte randen. Envelop. Toen herinnerde hij het zich weer: Sineads brief voor Marcus die ze hem vanmorgen had meegegeven. Hij had gezien hoe ze de dicht beschreven bladzijden in drieën vouwde, ze in een envelop stopte, die dicht likte en vastdrukte. Gistermorgen. Wanneer het ook was.

De botten in zijn benen voelden gewrichtsloos en kneedbaar aan terwijl hij door Central Park West liep. Joggers en rolschaatsers schoten langs hem heen. Hij vroeg zich af of hij niet beter een taxi kon aanhouden, maar besloot toen dat de frisse lucht hem goed zou doen. Links van hem ritselden en wiegden de bomen van het park in de wind; twee mannen gooiden een honkbal tussen hen heen en weer, waarbij de oranje bol door de donker wordende lucht ketste. Zijn nek en schouders knerpten, zijn voorhoofd trok strak door het begin van hoofdpijn, en terwijl hij doorliep probeerde hij zijn armen in de gewrichtskommen rond te draaien om de spanning in zijn nek te verminderen.

Bij de kruising van Broadway en 57th was een Duane Reade-drogisterij. Het appartement dat Marcus huurde totdat zijn werk klaar was, was meer naar het westen, in de richting van de Hudson. Nadat hij de straat had af gekeken om te zien of hij er al aankwam, dook Aidan in de winkel om een pijnstiller te kopen. Hij had Marcus al een halfjaar niet gezien, doordat hij pas in Marcus' huis was getrokken toen die al naar New York was gegaan, en hij wilde niet geteisterd worden door hoofdpijn.

Hij liep de gangpaden op en neer. Nagellak. Vochtinbrengende crèmes. Shampoo. Tandenborstels. Chocolade. Chips. Een liedje klonk door de intercom van de winkel – een hit van ongeveer vijftien jaar geleden; een liedje waar hij en Marcus in een bepaalde periode naar luisterden toen ze nog op school zaten, met Marcus' walkman, ieder met hun eigen hoofdtelefoon. Hij hoopte dat Marcus zou komen voordat het was afgelopen, zodat hij hem in deze neonverlichte winkel kon trekken om te luisteren. Scheermesjes. Vitaminepreparaten. Zonnebrandmelk. Zijn biologische klok dacht dat het één uur in de morgen was. Toilettassen. Haaraccessoires. Ontharingsmiddelen voor je benen. Maandverband. Afslankproducten. Deodorants. Geneesmiddelen. Eindelijk.

Hij stond als verlamd bij de display van gekleurde, gestreepte, van een beeldmerk voorziene doosjes. Keelsnoepjes. Sprays tegen hooikoorts. Antisceptische crème. Pijnstillers. Er waren een stuk of twintig variëteiten. Wilde hij Tylenol, Motrin, Advil, Excedrin of Anacin? Oplosbaar of niet oplosbaar? Aidan wreef met zijn handpalm over zijn gezicht en rook zweet en vermoeidheid, muffe lucht en vliegtuig. Gecoat of niet? Capsules of pillen? Met of zonder cafeïne? In een buisje of in een doordrukstrip?

Toen voelde hij dat er een hand aan zijn schouder trok en hoorde hij Marcus' stem, met een vreemde Amerikaanse intonatie. 'Hé, Aide, hoe gaat-ie?'

Hij grijnsde, gebruind en gekleed in zijn architectenuniform, zonnebril opgevouwen bengelend aan het borstzakje van zijn grijze hemd. Een trui was met de mouwen om zijn middel geknoopt. Aidan bewoog zich naar voren met een beetje slingerende beweging, blij hem te zien maar lichtelijk verward, omdat hij zich niet meer kon herinneren hoe hij en Marcus elkaar meestal begroetten, of ze elkaar omhelsden of een hand gaven of knikten of gewoon niets deden.

'Je ziet er gesloopt uit,' zei Marcus, terwijl hij zijn vingers kort om die van Aidan sloot. 'Wanneer ben je aangekomen?'

'Een paar uur geleden.'

'Nieuw jasje?'

'Ja. Vind je het leuk?'

'Nee.'

Ze glimlachten naar elkaar, waarbij ze gelijktijdig hun rechterarm omlaag lieten vallen.

'Dus je moet nog naar het eerste honk?' zei Marcus.

'Nog naar het eerste hónk?' herhaalde Aidan, één wenkbrauw opgetrokken (een talent waarom Marcus hem altijd had benijd). 'Waar kom je vandaan? Uit Californië?'

'Ja, heel grappig. Luister, wat zou je vanavond willen doen?'

'Weet ik eigenlijk niet. Ik voel me een beetje gammel om de waarheid te zeggen, dus...'

'O, kom op, je bent toch geen watje. We moeten uit. Je bent hier maar... hoe lang precies?'

'Vijf dagen.'

'Precies. Dus ik denk dat we maar eens in de richting van Soho moeten gaan en...'

Marcus stopte. Twee Amerikaans-Chinese vrouwen kwamen door het gangpad al kletsend in hun richting gelopen, winkelmandjes tegen hun benen bewegend. Aidan keek niet echt naar hen, maar merkte op dat moment op dat de een heel kort haar met rechtopstaande plukjes had, terwijl de ander een lange, zijdeachtige paardenstaart had en een onmogelijk kort suède jurkje droeg. Aidan deed een stap opzij om hen te laten passeren, en wachtte nog steeds totdat Marcus zijn zin zou afmaken. Maar Marcus bleef midden op het pad staan, handen op zijn heupen. Hij zette grote ogen op en trok een grimas, en even begreep Aidan niet waarom hij zo'n vreemd gezicht trok. Hij vroeg zich af of er iets aan de hand was, toen hij zag dat Marcus grinnikte naar de twee vrouwen, die hem aanstaarden, elkaar vervolgens aankeken, toen lachten en weer naar hem keken. 'Hoi,' zei de kortharige terwijl ze langs hem liepen.

Wat er daarna gebeurde, gebeurde snel; de vrouwen liepen door, maar een van hen wierp een blik over haar schouder naar het einde van het gangpad. Marcus raakte Aidans mouw aan en zei: 'Wacht even' en ging achter hen aan. 'Hoi. Hoi. Hallo,' hoorde hij hem zeggen, terwijl hij tussen hen in stapte. 'Hoe gaat het?'

Ze giechelden. De langharig hees haar mandje op de andere arm. 'Ben je Engels?' hoorde hij haar zeggen.

En Aidan keek alleen maar. Of het nu kwam door jetlag, verbazing, ongeloof of alle drie deze dingen, het zorgde er in ieder geval voor dat hij geen idee had wat hij hier nu van moest vinden. Toen zijn vriend om de hoek verdween met de twee vrouwen, liep Aidan automatisch terug naar de afdeling geneesmiddelen, waar hij een blauw doosje Advil koos. Toen liep hij het volgende gangpad in en pakte een flesje mineraalwater. Toen hij bijna bij de kassa was, keek hij om zich heen naar Marcus, maar toen hij hem niet zag, ging hij in de rij staan wachten.

Net toen hij zijn aankopen overhandigde en naar zijn portemonnee zocht, vloog er iets in de lucht. Het suisde vlak langs zijn oor, en landde toen met een plof op de toonbank voor hem. Aidan deinsde verbaasd terug, en zag toen wat het was. Een pakje met condooms. Drie. Trojans. Met zaaddodend glijmiddel.

Marcus verscheen naast hem, groef in zijn zakken en haalde er een biljet van tien dollar uit. 'Mooi. Oké. We hebben alles,' zei hij. 'Bedankt,' zei hij tegen de caissière, toen ze hem zijn wisselgeld gaf, overhandigde Aidan diens spullen, en duwde de condooms in zijn eigen achterzak. 'Ze gaan naar een club in TriBeCa,' begon hij met een lage stem, terwijl ze naar de deur liepen, 'maar pas later op de avond. We zouden daar met ze af kunnen spreken, of we zouden eerst samen iets kunnen gaan drinken. Wat vind je ervan?'

Aidans hersenen begonnen eindelijk door te krijgen wat er aan de hand was. Hij bleef zo abrupt staan op weg naar buiten, dat Marcus tegen hem opbotste.

'Waar ben je mee bezig?' vroeg hij.

Marcus knipperde met zijn ogen. 'Wat bedoel je?'

'Wat ik bedoel? Ik bedoel, wat heeft dit allemaal te betekenen?' Hij gebaarde naar de vrouwen die een paar meter verder op de stoep stonden – die, zo merkte hij op, waarschijnlijk nog tieners waren – en toen naar Marcus' zak waar de condooms in zaten. Hij keek ongelovig toe terwijl een vermoeide insinuerende glimlach op Marcus' gezicht verscheen.

'Aidan, je gaat me toch geen preek geven over trouw, hè?'

Woede vlamde op in Aidans borst, en de adrenaline schoot door zijn lijf, en verdreef alle sporen van uitputting. 'Trouw?' herhaalde hij. 'Tróuw? Ik zou zeggen dat dit alles te maken heeft met trouw en ontrouw. Zegt het woord "Sinead" je misschien iets? Een klein beetje misschien?'

Bij het noemen van haar naam flikkerde er iets in Marcus' ogen. Iets herkenbaars, iets wat hij kon thuisbrengen. Toen was het verdwenen, net zo snel als het was gekomen. 'Luister,' zei hij, 'ik vind dat we wat moeten gaan drinken met die twee. Heb je daar zin in of niet?'

Aidan staarde hem verbijsterd aan. 'Nee, dat heb ik niet.'

'Nou, wat wil je dan gaan doen?'

'Marcus...' begon hij, en stopte toen. 'Ik vind gewoon dat...' Hij wist niet wat hij moest zeggen. 'Doe wat je wil.' Hij zwaaide met zijn hand naar hem. 'We... we kunnen daar nu niet over praten.'

Marcus gaf geen antwoord, maar bleef staan waar hij was, zijn gezicht naar de meisjes gericht, de ene voet wankelend boven op de andere. 'Ik kan je toch zo niet achterlaten,' mompelde hij, maar nog steeds keek hij hem niet aan. Aidan sloeg hem gade, vermoeid, nieuwsgierig welke kant hij op zou gaan.

'Je hebt echt last van jetlag, niet?' zei hij. 'Dus je gaat straks gewoon naar bed? Bel me morgen dan maar op kantoor, goed?' zei Marcus, terwijl hij zijn gezicht weer naar Aidan wendde. 'Bel je me dan morgen op kantoor?' Aidan zweeg. 'Goed,' zei Marcus, het feit negerend dat hij helemaal geen antwoord had gekregen. 'Ik spreek je.'

Aidan keek toe hoe zijn vriend wegliep, geflankeerd door de twee vrouwen, in de richting van Broadway. Hij begon zijn ene hand tegen de andere te wrijven en ontdekte dat hij een plastic tasje vasthield waarin de Advil en het water zaten, en herinnerde zich zijn hoofdpijn weer. Hij had het gevoel alsof hij door een masker van pijn gluurde, zijn hoofd bonkend, zijn ogen stekend in zijn schedel.

Aidan had de dag doorgebracht met discussies over het antropomorfiseren van een pinguïn. Hoeken van zijn hersenen bevatten nog beelden van de video-opnamen die ze hadden bekeken op een groot scherm in de conferentiekamer; pinguïns die van gletsjers kwamen afgegleden, pinguïns die gestroomlijnd zwommen in nauwelijks vloeibaar arctisch water, pinguïns die heen en weer schoven boven hun eieren.

Terwijl hij terugliep naar zijn hotel nam hij zijn sms'jes door. Hij had vijf gesprekken van Marcus weggedrukt, waarbij hij zichzelf had wijs gemaakt dat hij het te druk had, dat het onbeleefd was om zijn telefoon op te nemen terwijl hij midden in een vergadering zat, dat hij later wel terug zou bellen.

Terwijl hij door de lobby van zijn hotel liep – een monstruositeit van glazen wanden met gordijnen ervoor, plastic klimop en explosies van feestelijke verlichting – in de richting van de liften, zag hij hem, onderuit gezakt in een stoel in de bar, één been over de zijkant van de stoel geslagen, terwijl hij een opgevouwen krant las. Aidan aarzelde, keek naar de liftdeuren, de verlichte omlaag wijzende pijltjes, en toen weer naar zijn vriend. Hij liep op hem toe. 'Hallo,' zei hij, toen hij op een meter afstand van hem was.

Marcus sprong op, en ging rechtop staan alsof Aidan een onderwijzer was en Marcus een leerling die een goede indruk wil maken. 'Hoi!'

Aidan verschoof zijn tas, waar de band in zijn schouder sneed. Hij had het gevoel alsof het gewicht hem in de hoge pool van het tapijt trok, dat als hij daar nog langer zo zou blijven staan, hij misschien nooit meer in beweging zou komen.

'Zo,' zei Marcus, terwijl hij de krant tot een koker draaide in zijn handen, 'hoe gaat het nu?'

'Goed.'

'Ben je klaar met werken voor vandaag?'

'Ja.'

'Heb je zin om samen wat te gaan eten?'

Aidan schuifelde met zijn voeten. Statische elektriciteit van het tapijt knetterde onder zijn schoenzolen. 'Goed.'

De taxichauffeur had een radio waar zwarte gangstarap uit knalde, terwijl ze snel langs Central Park reden. Hierdoor was hun zwijgen niet ongemakkelijk. Zelfs toen ze uit de taxi stapten, en hun afzonderlijke deuren dichtsloegen en druk deden over wie er zou betalen, zeiden ze niet veel. De trottoirs waren zo vol dat een gesprek praktisch onmogelijk was doordat ze telkens mensen moesten ontwijken en ertussendoor zigzagden. Toen gingen ze in de rij staan voor een Chinees restaurant, een enorm gebouw dat drie verdiepingen besloeg. De kelners droegen hoofdtelefoons en konden elkaar draadloos berichten doorgeven. 'Stuur nu twee personen omhoog naar je,' mompelde de lange kelner in zijn microfoontje, terwijl hij gebaarde naar Aidan en Marcus die nu vooraan stonden, 'twee mannen.'

De trap was van gepolijst rookglas, met een rand van staal. Toen Aidan ging zitten aan hun kleine tafel waar een wit kleed overheen lag, voelde het alsof er uren waren verstreken sinds ze uit zijn hotel waren vertrokken. Een man achter hen was met zijn vrouw aan het ruziën over crackers, en Marcus zei iets over gamba's en soep. Ze rommelden met hun menukaart, vouwden die open en toen weer dicht, gaven hun bestelling op aan een vrouw met donkere lippenstift, pakten hun eetstokjes uit, draaiden hun kommen om, schonken thee in hun kleine porseleinen kommetjes, zeiden ja, dit was een goed restaurant, heel leuk, en sinds wanneer was het open? Aidan merkte op dat telkens als hij zijn hoofd omdraaide, er een ritselend geluid klonk, alsof er iemand papier aan het verkreukelen was.

'Nou,' zei Marcus, en Aidan zag plotseling dat hij nerveus was, een hand plukkend aan de manchet van zijn overhemd, de andere hand die met zijn nagels speelde. Er viel een stilte. Aidan vulde zijn mond met bier, liet het schuimen op zijn tong, en slikte toen.

'Het is... fijn je weer te zien,' probeerde Marcus opnieuw.

Aidan knikte.

'Pas geleden,' begon Marcus, die probeerde op een luchtige toon te praten, 'vertelde iemand me iets grappigs, over wanneer je als Brit in New York bent, je nooit weet of...'

'Marcus. Stop maar met die flauwekul.' Aidan verschoof zinloos zijn bierflesje naar de andere kant van zijn bord. 'Vertel me gewoon wat er aan de hand is.'

Marcus aarzelde. Aidan kon zien dat hij probeerde te besluiten of hij nu wel of niet zou doen alsof hij niet wist wat Aidan bedoelde. Aidan bestudeerde de gelaatstrekken van de man die hij al kende vanaf zijn elfde jaar, en het was alsof hij hem nauwelijks herkende. Kende hij hem echt zo goed? Kende hij hem echt beter dan bijvoorbeeld de man die achter hem zat? Of de serveerster? Of de mensen met wie hij vandaag had gewerkt? Hij had het vreemde gevoel alsof ze elkaar nog maar net hadden ontmoet en dat ze eigenlijk zouden moeten praten over waar ze waren opgegroeid, van welke muziek ze hielden, welke reizen ze hadden gemaakt, wat voor werk ze deden; niet over een belachelijke persoonlijkheidscrisis die Marcus nu leek door te maken.

'Wat bedoel je?'

Hij had besloten om te doen alsof. Aidan zuchtte en keek een andere kant op. De serveerster kwam met dampende borden tussen de tafeltjes door naar hem toe gelopen. Aidan keek omlaag terwijl ze een bord met dunne, rafelige noedels voor hem neerzette. Het beeld van een pinguïn fladderde, misplaatst en ongevraagd, in een hoekje van zijn geest. Hij pakte een sliert tussen zijn eetstokjes op en blies erop.

'Ik bedoel gisteravond,' zei hij. 'Die meisjes.' Hij duwde de noedel in zijn mond. Die smaakte naar sojasaus en pindaolie, en bedekte zijn tong met vet. 'Ik bedoel, je nieuwe spel om willekeurige vrouwen in drogisterijen aan te spreken.'

'Wat heb jij?' zei Marcus met een rode kleur. 'Waarom sta je meteen zo met je oordeel klaar? Het lijkt wel alsof jij nooit... ik bedoel, hoe komt het dat er bepaalde regels gelden voor mij en andere voor jou?'

'Ik heb niet al jaren een vriendin, Marcus,' wees Aidan hem rustig terecht. 'Een klein maar cruciaal verschil.'

'Dus daar gaat het allemaal om.' Marcus wreef met zijn hand over zijn voorhoofd. 'Luister. Het enige wat ik doe is... wat plezier maken. Dat is alles.'

Aidan tikte met de uiteinden van zijn eetstokjes tegen zijn voortanden, alsof hij deze bewering overdacht.

'Het is een heel nieuwe belevingswereld,' vervolgde Marcus, toen hij merkte dat Aidan niet van plan was iets te zeggen, 'die iedereen zou moeten kennen. Ik ben in New York, in godsnaam. Vind je nu echt dat ik elke avond thuis zou moeten blijven zitten?'

Aidan zweeg, bewoog zich niet, knipperde niet met zijn ogen, maar hield Marcus' blik vast.

'En het is niet zo... ik bedoel, ik hou van Sinead,' zei Marcus, die de stilte vulde. 'Ze is de enige voor mij, dat weet ik gewoon en dat heb ik altijd geweten, vanaf het moment dat ik haar voor het eerst zag. Zonder haar ben ik niets. Niets. Niets van dit alles heeft ook maar iets met haar te maken.' Hij leunde achterover op zijn stoel, in afwachting van Aidans commentaar.

Aidan nam een slok bier, zette het flesje neer en keek zijn vriend onderzoekend aan. Hij hield zijn gezicht uitdrukkingsloos, onbewogen, trok toen zijn wenkbrauwen op, als een teken voor Marcus dat hij door moest gaan. Wat hij deed.

'Ik heb dit nooit eerder gedaan. Vanaf mijn negentiende, twintigste, ben ik van de ene langdurige, monogame relatie in de volgende gerold, bijna zonder tijd ertussen. Heb nooit de kans gehad om... het is iets wat ik gewoon eens wilde ervaren, denk ik. Zodat de gedachte eraan... me niet langer zou bezighouden. Iedereen zou dit ooit moeten doen, denk ik, dat toegeven aan je verlangens.'

Hij zweeg. Aidan voelde dat hij zijn voeten verplaatste onder de tafel, doordat het tafelkleed aan de tafelhoek trok; met de neus van een van zijn schoenen schopte hij tegen Aidans scheenbeen.

'En ik denk echt dat je een periode van... verkenning zou moeten hebben voordat je...' Hij schuifelde weer met zijn voeten, sloeg zijn enkels over elkaar en zette ze weer naast elkaar neer. 'Ik bedoel, we gaan trouwen, Aide. Daar hebben we het over gehad voordat ik wegging. En ik weet dat dit misschien niet de meest... ik weet niet...' hij leek in de lucht te zoeken naar het juiste woord '...fatsóenlijke manier is om ermee om te gaan. Maar gewoon voor mezelf had ik het gevoel dat... nou ja...'

'...dat je wat wilde rondkijken?' suggereerde Aidan.

'Precies.' Opluchting verscheen op Marcus' gezicht. Zijn lippen gingen uiteen in een glimlach. 'Wat rondkijken. Dat is het. Ik wist wel dat je het zou begrijpen. Dat is het precies. En nu weet ik het ook. Ik weet het echt. Dit is allemaal leuk en aardig en gemakkelijk.' Hij pauzeerde. 'Het is verbazingwekkend gemakkelijk. Maar zij is degene die ik wil. Ik denk dat ik dat nu weet.'

'Dat denk je?'

'Dat weet ik. Ik denk dat ik het weet. Ik bedoel, ik weet dat ik het weet. Ik heb het eigenlijk altijd al geweten.' Hij pakte zijn eetstokjes op en begon voedsel in zijn mond te duwen. Hij leek blijer nu, ontspannen, schonk thee in, dronk zijn bier. Hij keek weer naar Aidan. 'Nou, ben je nog van plan om iets te zeggen, of blijf je me gewoon de hele avond zitten aanstaren als een debiel?'

Aidan legde zijn eetstokjes aan de zijkant van zijn bord. Zijn eten was koud en klef geworden terwijl Marcus aan het praten was; een verwarde massa van koude, met ve-tsin bedekte slierten. 'Er valt niets te zeggen.'

Marcus fronste verbaasd.

'Wat wil je dat ik zeg? Gefeliciteerd? Goed zo? Je zult je wilde haren nu wel kwijt zijn? Goed gedaan?'

Er viel een lange stilte. Marcus kauwde; terwijl zijn kaak aan het werk was, speurden zijn ogen Aidans gezicht af. Een serveerster hing rond in de buurt van hun tafeltje, zag Aidan vanuit zijn ooghoek.

'Ik begrijp het.' Marcus begon te knikken, waarbij hij een beetje zelfgenoegzaam glimlachte.

'Wat begrijp je?'

'Niets.'

'Wat?'

'Niets,' zei Marcus opnieuw, waarbij hij nu openlijk grijnsde.

Aidan keek hem kwaad aan. 'Marcus...'

'Je bent jaloers.'

Een spiertje onder Aidans oog begon onzichtbaar te trillen, alsof het was verbonden met een elektrische stroom. 'Jaloers?'

'Ja.'

'Op jou en Sinead? Dat is...'

'Nee,' onderbrak Marcus hem, terwijl hij met zijn hoofd schudde. 'Nee. Nee. Hierop. Op wat ik heb gedaan. Op wat ik hier heb meegemaakt.'

Aidan liet een harde lach horen. 'Jij denkt dat ik jaloers ben op jou? Jij denkt...' Hij hapte naar adem van ongelovigheid. 'Ja, je hebt gelijk. Ik ben jaloers. Ik zou dolgraag naar bed willen met tieners die ik op straat tegenkom. Dat moet vast geweldig zijn. Echt geweldig. En ik weet zeker dat Sinead dat met me eens zal zijn.'

'Wil je nou eens ophouden om me door te zagen over Sinead?' snauwde Marcus, agressief, zijn kin naar voren gestoken, zijn vuisten gebald. 'Dit heeft niets te maken met haar – dat heb ik je al gezegd.' Hij staarde Aidan langer aan dan aangenaam was. 'Waarom trouwens al die plotselinge bezorgdheid voor mijn vriendin?' zei hij op een nieuwe, staalharde toon.

'Bezórgdheid? Nou, hoe denk jij dat ze zal reageren?' antwoordde Aidan scherp, terwijl hij zijn stoel terugduwde. 'Wat denk jij dat ze zal zeggen? Heb je daar al aan gedacht?'

Marcus gooide zijn eetstokje neer, rolde zijn ogen omhoog naar het plafond. 'Jezus christus, ze zal helemaal niets zeggen, natuurlijk.'

Aidan staarde zijn vriend aan over de tafel heen. Deze keer hield Marcus zijn blik vast, terwijl ergernis en ongeduld zich aftekenden op zijn gezicht. Aidan herinnerde zich plotseling een dag toen ze nog tieners waren, en ze door het park in de stad liepen waar ze waren opgegroeid. Het was het begin van de zomer en ze zaten nog niet in het examenjaar. Marcus had zijn schooldas als een bandana om zijn hoofd gewikkeld, en allebei hadden ze hun hemd loshangen. Ze gooiden een frisbee heen en weer terwijl ze liepen, vijftien meter uit elkaar, terwijl ze gewoon met elkaar bleven doorpraten. Het was een van die zeldzame, geïsoleerde momenten in je jeugd waarop alles zuiver en goed is, waarop je een vage indruk hebt van je volwassenheid, die mooi en vol beloften lijkt te zijn en de moeite van het wachten waard. De schijf van de frisbee draaide tussen hen in, snel en moeiteloos als een elektron.

'Jij denkt niet dat ze erachter zal komen?' zei hij uiteindelijk.

'Hoe zou ze?' zei Marcus schouderophalend.

'Ze is niet stom.'

'Nee. Maar,' en hij glimlachte, 'we hebben elkaar zo lang niet gezien dat ze nu niet direct aan mijn ondergoed zal gaan snuffelen, niet?'

'Hou je bek,' gooide Aidan eruit. 'Hou verdomme je bek. Ik wil niets meer van die shit horen. Jij bent… jij bent…' Hij kon even niet meer uit zijn woorden komen. 'Jij bent… wat is er verdomme met je gebeurd?'

'Bevrijding.' Marcus glimlachte, en legde zijn servet met een zwierige beweging op het tafeltje neer. 'Bevrijding, dat is er met mij gebeurd, beste jongen. De waarheid is dat iedereen dit zou willen doen. Als ze konden. Maar heel weinig mensen zouden aarzelen, als de juiste omstandigheden zich zouden voordoen. Niemand zou er weerstand aan bieden. En hier, in New York, is het volkomen veilig. Ik zit duizenden kilometers weg. De hele Atlantische Oceaan tussen ons in. Niemand met wie ik naar bed ben geweest, kent haar. Ze komt er nooit achter. Niemand zal het haar vertellen. Niemand die zij kent, weet het.'

'De volmaakte moord.'

Marcus fronste. 'Nauwelijks.'

Er viel opnieuw een stilte. Marcus stak zijn mes in een loempia en maakte die fijn in een plasje sojasaus.

'Er is één persoon,' zei Aidan.

Marcus keek hem scherp aan. 'Wie?'

'Heb je soms een lobotomie gehad?'

'Wie dan?' vroeg hij.

'Ik. Weet je nog? Ik woon met haar. In jouw huis. Je herinnert je je huis toch nog wel? Leuk huis? Groot? Ontworpen door een architect?'

De ongerustheid verdween uit Marcus' ogen. 'Ja, goed,' zei hij, terwijl hij om zich heen keek naar de serveerster. Toen, alsof hem plotseling iets te binnen schoot, draaide hij zijn hoofd snel naar Aidan en ze keken elkaar diep aan. En het was alsof Aidan kon voelen hoe hun vriendschap wegleed en onder hen vandaan slipte als voeten op glad ijs.

Hij stond op, liet zijn servet uit zijn handen vallen op de tafel. Hij voelde zich plotseling ongelooflijk moe, voelde hoe de jetlag zwaar aan zijn ledematen trok. Ook Marcus stond op. Aidan gooide een paar bankbiljetten op de tafel en tilde zijn stoel op om die onder de tafel te schuiven.

'Is dit soms een bedreiging?' Marcus liep snel om de tafel heen, stond bijna in gevechtshouding voor hem, en duwde zijn gezicht vlak voor dat van Aidan. 'Ik kan dit niet geloven. Jij wordt geacht mijn beste vriend te zijn.'

Aidan keek hem vol in zijn gezicht. Opnieuw dat gevoel van vreemdheid, van ongelijksoortigheid, alsof ze vreemden voor elkaar waren.

'Je gaat het haar toch niet vertellen, hè?' Angst welde op onder de gebalde-vuist-agressie van Marcus. 'Nou?'

'Besef je wel in wat voor moeilijke positie je me brengt?' zei hij.

'Positie?' zei Marcus snel. 'Wat bedoel je? Je hebt geen positie. Er is geen positie.'

'Ik woon met haar,' zei Aidan. 'In hetzelfde huis. Ik ga terug en zie haar over vier dagen weer iedere morgen en iedere avond. Ze zal me vragen hoe het met je gaat, wat je doet, wat je van plan bent, hoe je eruitziet. Begrijp je het dan niet?'

'Wat? Wat begrijp ik niet?'

'Je dwingt me om tegen haar te liegen. Om met je samen te spannen. Je dwingt me om je medeplichtige te zijn.'

'En daar verlaag je je niet toe, meneer de moralist?'

Aidan draaide zich om, rukte zijn arm uit Marcus' greep en liep de vele meters vaag verlicht tapijt over, de trap af, de nacht in die zwaar was van vervuiling. Buiten het restaurant passeerde hij een man die een albinokind in een blauwe parka op zijn schouders droeg, en zijn handen stevig om de sokken bij haar enkels had geslagen. De huid van het kind glinsterde als parels in het licht van de straatlantaarns. Ze had fijn wit haar dat uit haar capuchon hing en een wetende, zoekende, vooruitziende blik. Ze staarde naar Aidan vanonder de rand van haar kleurloze wimpers, totdat hij zich beschaamd voelde en een andere kant op keek.

De volgende vier dagen was Aidan aan het werk. Hij bekeek nog meer video's van verlaten poolvlakten, van krakende blauwe ijsschotsen, van kleine zwarte vogels die door het oppervlak van de half bevroren wateren doken. Kleine schimmen van pinguïns begonnen te verschijnen in de kantlijn van zijn aantekeningen; eerst statische, tweedimensionale schetsjes, toen goed gelijkende wezens met diepte, dimensie en perspectief. Die werden gescand in zijn laptop. Ze verdwenen vervolgens een dag van zijn scherm om door de softwareontwerpers te worden bewerkt, en zijn creaties keerden hierna bij hem terug, twaalf keer gekopieerd, iedere kloon in een andere houding. Aan het einde van de laatste dag zei een pinguïn geluidloos iets tegen hem vanaf de andere kant van zijn scherm.

's Avonds at hij alleen, sliep, werkte nog wat, liep dan over de straten, langs verlichte bars, langs verstilde fonteinen, door straten vol wolkenkrabbers, en langs de verlichte ramen van nagelstudio's die nog tot laat open waren, en waar Koreaanse meisjes gebogen stonden over de handen van afwezig kijkende vrouwen, terwijl ze vijlden, knipten, schoonmaakten en nagels lakten in weelderige, glinsterende kleuren.

Pas toen hij op het vliegveld stond en in de vakken van zijn tas zocht naar zijn paspoort of zijn ticket of misschien naar kauwgom, kwamen zijn vingers in aanraking met krakend papier. Tussen zijn wijs- en middelvinger trok hij er Sineads brief aan Marcus uit: verzegeld, een crèmekleurige envelop van geschept papier, zijn naam op de voorkant met een stevige, snelle streep eronder. De herkenning gaf hem een schok, als het contact van zijn huid met koud water. Hij draaide de brief om in zijn handen en, tot zijn schaamte, hield hij hem tegen het licht. De dubbelgevouwen blaadjes papier zorgden voor onleesbare palimpsesten van een schuin handschrift. Hij vond het een vreemde gedachte dat een brief verkreukeld en versleten kon zijn terwijl die niet was geopend.

Sinead is vertrokken. Rory rijdt haar naar het metrostation. Ze kuste hen allemaal licht, één voor één. 'Het spijt me van die vertoning' zei ze, terwijl ze in de deuropening aarzelde, half in en half uit het licht.

'Ja, we waren echt kwaad,' zei Jodie.

Sinead had geglimlacht, haar hand geheven in een kleine zwaai, en was toen weg.

De tafel is bezaaid met de restanten van een etentje: wijnkurken, opgebrande kaarsen, voedselresten, as, wijnkringen en balletjes kaarsvet die met vingers zijn bewerkt. Jodie steekt een sigaret tussen haar lippen en drukt de Zippo-aansteker in die Aidan voor haar heeft gekocht in Amerika.

'Zo,' zegt ze.

Aidan brengt een beetje doelloos borden van de tafel naar het aanrecht naar de spoelbak. 'Wat?'

'Ga je het haar nog vertellen?'

Hij draait zich half om. 'Aan wie ga ik wat vertellen?'

Jodie trekt aan haar filtersigaret, waarbij de rook een licht kussend geluid maakt als die explodeert in haar mond, en kijkt hem strak aan met een taxerende blik. 'Tegen Sinead vertellen dat je verliefd op haar bent.'

Hij draait zijn gezicht weer naar de blauwe tegels vóór hem, rust met zijn handpalmen op het formica. De tegels vervormen zijn gezicht als een hal vol lachspiegels – ze maken zijn neus en onderlip langer en laten zijn ogen verdwijnen in holtes zo groot als rozijnen onder een enorm rond voorhoofd. Hij kijkt omlaag, ziet hoe zijn duim pulkt aan de zijkant van de nagelriem van zijn vinger. Hij neemt de mogelijkheden door: veinzen, erom lachen, liegen. Maar dit is Jodie. Dat zou nooit werken. Wanhoop en ontkenning worstelen in hem. Hij wil hier niet over praten, wil het niet hardop zeggen, want tot zo lang kan hij zichzelf ervan overtuigen dat het allemaal een illusie is, een streek die zijn hart hem heeft geleverd, dat het wel over zal gaan, dat het niet iets is wat hij of iemand anders serieus moet nemen. Hij kan het in zichzelf verborgen houden en niemand hoeft het ooit te weten. Hij wil dit geheim niet besmeuren door het bloot te stellen aan zuurstof, aan zonlicht, aan kritiek. Hij wil het ergens diep en donker verborgen houden, zodat niemand het ooit hoeft te weten. Maar dit ding – wat het ook is – heeft zich geworteld zonder dat hij dat echt in de gaten had, en is zijn buigzame, verstikkende takken naar iedere hoek van zijn wezen aan het verspreiden.

'Niet doen,' zegt hij rustig. Hij verplaatst een bord van het aanrecht naar de spoelbak en pakt een glas op. Achter hem hoort hij haar opnieuw aan haar sigaret zuigen. Wachten. Uitademen. Hij draait zich om, het glas in zijn hand. Ze kijkt niet naar hem, maar door de glazen deuren naar de donkere tuin. Het is maar twee stappen naar de tafel, waar hij aan gaat zitten. Zet het glas erop. Rust met zijn ellebogen op het tafelblad. Duwt zijn handen door zijn haar. 'Ik weet niet wat ik zal gaan doen,' zegt hij.

Ze balanceert haar sigaret op de schuine rand van de asbak en laat haar hand in die van hem glijden.

'Ik heb nooit gewild dat dit zou gebeuren,' zegt hij. 'Echt niet. Ik heb het niet eens zien aankomen.'

'Dat zie je toch eigenlijk nooit? Je kunt dat soort dingen nu eenmaal niet plannen.'

'Ja, maar er zijn situaties die ietsje beter zijn.'

'O ja?'

Hij kijkt wanhopig op. 'Hoeveel vrouwen zijn er in Londen?'

'Geen idee. Zes miljoen?'

'Oké, laten we zeggen zes miljoen. Van al die vrouwen moest ik uitgerekend op haar vallen.'

Jodie lacht zelfgenoegzaam. 'Van al die kroegen in al die steden...'

'Hou je mond,' zegt hij, maar begint te lachen. 'Oké. Van al die vrouwen uit al die kroegen in de hele stad moest ik uitgerekend de vriendin van mijn beste vriend tegen het lijf lopen. Wat natuurlijk...'

'Ex-vriendin,' onderbreekt ze. 'Ex-beste vriend.'

'Wat dan ook. Wat natuurlijk niet het enige probleem is.'

'Wat dan wel?'

'Jodie,' zegt hij ongeduldig, 'heb je vanavond niets aan haar gemerkt? Helemaal niets? Die stromen tranen? Die diepe ellende? Nee?'

'Goed, goed,' zegt ze, 'dus ze heeft een gebroken hart, wat...'

'Wat een behoorlijk groot struikelblok is.'

'Hmm. Maar dat is dan ook het énige struikelblok,' zegt ze streng tegen hem. 'Wie trekt zich nu iets aan van die idioot? Je moet je door hem absoluut niet laten weerhouden.'

'Jodie...' hij probeert haar te onderbreken maar, volhardend, vooroverleunend, in de lucht priemend met de brandende punt van haar sigaret, praat ze harder dan hij. 'Aide, je bent hem niets verschuldigd. Al sinds jullie allebei nog kinderen waren, heb jij voor hem gezorgd, hem geholpen, zijn brokken gelijmd, zijn rotzooi achter hem opgeruimd. Jij was overal goed voor. Ja, in de grond is het een goeie kerel, maar wat hij deze keer heeft gedaan, dat kan echt niet! Hij heeft haar behandeld als iets wat hij van zijn schoenzool heeft geschraapt, en je hoeft maar één blik op haar te werpen om te zien wat een stommerik hij is. Hij is een lamlendige, emotioneel onderontwikkelde kerel. Je bent hem niets verschuldigd. *Nada. Niente.* En zij evenmin. Ik zal razend op je worden als je je hart niet volgt vanwege een soort restje loyaliteit die je ten opzichte van hem nog zou kunnen hebben.' Jodie tikt haar as heftig in de asbak.

'Dus je vindt haar wel aardig?' zegt hij uiteindelijk.

Ze rolt wanhopig met haar ogen. 'Aide, ze is geweldig. Ze is slim en grappig. En mooi. Eigenlijk,' zegt ze, 'heb ik de pest aan haar.' Ze grijpt zijn hand stevig in de hare. 'Je moet het haar vertellen.'

'Dat kan ik niet.'

'Je moet. Ze heeft het recht om het te weten, los van al het andere.'

'Luister, je hebt haar gezien. Ze is hier helemaal nog niet aan toe. Hoe zou ik het haar kunnen vertellen? Hoe denk je dat ze dat zou opvatten? Ik zou overkomen als een soort opportunistische schoft, en dan wil ze me misschien nooit meer zien. Het laatste waar ze nu behoefte aan heeft is dat er nog meer emotioneel gezeur over haar wordt uitgestort.'

Jodie zucht, speelt met het deksel van haar Zippo. 'Misschien,' zegt ze. 'Maar je gaat het haar wel vertellen, hè? Op een gegeven moment? Je laat dit toch niet zomaar rusten?'

Aidan bromt en probeert een bal van koude, stijve was om te vormen tot een volmaakte kubusvorm met de bloedwarmte van zijn handen. Jodie komt achter hem staan en omhelst hem. Aidan voelt het gebonk van zijn zusters hart tegen zijn rug.

'Arme Aide,' mompelt ze.

'Nauwelijks,' zegt hij, terwijl hij de was aan de kant gooit. 'Arme Sinead, zou ik zeggen.'

'Ik zou die idioot van een Marcus Emerson wel iets kunnen doen.'

'Nee, dat zou ik kunnen.'

'Nee, ík.'

'Nee, nee, nee. Ik denk dat je zult ontdekken dat...'

'We zouden het allebei kunnen,' geeft ze toe.

'Oké. Wanneer?'

LILY EN SARAH ZITTEN OP EEN RIJ VAN DRIE SCHUINE METALEN stoelen en houden een krant tussen hen omhoog. Sarah leest de personeelsadvertenties en Lily doet min of meer alsof ze meekijkt, maar haar geest voelt gezwollen, opgeblazen; dingen zinken erin weg, als in nat beton, om voorgoed te verdwijnen.

Een van haar voeten zwaait boven de koude vloer van het metrostation. De zool van haar schoen piept heel licht op de vloer bij het diepste punt van iedere zwaai. Achter, sleep, voor, sleep. Die heeft nu het punt bereikt waarop de beweging zijn eigen stuwkracht teweeg heeft gebracht, waarbij de slingerende beweging wordt aangedreven door zijn eigen, zichzelf in stand houdende fysica.

Sarah is vanuit haar werk naar haar toe gekomen en ze zijn samen naar een eetcafé gegaan met rode kunstleren stoelen en beslagen ramen, waar ze tagliatelle hebben gegeten van ovale borden en een gesprek tijdens een eerste afspraakje dat achter hen werd gevoerd, hebben afgeluisterd. Ze zouden naar een film gaan, maar ze hadden een van die Londense avonden waarbij niets goed lijkt te gaan, waarop de avond tegen je lijkt samen te spannen. De film die ze wilden zien was uitverkocht, en tegen de tijd dat ze daar achter kwamen, waren ze al te laat voor een tweede vertoning aan de andere kant van de stad. De bar die ze leuk vonden was vol, vertelde de nogal zelfvoldane uitsmijter hun; toen ze naar een volgende kroeg liepen was het eerst gaan regenen en toen hagelen, waarbij scherpe korreltjes ijs van het trottoir omhoog stuiterden, in hun haar en omlaag in hun kraag. Ze hadden het opgegeven, en de aftocht geblazen naar de metro.

Lily kijkt omhoog naar de lichtbak die is opgehangen aan het gewelfde plafond, en waarop bestemmingen en tijden van metrotreinen te zien zijn in constant veranderende combinaties van kleine oranje lampjes. Deze beweging van haar hoofd, die trekt aan de spieren en pezen in haar rug, ruggengraat, ribbenkast en bekken, in combinatie met het afleidende, verwarrende effect van een man in een wijde, gewatteerde jas die te dicht langs hen loopt, maakt dat de beweging van haar been aarzelt, hapert en zijn ritme verliest. Lily houdt haar voet nu stil, slaat haar benen over elkaar en kijkt weer omhoog naar het bord. Nog steeds niets. 1, verkondigt het trots, en HIGH BARNET, maar ernaast, waar dient te staan over hoeveel minuten de trein zou moeten komen, is een diepe zwarte leegte.

'Wat vind je van sushichef?' zegt Sarah. 'Dat zou ik wel kunnen.'

Lily leunt voorover om naar de advertentie te kijken. 'Moet Japans spreken,' leest ze.

Sarah kijkt wat beter. 'Verdorie,' roept ze uit. 'Dat is discriminatie, absoluut. Dat ik geen Japans spreek, wil nog niet zeggen dat ik geen sushi kan maken.'

'Maar zou jij echt urenlang bezig willen zijn met het rollen van stukjes vis tot balletjes?'

Sarah zucht. 'Dat weet ik niet. Het is in ieder geval beter dan het schoonmaken van wc's, of kamermeisje spelen of hamburgers omkeren.' Ze slaat de krant slordig dicht. 'Ik moet een baantje hebben,' kreunt ze. 'De vrouw leeft niet van kunst alleen.' Ze opent opnieuw de krant. 'Oké,' zegt ze, terwijl ze de advertentiepagina glad strijkt op haar schoot. 'Wat zou je 's avonds kunnen doen wat niet te vermoeiend of deprimerend is en waarmee je een smak geld verdient?'

'Hoer worden?'

'Heel leuk,' mompelt ze, 'maar daar moet je geen grapjes over maken. Misschien komt het daar nog wel eens van.'

Lily glimlacht, leunt met haar hoofd achterover tegen de muur en sluit haar ogen. Zodra ze dat doet, wordt haar geest overspoeld door gedachten die door de aanwezigheid van Sarah op een afstand werden gehouden. Besluiteloosheid is niet iets wat ze ooit daarvoor echt heeft ervaren. Het is een vreemd gevoel: onaangenaam, onverklaarbaar, verstikkend. Het frustreert haar en maakt haar kwaad. De hele dag door, wat ze ook aan het doen is, is er een inwendige discussie gaande in haar hoofd, waarbij vragen en twijfels worstelen en vechten met elkaar. Ze kan het niet stoppen, zelfs niet als ze wil slapen.

Soms vraagt ze zich af of ze het hardop heeft uitgesproken. Ze heeft erover nagedacht om Sarah alles te vertellen, de hele geschiedenis, en heeft vanavond diverse malen op het punt gestaan om dat te doen. Maar op de een of andere manier moet ze het eerst in haar eigen hoofd helder zien te krijgen.

Ze opent weer haar ogen. Sarah heeft het over de voor- en nadelen van de dotcom-business. Een man met de glanzende, gladde rechthoek van een koffertje in zijn ene hand en een rode geruite sjaal in de andere blijft maar rondjes lopen om telkens kwaad omhoog te kijken naar het nog steeds lege aankondigingsbord. Als hij zich omdraait, laat hij zijn tong met een korte zucht klakken tegen de achterkant van zijn tanden. Het doet Lily denken aan de korte klik van een wekker die het ingestelde tijdstip heeft bereikt, net voordat het mechanisme het alarmsignaal in werking zal stellen. Een vrouw met het soort hooggehakte laarzen met dunne zolen waarvan ze zelf pijn en kramp in haar hielbeenderen krijgt, loopt over de geelgelijnde rand van het perron op en neer. Zes stappen – de hakken van haar laarzen laten een klikklak geluid weerkaatsen tegen de porseleinen tunnelwanden – stop, een abrupte draai die maakt dat haar rok rond haar wervelt, en dan zes stappen terug.

In de dagen nadat Sinead het haar heeft verteld, staat niets van wat ze doet, denkt of voelt nog op zichzelf, maar heeft het te maken of wordt het gedemoraliseerd door een andere reden of effect, en dan een volgende, totdat alles in haar hoofd en alles om haar heen lijkt weg te zinken in een obscuur waas van twijfel en onzekerheid. Ze is hier niet aan gewend, weet niet hoe ze ermee om moet gaan, kan haar gedachten niet op een rijtje zetten. Ze heeft altijd gewoon geweten hoe ze zich voelde of wat ze dacht, net zoals ze haar eigen naam kende. Maar nu, op welk punt ze ook begint, blijven haar gedachten maar ronddraaien als kralen aan een rozenkrans.

Als ze van Marcus houdt – houdt ze eigenlijk wel van Marcus? – dan zou ze hem moeten vertellen wat ze weet. Ze zou eerlijk moeten zijn. Maar misschien wordt hij dan kwaad. Waarom? Omdat hij iets heeft gedaan wat fout was. Maar als ze denkt dat het fout was, waarom houdt ze dan van hem – houdt ze wel van hem? – waarom is ze dan nog steeds bij hem? En als ze nog van hem houdt, terwijl ze weet wat hij heeft gedaan, is dat dan stom van haar?

De laarzen van de vrouw klikklakken de ene kant op en als ze zich omdraait zwaait haar haar om haar hoofd. Een man die ze ooit in de bar van een theater heeft ontmoet, vertelde Lily dat menselijk haar de muren van deze tunnels bedekt, dat schoonmakers ieder jaar grote hoeveelheden haar van de rails halen. Die gedachte fascineerde haar – die grote dotten met roet bedekt, samengeklit haar.

Hoe weet ze of ze de waarheid heeft verteld? Maar waarom zou ze liegen? Om Marcus terug te krijgen. Hoe heeft hij dat kunnen doen tegenover iemand van wie hij hield? Ze kan zich niet voorstellen dat hij zoiets zou doen. Het lijkt helemaal niets voor hem, maar misschien heeft hij het ook wel niet gedaan, misschien liegt ze wel.

'Mijn god,' zegt Sarah hard, terwijl ze omhoogkijkt naar het bord. 'Je zou toch denken dat ze wel even een mededeling zouden geven over hoe lang we hier nog zullen zitten.'

Ze zou het hem gewoon moeten vragen. Er gewoon mee voor de dag komen en het zeggen, gewoon zeggen, Marcus, is dit wat er is gebeurd, en waarom heb je het gedaan? Er moet toch een soort verklaring zijn. Dat moet gewoon. Ze heeft uiteindelijk maar één kant van het verhaal gehoord. Maar als hij had gewild dat zij het wist, dan zou hij het haar wel verteld hebben. Maar dat heeft hij niet, en misschien zijn het haar zaken ook niet.

Als ze hem zou vertellen dat ze het wist, dan zou hij willen weten hoe ze het wist, hoe ze erachter was gekomen, hoe ze haar had herkend. Dan zou ze het hem moeten vertellen. Maar dat kan ze niet doen. Ze zou hem dat nooit kunnen vertellen. Ze zou hem nooit kunnen vertellen dat ze haar nog steeds in zijn flat ziet, achter hem, naast hem, vóór hem. Houdt hij nog steeds van haar, houdt zij nog steeds van hem, houdt hij van haar, zou ze eigenlijk weg moeten gaan?

Er is iets aan hem wat haar aan hem bindt, maar Lily kan niet precies aangeven wat dat nu is. Het is alsof veel dunne draden, in elkaar gevlochten, haar aan hem binden; ieder op zich zijn ze onverklaarbaar en dun, maar samen zijn ze onverbrekelijk, kunnen ze niet worden doorgesneden. Ze begrijpt het niet, dit sterke gevoel. Het volgt haar overal als een hond aan een riem. Als ze hier objectief naar zou kijken, dan zou ze niet van hem houden, hem misschien niet eens mogen. Maar op de een of andere manier verandert dit in een gevoel van onafscheidelijkheid, van verlangen, van behoefte. Doordat hij zich ongelukkig voelt, heeft zij een naar gevoel van binnen, alsof het haar op de een of andere manier heeft besmet als een virus. Hoe zou ze hem kunnen verlaten? Maar de onrust laat haar aderen dichtslibben.

'Wat vind je van badjuffrouw?' zegt Sarah. 'Dat zou ik wel kunnen.'

Carpe diem, zegt ze bij zichzelf, als een verstoring in de lucht – eerst minuscuul, maar dan onmiskenbaar – een verre trein aankondigt die voortratelt over spiegelgladde rails. Pluk de dag, denkt ze, terwijl het gepiep van remmen en wielen de tunnel vult, en bijna moet ze lachen.

De lichten zijn aan, en zijn jas is over een stoel geslingerd.

'Marcus?' roept Lily, aarzelend op de drempel. Geen antwoord. 'Marcus!' Niets, en dan, een tik-tik-tik geluid en een soort geruis. Ze haalt haar sleutel uit het slot en loopt de flat in. Opnieuw dat tik-tik geluid. 'Marcus?' zegt ze opnieuw. 'Ben jij daar?'

Op de grond, in een spoor door de keuken, liggen kledingstukken van hem, alsof hij al lopend zijn kleren heeft uitgetrokken, alsof hij haast had om alles uit te trekken. Hemd, schoenen, broek, sokken, onderbroek, verkreukeld en neergegooid op de planken vloer. Lily loopt erlangs, en bekijkt ze als een bezoeker in een kunstgalerie. Ze houdt haar hoofd schuin, en luistert of ze het geluid van stromend water hoort – de douche of het bad. Maar niets. Dan hoort ze een geluid dat klinkt als een zucht of een happen naar lucht.

Als ze langs de badkamerdeur loopt ziet ze hem: het bad is vol, en het water loopt over de zijkanten. Hij ligt met zijn gezicht naar beneden, naakt, en zijn schouders en billen komen boven het oppervlak uit. De rest van zijn lichaam schemert bleek onder water. Zijn haar sliert als zeewier achter zijn hoofd aan, zijn voeten steunen tegen de rand van het bad. Er is een zwarte buis die door het water steekt, waardoorheen het geluid van zijn ademhaling komt.

'Marcus,' zegt Lily. Ze strekt zich uit en raakt zijn schouder aan. Hij rijst op uit het water, zijn gezicht bedekt door een zwart masker, zijn voeten wegglijdend, en even zwaait hij wild met zijn armen. Een vloedgolf schiet over Lily's schoenen. Hij lacht en het water stroomt van zijn gezicht en haar.

Ze kijkt naar hem, haar hoofd schuin naar één kant. 'Wat ben je aan het doen?'

Hij neemt de snorkel uit zijn mond voordat hij antwoord geeft: 'Mijn nieuwe uitrusting aan het testen.' Hij doet het mondstuk terug en steekt zijn gezicht weer in het water, zijn handen geklemd om de randen van het bad. 'Ik geloof wel dat die waterdicht is.' Zijn woorden komen vervormd uit de snorkelbuis, en de medeklinkers voegen zich samen tot langgerekte klinkers. 'De man in de winkel zei dat ik het duikmasker meteen moest controleren en als het lekte, dan mocht ik het terugbrengen.'

'O.' Ze doet de wc-bril omlaag en gaat zitten, armen gevouwen. De badkamer is koud, de ramen opaal door condens, wolken stoom rijzen op vanuit het water dat Marcus omringt. 'Ga je dan snorkelen?'

'Nee,' en dan zegt hij een woord dat eruit komt als 'dui-gen'.

'Wat?'

Hij zegt het woord opnieuw.

'Dui-gen?' herhaald ze niet begrijpend.

Hij komt weer boven en haalt de buis uit zijn mond. 'Duiken. Duiken met zuurstofcilinders.' Hij trekt de duikbril af en begint te rommelen met de hoofdband. Er loopt een rode striem in een volmaakt ovaal rondom zijn gezicht. 'Dat is iets wat ik altijd al heb willen doen. Een collega van mijn werk heeft vandaag een vakantie geboekt, twee weken Thailand. Toen heb ik besloten dat ik wel met hem mee wilde. De duikcursus duurt een week, dus dan heb ik nog een week om rond te reizen.'

'Alleen jullie tweeën?'

'Nou, ik heb aan Aidan gevraagd of die ook mee wilde, maar...' Hij zwijgt verder en kijkt fronsend naar de hoofdband van zijn duikbril.

'Maar wat?'

'Hij heeft nee gezegd,' zegt hij snel. 'Dus ja, alleen wij tweeën.' Hij kijkt naar haar. 'Dat vind je toch niet erg?"

'Erg? Nee, helemaal niet. Het klinkt geweldig.'

'Weet ik. Ik kan haast niet wachten.' Hij zet de bril weer op en duikt opnieuw onder water.

Achter de deur flikkert er iets aan de buitenkant van haar beeld. Haar pols slaat over en ze zegt tegen zichzelf dat het niets is, dat het niet echt is, dat ze er niet is; ze is helemaal niet dood. Maar als ze zichzelf zover krijgt om te kijken, gewoon om het zeker te weten, dan is ze er wél. Ze staat bij het raam, haar hand rustend op het keukenblad, en kijkt recht hun kant op. Hoe kan ze hier nu nog steeds zijn?

Lily kijkt weer naar het bad. Marcus heeft het uiteinde van de snorkelbuis boven water gestoken. Schotelvormige zilveren bellen komen in een gestage stroom omhoog naar het oppervlak. Dan beweegt hij zich en de buis komt weer omhoog als de periscoop van een onderzeeër en ze hoort hem lucht inademen. Er is wat water in de buis gekomen, wat ratelt als hij uitademt. Ze weerstaat de neiging om het uiteinde van de buis te blokkeren met haar hand.

Lily staat op en loopt weg, door de deur, langs de keuken, zwaait even naar Sinead en gaat de slaapkamer in. Ze slaat de deur achter zich dicht. Pas op het moment dat ze haar kleren uittrekt die ze de hele dag heeft gedragen, ruikend naar de rook uit het café en vochtig van de hagelbui, komt het idee in haar op. Eerst is het vluchtig, een wild idee, bijna niets, maar als ze haar shirt over haar hoofd uittrekt, wint het aan kracht, en haar geest wordt rustig doordat er een besluit ontstaat. Als de bliksem slingert ze haar kleren op de grond, opent de klerenkast en gaat de hangers langs. Waar is de jurk, hij moet hier ergens zijn, waar heeft ze hem gelaten?

Haar vingers sluiten zich al om het materiaal nog voordat ze de jurk heeft gezien. Er klinkt een zuchtend geluid, bijna als muziek, als hij over haar huid valt. Ze draait de spiegel rond totdat ze zichzelf erin ziet. Het materiaal lijkt donker en onmetelijk, doordat al het licht in zijn diepten wordt geabsorbeerd. De jurk valt omlaag vanaf haar schouders, langs haar heupen en dijen, voegt zich dan samen rond haar benen. Ze kan zien dat hij duur was, doordat de naden perfect aansluiten, door de streling van de stof, door de moeiteloze, soepele manier van vallen. Hij zou wel korter zijn geweest bij Sinead.

Lily opent de deur en stapt haar kamer uit. De jurk beweegt om haar heen als vloeibare teer, intussen verwarmd door haar huid. Marcus staat bij de tafel en leest een ansichtkaart. Hij heeft alleen een handdoek om, zijn haar donker van het water, in pieken rechtop. Ze kijkt snel om zich heen. Geen spoor van Sinead. Ze heeft zeker besloten om hen alleen te laten.

'Heb je al gegeten?' zegt hij zonder op te kijken. 'Zullen we ergens een hapje eten?'

'Nee. Ik heb al met Sarah gegeten.'

'O. Misschien laat ik wat bezorgen dan.' Hij loopt naar het prikbord en rommelt door de menu's die daar opgeprikt zijn. 'Weet eigenlijk niet waar ik zin in heb.' Hij draait zich om en zegt dan: 'Weet je zeker dat je niets wilt?' Hij knippert langzaam met zijn ogen. Zijn ogen glijden langs haar lichaam, naar haar voeten en weer omhoog.

Ze houdt zijn blik vast. 'Nee, dank je.'

'Zeker weten?' zegt hij opnieuw, en kijkt dan weer naar de menu's in zijn hand. 'Misschien zou ik Thais moeten nemen. Om alvast in de stemming te komen.' Hij gaat aan de tafel zitten en trekt de telefoon naar zich toe. 'Weet je, ik kan niet geloven dat ik eindelijk ga duiken. Kennelijk moet je examen doen. Stel je voor. Op vakantie gaan en dan examen doen. Ik heb nooit gedacht dat...'

Zijn hoofd draait terug naar haar. Ze ademt in en het materiaal gaat strakker om haar heen zitten.

'Is die nieuw?' vraagt hij uiteindelijk, met zijn hand in de aanslag om een nummer te draaien.

'Wat?'

Hij wijst. 'Die jurk.'

'Nee.'

'O.' Zijn gezicht staat verstrooid, lichtelijk perplex. 'Ik geloof niet dat ik hem ooit eerder heb gezien.'

'Vind je hem mooi?'

'Ja.' Hij knikt. 'Hij is... hij is prachtig.' Dan, terwijl hij met zijn hand over zijn ogen strijkt, draait hij het nummer. 'Hallo? Ik wil graag iets bestellen om te laten bezorgen.'

Aidan draait zich af van het raam en pakt de rinkelende telefoon op. 'Met Aidan Nash.'

Er volgt een explosie van gelach. 'God, wat klink jij seriéus. Wat ben je aan het doen? De wereldvrede aan het redden?'

Zijn hart bonkt tegen zijn ribben. Hij heeft zo intensief aan haar zitten denken dat hij het moeilijk vindt om te geloven dat ze daar echt aan de telefoon is, dat ze hem belt, dat ze geen projectie van zijn verbeelding is.

'Hoi. Sorry. Ik was... Eh... ik was nogal ver weg met mijn gedachten.'

Hij had zitten nadenken over hoe hij en Marcus haar voor het eerst hadden ontmoet. Hoe hij Marcus eerst had geholpen met wat ontwerpen. Hoe ze een pauze hadden genomen, aan het begin van de middag. Hoe ze iemand hadden ontmoet in de rij voor een broodje in een delicatessenwinkel. Iemand die Marcus kende. En die jongen kende weer iemand anders die wist van een feest, en waarom kwamen zij ook niet. Vanavond. Oost, achter het park. Zeg gewoon dat jullie vrienden van Sinead zijn. Geen probleem. Sinead? Ja, Sinead. Lang meisje, krullend haar. Geen probleem, zei hij opnieuw.

En over de dag dat zij hem had gebeld en had gezegd, je wist het, hè, en de manier waarop hij de hoorn tegen zijn oor had gedrukt, zijn geest had afgezocht naar verklaringen, excuses, maar niets anders had gevonden dan vragen: waar logeer je nu, heb je iets nodig, waar ben je, we kunnen hier nu niet over praten, vertel me waar je bent en dan kom ik naar je toe.

'...nooit gedacht dat je zo laat nog zou werken, maar ik vroeg me net af of onze afspraak voor morgen nog staat.' Haar woorden maken een einde aan zijn gedroom.

'Morgen?' Hij stort zich op dat woord. Hadden ze dan afgesproken dat ze elkaar morgen zouden ontmoeten? Welke dag is het morgen? Wat waren ze dan van plan om te gaan doen? 'Prima.' Hij zoekt tastend rond op zijn bureau naar zijn agenda, en komt daarbij memo's, diskettes, pennen en nietjes tegen en dan, goddank, de harde randen van zijn agenda, onder een stapel filmbeelden. Hij grijpt de agenda en slaat hem open. Morgen. Zaterdag. De rechthoek van die dag op de bladzijde is helemaal blanco. 'Dat zou geweldig zijn.' In de ongelinieerde ruimte schrijft hij het woord 'Sinead' met rode inkt. 'Hoe laat ongeveer?'

'Rond de middag?'

'Prima.'

'En, wat gaan we doen?'

'Eh... dat is een verrassing,' improviseert hij. Hij zal wel iets bedenken.

HET IS RUSTIG VOOR EEN ZATERDAGMORGEN. LILY LEUNT ALLEEN achter de toonbank aan de voorkant van de pashokjes, omgeven door lingerie, versierd met kant en strookjes. Er zijn maar twee klanten, en die worden al geholpen door andere verkoopsters. Kerstmuziek klinkt vanuit het plafond. Ze kan zichzelf zien in de weerspiegeling van een lijst, met daarin een poster voor 'natuurlijke, simpel te bevestigen vullingen'. Ze is aan het oefenen: ik ga bij je weg, vertelt haar mond geluidloos tegen haar. Te melodramatisch. Ik ga weg. Nee. Ik vind dat ik weg moet gaan? Lily zucht en tuurt scherper naar het beeld van haar mond. Wat wil je, vraagt die haar, waarom...

De telefoon vóór haar rinkelt, wat haar aan het schrikken maakt. Ze gooit het setje van beha en string dat ze in haar hand hield, naast haar neer, brengt de hoorn naar haar oor, maar nog voordat ze de standaardzin 'met de afdeling lingerie, waarmee kan ik u van dienst zijn,' kan afdraaien, hoort ze al de lichte ruis van een gsm en: 'Lily? Met mij.' Marcus.

'Hoi,' zegt ze. 'Hoe...'

'Raad eens waar ik nu ben,' zegt hij tegen haar.

Lily haat dat soort spelletjes. 'Geen idee.'

'Vooruit. Raad eens.'

'Thuis?'

'Nee.'

'Je kantoor?'

'Nee.'

Vertel het me nu maar gewoon, zou ze wel willen gillen. 'Istanbul?' zegt ze geïrriteerd.

'Nee. Geef je het op?'

'Ja.'

'Vlak bij jouw winkel.'

'Wat?'

'Ik ben in de buurt van jouw winkel. Ongeveer tien minuten ervandaan. Zullen we samen gaan lunchen?'

Aidan ziet haar al voordat zij hem ziet. Hij staat te wachten in het verkeer, motor draaiend, terwijl zij op de hoek staat waar ze hebben afgesproken. Haar mobieltje heeft ze tegen haar oor geklemd. Hij kan zien dat ze geagiteerd is – ze loopt in strakke kringetjes rond, terwijl haar vrije hand in de lucht schiet en dan door haar haar gaat. Met wie is ze aan het praten? Hij leunt kort op de claxon als zijn auto langzaam naar voren gaat. Ze kijkt wel zijn kant op, herkent de auto, maar breekt haar gesprek niet af.

Terwijl hij naar de kant van de weg gaat en stopt, komt ze naar hem toe, opent het portier en stapt in. De tranen lopen over haar wangen en ze houdt een trillende vinger tegen haar lippen, om hem te waarschuwen dat hij niets moet zeggen.

'Nee... nee... dat kan me niet schelen...' zegt ze met een verstikte stem in de telefoon. 'Ik ga nu. Nee... dat zijn jouw zaken niet... nee... ik wil er niet meer over praten... Dag... Het kan me niet schelen wat je wil zeggen. Dag.' Ze laat de telefoon in haar schoot vallen en klemt haar handen om haar gezicht.

'Was dat wie ik denk dat het was?' De woorden zijn nauwelijks uit Aidans mond of de telefoon in Sineads schoot komt opnieuw trillend tot leven.

'Shit,' zegt ze en kijkt omlaag. Dan drukt ze de toets in om het gesprek door te schakelen. Er volgt even een stilte en dan trilt de telefoon opnieuw. 'Klootzak,' schreeuwt ze, en drukt met haar hand opnieuw de toets in. Dit ritueel herhaalt zich telkens opnieuw.

'Geef eens even hier,' zegt Aidan, en ze overhandigt hem het toestel. 'Je kunt telefoongesprekken van hem blokkeren, wist je dat,' zegt hij, als hij rommelt met de onbekende toetsen bij het schijnsel van verkeerslichten.

'O ja?'

'Het is doodsimpel, kijk maar.' Aidan laat haar zien hoe ze het nummer van Marcus' gsm moet invoeren en vervolgens op een toets moet drukken, waarna de mededeling GESPREK GEBLOKKEERD met kleine, vierkante letters op het scherm verschijnt.

Sinead staart ernaar. 'Wauw,' zegt ze. 'Dat is fantastisch.'

'Nou, het kan zijn dat hij dit door krijgt, en dan gaat hij misschien vanaf een ander toestel bellen, dus wees voorzichtig.'

Sinead zoekt in haar zakken naar een papieren zakdoekje, dept haar gezicht en tuurt in het spiegeltje boven haar stoel. 'Hij maakt me stapelgek,' mompelt ze.

'Waar ging het deze keer over?'

'Het bekende verhaal, om te beginnen. Hij bleef maar doorzeuren of ik terug wil komen, en waarom dan niet, en dat hij een fout heeft gemaakt, bla bla bla. En dus heb ik hem Lily voor zijn voeten gegooid.'

'Lily?' Aidan is even van zijn stuk. 'Ik wist niet dat je van Lily wist.'

Ze lacht kort. 'Dat is precies wat hij ook zei.'

'Maar hoe... ik bedoel, wie heeft je dat verteld?'

'Niemand.'

'Dan...'

Ze zucht alsof ze er niet over wil praten, er niet aan wil denken. 'Ik heb een keer naar de flat gebeld en hing op toen een vrouw opnam. Toen...' ze zucht opnieuw '...toen Marcus mij belde, vroeg ik ernaar – stom – en hij vertelde me toen dat dit meisje in... mijn kamer was getrokken. En weet je, ik wist het gewoon, ik wist gewoon door de manier waarop hij haar naam uitsprak, die dalende intonatie als hij ergens over praat waar hij nu niet direct trots op is...'

Aidan knikt terwijl hij schakelt.

'...Ik wist gewoon dat hij met haar neukte.' Ze schraapt haar keel. 'Toen heb ik haar ook ontmoet.'

'Je hebt haar ontmóet?' De auto schiet in de verkeerde baan. Iemand achter hem toetert en maakt een gebaar in de rechthoek van Aidans achteruitkijkspiegel.

'Ja.'

'Meen je dat? Jij hebt Lily ontmoet? Wat bedoel je? Wanneer? Waar?'

Ze staart fel uit het raam, haar handen om haar knieën geklemd. 'Aide, ik wil liever niet...' begint ze onvast. 'Het spijt me... ik wil er niet over praten... als je dat goed vindt.'

'Natuurlijk.'

Dan draait ze zich om; ook Aidan draait zich snel om zodat hun ogen elkaar kort ontmoeten.

'En, waar gaan we vandaag heen?' zegt ze bibberig, terwijl ze een scheve, niet erg overtuigende glimlach laat zien.

Ze wandelen langs de zwarte smeedijzeren hekken van Lincoln's Inn Fields. Lily haalt een gehandschoende vinger langs de gelijkmatige vormen. Naast haar houdt Marcus een zak chips tussen hen op en met haar andere hand stopt ze chips in haar mond. Het voelt vreemd aan om een blote en een gehandschoende hand te hebben.

Ze heeft weer een van die dagen waarop iedereen op iemand anders lijkt. Vanmorgen in de bus dacht ze dat ze haar tante zag die in Devon woont, een jongen die ze kende van de scheikundelessen op school, en een boekhandelaar uit Ealing. Telkens was ze daar een fractie van een seconde, misschien iets langer, van overtuigd. Als ze zich dan bewogen, of als de bus een bocht was omgegaan waardoor er een iets andere lichtinval was ontstaan, veranderde en verdween hun vertrouwde voorkomen. Zo liep ze net langs een man waarvan ze had durven zweren dat ze op hem verliefd was geweest toen ze nog op de universiteit zat. Maar toen ze dichterbij kwam, leek hij er absoluut niet op –een andere kleur haar, neus te lang, gezicht te breed, een onnauwkeurige versie van hem.

Marcus gaat met haar naar het Sir John Soane's Museum. Ze is daar al eens eerder geweest, jaren geleden met haar moeder, maar dat zegt ze niet. Het gebouw is koel, donker en stil als een graftombe. Een groep Amerikanen, fors in kleurige jasjes, is beurtelings aan het gezicht onttrokken om dan weer te voorschijn te komen, wat veroorzaakt wordt door de vele deuropeningen en ramen van de kamers die de structuur hebben van een nest dozen. Een suppoost in een groen pak, die op een stoel met sierlijke pootjes zit, maakt zijn nagels schoon met een speelkaart. Ze lopen door een zitkamer met donker tapijt, door een smalle met hout betimmerde gang, langs kleine tuinen met vrolijk kijkende beelden, door kamers vol met brokstukken van klassieke gebouwen, potten, schilderijen en met velours gestoffeerd meubilair.

'Hij heeft op de vreemdste plekken spiegels opgehangen,' zegt Marcus tegen haar. 'In alkoven. Panelen. Valse raamkozijnen. Om de illusie van afstand en ruimte te creëren waar dat niet het geval was.'

Deze spiegels brengen haar in verwarring; telkens ziet ze stukjes van een vrouw die angstaanjagend veel op haar lijkt, voordat haar hersenen het doorhebben en haar zeggen: jij bent het maar. Op de een of andere duistere manier jagen die spiegelbeelden haar angst aan; ze verwacht ze niet, ze zien er niet uit zoals zij denkt dat ze eruit ziet, de vrouwen in de spiegels lijken gevangen, geschokt en koud achter het glas. Ze kijkt opzij en ziet hoe ze zich afkeert van zichzelf. 'Is alles goed met je?' vraagt Marcus op een gegeven moment, en in een gefragmenteerde open galerij boven hun hoofden, knikken twaalf Lily's terug naar hem.

In een kleine kamer met een hoog plafond vindt hij in het behang een koperen klink en trekt eraan. De muur lijkt weg te draaien in zijn hand, zwaait de kamer in aan een scharnier, vouwt zich open als een boek, om uiteindelijk panelen te onthullen met daarop vreemde, verbleekte, nauwgezette tekeningen van Griekse gebouwen, het ene paneel achter het andere. Ze maken dat ze het gebouw gaat wantrouwen, deze vallen die zijn opgezet in de architectuur. Ze wil niets aanraken, voor het geval het mee zal geven en ze zal worden verzwolgen in de verborgen mechanismen ervan. Ze loopt voorzichtig door de gangen, raakt de muren niet aan, en moet denken aan een kinderverhaal waarin een kat in de val kwam te zitten achter de lambrisering en werd gevangen door een grijnzende rat met een dunne staart.

Bij een balustrade staan ze stil en kijken omlaag naar de ruimte onder hen, en in de holte van een Egyptische sarcofaag.

'Mooi, hè?' zegt Marcus zacht. 'Van albast. Maakt het bijna de moeite waard om dood te gaan, vind je niet, als je in zoiets ligt?'

'Ja, maar...' Ze weet niet goed waarom ze zich niet op haar gemak voelt in de buurt van de sarcofaag. Waarom staat die hier? Ze stelt zich voor hoe John Soane hem met ernstige, onderzoekende vingers in een krat heeft verpakt en hem toen in een schip liet zakken. Wie was erin begraven en wat deed Soane met het lijk?'

'Maar wat?'

'Nou, eigenlijk hoort die sarcofaag hier niet te zijn.'

'Hoezo? Waar zou die dan moeten zijn?'

'In Egypte natuurlijk. Ik bedoel, vind je niet dat hij hier, hoe zal ik het zeggen, niet op zijn plaats is?'

'Zo had ik het nog niet bekeken.'

Dan ziet Lily onder hen, rond de sarcofaag en door de ruimte lopend, een lange vrouw met krullend haar. Haar handen grijpen de balustrade vast. Ze kan haar gezicht niet goed zien. Is zij het? En als ze het is, is ze het dan echt of is ze die andere? Ze draait haar hoofd om en kijkt naar Marcus. Heeft hij haar gezien? Kan hij haar zien? Ze wil hem blinddoeken, zijn ogen beschermen tegen de mogelijkheid om haar te zien. Maar hij praat over de hiëroglyfen die in het albast zijn gegraveerd en, als Lily weer omlaag kijkt, is de ruimte leeg.

'Hier staat,' zegt Sinead, 'dat die kikkers voldoende gif in hun blaas hebben om, en ik citeer "een gemiddelde man te vellen".'

Aidan tuurt in het duistere aquarium naar een kikker ter grootte van een puntenslijper, groenzwart met een felblauwe streep op zijn rug, symmetrisch als een vroeg-christelijk kruis.

'Wat is een gemiddelde man, denk je?' vervolgt ze. 'Bestaan die?'

Aidan zet zijn blik op scherp en ziet, in de reflectie in de tank, dat twee mannen naar Sinead staren. 'Misschien alleen in Brazilië,' zegt hij.

'Brazilië?'

'Waar die kikkers vandaan komen.' Hij raakt licht haar schouder aan. 'Kom, laten we naar boven gaan.'

Ze lopen door de aquariumzaal, met groepen mensen die rond aquaria samengedrongen staan, welke als helder verlichte ramen in de muur zijn aangebracht. Aidan ziet in een glimp in de zijkant van een enorme bak waarin scholen Braziliaanse maanvissen heen en weer flitsen, het beeld van Sinead en hemzelf terwijl ze zij aan zij lopen. Zijn hersenen leggen dit beeld vast, omdat ze het willen koesteren en bewaren – Sinead naast hem, terwijl ze de folder over Kew Gardens omhooghoudt om hem iets te laten zien. Het komt voor het eerst in hem op dat, als ze op deze manier samen zijn, mensen zullen denken dat ze een stel zijn.

De trappen, die draaien als die in een kasteel, leiden naar het Palm House met zijn gebogen witte schoren als de ribbenkast van een dinosaurus. Grote planten met brede bladeren strekken zich omhoog en zijwaarts, in de richting van het licht. De lucht is net zo vochtig en zwaar als in Tokio. Hij vertelt dit tegen Sinead, die hem even aankijkt en dan vragen begint te stellen: hoe vond hij het daar, hield hij van reizen, was Japan mooi, was hij daar ooit naar de bergen geweest, was hij wel eens eenzaam, kon hij Japans spreken, werkte hij liever met Japanners of Amerikanen, zou hij zich gevangen gaan voelen nu hij in Londen werkte?

Ze wandelen door de smalle, witte deuren van de kas naar buiten, en lopen langs rechthoekige bloemperken, vijvers met spuitende fonteinen, een rij bijzonder luidruchtige ganzen met roze poten, een klanktuin (die door Sinead een 'hoop new-ageflauwekul' wordt genoemd), een glooiing vol doornige cactussen, een hoge pagode, een kronkelend pad door dicht gebladerte, wijd uitstaande rododendronstruiken, en reusachtige leliebladeren van een meter in doorsnee die maken dat ze zich vooroverbuigt over de afzetting om ze omhoog te trekken vanuit het water, om te zien hoe ze er aan de onderkant uitzien.

Hij merkt op dat haar haar meer is gaan krullen door de vochtigheid van de kassen, dat ze op haar lip bijt als ze nadenkt, dat ze de bladeren van de planten die ze mooi vindt aanraakt, dat ze sneller loopt dan de meeste mensen, dat haar ene schoenzool iets meer is versleten dan de andere, dat ze een gouden ring draagt aan de pink van haar rechterhand, dat ze in ieder oorlelletje drie gaatjes heeft, maar geen oorbellen draagt, dat ze vier boeken in haar tas heeft, samen met diverse lippenstiften, een aantekenboekje, een intrekbaar schaartje, een foto van haar broer toen die vier jaar was, en een kinkhoorntje.

Als het licht verdwijnt aan de hemel, gaan ze op een bank aan de rand van de tuinen zitten, handen weggestopt in hun jassen voor warmte. Sinead haalt een glanzende aluminium thermosfles uit haar tas en ze laten een mok warme chocola tussen hen heen en weer gaan die lichtelijk metaalachtig smaakt, maar zich een weg brandt door Aidans borst. Boven hun hoofden komen vliegtuigen bij Heathrow het land binnen, en bestikken de hemel met witte draden. Ze praten over banen en Aidans flat, over haar colleges en haar vrienden en uiteindelijk over Marcus. Ze huilt niet, en kantelt haar hoofd naar achteren om naar de vliegtuigen te kijken terwijl ze zegt: 'Ik denk als iemand je op die manier afwijst, dat dat betekent dat die persoon niet de ware voor jou is, denk je niet?'

Aidan draait het restant van de chocola rond op de bodem van de mok. Een donkere drab van korreltjes is daar samengeklonterd, en vermengt zich nu met het vocht. Hij weet dat het onvermijdelijk was dat ze dit gesprek op een bepaald moment zouden gaan voeren. En hij weet dat ze wil dat hij ja zal zeggen, dat ze een rechtvaardiging wil hebben omdat ze van hem houdt.

'Ik denk,' begint hij voorzichtig, 'ik denk dat hij altijd nogal... gericht is geweest op zijn eigen behoeften.'

Ze kijkt weg, begint te spelen met de veters van haar laarzen, maakt ze los en strikt ze dan opnieuw, haar gezicht verward en triest. Hij kan alles verdragen, maar dat niet. Het maakt dat hij haar wil troosten, aanraken, in zijn armen nemen – en dat moet hij echt niet doen. Hij zet de mok neer en haalt diep adem. 'Goed,' zegt hij, 'twee dingen over Marcus. Ten eerste is hij erg impulsief. Ermee eens?'

Ze knikt.

'Wat een goede eigenschap kan zijn,' vervolgt Aidan, 'een heel goede eigenschap. Maar het kan ook erg irritant zijn. Hij moet zijn behoeften altijd onmiddellijk bevredigen, heb je dat gemerkt? Hij kan niet wachten. Als hij honger heeft gekregen, dan moet hij op datzelfde moment iets eten, hoe dan ook. Hij kan nergens anders aan denken totdat hij heeft wat hij wil. Dat was ook zo toen hij jou ontmoette. En ik denk dat je... wat er in New York is gebeurd, ook in dat licht moet zien.'

Ze kijkt hem niet aan, maar hij kan merken dat ze luistert.

'Ten tweede,' zegt hij, 'heeft hij een angstaanjagend vermogen om zijn leven in vakjes te verdelen. Ik heb daar in de loop der jaren eindeloos met hem over gediscussieerd, en jij vast en zeker ook. Als er iets is wat hem van streek maakt of waar hij zich ongelukkig door voelt, dan kan hij dat gewoon uitschakelen. Zomaar. En dan doorgaan met zijn leven alsof er helemaal niets is gebeurd. Ik ken niemand anders die dat vermogen heeft. Ik heb het altijd erg verontrustend gevonden, dat hij dingen in een doos kan stoppen en dan gewoon het deksel erop drukt. En ik denk dat...' Hij maakt zijn zin niet af, omdat hij zich plotseling afvraagt of ze dit eigenlijk wel wil horen.

'...hij dat met mij heeft gedaan,' maakt ze de zin voor hem af.

Aidan knikt. 'Ja.' Hij pakt de mok weer op en draait die rond in zijn hand. 'Ik denk ook dat wat hij heeft gedaan, een beetje lijkt op wat er gebeurt in "Het lied van de oude zeeman" waarin de albatros wordt gedood.'

Ze richt haar ogen op hem.

'Dat hij dat gewoon deed. Het was een daad zonder enige reden. Hij deed het omdat hij het deed. En dat hij – en jij – nooit echt zullen weten waarom.'

Ze zegt een hele tijd niets, en als ze het doet, is dat om hem te vertellen hoe ze als klein meisje altijd in een bepaalde boom klom, een esdoorn was het, als ze in de problemen zat. En hoe haar ouders dan aan de voet van de boom stonden te schreeuwen dat ze naar beneden moest komen, maar dat deed ze nooit. Op een dag, nadat ze daar urenlang had gezeten, was haar vader naar de garage gegaan, had zijn kettingzaag met een ruk aangezet, was in de boom geklommen en had met één grote beweging de bovenste helft er afgezaagd. Hij zag er jarenlang vreselijk uit, zegt ze, die halfboom.

Lily's wang is tegen de zijne gedrukt, haar hoofd hangend. Ze staart naar de omgebogen rand van zijn oor, vlak bij haar mond. Ze zou zich naar voren kunnen strekken en die aanraken, haar lippen erlangs laten strijken, het lelletje tussen haar tanden nemen. Iets fluisteren – wat dan ook – in dat kleine, zwarte gaatje. De boodschap zou hem meteen bereiken.

Onder haar zetten zijn longen uit en krimpen dan, waardoor ze heel licht omhoog komt, om vervolgens weer te dalen. Het watergewicht van haar borsten wordt platgedrukt tegen de compacte, vleesloze hardheid van zijn borst, en zijn haar laat menhircirkels op haar huid achter.

Wat moet ze zeggen? Ze buigt haar tong tegen de kooi van haar tanden. Een van zijn handen is tegen haar onderrug gedrukt. De ander ligt slap op het matras naast hen. Als ze haar voet zou uitstrekken, als een ballerina, dan zou ze het ronde, harde bot van zijn enkel kunnen aanraken. Hij slikt, en de spieren aan de zijkant van zijn hoofd spannen zich.

Ik weet wat je hebt gedaan.

Het zou zo gemakkelijk zijn. De woorden zijn er, klaar om naar buiten te komen samen met de kooldioxide die ze terugbrengt in de lucht. Haar hart slaat wild vlak bij hem vanachter de gebogen tent van haar ribbenkast. Zijn ogen openen zich en knipperen, waarbij zijn wimpers in haar hals kriebelen.

Ik zie haar. Ik zie haar overal.

Lily rolt weg, ziet hoe zijn oor en zijn gezicht zich terugtrekken uit haar beeld en onscherp worden. Het laken onder haar voelt koud aan, zo hard als stijfsel.

'JIJ MOET AIDAN ZIJN.'

Hij kijkt op. Voor hem staat een tengere, slordig uitziende blonde vrouw in een blauwe jas.

'Ja,' zegt hij. 'Dat klopt.'

'Ik ben Ingrid.' Ze biedt hem een hand aan, en als Aidan die pakt, voelt de rode wol van haar handschoen ruw en koud aan. 'Sinead zei dat ik naar je uit moest kijken.'

Ze zitten in een café in de buurt van Tottenham Court Road. Aidan wacht op Sinead, die laat is. Ingrid trekt haar handschoenen uit, knoopt haar jas los, laat haar tas op de grond naast haar stoel vallen, loopt naar de bar om koffie te bestellen en gaat dan weer zitten.

'Leuk je te ontmoeten,' zegt hij. 'Sinead heeft me alles over je…'

'We hebben elkaar al eerder ontmoet,' onderbreekt Ingrid hem, lichtelijk beschuldigend.

'O ja?'

'Ja. Heel lang geleden. Op een verjaardagsfeest.'

'Je bedoelt…' Hij stopt.

'Dat bedoel ik inderdaad,' knikt Ingrid. 'dat feest. Het feest waar ze hem heeft leren kennen. Hoeheethijookalweer.'

'Klootzak,' vult Aidan aan.

Ze glimlacht, eindelijk. 'Ja,' zegt ze, duidelijk met plezier, 'klootzak. Hoe gaat het tegenwoordig met Klootzak?'

'Ik zou het niet weten.'

Ze trekt haar wenkbrauwen op. 'Ik dacht dat jullie boezemvrienden waren.'

'Dat waren we.'

'Juist ja. Zit het zo? Je hebt haar kant gekozen?'

'Eh. Zoiets.' Aidan wil graag van onderwerp veranderen. 'Dus jij was toen ook op dat feest?'

'Ik woonde in dat huis. Ik was Sineads huisgenoot. Nou ja, een van hen.'

'Ik weet niet of ik me je nog kan herinneren.'

'Ik had toen lang haar,' zegt ze, terwijl haar grijze ogen rusteloos over zijn gezicht bewegen, alsof ze informatie wil verzamelen waarmee ze hem op een later tijdstip kan beoordelen. 'We hebben elkaar later nog eens ontmoet, in het huis van Klootzak, en paar jaar geleden. Jij was daar toen met je vriend.'

'O ja?'

'Josh? Nee… John,' zegt ze, terwijl ze met een vinger naar hem wijst, voor het geval hij het lef zou hebben haar te corrigeren. Haar haar is zo blond dat het bijna wit is bij de slapen, waar de haartjes uit de huid te voorschijn komen. Hij vraagt zich af of ze van Scandinavische afkomst is. Zou kunnen, te oordelen naar haar naam. Hij overweegt om dat aan haar te vragen, maar verwerpt dan die gedachte.

'Je hebt een goed geheugen,' zegt hij in plaats daarvan.

'Jij en je vriend en Klootzak zaten samen om de tafel toen Sinead en ik binnenkwamen. We hadden gewinkeld, geloof ik. Je vriend John had een hele stapel papieren dieren geknutseld – hoe noem je dat? Origami? – van krantenpapier en hij had het over een meisje waar hij net verliefd op was geworden, en hij zat er nogal mee dat ze niet joods was. Of zoiets.'

Aidan knikt langzaam.

'We gaven hem allemaal advies – waarschijnlijk niet erg nuttig advies.'

Aidan schraapt zijn keel. 'Nu herinner ik me je weer.' Hij knikt opnieuw. 'Je had toen inderdaad heel lang haar. Sinead had zo'n vruchtenpers gekocht en perste toen sinaasappels voor ons allemaal.'

De serveerster zet Ingrids koffie voor haar neer en haalt Aidans kopje weg. Ingrid houdt haar handen vlak op de tafel, haar hoofd naar één kant, en bekijkt hem.

'Zo,' zegt hij, niet op zijn gemak onder haar kritische blik, 'dus jij bent wetenschapper.'

'En jij bent een beetje een mysterie,' reageert ze.

'O ja?' Hij is even van zijn stuk. 'Waarom?'

'De lange, donkere en mysterieuze vriend. Over wie altijd wordt gepraat. En er nooit is. Altijd weg. Heeft de een of andere vage flitsende baan in de filmindustrie.'

'Zo flitsend is het helemaal niet.'

'En wat doe jij precies?'

'Ik ben wetenschapper.'

'Dat weet ik. Ik bedoel, wat is je vakgebied?'

'Geschiedenis.'

'Waar?'

'Noord-Londen.'

'Vind je het leuk?'

'Ja. Hou jij van je werk?'

'Ja.'

Om de een of andere reden glimlachen ze naar elkaar. Ingrid laat een volle lepel suiker in haar kopje glijden. Aidan heeft het gevoel alsof hij de een of andere duistere test heeft doorstaan.

'En hoe denk jij dat het nu met haar gaat?' vraagt ze, terwijl ze fervent in haar koffie roert.

'Ze is... erg wisselvallig. Maar over de hele linie zou ik zeggen... tamelijk slecht. Als iemand van wie een ledemaat is geamputeerd.'

'Denk je dat ze weer bij elkaar zullen komen?'

'Wat?' Even kan hij niet bedenken wie ze bedoelt. 'Sinead en Marcus?'

Ingrid fronst. 'Wie is Marcus?'

'Sorry.' Hij is verward door de gedachte, niet in staat een antwoord te formuleren. 'Ik bedoel Klootzak. Nou... ik weet het niet. Ik betwijfel het. Ik bedoel... ik denk niet dat ze hem nog terug wil, hè? Hoezo? Waarom vraag je dat? Denk jij dat dat zal gebeuren?'

'Ik weet het niet.' Ze haalt haar schouders op en blaast in haar koffie. 'Ik zou het echt niet weten. Ik zou dan vanzelfsprekend nooit meer met haar praten, maar hij kan erg overtuigend zijn.'

'Ze zou het nooit doen,' zegt hij. 'Vast niet.'

'Ik hoop dat je gelijk hebt. Hoewel ik er niets op zou durven verwedden. Ze houdt nog steeds van hem. Er is meer voor nodig dan je te gedragen als een oversekste imbeciel om dat te veranderen. En zeggen ze niet dat *amor vincit omnia*?' Ingrid zet haar kopje neer en begint een servetje als een harmonica te vouwen. 'Ik neem aan dat je het laatste nieuws al hebt gehoord? Dat zijn nieuwe vriendinnetje haar nu ook al aan het stalken is?'

'Je bedoelt Lily?'

'Hoe ze ook heet,' zegt Ingrid, afwijzend, en kijkt hem dan aan met samengeknepen ogen. 'Natuurlijk,' zegt je, 'jij moet haar ook kennen.'

'Nou, kénnen zou ik dat niet willen noemen. Ze is daar komen wonen toen ik daar nog woonde. Dat is alles.'

'Hmm.' Ze denkt hier even over na, terwijl ze hem nog steeds nauwkeurig opneemt.

'Maar goed, wat bedoel je precies met stalken?'

'Nou, kennelijk...' ze breekt haar zin af, en kijkt door het raam naar buiten. Aidan volgt haar blik. In de verte kan hij met enige moeite een gestalte zien die over het trottoir komt aangesneld in hun richting. Sinead. De avondschemering valt en iets wat ze vasthoudt fladdert wit tegen haar kleren. 'Daar heb je Wilson,' zegt Ingrid, terwijl ze opstaat, 'en het lijkt erop dat ze nieuws voor ons heeft.'

'Nieuws?' zegt Aidan. Of het nu komt door Sineads euforische uitdrukking, en het papier dat ze vasthoudt, maar in ieder geval gaat zijn hart sneller slaan uit een soort angst. 'Wat voor nieuws?'

'Heb je het?' schreeuwt Ingrid, handen om haar mond gebogen. De ober kijkt geërgerd op.

'Wat?' vraagt Aidan.

Sinead stormt met een stralende blik de treden naar het café op en rukt de deur open.

'Heb je het?' gilt Ingrid.

Sinead knikt. Ingrid slaat haar armen om haar heen, en lachend en schreeuwend feliciteert ze haar: 'Ik wist dat je het zou krijgen, ik wist het.'

'Wat?' vraagt Aidan opnieuw.

'Ze heeft het, ze heeft het!' herhaalt Ingrid telkens opnieuw.

'Ik heb het net gehoord,' vertelt Sinead. 'Ik heb mijn e-mail bekeken voordat ik wegging, voor het geval dat. Ik had niet echt gedacht dat het er zou zijn, maar het was er! Ik kan het niet geloven! Ik heb het voor je uitgeprint, kijk.'

Ingrid grijpt het papier en bekijkt het snel. Sinead lacht, slaat haar gade en klapt in haar handen.

Aidan grijpt haar bij haar elleboog. 'Sinead, wat is dit? Wat heb je?'

'O, Aide,' ze slaat haar armen om zijn nek en plant een kus op zijn wang, 'de baan waar ik naar gesolliciteerd heb. Heb ik het je niet verteld? Misschien ook niet. Het is in Sydney. Literatuur en Gender. College geven en research.'

'Sydney? In Australië?'

'Het is nu niet direct mijn vakgebied, maar...'

'Voor hoe lang?'

'Een jaar. Twee jaar. Wie weet? Het hangt er helemaal vanaf of dat...' Haar stem sterft weg als ze naar zijn wezenloze gezicht kijkt. 'Aidan, het spijt me dat ik het je niet heb verteld. Het is ook allemaal zo snel gebeurd. Degene die ze hadden, heeft zich het afgelopen weekend teruggetrokken en toen belden ze mij om te vragen of ik geïnteresseerd was, en het leek precies wat ik nodig had. Ik moet gewoon weg uit Londen, door... al dat gedoe. Je weet wel. Het spijt me. Je bent toch niet boos?'

'Boos? Nee, nee, absoluut niet.'

Ingrid duwt het vel papier in zijn handen en omhelst Sinead opnieuw. 'Ik ben echt blij voor je! Ik ben zo trots op je! Het wordt vast geweldig.'

'Jullie komen me toch opzoeken, hè?' zegt Sinead. Ze heeft allebei hun handen vastgeklemd, haar vingers in zijn handpalm gekruld. Hij leest de regels van de e-mail, maar kan niet verder dan de eerste regels komen. Geachte dr. Wilson. Geachte dr. Wilson. Het doet ons genoegen u te laten weten dat. Genoegen. Dr. Wilson. Het doet ons genoegen.

'Ik ben nog nooit in Australië geweest,' zegt ze. Ze draait zich naar hem toe en terwijl ze dat doet, glijdt haar hand weg uit zijn greep. 'Jij wel?'

Lily heeft een nieuwe lippenstift gekocht. Op de wc laat ze hem in en uit de huls schieten, waarbij de glanzende kleurstaaf omhoogkomt en zich terugtrekt. De muren zijn bedekt met bleekgroene mozaïektegels. Ze staart ernaar en vraagt zich af wie er zo geduldig is geweest om die piepkleine vierkantjes in zulke nette, regelmatige rijen aan te brengen. Dan leunt ze naar de spiegel toe en brengt de lippenstift aan, waarbij ze de kleur gladstrijkt naar de randen toe. Ze trekt een paar velletjes van een rol wc-papier, zet er haar lippen op, en legt het papier bedekt met donkerpaarse monden op het planchet neer. Ze zien er nogal persoonlijk uit, te vreemd om hier achter te laten, dus stopt ze ze in haar handtas en ritst die dicht.

Ze draagt nieuwe, glanzende laarzen met hoge, slanke hakken. Haar voeten lijken smaller en langer, en haar enkels doen pijn als ze de trap oploopt naar de hoofdzaal. Ze is bij de opening van een tentoonstelling over architectuur. Waarom? Dat weet ze eigenlijk niet. Soms, als ze zichzelf aan zichzelf probeert te verklaren, is er een kloof, een ravijn waar haar bevattingsvermogen niet overheen kan komen.

Ze ziet Marcus aan de andere kant van de ruimte, waar hij staat te praten met een Aziatische man met een overdreven stekelkapsel en een bril met een dik, zwart montuur. De tekeningen aan de muur verwarren haar: een massa lijnen, assen, hoeken, maten. Sommige lopen over in vage, schetsachtige impressies van gebouwen die een donkere en sombere indruk op haar maken. Maar de modellen, op lange tafels over het midden van de ruimte, verbazen haar: kleine replica's, als poppenhuizen, vervaardigd van wit karton, compleet met trappen, deuren en acetaat ramen. Als ze zich eroverheen buigt, voelt ze het plezier van perfectie door haar heen gaan; ze kan zich vooroverbuigen en in die witte, lege, mensloze ruimtes turen, met haar vingers langs de daken gaan en, als ze dat zou willen, ze verpletteren met een enkele slag van haar vuist.

De ruimte is vol mensen. Geen van hen kijkt naar de geëxposeerde stukken. De man die eerder de tentoonstelling heeft geopend met een korte toespraak die Lily achter in de zaal niet kon horen, staat midden in een groep mensen. Hij heeft een rood drankje in zijn hand, de andere hand zwaaiend in de lucht, terwijl hij iets gecompliceerds aan het uitleggen is aan zijn luisteraars.

Marcus is nog steeds op enige afstand van haar, een hand in zijn achterzak, nog steeds pratend met de gebrilde man. Een vrouw met blond haar dat recht op haar rug valt, is bij hen komen staan. Ze heeft haar onderarm op Marcus' schouder gelegd op een manier waarvan Lily nog niet kan besluiten of die nu vriendschappelijk of bezitterig is. Ze staat gebogen in haar taille, haar hoofd dicht bij dat van Brillemans, terwijl ze iets in zijn oor zegt.

Lily voelt een vermoeidheid in haar armen en schouders. Het moment waarop ze vanmorgen het huis heeft verlaten lijkt plotseling lang geleden. Ze wil naar Marcus toe gaan om hem te vertellen dat ze naar huis gaat, maar er staan zo veel mensen tussen hen in dat het haar veel geduw en moeite zal kosten om bij hem in de buurt te komen. Dan beseft ze dat, omdat de ruimte eigenlijk bestaat uit twee kamers die zijn samengevoegd, ze kan verdwijnen door de ene deur, door de gang kan lopen, en dan naast hem te voorschijn kan komen via de andere deur.

Ze glipt door de deur in de verstilde rust van de gang. Papieren en memo's op een prikbord wapperen als ze langsloopt. Als ze bij de deur komt hoort ze Marcus' stem, en het noemen van haar naam maakt dat ze stilstaat.

'Weet je wat Lily zei toen ze dat gebouw in de AJ zag?'

'Nee. Wat dan?' De blonde vrouw.

'Ze zei: "Het ziet eruit als een sauna."'

Marcus imiteert haar met een hoge, schrille stem, bijna als gejammer. Ze lachen allemaal. Lily hoort een klap, alsof iemand met zijn hand op zijn been slaat.

'Een sauna!' Marcus herhaalt zijn grap opnieuw, en iedereen begint weer te lachen; ha ha ha ha, zegt Brillenman, hi hi hi, zegt de vrouw, ha ha ha, zegt Marcus.

'De minnares,' zegt Blondje, ieder woord genietend in haar mond als iets lekkers.

Er is een pauze. Lily realiseert zich dat ze aan de andere kant van de muur staat, tegenover hen, hun spiegelbeeld. Ze brengt net haar hand omhoog om de breedte, de massa en het cement aan te raken van de stenen die hen scheiden, als ze Brillemans hoort zeggen: 'Niet zo onaardig. Dat is toch niet het enige waar je haar voor gebruikt, Marcus?'

Opnieuw volgt er een stilte, niet langer dan een hartslag. Dan wordt haar schedel gevuld met hun gelach: grote gierende uithalen, hoge giechels, laag gehoest, en te midden daarvan het duidelijk herkenbare geluid van Marcus' ha ha ha.

Ze staat daar, stom in haar nieuwe laarzen, haar nagels die het pleisterwerk van de muur net voldoende raken om, als ze zich omdraait om weg te gaan, de wilde sensatie te ervaren alsof ze met een harde nagelvijl langs de verf krast, voordat haar hand terugvalt langs haar zij.

Als ze later in Ealing aankomt, is het licht in de hal bij haar moeder nog aan. De stoep heeft een dunne glinstering van ijs en ze moet voorzichtig lopen over het pad. Als Diane de deur opendoet, ziet haar gezicht er even bezorgd en moe uit, voordat ze ziet wie het is.

'Hallo,' zegt Lily, en haar moeder neemt haar bij de hand.

'Ik was net van plan om de kerstversiering van zolder te halen,' zegt ze, als ze door de hal lopen. 'Je kunt me helpen als je wil.'

Ze staan samen in de zitkamer. Het huis voelt koud aan, merkt Lily, en de bank is verplaatst.

'Blijf je slapen?' vraagt haar moeder, haar hoofd schuin.

Lily knikt. 'Als dat goed is.'

ZE MELDT ZICH ZIEK, ZIT OP HAAR KAMER, STAART NAAR DE GE-
zwollen grijze hemel waarin sneeuw dreigt. Ze gaat een wandeling
maken in het park, samen met Sarah, die met takjes slaat tegen de
bergen natte, rottende bladeren en naar de bomen schreeuwt: 'Minnares, dat mocht 'ie willen!' Ze kookt voor haar moeder, stoft het
huis, schildert de wc beneden, stooft appeltjes uit de tuin in pannen
met kaneel en rozijnen. In de kamer die ooit, lang geleden, de studeerkamer van haar vader was, laat ze de wereldbol onder haar hand
ronddraaien; landen, oceanen, bergketens, continenten, eilanden,
breedtecirkels scheren langs haar vingertoppen.

Ze ruimt de schuur op, repareert de ketting van haar moeders
fiets. Ze bedekt een ladekast met een houtwormbestrijdingsmiddel
– een dik, donkerbruin, stroperig mengsel. Ze speelt een nieuw spel-
letje met de wereldbol – laat hem ronddraaien en dan stoppen, en
kijkt dan waar haar wijsvinger is. Ze stofzuigt.

Na een paar dagen sluipt ze midden op de dag zijn gammele trap
op, als ze weet dat hij aan het werk is. Alles is nog hetzelfde, wat
haar op de een of andere manier verbaast. Het is nog maar zo kort geleden, niet eens een week, dat ze hier voor het laatst was, maar toch
lijkt het iets uit een ander leven. Zonlicht strekt zich uit over de
vloer en over het meubilair; de kraan druppelt in de spoelbak. De
planten hangen slap, zijn aan het vergelen en omkrullen.

Er klinkt een laag, regelmatig gemompel ergens vandaan. Ze
draait haar hoofd om, kijkt om zich heen. Het verlengsnoer van de
telefoon loopt over de lengte van de kamer en verdwijnt onder Mar-

cus' deur. Ze loopt er op haar tenen heen en drukt haar oor tegen het hout van de deur. 'Nee. Alsjeblieft,' hoort ze. 'Luister nu eens. Wat ik deed was stom, zo... zo verdomde stom en het spijt me. Het spijt me heel erg. Neem die baan alsjeblieft niet aan. Alsjeblieft. Ik zou het niet kunnen verdragen. Geef me alsjeblieft nog een kans. Ik weet dat ik die niet verdien, maar alsjeblieft. Wat kan ik doen om ervoor te zorgen dat je terugkomt?'

Het moedigste wat ze als kind ooit heeft gedaan, een dag nadat baby Mark was gestorven, was dat ze naar de driehoekige kast onder de trap was gelopen waar ze hun jassen ophingen. Het was er donker en er hing een lucht van oud, doordringend ruikend hout. Ze had daar haar stijve, wollen jas van haar eigen koperen haak gepakt die op haar hoogte in het hout was geschroefd. Alleen was dat wel de hoogte van het jaar ervoor, want inmiddels was ze gegroeid. Ze had haar jas dichtgeknoopt en was naar de voordeur gelopen. Ze had even in de hal gestaan, had toen aan de voordeur gerukt, die een matglazen raam had met draadwerk ervoor. Ze had Mark voor het eerst gezien door dat glas, een vaag bundeltje met – een grote verrassing – rood haar, toen ze in de hal stond te wachten tot haar moeder met haar nieuwe broertje binnen zou komen vanuit de auto. Ze liep snel weg over het pad door de voortuin, terwijl ze dacht: ik ga weg, ik ga weg, waarbij de woorden in haar hoofd rondtolden als natte kleren in een wasmachine. Ze kwam niet verder dan de eerste straat, waar ze stond te aarzelen omdat ze wist dat ze die niet alleen mocht oversteken, toen Diane haar inhaalde. Haar moeder graaide haar van het trottoir, drukte haar tegen zich aan, en zei telkens opnieuw haar naam. Je mag niet weglopen, zei haar moeder in tranen, je mag nooit meer weglopen. Lily had nooit kunnen begrijpen hoe haar moeder op de een of andere manier had geweten dat ze was weggelopen, dat ze niet gewoon had gedacht: Lily is zeker een stukje wandelen.

Ze haalt haar hand van de deurklink en loopt op haar tenen weg. In haar kamer kijkt ze om zich heen: boeken, schoenen, papieren, make-up. Ze stopt alles in tassen, snel en rustig. Haar kleren gooit ze over een arm. Sineads jurk laat ze achter, precies zoals ze die heeft gevonden.

Ze loopt weer door de flat. Marcus huilt nu, en laat diepe snikken horen door de telefoonlijn. Bij de deur draait ze zich om. 'Dag,' zegt ze, tegen de lege lucht. Ze kijkt om zich heen. Niets. De ramen, aan weerskanten, staan onbewogen tegenover elkaar. Een massa wolken glijdt langs, langzaam als een schip. 'Dag,' zegt ze opnieuw. Een lampenkap beweegt aan de andere kant van de kamer. Zonder erbij na te denken loopt Lily naar het telefoonstopcontact, een wit doosje dat laag tegen de muur zit. Haar vingers sluiten zich over de plastic stekker en trekt die uit het stopcontact. Ze recht haar rug en wacht. Marcus' stem blijft gewoon doorgaan, onbeheerst, zich nergens van bewust, doorpratend in de stilte. Ze stapt over de drempel, sluit de deur en laat de sleutels door de brievenbus vallen. Ze luistert hoe het metaal op het hout valt, trekt dan haar hand terug uit de opening van de brievenbus.

Ze is verbaasd over hoe gemakkelijk het is om haar leven te ontmantelen. Ze laat een boodschap achter op de voicemail van het agentschap om te vertellen dat ze niet meer terugkomt. Ze schrijft een brief aan de winkel. Ze bezoekt Laurence en zijn moeder en knuffelt hem ten afscheid. Hij kronkelt in haar armen, geschrokken door dit plotselinge vertoon van emotie. Ze steekt haar kaart in een bankautomaat om te weten wat haar saldo is. Ze belt een nummer dat ze heeft gevonden tussen de advertenties in een krant en boekt een vlucht vanaf Heathrow. Ze koopt een rugzak en reisgidsen. Ze wisselt geld voor vreemde valuta en ontdekt dat de bankbiljetten te groot zijn voor haar portemonnee. Zij en Diane zitten gehurkt op de grond over een wereldkaart gebogen. Sarah komt langs, geeft haar een stuk touw. 'Je hebt altijd touw nodig,' zegt ze. Diane koopt reiswasmiddel, muggenolie en diarreetabletten voor haar. Lily pakt haar rugzak drie keer in en uit.

Op haar laatste ochtend in Londen, als ze vindt dat ze alles heeft gedaan wat ze moet doen en dan nog een paar uur over heeft, gaat ze zwemmen. Ze rolt haar badpak strak in een badhanddoek en neemt de bus naar het zwembad. Ze zwom vroeger graag. Haar vader nam haar regelmatig mee toen ze nog een kind was, deed de zwembandjes om haar armen voordat hij ze opblies, zijn tanden rond het transparante ventiel. 'Het is niet lekker als ik ze omdoe terwijl ze al opgeblazen zijn, hè?' zei hij altijd. In het water trapten haar voeten wild onder haar, en de opwinding maakte dat ze rilde. Het duurde niet lang of haar vader nam de zwembandjes niet meer mee. Hij hield zijn handpalm onder haar buik en het blauwe water schoot onder haar door terwijl ze haar benen bewoog met ritmische, symmetrische buigingen. 'Het water zal altijd je gewicht ondersteunen, Lily,' zei hij dan, 'vergeet dat niet.' Als ze moe was, mocht ze haar voeten op zijn been laten rusten. Hij hurkte dan in het water en zij stond dan rechtop, tot aan haar middel, en voelde zich als de vrouwen op de voorsteven van piratenschepen. Maar later, op school, waren er meisjes met wedstrijdbadpakken en een strakke glanzende huid die zwemslagen konden maken waardoor het water werd opgeklopt tot wit schuim, en toen verloor ze verder alle interesse.

In het zwembad sluit ze haar ogen en springt door het wateroppervlak dat zich uitstrekt in een brede, lange ruimte met een zilverkleurig plafond waarin vierhoeken van licht zitten. Bleke lijven schieten wild door het langzame blauw. Ze duwt zich omhoog en komt in de weergalmende warmte, waar ze overgaat op rugslag. Een kleine replica van zichzelf volgt haar in het glazen plafond, terwijl ze heen en weer glijdt in haar baan. Als ze uit het bad komt, merkt ze dat ze water in haar oor heeft gekregen.

Half doof gaat ze naar huis en pakt ze haar laatste spullen in. Als ze de trein naar het vliegveld neemt, loopt haar moeder zo ver ze kan naast haar mee, en zegt iets wat Lily niet kan horen, haar gezicht vervormd door hevig verdriet. In haar hand houdt ze een boodschappenlijstje geklemd, waarmee ze zwaait, of dat gewoon uit zichzelf fladdert in de lucht.

Als het vliegtuig opstijgt en door de nacht glijdt, blokkeren en deblokkeren Lily's oren, maar in haar linkeroor blijft het verstomde, geheime geruis van water. Ze schudt met haar hoofd, trekt aan de zachte huidplooi van haar oorlelletje, draait haar nek en springt op het toilet op en neer met haar hoofd naar één kant. Maar niets helpt. Ze maakt een bundel van haar trui en slaapt ertegen, en hoopt dat ze bij het wakker worden weer goed zal kunnen horen aan haar linkerkant. Als ze aankomt en de metalen trap afstrompelt, moet ze zich dicht naar de douaneambtenaar toe buigen om hem te kunnen verstaan boven de bewegende golf chloorwater.

Later, als ze een hotel heeft gevonden, laat ze daar haar rugzak achter en loopt de heuvel af door de warmte van de stad. Mensen in vrolijke kleding op motorfietsen zoeven langs haar en zwaaien. Haar schoenen met rubberen zolen voelen zacht aan op het smeltende asfalt. Ze koopt een cactusvijg van een straatventer, die hem voor haar splijt met een mes, en het natte oranje vruchtvlees voor haar blootlegt.

Als ze wegloopt, de cactusvijg voorzichtig in haar handpalm, is er een onverwachte doorbraak, een bevrijding, dan warm geruis: water uit een Londens zwembad druppelt naar de welving van haar borst, waar het snel verdampt in de hitte van de middag.

Nadat hij het huisnummer heeft gecontroleerd, gaat Aidan door het hekje en loopt hij het onbekende tuinpad over, tegels losliggend van het cement dat onder zijn schoenen kraakt. Hij probeert zijn hart te negeren, dat het bloed door zijn aderen stuurt in een tempo dat veel te hoog ligt. Hou daarmee op, gebiedt hij het, hou daar nu mee op. Dit maakt het alleen nog maar erger.

Hij drukt op de deurbel, en zijn hart verraadt hem openlijk en schaamteloos. Ik praat hier later nog wel met je over, zegt hij tegen zijn hart, als een man de deur opendoet.

'Jij moet Aidan zijn,' zegt hij. 'Hoi. Ik ben Michael. Dit is Lindsay.' Hij wijst op een hoogzwangere vrouw achter hem, die glimlacht als ze haar jas dichtknoopt.

'Wij wilden net weggaan,' zegt ze. 'Sinead is binnen.'

Aidan loopt vlak langs Michael. Er is heel weinig gelijkenis tussen hem en zijn zuster; de lijn van de neus misschien, en de tamelijk fijn gevormde kin, maar verder niets.

'Tot ziens,' zegt Michael, als hij de deur achter zich sluit.

'Dag,' zegt Aidan, 'leuk je te hebben ontmoet.' Hij blijft even in de hal staan. Zijn hartslag is nu zo snel en licht dat hij zich afvraagt of hij op het punt staat flauw te vallen. Dat zou helemaal het toppunt zijn. Perfect. Hoe win je vrouwen voor je en hoe beïnvloed je levens. Hij hoort hen tegen elkaar fluisteren op de drempel en Lindsay die uitroept: 'Wat een lekker stuk! Waarom heb jij niet zulke vrienden?' en Michael die lachend zegt dat ze haar mond moet houden, omdat hij het anders nog kan horen.

'Sinead?' roept hij.

'Ik ben hier.'

Aidan loopt de gang door en neemt de eerste deur. Het is een klein appartement op de begane grond. Sinead zit in kleermakerszit midden op de grond, omringd door bergen kleren. Ze houdt twee truien omhoog.

'Wat vind jij?' vraagt ze.

'Wat vind ik waarvan?'

'Zou ik deze of deze mee moeten nemen?'

Aidan gaat op een bank zitten. 'Kun je ze niet allebei meenemen?'

'Nee! Ik ga naar Australië, kom op zeg. In Sydney heb je niet meer dan één trui nodig.'

Aidan kijkt om zich heen. Ze bevinden zich in een kleine zitkamer. Witlinnen rolgordijnen bedekken de ramen. Een kat ligt opgekruld als een reddingsboei op een patchwork kussen. Er staat een stapel dozen in de hoek met daarop etiketten zoals SINEADS BOEKEN, SINEADS SERVIES en SINEADS WINTERKLEREN.

'Gaan die ook mee?' Hij wijst op de dozen.

'Nee. Michael gaat die voor me opslaan.' Ze gooit de truien die ze omhooghield op de grond, staat op, buigt vanuit haar middel en omhelst hem kort. 'Hoe gaat het met je? Fijn je te zien.'

'Ja. Het gaat... wel goed met me.'

'Wil je thee? Wijn? Whisky?'

'Wat jij neemt.'

Ze loopt de kamer uit en een paar seconden later hoort hij het gerinkel van glazen, een koelkastdeur die opengaat, een vloeistof die klokkend uit een flessenhals komt. Hij staat op en loopt over het kleed heen en weer. Hij moet het doen. Hij zal het doen. Hij gaat het nu doen. Als ze terugkomt uit de keuken. Hij weet wat hij zal gaan zeggen. Hij heeft het allemaal in zijn hoofd. Hij heeft het gerepeteerd in de auto. Maar nu hij hier is, is het allemaal niet meer zo samenhangend. Ze lijkt met haar gedachten elders, verstrooid. En de woorden die hij zo zorgvuldig heeft gekozen in de auto, lijken nu hol en kunstmatig. Maar hij moet het doen. Hij moet. Morgen om deze tijd zal ze in een vliegtuig naar Sydney zitten.

'Heb je hier al die tijd geslapen?' roept hij, terwijl hij probeert de trilling in zijn stem te negeren.

'Nee. Michael heeft nog een logeerkamer.' Ze verschijnt in de deuropening, een glas in iedere hand. 'Nou, dat wordt straks de babykamer. Dus het wordt tijd dat ik hier verdwijn.'

Hij neemt de wijn aan en gaat in een stoel bij de tafel zitten. Een boeket rode rozen steekt uit de verpakking. De bloemen zijn slap en al aan het verwelken onder het cellofaan. Ze ziet hem ernaar kijken.

'Ik moet ze eigenlijk in het water zetten, hè?' mompelt ze, terwijl ze het fluweel van hun blaadjes met een duim streelt. Dan brengt ze het glas wijn naar haar mond, neemt een slok, loopt naar de berg kleren, pakt een roze T-shirt eruit en laat het dan vallen. 'Denk je dat het goed is wat ik ga doen?'

Aidan maakt zijn vinger nat en laat dat rond de rand van zijn glas glijden. 'Om naar Australië te gaan?'

'Nee...' Ze aarzelt. 'Ik bedoel... ik bedoel...'

'Marcus?'

'Ja.'

'Ik...' het glas onder Aidans duim begint te zingen en te vibreren, waardoor ze opkijkt, '...ik zou het echt niet weten.'

Ze knikt, waarbij haar lippen op elkaar geperst zijn.

'Ga je...' begint hij, '...denk je dat je hem terug gaat nemen?' Zijn hart gooit zich tegen zijn kooi. Hij weet zeker dat ze het moet kunnen horen.

Ze zucht. 'Ik weet het niet,' geeft ze toe. 'Ik weet het gewoon niet. Soms kan ik me geen toekomst zonder hem voorstellen. Soms lijkt het... onontkoombaar... dat hij en ik weer bij elkaar zullen komen. Alsof ik geen weg eromheen kan zien. Maar ik weet het niet, Aidan. Wat hij heeft gedaan was zo... nou ja, het was zo onnodig en... en zo pijnlijk.'

Aidan zegt niets. Het glas ruist en roept in zijn hand.

'Maar ik heb gewoon het gevoel dat ik niet om hem heen kan. Ik had het er pas geleden met een paar mensen over,' vervolgt ze, 'en die zeiden: "Nou, je zult moeten afwegen of je gelukkiger bent mét of zonder hem." En dat als ik dacht dat ik gelukkiger zou zijn met hem, ik zou moeten proberen me eroverheen te zetten en het hem moet vergeven.' Ze schudt haar hoofd en trekt aan een van de uiteinden van haar haar.

Hij zet het glas neer en zijn vingers strijken langs de bloemen. Hij staat op en loopt de kamer door naar het raam, waar hij stukken van de straat tussen de rolgordijnen door kan zien. Hij is idioot en maakt zichzelf wat wijs door te denken dat hij die dingen tegen haar zou kunnen zeggen. Hij lijkt wel gek. Wat voor reactie had hij eigenlijk verwacht? Hij is dwaas, maar toch zou hij tegen haar willen zeggen: het is niet onontkoombaar; als je hem terugneemt, zal hij alleen maar iets doen wat nog erger is, zie je dan niet dat hij niet weet wat jij waard bent, en wat moet ik als jij weg bent, wat moet ik doen met die loden last in mijn hart, en waarom moest je op die manier zo in me binnendringen?

'Ik moet maar eens gaan,' zegt hij in plaats daarvan, en wendt zich af van het raam.

'Nu al?' Ze kijkt verbaasd naar hem op.

In de gang slaat hij zijn armen om haar heen, en hij weet dat dit voor het laatst is. Ze zal niet terugkomen, en zelfs als ze dat wél zal doen, dan zal dat niet voor hem zijn. Hij raakt haar haar aan, drukt haar voorhoofd tegen zijn schouder, maakt zich dan los en steekt zijn hand uit naar de deurklink, omdat in hem een pijn begint die zo diep is, zo verborgen, dat hij het gevoel heeft dat die hem nooit zal verlaten.

'Tot ziens,' roept ze hem na. 'Tot ziens!'

Hij kijkt niet om, maar loopt de betonnen wenteltrap naar het trottoir af. Hij loopt langs zijn auto, tot voorbij het einde van de straat, en nog verder. En hij heeft het gevoel alsof ze het uiteinde van een van zijn essentiële lichaamsvezels vasthoudt en dat iedere stap die hij bij haar vandaan doet, hem beetje bij beetje ontrafelt.

IV

Een ander mens kennen en beminnen is de kern van alle wijsheid.
EVELYN WAUGH

DE AARDE WAS ROOD HIER, DOORWEEKTE KLEI DIE ZOOG EN TROK aan de zolen van Lily's voeten terwijl ze naar de zijkant van de weg liep. De kleur was overal ingetrokken – in haar haar, haar rugzak, de kont van haar broek, en de lijnen van haar handpalmen, waar scharlakenrode riviertjes stroomden van haar polsen naar de toppen van haar vingers.

Gisteren was er nog zand geweest, en wind die de minuscule stofdeeltjes in haar ogen en mond stoof. Lily had voor in de vrachtwagen gezeten, een sjaal om haar hoofd gewikkeld, een zonnebril stevig op haar neus, tanden knarsend tegen elkaar, haar huid gemarmerd met het oppervlak van de woestijn die langs haar heen rolde.

De andere mensen sprongen ook van de vrachtwagen, hun voeten ploffend op de zachte grond. De chauffeur zat op zijn hielen naast zijn open portier, terwijl hij zijn schouders losmaakte, een sigaret tussen zijn vingers geklemd. Lily deed haar hoed af, doordrenkte haar sjaal met water uit haar fles en hield die tegen haar gezicht en hals, terwijl ze van de platgereden onverharde weg naar het grillige struikgewas liep. De zolen van haar sandalen klikten tegen haar hielen. Een kleine vogel met een mooi zanggeluid zoefde boven haar hoofd langs op een hoge thermiek. Ze kon zo ver kijken dat ze er zeker van was dat ze bijna de ronding van de aarde zag.

Ze hield haar hand boven haar ogen en liet haar blik gaan naar het verdwijnende punt van de weg. In de verte zag ze een donkere plek of vlek, waar door de hitte een halo omheen straalde, glinsterend en flakkerend aan de horizon. Het licht gleed ervan af, en door ernaar te staren ontstond er zoutig water dat prikte in haar ogen, waarbij haar wimpers gekleurde prisma's vormden rond haar beeld. Ze knipperde, kneep haar ogen dicht, om ze daarna weer te openen. Het licht stroomde over haar netvlies waardoor ze alles nu als op een negatief zag, en het beeld vóór haar danste met honderden witte stippen. De vlek, die ze nu weer in beeld kreeg, was groter geworden, wervelend van het stof en de snelheid. Een vrachtwagen.

Het water dat werd vastgehouden in de stof van haar sjaal, was opgewarmd tot luchttemperatuur. Ze keek even om naar haar eigen vrachtwagen aan de zijkant van de weg. De chauffeur stond op en zwaaide naar haar dat ze terug moest komen omdat hij verder wilde. De andere reizigers staarden en wezen in de richting van de naderende vrachtwagen. Lily liep terug naar de weg, waarbij de rode aarde een koek vormde onder de zolen van haar sandalen. Aan de zijkant van hun vrachtwagen bood een Belg haar het opstapje van zijn ineengestrengelde handen; ze zette haar voet erin en voelde hoe de grond onder haar verdween en ze omhoogkwam langs de houten zijkant van de vrachtwagen. Ze greep die vast, en intussen vonden haar voeten een steunpunt op een wiel, waarna ze zichzelf in de laadbak van de vrachtwagen zwaaide, die was bezaaid met rugzakken, mensen, waterflessen, tenten en zakken eten.

De andere truck naderde hen inmiddels. Lily leunde over de zijkant om ernaar te kijken. Hij reed snel, de wielen gooiden zand omhoog, zijn glinsterende radiator grijnzend als tanden. De vrachtwagen was nieuwer en sneller dan die van hen, een glanzend blauwe kleur, en was nu zo dichtbij dat ze de gezichten van de twee chauffeurs kon zien en een leren poppetje, bengelend als aan een galg aan hun achteruitkijkspiegel. Het lawaai van de motor dreunde als onweer bij haar oren. Een meter of twintig bij hen vandaan ging de wagen plotseling langzamer rijden, toen de chauffeur zich de smalheid van de weg realiseerde. Haar eigen chauffeur stond op de weg toe te kijken, zijn armen over elkaar geslagen. De blauwe vrachtwagen rolde voort aan de andere kant van de weg en begon hen voorzichtig te passeren. Ze zag hoe de chauffeurs de smalle opening tussen de vrachtwagens bekeken en toen gleden de mensen achter in de auto langs haar heen, alsof ze op een langzame lopende band zaten.

Wat Lily toen zag was een beeld dat afgesloten van de buitenwereld in haar zou blijven zitten, als een tweeling in een baarmoeder. Ze zou er nooit met iemand over praten, er nooit op zinspelen, en zou er alleen aan denken als ze alleen was. Het was lang geleden – maanden, misschien wel langer dan een jaar, dat wist ze niet meer precies. Lang genoeg om het idee te hebben dat het iets was wat ze had gelezen of had gezien in een film, of iets wat iemand anders was overkomen. Maar terwijl de vrachtwagen langs haar heen hotste in de woestijn, was het alsof de tijd in zichzelf was samengedrukt. Vlak voor haar, zo dichtbij dat als ze zich had uitgestrekt, haar had kunnen aanraken, was Sinead.

Ze stond daar en profil, uitkijkend over de bovenkant van de cabine naar de weg vóór haar, waarbij ze zich met één hand vasthield aan een buis van het zeildoeken dak boven haar. De lucht om Lily heen leek plotseling heet, te heet om in te ademen. Haar ogen gingen opnieuw over de lange hals, de magere armen, de strengen haar. Het was een beeld dat zo vertrouwd was dat het omsloeg in absurditeit. Het leek tegelijkertijd het meest natuurlijke om te zien midden in de woestijn en het meest ongerijmde. Lily staarde, bracht haar vingers omhoog om die tegen haar wang te drukken. Zag ze dit nu echt, of niet? Sinead draaide zich half om en haar blik nam de andere vrachtwagen in zich op, de mensen die ze passeerde. Haar lippen bogen zich licht. Als ze haar nek nog een fractie meer had gedraaid, had ze Lily daar kunnen zien staan.

Lily keek toe hoe ze zich weer omdraaide naar de weg, zich concentreerde toen ze iets zag, en hoe ze iets riep, wees en haar hand naar achter stak, als een estafetteloper die zijn hand naar achteren steekt om het stokje over te nemen. Lily wist het nog voordat ze keek naar de man die ze daarvoor nog niet had opgemerkt. Hij maakte zijn hand zacht los uit die van Sinead en legde die toen om haar middel, trok haar tegen zich aan, en keek naar datgene wat ze aanwees. Net voordat ze uit het zicht verdwenen, zag Lily dat ze iets tegen hem zei en dat Aidan zich lachend omdraaide, terwijl hij Sinead vol in het gezicht keek.

De vrachtwagen verdween in een werveling van stof en rook. Lily leunde niet naar buiten om hem te zien gaan. De lucht om haar heen keerde weer terug naar zijn onbeweeglijke, trillende hitte. De vrouw naast haar smeerde een zonnebrandmiddel uit over haar armen en was bezig aan een uitvoerig verhaal over een hotelmanager. De Belg liet een zakje gedroogde abrikozen rondgaan. Lily nam er een en beet in het dikke, oranje vruchtvlees. Onder haar kwam de vrachtwagen rammelend tot leven, terwijl de motor zwoegde en het opnam tegen de remmen.

Het landschap kwam langzaam in beweging. Er was geen wind, alleen een verticale zon, en eindeloze kilometers rode aarde, waar bomen uit kwamen gekronkeld, krijtwit, als versteende bliksemschichten. Lily bracht haar hand boven haar ogen tegen het verblindende licht. Ver weg stond een hondachtig dier met grote oren op de rand van een rots, neus omhoog, en speurde de lucht af naar haar geur.

WOORD VAN DANK

Mijn dank aan William Sutcliffe, Ruth Metzstein, Flora Gathorne-Hardy, Victoria Hobbs, Mary-Anne Harrington en Geraldine Cooke.